新编学生国学丛书

汉魏六朝文

臧励和 选注
司马朝军 校订

中国文史出版社

图书在版编目(CIP)数据

汉魏六朝文/臧励和选注;司马朝军校订.——北京:
中国文史出版社,2019.11

(新编学生国学丛书/缪天绶等主编)

ISBN 978-7-5205-1831-4

Ⅰ.①汉… Ⅱ.①臧… ②司… Ⅲ.①古典散文－散文集－中国－汉代 ②古典散文－散文集－中国－魏晋南北朝时代 Ⅳ.①I263

中国版本图书馆CIP数据核字(2019)第278200号

责任编辑:金　硕

出版发行:**中国文史出版社**
社　　址:北京市海淀区西八里庄路69号院　　邮　　编:100142
电　　话:010-81136606　81136602　81136603　81136605(发行部)
传　　真:010-81136655
印　　厂:北京温林源印刷有限公司
经　　销:全国新华书店
开　　本:880mm×1230mm　1/32
印　　张:9.875
字　　数:205千字
版　　次:2020年2月北京第1版
印　　次:2020年2月第1次印刷
定　　价:42.80元

总　　序

冯天瑜

作为汉字古典词，“国学”本谓周朝设于王城及诸侯国都的贵族学校，以与地方性、基层性的“乡校”“私学”相对应。隋唐以降实行科举制，朝廷设“国子监”，又称“国子学”，简称“国学”，有朝廷主持的国家学术之意。

时至近代，随着西学东渐的展开，与来自西洋的“西学”相比配，在汉字文化圈又有特指本国固有学术文化的“国学”一名出现。如江户幕府时期（1601—1867）的日本人，自18世纪起，把流行的学问归为三类：汉学（从中国传入）、兰学（从欧美传入，19世纪扩称洋学）、国学（从《古事记》《日本书纪》发展而来的日本固有学术）。19世纪末、20世纪初，中国留日学生与入日政治流亡者，以及活动于上海等地的学人，采借日本已经沿用百余年的“国学”一名，用指中国固有的学术文化。1902年梁启超（1873—1929）撰文，以“国学”与“外学”对应，强调二者的互动共济，梁氏曰：“今日欲使外学之真精神普及于祖国，则当转输之任者，必邃于国学，然后能收其效。”（《论中国学术思想变迁之大势》）1905年国粹派在上海创办《国粹学报》，公示“发明国学，保存国粹”宗旨。这里的“国学”意为“国粹之学”。该刊发表章太炎（1869—1936）、刘师培（1884—1920）、陈去病（1874—1933）等人的经学、史学、诸子学、文字训诂方面文章，以资激励汉人的民族精神与文化自信。从此，中国人开始在“中国固有学术文化”意义上使用“国学”一词，为“国故之学”的简称。所谓“国故”，指中国传统的学术文化之故实，此前清人多有用例，如魏源（1794—1857）认为，学者不应迷恋词章，学问要从“讨朝章、讨国故始”（《圣武记》卷一一），这“讨国故”的学问，也就是后来所谓之国学。

经清末民初诸学者（章太炎、梁启超、罗振玉、王国维、刘师培、黄侃、陈寅恪等）阐发和研究，国学所涉领域大定为：小学、经学、史学、诸子、文学，约与现代人文学的文、史、哲相当而又加以综汇，突现了中国固有学术整体性特征，可与现代学校的分科教学相得益彰、彼此促进，故自 20 世纪初叶以来，“国学”在中国于起伏跌宕间运行百年，多以偏师出现，而时下又恰逢勃兴之际。

中国学术素有“文、史、哲不分家”的传统，中国学术的优势与缺陷皆与此传统相关。百年来的中国学校教育仿效近代西方学术体制，高度分科化，利弊互见。其利是促进分科之学的发展，其弊是强为分割知识。为克服破碎大道之弊，有人主张打通文、史、哲壁垒，于是便有综汇中国人文学的“国学”之创设，并编纂教材，进于学校教育、家庭教育、社会教育，其先导性教材结集，为 20 世纪 20 年代至 30 年代原商务印书馆由王云五策划并担任主编的《万有文库》之子系《学生国学文库》。所收均为四部重要著作。略举大凡：经部如诗、礼、春秋，史部如史、汉、五代，子部如庄、孟、荀、韩，并皆刊入；文辞则上溯汉、魏，下迄近代，诗歌则陶、谢、李、杜，均有单本，词则多采五代、两宋。丛书凡 60 册，已然囊括了“国学”之精粹。其鲜明之特色是选注者掺入了对原著的体味，经史诸书选辑各篇，以表见其书、其作家之思想精神、文学技术、历史脉络者为准。其无关宏旨者，概从删削、剔抉。选注者中不乏叶圣陶、茅盾、邹韬奋、傅东华这样的学界翘楚。他们对传统国学了然于胸，于选注自然是举重若轻，驾轻就熟。这样一份业经选注者消化、反刍的国学精神食粮自然更便于国学入门者吸收。

这样一套曾在20世纪初在传播传统文化、普及国学知识方面起到重要的作用的丛书即便今天来看也是历久弥新。中国文史出版社因应时势，邀约深谙国学之行家里手于原辑适当删减、合并、校勘，以 30 册 300 余万言，易名《新编学生国学丛书》呈献当今学子。诸书均分段落，作标点，繁难字加注音，以便省览。诸书原均有注释，古籍异释纷如，原已采其较长者，现做适当取舍、增删。诸书较为繁难、多音多义之字，均注现代汉语拼音，以便讽颂。诸书卷首，均有选注者序，述作者生平、本书概要、参考书举要等，凡所以示读者研究门径者，不厌其详，现一仍其旧。

这样一套入门的国学读物，读者苟能熟读而较之，冥默而求之，国学之精要自然神会。

是为序。

校订说明

丛书原名《学生国学文库》，为20世纪二三十年代商务印书馆王云五主编《万有文库》之子系，现易名《新编学生国学丛书》，奉献给广大国学爱好者。

原丛书共60种，考虑到难易程度、四部平衡、篇幅等因素，在广泛征求专家意见基础上，现删减为34种30册。

基本保留了原书的篇章结构。因应时势有极少量的删节。

原文部分，均选用通用、权威版本全文校核，参以校订者已见做了必要的校核和改订。为阅读的通顺、便利，未一一标注版本出处。

注释根据原文的结构分别采用段后注、文后注，以便读者省览。原注作了适当增删，基本上保持原文字风格，之乎者也等虚词适当剔除，增删力求通畅、易懂，避免枝蔓。典实、注引做了力所能及的查证，但因才学的有限疏漏可能在所难免。

原书为繁体竖排，现转简体横排。简化按通行规则，但考虑到作为国学读物，普及小学知识亦在情理之中，故而保留了少量通假字、繁体字、异体字，一般都出注说明。或许亦可增加读者的阅读兴趣和扩大知识面。

生僻、多音字作相应注音，原反切、同音、魏妥玛注音，均统一改现代汉语拼音。

国学读物校订，工作浩繁，往往顾此失彼，多有不当处，还望读者指正。

序　言

汉魏六朝，文学递变之时代也。前乎此者为周秦，骈文络乎散文之间，韵文络乎不韵文之间，盖流露于不觉，非有意为之也。汉时，贾晁董刘诸家，其文章面目，犹未离古；武帝时，司马相如创为辞赋，竞尚宏丽，其后扬雄班固，从而效之，而文格一变，骈文与散文，韵文与不韵文，始截然分离；东汉之末，建安七子，崇尚文辞，遂成风俗。浸假而尚排偶，谐声韵，散文歇寂，骈文代兴；永明天监之际，太和天保之间，洛阳江左，文雅尤甚。江左宫商发越，贵于清绮，河朔词义贞刚，重乎气质。大同以后，争驰新巧，徐庾之风大行，声病之律弥甚，风云月露，累牍连篇，香草美人，空言寄意，以儒素为古拙，以辞赋为君子，“其声轻以浮，其节数以急，其词淫以哀”，虽不免为退之所讥，然随时代而升降，风会所趋，亦不期然而然也。古之时，文以载道，行有余力，则以学文，盖以行为文之本，文为道之表见者耳；孟荀以道鸣，杨墨管晏老庄申韩诸家以术鸣，然其术之所长者，未尝不包于道之中。两汉以后，醇儒虽少，而文景之时，诸家奏议，指陈时政，大旨主乎经世，即相如之辞赋，虽多虚辞滥说，而意存讽谏，非诞妄贡谀者比；魏晋而降，竞以辞胜夸过其理，与文以载道之旨远矣，然采不滞骨，炼不伤神，峭奇淡宕，清丽芊绵，各极其胜，文人之文，要亦未可厚非。本编所选，上起两汉，下迄六朝，凡有功世道之作，妃黄俪白之篇，有美必收，各体具备。在今之时代，此等文字，于社会潮流，固似可摈，而探稽古籍，取法乎上，亦未能偏废，学者各就其意读之可也。选注既竟，因书数言于简端。

武进臧励龢识

1927年12月

凡　例

本编上起汉初，下终陈末，甄录之文，不拘骈散，以其人之先后为次，诸家之同异，时代之升降，均可于此觇之。

近代选文诸家，如姚鼐之分为十三类，曾国藩之分为三门十一类，以类相从，固便于研究。然如马援《诫兄子严敦书》，郑玄《戒子书》，曾氏录入诏令，后人颇以为病；且有无类可归者，亦复难于排比；本书既以时代为次，故不复分类。

史汉及诸史之纪传序赞，可读者多，以另有专辑，本编概不甄录。贾谊《陈政事疏》、司马相如《谕巴蜀檄》、杨恽《报孙会宗书》、诸葛亮《出师表》等，以均于本传中登录全文，本编避免重复，亦不录入。至李陵《答苏武书》、诸葛亮《后出师表》，虽传诵已久，然语气不类，后人诋为伪作，并从删削。

辞赋宏丽，首推汉京，司马相如之《子虚》《上林》，扬雄之《甘泉》《长杨》，班固之《两都》，允称杰作；本编限于篇幅，只选《子虚》《上林》二赋以见例，其他诸作，形式性质，大抵相类，概不录入。

各体文字，至汉以后而大备，本编虽不分类，然如论说、奏议、诏令、书牍、箴铭、碑传、序记、哀祭等类，亦无不各举数篇，藉示准的。

本编各文，皆精心选辑，其关于论事者，如贾谊《过秦论》、江统《徙戎论》之类是；其关于讽谏者，如贾山《至言》、司马相如《子虚》《上林》诸赋是；其关于寓言者，如东方朔《答客难》、扬雄《解嘲》、陶潜《桃花源记》之类是；其关于世道人心者，如刘峻《广绝交论》、范宁《罪王何论》之类是；其关于文学者，如许慎《说文序》、郭璞《尔雅序》、陆机《文赋》、钟嵘《诗品序》之类是；其关于道德者，如崔瑗《座右铭》、蔡邕《女诫》之类是；游戏之文，亦酌收一二，以备一格。

各家文字，有以博大称者，有以宏丽称者，有以奇峭称者，有以澹宕高洁及风华清艳称者，本编所选，择其思深旨远、骨劲气完、情韵兼至者为主，其腴而近俗、纤而伤雅者，概不搀入。

本编所选，俱从善本中选出，讹夺异同，皆详慎考正，衍文俚字，悉从删削。

本编注释，皆参酌各家，择善而从；旧注讹误及未备者，悉为订正增补；其有搜采所不及者，谨守阙疑之义。海内博雅，不吝见告，尤所欣幸！

目录

汉文

后汉文

魏文

晋文

宋文

齐梁文

陈及北朝文

汉　书

汉文帝赐南粤王赵佗书[①]

皇帝[②]谨问南粤王：甚苦心劳意。朕高皇帝侧室之子[③]，弃外，奉北藩于代[④]，道里辽远，壅蔽朴愚，未尝致书。高皇帝弃群臣，孝惠皇帝即世[⑤]，高后[⑥]自临事，不幸有疾，日进不衰，以故悖[⑦]暴乎治。诸吕[⑧]为变故乱法，不能独制，乃取它姓子为孝惠皇帝嗣[⑨]。赖宗庙[⑩]之灵，功臣[⑪]之力，诛之已毕；朕以王侯吏不释[⑫]之故，不得不立，今即位。

乃者闻王遗将军隆虑侯[⑬]书，求亲昆弟[⑭]，请罢长沙两将军[⑮]，朕以王书罢将军博阳侯[⑯]，亲昆弟在真定[⑰]者，已遣人存问[⑱]，修治先人冢[⑲]。前日闻王发兵于边，为寇灾不止，当其时，长沙苦之，南郡[⑳]尤甚，虽王之国，庸独利乎！必多杀士卒，伤良将吏，寡人之妻，孤人之子，独人父母，得一亡十，朕不忍为也。

朕欲定地犬牙相入者[㉑]，以问吏，吏曰："高皇帝所以介[㉒]长沙土也。"朕不能[㉓]擅变焉。吏曰："得王之地，不足以为大；得王之财，不足以为富。"服领以南[㉔]，王自治之！虽然，王之号为帝，两帝并立，亡[㉕]一乘之使以通其道，是争也；争而不让，仁者不为也，愿与王分弃前患，终今以来[26]，通使如故！

故使贾[27]驰谕，告王朕意，王亦受之，毋为寇灾矣！上褚[28]五十衣，中褚三十衣，下褚二十衣遗[29]王。愿王听乐娱忧[30]，存问邻国[31]！

---

①汉文帝：高祖中子，名恒，初封代王，周勃平诸吕，迎立之，在位二十三年，以敦朴为天下先，为三代后贤主。南粤：《史记》作“南越”。越，即粤，今广东、广西地。赵佗：秦真定人，为南海龙川令，南海尉任嚣死，赵佗行南海尉事。秦灭，自立为南粤武王。汉高帝十一年，遣陆贾立赵佗为南粤王；高后时自尊为南粤武帝，发兵攻长沙边邑。文帝立，复使陆贾往，以此书让之。赵佗覆谢，撤销帝号。建元四年卒。　②古有三皇、五帝，秦始皇灭六国，自以为德兼三皇，功高五帝，因自称曰皇帝。　③朕：古者贵贱皆自称曰朕，秦始定为皇帝之自称。高皇帝，秦末沛人，姓刘，名邦，始为泗上亭长，起兵为沛公，项羽立为汉王。后破项羽，即帝位，匹夫崛起而有天下者自此始，在位十二年。侧室：古谓非正嫡出子曰“侧室”。文帝为薄姬所生，故自谓侧室之子。　④古有代君，在常山北，为赵襄子所灭，高帝初，立兄宜信侯喜为代王，十一年冬，破陈豨，定代地，立子恒为代王，故云弃外，奉北藩于代。　⑤孝惠皇帝：名盈，高帝子，吕后所生，在位七年。即世：犹“去世”。⑥高后：高帝后，姓吕，名雉，惠帝崩，后临朝称制凡八年。

⑦悖（bèi）：违背，乖谬。　⑧诸吕：指吕产、吕禄辈。高后既临朝，封吕氏四人为王。后崩，周勃、陈平等族诛诸吕。⑨它：古“佗”字，与“他”通；它姓子：指少帝。初高后命惠帝后取他人子养之。　⑩宗庙：宗，谓祖宗，庙号以祖有功而宗有德，故统称之曰宗庙。周制，天子七庙，诸侯五，大夫三，士一。　⑪功臣：指周勃、陈平等。　⑫不释：辞让帝位，不见置。　⑬隆虑侯：周灶，即高后所遣击赵佗者。　⑭求亲昆弟：求遣兄弟之在真定故乡者。　⑮长沙：汉王国，封吴芮，在今湖南。两将军：即遣击赵佗者。　⑯博阳侯：周聚。⑰真定：汉真定国，又为恒山郡，后改常山郡，今河北正定。⑱存问：遣使往候。　⑲文帝在真定为赵佗亲冢置守官，以时奉祀。　⑳南郡：秦置，今湖北省江汉一带之地。　㉑犬牙相入：地界交错如同狗牙。言将划清两国地界，意在征讨。㉒介：隔开。㉓能，一作“得”。　㉔服领以南：言征服五岭以南。　㉕亡：与“无”通。　㉖终今：以现在为限。以来：犹以后。㉗贾：陆贾。　㉘褚：以棉装衣。　㉙遗（wèi）：赠送。㉚听乐娱忧：谓听乐以消其忧。　㉛邻国：谓东越及瓯骆等。

南粤王赵佗上汉文帝书[①]

蛮夷大长老夫臣佗，昧死再拜上书皇帝陛下[②]：老夫故粤吏也。高皇帝幸赐臣佗玺[③]，以为南粤王，使为外臣[④]，时内[⑤]贡职。孝惠皇帝即位，义不忍绝，所以赐老夫者甚厚[6]。高后自临用事，近细士[7]，信谗臣，别异蛮夷，出令曰："毋予蛮夷外粤[8]金铁田器马牛羊！即予，予牡[9]，毋与牝[10]！"老夫处辟[11]，马牛羊齿[12]已长，自以祭祀不修，有死罪，使内史藩中尉高御史平凡三辈上书谢过，皆不反。

又风闻[13]老夫父母坟墓已坏削，兄弟宗族已诛论[14]。吏相与议曰："今内不得振[15]于汉，外亡以自高异。"故更号为帝。自帝其国，非敢有害于天下也。高皇后闻之，大怒，削去南粤之籍，使使[16]不通；老夫窃疑长沙王谗臣[17]，故敢发兵以伐其边。

且南方卑湿，蛮夷中西有西瓯[18]，其众半羸[19]，南面称王；东有闽粤[20]，其众数千人，亦称王；西北有长沙，其半蛮夷，亦称王；老夫故敢妄窃帝号，聊以自娱。

老夫身定百邑之地，东西南北数千万里，带甲百万有余，然北面而臣事汉，何也？不敢背先人之故。老夫处粤四十九年，于今抱孙焉。然夙兴夜寐，寝不安席，食不敢味，目不视靡曼[21]之色，耳不听钟鼓之音者，以不得事汉也。

今陛下幸哀怜，复故号[22]，通使汉如故，老夫死，骨不腐，改号不敢为帝矣！谨北面因使者献白璧一双，翠鸟千，犀角十，紫贝[23]五百，桂蠹[24]一器，生翠[25]四十双，孔雀二双，昧死再拜以闻皇帝陛下。

---

①赵佗得文帝赐书，顿首谢，愿奉明诏，长为藩臣，奉贡职，下令国中，去帝制，因为此书以报文帝。　②昧死：犹言

冒昧而犯死罪。古时臣子上书帝王常用此语，表示敬畏之意。陛下：古代臣民对皇帝的尊称。陛，帝王宫殿的台阶。《独断》："天子必有近臣执兵立陛侧，以备不虞，人臣与天子言，不敢指斥，故呼在陛下者而告之，因卑达尊之义也。" ③玺：印章，秦以后专指皇帝之印。 ④外臣：古时此国之臣，对他国之君自称之辞，下大夫自名于他国君曰外臣某，此言外臣者，犹言外国之臣也。 ⑤内：与"纳"同。 ⑥甚厚，一本作"厚甚"。 ⑦细士：犹言"小人"，与"贤臣"相对。⑧予：与"与"同。外粤：言非中国，故云。 ⑨牡：雄性。⑩牝：雌性。与牡不与牝，即不能生育，死即绝，虽予犹不予也。⑪辟：同"僻"；处辟，言处于僻地。 ⑫齿：年也。齿已长，谓年老。马牛羊：自称之谦辞。 ⑬风闻：经传闻而得知。 ⑭诛论：谓定死罪。 ⑮振：起也。 ⑯使使：上"使"字，役也，令也；下"使"字，指受命而聘问之人。⑰高后时，有司请禁粤关市铁器，赵佗曰："此必长沙王计，欲倚中国击灭南海并王之。"因发兵攻长沙边。 ⑱西瓯：古百越一支，分布今广西及广东部分地区。 ⑲羸（léi）：疲弱也。《史记》作其西瓯骆裸国，则羸者，"蠃"之讹。 ⑳闽粤：亦作"闽越"，今福建，本周时七闽地，后为粤人所居，故曰闽粤，汉时有闽粤王。 ㉑靡曼：好色，指美妙的声色。㉒故号：指高帝所封之南粤王号。 ㉓紫贝：一名文贝，海中软体动物，壳质白如玉，有紫斑，大者至尺余，亦称砑螺。㉔桂蠹：桂树中蝎虫。此虫食桂，故味辛，渍之以蜜食之。㉕生翠：翡翠出海南邕贺二州，亦有腊而卖之者，故此云生翠。

贾山至言[1]

臣闻为人臣者，尽忠竭愚，以直谏主，不避死亡之诛者，臣山是也。臣不敢以久远谕，愿借秦以为谕，唯陛下少加意焉！夫布衣韦带之士[2]，修身于内，成名于外，而使后世不绝息。至秦则不然，贵为天子，富有天下；赋敛重数[3]，百姓任罢[4]，赭衣[5]半道，群盗满山。使天下之人戴目而视，倾耳而听，一夫大谑[6]，天下向[7]应者，陈胜[8]是也。秦非徒如此也，起咸阳[9]而西至雍[10]，离宫[11]三百，钟鼓帷帐，不移而具；又为阿房之殿[12]，殿高数十仞[13]，东西五里，南北千步，从车罗绮，四马骛驰[14]，旌旗不桡[15]：为宫室之丽至于此，使其后世曾不得聚庐而托处焉。为驰道[16]于天下，东穷燕齐[17]，南极吴楚[18]，江湖之上，濒海之观毕至；道广五十步，三丈而树[19]，厚筑其外，隐以金椎[20]，树以青松：为驰道之丽至于此，使其后世曾不得邪径而托足焉。死葬乎骊山[21]，吏徒数十万人，旷日十年，下彻三泉[22]，合采金石，冶[23]铜锢其内，漆涂其外，被以珠玉，饰以翡翠[24]，中成观游，上成山林，为葬薶[25]之侈至于此，使其后世曾不得蓬颗[26]蔽冢而托葬焉。秦以熊罴之力，虎狼之心，蚕食[27]诸侯，并吞海内，而不笃礼义，故天殃已加矣。臣昧死以闻，愿陛下少留意而详择其中！

臣闻忠臣之事君也，言切直则不用而身危，不切直则不可以明道。故切直之言，明主所欲急闻，忠臣之所以蒙死而竭知也。地之硗者[28]，虽有善种，不能生焉；江皋[29]河濒，虽有恶种，无不猥[30]大。昔者夏商之季世，虽关龙逢箕子比干之贤[31]，身死亡而道不用；文王[32]之时，豪俊之士，皆得竭其智，刍荛[33]采薪之人，皆得尽其力：此周之所以兴也。故地之美者善养禾，君之仁者善养士。雷霆之所击，无不摧折者，万钧[34]之所压，无不糜灭者。今人主之威，非特雷霆也；势重，非特万钧也。开道而求谏，和颜色而受之，用其言而显其身，士犹恐惧而不敢自尽，又乃况于纵欲恣行暴虐，恶闻其过乎！震之以威，压之以重，则虽有尧舜[35]之智，孟贲[36]之勇，岂有不摧折者哉！如此则人主不得闻其过失矣，弗闻则社稷危矣。古者圣王之制，史在前，书过失，工诵箴谏，瞽诵诗谏。公卿比谏[37]，士传言谏过[38]，庶人谤于道，商旅议于市，然后君得闻其过失也；闻其过失而改之，见义而从之，所以永有天下也。天子之尊，四海之内，其义莫不为臣，然而养三老于太学，亲执酱而馈[39]，执爵而酳[40]，祝鲐在前，祝鲠在后[41]，公卿奉杖，大夫进履，举贤以自辅弼，求修正[42]之士使直谏。故以天子之尊，尊养三老[43]，视孝也；立辅弼之臣者，恐骄也；置直谏之士者，恐不得闻其过也；学问至于刍荛者，求善无餍也；商人庶人诽谤己而改之，从善而不听也。

昔者秦政[44]力并万国，富有天下，破六国以为郡县[45]，筑长城[46]以为关塞，秦地之固，大小之势，轻重之权，其与一家之富，一夫之强，胡可胜计也；然而兵破于陈涉[47]，地夺于刘氏者，何也？秦王贪狼暴虐，残贼天下，穷困万民，以适其欲也。昔者周盖千八百国，以九州之民，养千八百国之君，用民之力，不过岁三日，什一而籍[48]，君有余财，民有余力，而颂声作，秦皇帝以千八百国之民自养。力罢[49]不能胜其役，财尽不能胜其求，一君之身耳，所以自养者，驰骋弋猎之娱，天下弗能供也；劳罢者不得休息，饥寒者不得衣食，亡罪而死刑者无所告诉，人与之为怨，家与之为仇，故天下坏也；秦皇帝身在之时，天下已坏矣，而弗自知也。秦皇帝东巡狩[50]，至会稽琅琊[51]，刻石著其功，自以为过尧舜统[52]。县石铸钟虡[53]，筛土筑阿房之宫，自以为万世有天下也。古者圣王作谥，三四十世耳，虽尧舜禹汤文武，絫[54]世广德，以为子孙基业，无过二三十世者也；秦皇帝曰："死而以谥法[55]，是父子名号有时相袭也，以一至万，则世世不相复也。"故死而号曰始皇帝，其次曰二世皇帝者，欲以一至万也[56]。秦皇帝计其功德，度[57]其后嗣，世世无穷；然身死才数月耳，天下四面而攻之，宗庙灭绝矣。秦皇帝居灭绝之中而不自知者，何也？天下莫敢告也。其所以莫敢告者，何也？亡[58]养老之义，亡辅弼之臣，亡进谏之士；纵恣行诛，退诽谤之人，杀直谏之士。是以道谀媮[59]合苟容，比其德则贤于尧舜，课其功则贤于汤武，天下已溃而莫之告也。《诗》曰："匪言不能，胡此畏忌？听言则对，谮言则退。"此之谓也。

又曰："济济多士，文王以宁[60]。"天下未尝亡士也，然而文王独言以宁者，何也？文王好仁则仁兴，得士而敬之则士用，用之有礼义。故不致其爱敬，则不能尽其心；不能尽其心，则不能尽其力；不能尽其力，则不能成其功。故古之贤君于其臣也，尊其爵禄而亲之，疾则临视之无数，死则往吊哭之，临其小敛大敛，已棺涂[61]而后为之服，锡缞麻绖而三临其丧[62]，未敛不饮酒食肉，未葬不举乐。当宗庙之祭而死，为之废乐。故古之君人者，于其臣也，可谓尽礼矣。服法服[63]，端容貌，正颜色，然后见之。故臣下莫敢不竭力尽死以报其上，功德立于后世而令闻不忘也。

今陛下念思祖考，术追[64]厥功，图所以昭光宏业休德，使天下举贤良方正之士，天下皆䜣䜣[65]焉，曰："将兴尧舜之道三王之功矣。"天下之士，莫不精白[66]以承休德。今方正之士，皆在朝廷矣，又选其贤者，使为常侍诸吏，与之驰驱[67]射猎，一日再三出，臣恐朝廷之解弛[68]，百官之堕[69]于事也。诸侯闻之，又必怠于政矣。陛下即位，亲自勉以厚天下，损食膳，不听乐，减外徭卫卒，止岁贡；省厩马以赋县传，去诸苑以赋农夫，出帛十万余匹以赈贫民；礼高年，九十者一子不事，八十者二算不事[70]；赐天下男子爵，大臣皆至公卿[71]，发御府金赐大臣，宗族亡不被泽者；赦罪人，怜其亡发，赐之巾，怜其衣赭，书其背[72]，父子兄弟相见也，而赐之衣[73]；平狱缓刑，天下莫不说[74]喜。是以元年膏雨降，五谷登，此天之所以相陛下也。刑轻于它时而犯法者寡；衣食多于前年而盗贼少，此天下之所以顺陛下也。臣闻山东[75]吏布诏令，民虽老羸癃疾[76]，扶杖而往听之，愿少须臾毋死[77]，思见德化之成也。今功业方就，名闻方昭，四方乡[78]风。今[79]从豪俊之臣，方正之士，直与之日日猎射，击兔伐狐，以伤大业，绝天下之望，臣窃悼之！《诗》曰："靡不有初，鲜克有终。"[80]臣不胜大愿，愿少衰射猎，以夏岁二月，定明堂[81]，造大学，修先王之道！风行俗成，万世之基定，然后唯陛下所幸耳。古者大臣不媟[82]，故君子不常见其齐严之色[83]，肃敬之容，大臣不得与宴游，方正修洁之士，不得从射猎，使皆务其方[84]以高其节，则群臣莫敢不正身修行尽心以称大礼。如此，则陛下之道尊敬，功业施于四海，垂于万世子孙矣；诚不如此，则行日坏而荣日灭矣。夫士修之于家，而坏之于天子之廷，臣窃愍之！陛下与众臣宴游，与大臣方正朝廷论议，夫游不失乐[85]，朝不失礼，议不失计，轨[86]事之大者也。

---

①贾山：汉颍川人，涉猎书记，不能为醇儒，尝给事颍阴侯灌婴为骑。孝文时，言治乱之道，借秦为喻，名曰《至言》。至言，即直言之谓。　②韦带：无饰的皮带，指代贫贱之人。③数（shuò）：屡次，经常。　④任：役事也。罢（pí）：言疲于役使。　⑤赭衣：赤色之衣，古囚徒服之，因谓罪人为赭衣。　⑥謼：与"呼"同。　⑦向：与"响"通。　⑧陈胜：秦阳城人，字涉，二世元年，与吴广起兵，自立为楚王，自此群雄并起，遂以亡秦，后为其御庄贾所杀。　⑨咸阳：秦孝

公所都，今陕西咸阳。 ⑩雍：汉时县，属右扶风。 ⑪离宫：行宫，古帝王出巡，筑之以为驻跸之所。 ⑫阿房：言殿之四阿皆为房。 ⑬古制八尺曰“仞”。 ⑭骛驰：犹奔驰。 ⑮桡：一或作“挠”，屈也。 ⑯驰道：古代供君王行驶车马的道路。 ⑰燕、齐：二国名。 ⑱吴、楚：二国名。 ⑲三丈而树：三丈为中央之地，惟皇帝得行，两旁树之以为界。 ⑳隐：筑也，谓以铁椎筑之。一说，隐即“稳”字，以金椎筑之，使坚稳。 ㉑骊山：在陕西临潼东南，亦曰丽戎之山，秦始皇葬此。 ㉒三泉：三重之泉，言其深也。 ㉓冶：一本作“治”。 ㉔翡翠：鸟名，雄曰翡，雌曰翠；一说，鸟各别类，非雌雄异名。 ㉕薶：即“埋”字。 ㉖蓬颗：颗谓土块，言块上生蓬者耳。 ㉗蚕食：言侵蚀他国之土地，如蚕之食叶也。 ㉘硗(qiāo)：土地瘠薄。 ㉙江皋：江边淤地。 ㉚猥：粗壮。 ㉛关龙逢：夏桀臣，谏桀，被杀。箕子比干：商纣之宗室大臣。 ㉜文王：周武王之父，名昌，商纣时为西伯，施行仁政，有天下三分之二。 ㉝刍荛：执贱役之人。刍，刈草。荛，草薪，言草之供燃烧者。 ㉞万钧：极言其重。一钧三十斤。 ㉟尧舜：唐虞二代之帝，尧禅舜，舜禅禹，为上古圣主。 ㊱孟贲：齐人，秦武王好力士，贲往归之，能生拔牛角。 ㊲比谏：当为“正谏”之误。 ㊳此句不应独有“过”字，盖涉下文而衍。《汉纪》无“过”字。 ㊴馈：进食之谓。 ㊵酳(yìn)：食毕用酒漱口。 ㊶䭇：古“噎”字，谓吃不下。以老人易噎鲠，故为备祝以祝之。 ㊷修正：谓修身正行者。 ㊸古天子设三老五更，养之于太学，三老为三人，五更为五人。　　㊹秦政：即秦始皇，政其名也。　　㊺六国：指战国时韩、赵、魏、齐、楚、燕。郡县：秦始皇并六国，废封建，分天下为三十六郡，为郡县之始。㊻长城：秦始皇使蒙恬所筑，起临洮，迄辽东，在今长城之北，蒙古境内。今之长城，乃明之九边，非秦之长城。　　㊼陈涉：即陈胜。　　㊽什一：谓十分之中取其一。籍：借也，谓借人力。　　㊾罢：读曰“疲”。　　㊿巡狩：天子巡行诸国，古者天子五年一巡狩。　　51会稽瑯琊：二山名。会稽在浙江绍兴东南十三里，瑯琊在山东诸城东南，秦始皇皆刻石颂功德于此。52统：继也。自以过尧舜可至万世也；一说，统，治也，言治理天下过于尧舜也。　　53县：称也。石：百二十斤。称铜铁之斤石，以铸钟虡，虡（jù）：悬挂钟磬的木架两旁的立柱。54絫：古“累”字。　　55谥法：死而以行为谥也，周时始有此制。　　56秦始皇以为谥法乃子议父、臣议君也，因废之，自称始皇帝，其后则称二世皇帝，三世皇帝，传之无穷。57度（duó）：量也。　　58亡：读如“无”。　　59婾：与“偷”同。　　60济济：众多貌。　　61已棺：谓已大敛。涂：谓涂殡。　　62锡缞：十五升布，无事其缕者也，布八十缕为升。麻绖：丧服所用麻也，在首在腰皆曰绖。三临其丧：言三次临其丧。　　63法服：法制所定之服。　　64术：与“述”同；一说古“述”字为“遹”。述追：即追述。遹，同“聿”，语助辞。　　65䜣䜣：读如欣欣，欣喜貌。　　66精白：厉精而为洁白。　　67驰驱：策马疾驰。　　68解：读为“懈”。弛：放。解弛：懈怠松弛。　　69堕：通“惰”，懈也。　　70一子不事：蠲其赋役。二算不事：免其二口之算赋。 ⑪大臣：既官之为大臣矣，而言公卿者，言赐爵也，非三公九卿之谓也。 ⑫衣：读去声，谓服之。书其背：古者于罪人，以版牍书其罪状与姓名着于背上，公示于众。 ⑬而赐之衣：言罪人已赦归，与父子兄弟相见，上怜其无发则赐之巾，怜其曾衣赭书背，则赐之衣。 ⑭说：读如“悦”。 ⑮战国时称六国为山东，以其在崤函之东，故名；一说太行山以东为山东。 ⑯癃：衰弱多病。 ⑰须臾毋死：犹从容延年之意。 ⑱乡：读如“向”。 ⑲今：当训为“即”，《通鉴》引“今”作“而”。⑳“靡不有初”二句，语见《诗经·大雅·荡》。 ㉑明堂：明政教之堂。古祀上帝，祭先祖，朝诸侯，养老尊贤，皆于此行之。 ㉒媟：与“亵”通，狎也。 ㉓见：读“现”，显示。齐严：即齐庄，汉避明帝讳改。 ㉔方：道。 ㉕游不失乐：言与乐同节。 ㉖轨：法度。

贾谊过秦论①

秦孝公据殽函之固②，拥雍州③之地，君臣固守，以窥周室，有席卷④天下、包举宇内、囊括四海之意⑤，并吞八荒⑥之心。当是时也，商君佐之⑦，内立法度，务耕织，修守战之具，外连衡⑧而斗诸侯。于是秦人拱手而取西河之外⑨。

孝公既没，惠王武王⑩，蒙故业，因遗策，南取汉中⑪，西举巴蜀⑫，东割膏腴之地，北收要害之郡；诸侯恐惧，会盟⑬而谋弱秦，不爱珍器重宝肥饶⑭之地，以致天下之士，合从[15]缔交，相与为一。当此之时，齐有孟尝[16]，赵有平原[17]，楚有春申[18]，魏有信陵[19]。此四君者，皆明智而忠信，宽厚而爱人，尊贤而重士，约从离横[20]，兼韩、魏、燕、楚、齐、赵、宋、卫、中山[21]之众。于是六国之士，有宁越、徐尚、苏秦、杜赫之属为之谋[22]，齐明、周最、陈轸、召滑、楼缓、翟景、苏厉、乐毅之徒通其意[23]，吴起、孙膑、带佗、兒良、王廖、田忌、廉颇、赵奢之伦制其兵[24]。尝以十倍之地，百万之众，叩关[25]而攻秦。秦人开关而延敌，九国[26]之师，遁逃而不敢进。秦无亡矢遗镞[27]之费，而天下诸侯已困矣。于是从散约解，争割地而赂[28]秦。秦有余力而制其弊，追亡逐北[29]，伏尸百万，流血漂橹[30]，因利乘便，宰割天下，分裂河山，强国请伏，弱国入朝。延及孝文王、庄襄王[31]，享国之日浅，国家无事。

及至始皇[32]，奋六世[33]之余烈，振长策而御宇内，吞二周[34]而亡诸侯，履至尊而制六合[35]，执敲扑[36]以鞭笞天下，威振四海。南取百越[37]之地，以为桂林、象郡[38]。百越之君，俯首系颈，委命下吏。乃使蒙恬北筑长城而守藩篱[39]，却匈奴七百余里[40]，胡人不敢南下而牧马，士不敢弯弓而报怨。于是废先王之道，燔百家之言，以愚黔首[41]，隳[42]名城，杀豪俊，收天下之兵[43]，聚之咸阳[44]，销锋镝，铸以为金人十二[45]，以弱天下之民。然后践华为城[46]，因河为池，据亿丈之城，临不测之溪以为固。良将劲弩，守要害之处，信臣精卒，陈利兵而谁何[47]。天下已定，始皇之心，自以为关中[48]

之固，金城[49]千里，子孙帝王万世之业也。

始皇既没，余威震于殊俗。然而陈涉瓮牖绳枢之子[50]，氓隶之人，而迁徙之徒也[51]，材能不及中庸，非有仲尼墨翟之贤[52]，陶朱猗顿之富[53]，蹑足行[54]伍之间，而倔起什伯之中[55]，率罢散之卒，将数百之众，转而攻秦，斩木为兵，揭竿为旗[56]，天下云集而响应，赢粮而景从[57]，山东豪俊，遂并起而亡秦族矣。

且夫天下非小弱也；雍州之地，殽函之固，自若也；陈涉之位，非尊于齐、楚、燕、赵、韩、魏、宋、卫、中山之君也；锄耰棘矜[58]，非铦于钩戟长铩也[59]；适戍[60]之众，非抗于九国之师也；深谋远虑，行军用兵之道，非及曩[61]时之士也。然而成败异变，功业相反。试使山东之国，与陈涉度长絜大[62]，比权量力，则不可同年而语矣。然秦以区区之地，致万乘[63]之权，招八州而朝同列[64]，百有余年矣。然后以六合为家，殽函为宫。一夫作难而七庙[65]隳，身死人手，为天下笑者，何也？仁义不施，而攻守之势异也！

---

①贾谊（前200—前168）：汉洛阳人，文帝召为博士，超迁至中大夫。贾谊请定正朔，易服色，制法度，兴礼乐，为大臣所忌，出为长沙王太傅，迁梁王太傅而卒，年三十三。世称贾太傅，又称贾长沙。以其年少秀才，又称贾生。《过秦论》，论秦之过，共三篇，上篇言始皇之过，中篇言二世之过，下篇言子婴之过。兹录其上篇。　②秦孝公：穆公十六世孙，名渠梁。孝

公教耕战，致富强，为统一天下奠定了基础。殽函：殽山、函谷的合称。殽山，在河南洛宁县北，函谷关，在今河南灵宝市，为秦时重险。　③雍州：古九州之一，其地域大约包括今陕西大部、甘肃西北部及青海部分地区。　④席卷：言取天下如卷席一般。⑤囊括：谓囊而括之。括，结囊。四海：古谓中国四境皆环海，故称中国曰海内。　⑥八荒：四方及四隅谓之八方。此言八方荒远之地。　⑦商君：战国时卫人，名鞅，相秦孝公定变法令，孝公封之于商於，故曰商君；孝公卒，被杀。　⑧连衡：即连横，西方的秦国与东方个别国家联合起来打击其他国家。　⑨西河：黄河以西之地。　⑩惠王：惠文王，孝公之子，名驷。武王：惠文王之子，名荡。按“惠王武王”四字，一作惠文、武、昭。昭，即昭襄王。　⑪汉中：今陕西秦岭以南南郑等地。　⑫巴蜀：秦汉设巴蜀二郡，今四川、重庆。　⑬会盟：古者诸侯聚会结盟。　⑭饶：一作“美”。　⑮合从：联合六国以敌秦。　⑯孟尝：即田文，齐之公族，为齐相，称孟尝君。　⑰平原：即赵胜，相赵，封于平原（今山东武城县），称平原君。　⑱春申：即黄歇，楚相，封春申君。　⑲信陵：即魏公子无忌，信陵君乃其封号。四公子皆好客，而信陵君在四公子中为最贤。　⑳约从离横：言六国缔约合纵，以离散秦之连横策略。　㉑中山：国名。今河北定州地后造都灵寿，为魏所灭。　㉒宁越：赵人；徐尚：宋人；苏秦：洛阳人；杜赫：周人。　㉓齐明：东周臣；周最：东周成君之子；陈轸：战国楚人，仕秦亦仕楚；召滑：楚人；楼缓：魏相；翟景：即魏翟强；苏厉：苏秦之弟，齐臣；乐毅：中山国灵寿人，仕燕昭王。

㉔吴起：卫人，事魏文侯，文侯以为将；孙膑：齐人，孙武之后；带佗：楚将；兒良、王廖：《吕氏春秋·审问览·不二》篇："王廖贵先，兒良贵后，皆天下豪士也。"注："王廖谋兵事贵先，兒良作兵谋贵后。"田忌：齐将，伐魏，三战三胜；廉颇：赵将；赵奢：赵之田部吏。 ㉕"叩关"之"叩"字，《汉书》作"仰"，《史记》作"叩"。叩：击也，对下开关字，作"叩"为当。 ㉖九国：即韩、魏、燕、楚、齐、赵、宋、卫、中山。 ㉗镞（zú）：箭头。 ㉘赂，一作"奉"。㉙北从二人相背：有背向意，故谓败走曰北。 ㉚漂橹：言血可漂橹，犹《尚书·武成》言血流漂杵。漂，浮也。橹，大盾。㉛孝文王：昭襄王子，名柱，在位仅三天；庄襄王：孝文王子，名子楚，在位三年。 ㉜始皇：即秦始皇，灭六国，统一天下，居帝位十一年。 ㉝六世：孝公、惠文、武、昭襄、孝文、庄襄。 ㉞二周：指西周、东周。周考王以王城故地封其弟揭，是为河南公，后称西周，至考王末年，河南惠公封其少子班于巩以奉王，号为东周，后俱为秦所灭。 ㉟六合：天地四方，谓之六合。 ㊱敲扑：一作"捶拊"。捶，杖。拊，刀柄。㊲百越：亦作"百粤"，其种落不一，故称以百。 ㊳桂林、象郡：皆郡名。桂林，今广西北部，象郡，今广东西南部广西南部及越南。 ㊴蒙恬：秦将。长城：见贾山《至言》注。㊵匈奴：北狄之强大者。蒙恬以兵击之，取其河南地。 ㊶黔首：犹言"黎民"，以其首黑，秦因称之为黔首。 ㊷隳，一作"堕"。 ㊸兵：谓兵器。 ㊹咸阳：见贾山《至言》注。 ㊺金人十二：始皇二十六年，销兵器铸而象之。人长五

丈，足履六尺，见于临洮。　⑯华：即华山，五岳之一，在今陕西华阴南。　⑰何：同“呵”；谁何：呵问之。　⑱关中：自函谷关以西，秦岭以北，总称“关中”。因其地居函谷关、峣关、武关、萧关、散关中也。　⑲金城：言其坚固。⑳陈涉：见贾山《至言》陈胜注。瓮牖绳枢：言以败瓮之口为牖，以绳扃户为枢。枢，户枢。　㉑陈涉为戍卒长，遣戍所。㉒墨翟：即墨子。　㉓陶朱：即范蠡。猗顿：春秋鲁人。问术于朱公，适河东，畜牛羊于猗氏之南，以兴富猗氏，故曰猗顿。㉔行：读“杭”。　㉕一本无“而”字，“倔”作“俯”，“什伯”作“阡陌”。　㉖揭：高举。竿：竹之干。言举事仓卒，无旌旗以为号召，故揭竿以为标志。　㉗赢：担负。景：与“影”同。　㉘锄：田事所用之器。櫌（yōu）：似锄之田器，而非锄。棘：木名。矜：白梃之类。　㉙铦（tán）：利也，与“铦”同。一本即作“铦”。钩戟长铩：言有钩之戟与长矛。铩（shā）：古代一种长矛。　㉚适：与“谪”同，罚罪。戍：远守之卒。　㉛曩，一作“乡”。　㉜度：见贾山《至言》注。絜（xié）：比也。　㉝万乘：古者天子得有车万乘，故仅以为天子之称。　㉞招：举也。八州：秦居雍州，其外尚有兖、冀、青、徐、豫、梁、扬、荆八州。　㉟七庙：见《汉文帝赐南粤王赵佗书》“宗庙”注。

贾谊论积贮疏[1]

筦子[2]曰：“仓廪实而知礼节。”民不足而可治者，自古及今，未之尝闻。古之人曰：“一夫不耕，或受之饥；一女不织，或受之寒。”生之有时，而用之亡度，则物力必屈。古之治天下，至纤至悉也③，故其畜积足恃。今背本而趋末④，食者甚众，是天下之大残也；淫侈之俗，日日以长，是天下之大贼也。残贼公行，莫之或止；大命将泛⑤，莫之振救。生之者甚少，而靡之者甚多，天下财产，何得不蹶⑥！汉之为汉，几四十年矣，公私之积，犹可哀痛。失时不雨，民且狼顾⑦；岁恶不入，请卖爵子⑧。既闻耳⑨矣，安有为天下阽⑩危者若是而上不惊者！

世之有饥穰⑪，天之行也，禹汤被之矣⑫。即不幸而有方二三千里之旱，国胡以相恤？卒然⑬边境有急，数千百万之众，国胡以馈之？兵旱相乘，天下大屈。有勇力者，聚徒而衡⑭击；罢夫羸老，易子而咬其骨；政治未毕通也。远方之能疑⑮者，并举而争起矣，乃骇而图之，岂将有及乎！

夫积贮者，天下之大命也。苟粟多而财有余，何为而不成！以攻则取，以守则固，以战则胜。怀敌附远，何招而不至！今驱民而归之农，皆著于本，使天下各食其力，末技游食之民，转而缘南晦⑯，则畜积足而人乐其所矣。可以为富安天下，而直为此廪廪也⑰！窃为陛下惜之！

---

①汉文帝即位，躬修节俭，思安百姓，时民近战国，皆背本趋末，谊因上此疏，帝感谊言，开籍田，躬耕以安百姓。

②筦：与“管”同；筦子：管仲，字夷吾，春秋时相齐桓公，霸

诸侯，称仲父，谥敬，亦称管敬仲。　③纤：细。悉：尽其事。　④背本而趋末：言弃农业而趋工商。　⑤泛：覆。⑥蹶：喻失败或挫折。　⑦狼性怯，喜环顾，言民见天不雨，即心恐惧。　⑧卖爵子：卖爵又卖子也。　⑨闻耳：闻于天子之耳。　⑩阽（diàn）：临近危险。　⑪饥：荒年。穰：丰年。　⑫禹汤被之矣：谓禹曾遭水而汤曾遭旱。　⑬卒（cù）然：急遽貌。　⑭衡：横。　⑮疑：读曰“拟”，僭。⑯晦：“亩”本字。　⑰廪廪：即凛凛，害怕的样子。

贾谊吊屈原赋①

恭②承嘉惠兮，俟罪长沙③，侧闻屈原兮，自沉汨罗④。造托湘⑤流兮，敬吊先生；遭世罔极兮⑥，乃陨厥身。呜呼哀哉，逢时不祥！鸾凤伏窜兮，鸱枭翱翔。阘茸⑦尊显兮，谗谀得志；贤圣逆曳兮，方正倒植。世谓伯夷为溷兮⑧，谓盗跖廉⑨；莫邪为顿兮⑩，铅刀为铦⑪。于嗟默默⑫，生之无故兮；斡弃周鼎，宝康瓠兮⑬。腾驾罢牛，骖蹇驴兮；骥垂两耳，服盐车兮⑭。章甫荐屦⑮，渐不可久兮；嗟苦先生，独离⑯此咎兮。

讯⑰曰：已矣，国其莫我知兮，独壹郁⑱其谁语？凤漂漂其高逝⑲兮，固自引而远去。袭九渊⑳之神龙兮，沕㉑深潜以自珍；偭蟂獭以隐处兮，夫岂从虾与蛭螾㉒？所贵圣人之神德兮，远浊世而自藏；使骐骥可得系而羁兮，岂云异夫犬羊。般纷纷㉓其离此尤兮，亦夫子之辜也㉔；瞝九州而相君兮㉕，何必怀此都也。凤凰翔于千仞之上兮，览德辉而下之；见细德之险微兮㉖，遥增击而去之。彼寻常之污渎兮，岂能容吞舟之鱼？横江湖之鳣鲸兮㉗，固将制于蚁蝼。

---

①贾谊为长沙王太傅，闻长沙卑湿，自以寿不得长，又以谪去，意不自得，及渡湘水，为赋以吊屈原。屈原：战国楚人，名平，别号灵均，仕楚为三闾大夫。靳尚辈谮而疏之，乃作《离骚》，冀王感悟。襄王时，复用谗，谪屈原于江南，屈原于五月五日自沉汨罗江以死。贾谊哀屈原遭谗邪之咎，亦因自伤为郑通等所谗。　②恭：敬也。　③长沙：见汉文帝《赐南粤王赵佗书》注。　④汨罗：二水名，合流曰汨罗江，在今湖南汨罗市。　⑤湘：水名，发源广西兴安县之阳海山，北流入洞庭湖。⑥罔极：言无中正。《诗·小雅·青蝇》："谗人罔极。"⑦阘（tà）茸：卑贱。　⑧伯夷：殷时孤竹君之子，与其弟叔齐皆让国逃去。周武王克殷，耻食周粟，夷齐皆饿死于首阳山。溷（hùn）：混乱。　⑨盗跖：春秋时，柳下惠之弟，日杀不辜，食人之肉。跖，黄帝时大盗之名。以柳下惠弟为天下大盗，故谓之盗跖。一本作"跖跻"，亦兼二人而言也。　⑩莫邪：古女子名，阖庐使干将铸剑，铁汁不下，莫邪窜入炉中，铁汁出，遂成二剑，雄曰干将，雌曰莫邪。　⑪铅刀：谓以铅为刀，言其钝。铦（xiān）：利也。　⑫于：读如吁；一本即作"吁"。默默：不得意。　⑬康瓠：谓大瓠。　⑭夫骥服盐车上大山，中坂迁延，负辕不能上，伯乐下车哭之。　⑮章甫：殷冠名，即缁

布冠。荐屦：言反在屦下。屦，一作“履”。⑯离：与“罹”同，遭也。⑰讯：一作“谇”，告也，即乱辞，乐之卒章曰乱。⑱壹郁：拂郁。壹，一作“堙”。⑲逝：往。⑳《庄子·列御寇》：“千金之珠，必在九重之渊骊龙颔下。”㉑汾（mì）：潜藏。㉒蛭：即蚂蟥。螾：与“蚓”同。㉓般：久也，纷：乱也。或曰般桓不去。纷纷：构谗意。㉔辜，一作“故”。㉕瞝（chī）：视也。㉖微，一作“徵”。㉗鳣：大鲤鱼。

晁错论贵粟疏①

圣王在上而民不冻饥者，非能耕而食之②，织而衣之也③，为开其资财之道也。故尧、禹有九年之水，汤有七年之旱，而国无捐瘠者④，以畜积多而备先具也。今海内为一，土地人民之众，不避⑤汤、禹，加以亡天灾数年之水旱，而畜积未及者，何也？地有遗利，民有余力，生谷之土未尽垦，山泽之利未尽出也，游食之民未尽归农也。民贫则奸邪生，贫生于不足，不足生于不农，不农则不地著⑥，不地著则离乡轻家，民如鸟兽。虽有高城深池，严法重刑，犹不能禁也。夫寒之于衣，不待轻暖；饥之于食，不待甘旨。饥寒至身，不顾廉耻。人情一日不再食则饥，终岁不制衣则寒。夫腹饥不得食，肤寒不得衣，虽慈母不能保其子，君安能以有其民哉！明主知其然也，故务民于农桑，薄赋敛，广畜积，以实仓廪，备水旱，故民可得而有也。

民者，在上所以牧之。趋利如水走下，四方亡择也。夫珠玉金银，饥不可食，寒不可衣，然而众贵之者，以上用之故也。其为物轻微易臧，在于把握，可以周⑦海内而亡饥寒之患。此令臣轻背其主而民易去其乡，盗贼有所劝，亡逃者得轻资也。粟米布帛生于地，长于时，聚于力，非可一日成也。数石之重，中人⑧弗胜，不为奸邪所利。一日弗得而饥寒至。是故明君贵五谷而贱金玉。

今农夫五口之家，其服役者不下二人，其能耕者不过百亩，百亩之收，不过百石，春耕夏耘，秋获冬藏，伐薪樵，治官府，给徭役，春不得避风尘，夏不得避暑热，秋不得避阴雨，冬不得避寒冻，四时之间，亡日休息。又私自送往迎来，吊死问疾，养孤长幼在其中。勤苦如此，尚复被水旱之灾，急政暴虐，赋敛不时，朝令而暮改。当具有者半贾而卖⑨，亡者取倍称⑩之息，于是有卖田宅、鬻子孙以偿责⑪者矣。而商贾⑫大者积贮倍息，小者坐列贩卖，操其奇赢⑬，日游都市，乘上之急，所卖必倍。故其男不耕耘，女不蚕织，衣必文采，食必粱肉，无农夫之苦，有仟佰之得。因其富厚，交通王侯，力过吏势，以利相倾。千里游敖，冠盖相望，乘坚策肥⑭，履丝曳缟。此商人所以兼并农人，农人所以流亡者也。今法律贱商人，商人已富贵矣；尊农夫，农夫已贫贱矣。故俗之所贵，主之所贱也；吏之所卑，法之所尊也。上下相反，好恶乖迕⑮，而欲国富法立，不可得也。

方今之务，莫若使民务农而已矣。欲民务农，在于贵粟，贵粟之道，在于使民以粟为赏罚。今募天下入粟县官[16]，得以拜爵，得以除罪。如此，富人有爵，农民有钱，粟有所渫[17]。夫能入粟以受爵，皆有余者也。取于有余以供上用，则贫民之赋可损，所谓损有余补不足，令出而民利者也。顺于民心，所补者三：一曰主用足；二曰民赋少；三曰劝农功。今令民有车骑马一匹者，复卒三人[18]。车骑者，天下武备也，故为复卒。神农[19]之教曰："有石城十仞、汤池[20]百步、带甲百万，而亡粟，弗能守也。"以是观之，粟者，王者大用，政之本务。令民入粟受爵，至五大夫[21]以上，乃复一人耳，此其与骑马之功，相去远矣。爵者，上之所擅，出于口而亡穷；粟者，民之所种，生于地而不乏。夫得高爵与免罪，人之所甚欲也。使天下人入粟于边，以受爵免罪，不过三岁，塞下之粟必多矣。

---

①晁错：汉颍川人，文帝时为太子家令，景帝时，请削诸侯封地以尊京师，吴楚七国遂反，帝用爰盎策，绐错载行东市杀之。按错传言守边备塞、劝民力本二事，此盖与守边备塞书同时所上，《汉书》已入《食货志》，故本传不载，盖为班固所分析尔。疏既上，文帝从其言，令民入粟边，六百石爵上造，稍增至四千石为上大夫，万二千石为大庶长，各以多少级数有差。

②食：以食食人。　③衣：以衣衣人。　④瘠：瘦病。言无相弃捐而瘦病。　⑤不避：不让。　⑥地著：即土著，安居而不徙之谓。　⑦周：周遍而游行。　⑧中人：处强弱之

中。　⑨具，一作“其”。半贾：本直千钱者，止得五百。　⑩倍称：取一偿二。　⑪责：读如“债”。　⑫行卖曰“商”，坐贩曰“贾”。　⑬奇赢：谓有余财而畜聚奇异之物；一说奇为残余物，则奇赢者，谓余物与赢利。　⑭乘坚策肥：谓乘好车，策肥马。　⑮乖迕：乖违。　⑯县官：称朝廷。　⑰渫（xiè）：散发。宋祁曰：“‘有所渫’下脱‘矣’字。”　⑱复卒：当为卒者免其三人，不为卒者复其钱。　⑲神农：又称炎帝，始教民为耒耜，兴农业。　⑳汤池：以沸汤为池，不可辄近，喻严固。　㉑五大夫：汉第九等爵。

邹阳谏吴王书[1]

臣闻秦倚曲台[2]之宫，悬衡天下[3]。画地而人不犯[4]，兵加胡越；至其晚节末路，张耳陈胜连从兵之据[5]，以叩函谷[6]，咸阳[7]遂危。何则？列郡不相亲，万室不相救也。今胡数涉北河[8]之外，上覆飞鸟，下不见伏兔[9]，斗城不休，救兵不至[10]，死者相随，辇车相属[11]，转粟流输，千里不绝。何则？强赵责于河间[12]，六齐望于惠后[13]，城阳顾于卢博[14]，三淮南之心思坟墓[15]。大王不忧，臣恐救兵之不专[16]。胡马遂进窥于邯郸[17]，越水长沙，还舟青阳[18]。虽使梁并淮阳[19]之兵，下淮东，越广陵[20]，以遏越人之粮，汉亦折西河[21]而下，北守漳水[22]，以辅大国，胡亦益进，越亦益深。此臣之所为大王患也。

臣闻蛟龙骧首奋翼㉓，则浮云出流，雾雨咸集；圣王底节㉔修德，则游谈之士，归义思名。今臣尽知毕议，易精极虑，则无国而不可奸㉕？饰固陋之心，则何王之门，不可曳长裾乎？然臣所以历数王之朝，背淮千里而自致者，非恶臣国而乐吴民，窃高下风之行，尤说大王之义，故愿大王无忽，察听其至㉖。

臣闻鸷鸟㉗累百，不如一鹗㉘。夫全赵㉙之时，武力鼎士㉚，袨服丛台之下者㉛，一旦成市，不能止幽王之湛患㉜；淮南连山东之侠，死士盈朝，不能还厉王之西也㉝。然则㉞计议不得，虽诸贲㉟不能安其位亦明矣。故愿大王审画而已！

始孝文皇帝据关入立，寒心销志㊱，不明求衣㊲，自立天子之后，使东牟朱虚东褒仪父之后㊳，深割婴儿王之㊴壤，子王梁代㊵，益以淮阳㊶。卒仆济北㊷、囚弟于雍㊸者，岂非象新垣㊹等哉？今天子新据先帝之遗业，左规山东，右制关中，变权易势，大臣难知。大王弗察，臣恐周鼎复起于汉，新垣过计于朝，则我吴遗嗣，不可期于世矣！高皇帝烧栈道㊺，灌章邯㊻，兵不留行㊼，收弊人之倦，东驰函谷，西楚㊽大破；水攻则章邯以亡其城，陆击则荆王㊾以失其地。此皆国家之不几㊿者也。愿大王熟察之。

---

①邹阳：齐人。吴王，名濞，高祖兄仲之子，封吴。王以子贤入见，与皇太子饮博，相争不恭，为皇太子所杀，因有邪谋，阳时事王，奏书谏，为其事尚隐，恶指斥言，乃先引秦为喻，因

道胡越齐赵之难，以致其意，不纳，卒以反诛。　②曲台：秦宫名。汉未央东有曲台殿，盖缘秦宫而名者。　③衡：犹称之权也。言其悬法度于其上。　④此句一本无“人”字。⑤张耳：初为赵相，与陈余友善，为刎颈交，后奔汉，与韩信共破赵军，杀陈余，汉封为赵王。据：引也，言相引以为援。⑥函谷：见贾谊《过秦论》殽函注。　⑦咸阳：见贾山《至言》注。　⑧北河：戎地之河上。　⑨“上覆飞鸟”二句，言胡来人马之盛，扬尘上覆飞鸟，下不见伏兔。一曰，覆，尽也。⑩至，一作“止”。　⑪属：连也。　⑫强赵责于河间：赵幽王为吕后所幽死，文帝立其长子遂为赵王，立遂弟辟强为河间王，至子哀王无嗣，国除，遂欲复得河间。　⑬六齐望于惠后：文帝闵济北逆乱自灭，尽封悼惠王诸子为列侯。齐文王薨，无子，分齐为六，封将闾为齐王，惠为济北王，贤为淄川王，雄渠为胶东王，卬为胶西王，辟光为济南王，故曰六齐。望：怨望。惠后：惠帝、吕后。言惠帝时吕后割齐地封吕合及刘泽，故六子追怨之。一说，惠后即惠帝。后，帝也。　⑭城阳顾于卢博：谓城阳王喜顾念济北王兴居诛死事而怨天子。卢博：济北地。卢县，济北王都，故城在今山东济南长清区西三十里；博县，济北属县，故城在今山东泰安东南。　⑮三淮南之心思坟墓：谓淮南厉王之子，念其父见迁杀，思墓欲报怨。三淮南：指淮南王、衡山王、济北王。　⑯不专：言诸国各有私怨欲申，若吴反，天子来讨，诸国不肯专为吴以兵相救。　⑰邯郸：战国赵都，秦置郡，汉置县，即今河北邯郸。言既引胡入境，转恐其袭赵。　⑱越水长沙，还舟青阳：言南越与长沙，或观望不进，不足恃也。 ⑲梁孝王初王于淮阳，及徙梁后，仍兼有淮阳。 ⑳广陵：汉县名，今江苏扬州江都区地。 ㉑西河：见贾谊《过秦论》注。 ㉒漳水：上游有清漳、浊漳二源，皆出山西境，下流至河北大名县南入卫河。 ㉓蛟，一作“交”。“交”“蛟”古今字。骧：一作“襄”，举起，昂起。㉔底：通“砥”，磨炼。 ㉕“而”字一本无。奸：求也，与“干”同。 ㉖至：极也，谓极言之。 ㉗鸷鸟：鸷击之鸟，鹰鹯之属。 ㉘鹗：大鸟之鸷者。俗称鱼鹰，古谓之雎鸠。 ㉙全赵：谓赵未分之时。 ㉚鼎士：谓力能举鼎之大力士。 ㉛袨服：犹言黑衣，古戎服尚黑。丛台：战国时赵王之台，数台相连，故名，在今河北邯郸城内。 ㉜幽王：谓赵幽王友。湛患：言赵幽王为吕后幽死。湛，读曰“沈”。㉝厉王之西：谓淮南厉王长废迁严道而死于雍也。 ㉞然则：一作“然而”，古时“而”与“则”同义。 ㉟诸贲：专诸与孟贲，皆古勇士。贲，读如“奔”。 ㊱寒心：如履冰。销志：戒逸乐。 ㊲不明求衣：未明而起。 ㊳谓文帝遣朱虚侯章东喻齐王，嘉其首举兵欲诛诸吕，犹春秋褒邾仪父。一说，使东牟朱虚东，言其东使就王封也。仪，亦作“义”，义父，似谓齐悼惠王。 ㊴深割婴儿王之：谓褒其后，故封其子皆为王。封时有幼者，故举言婴儿。 ㊵壤：孃䑋，字之假借，孃䑋，肥大。王梁代：《汉书·文三王传》“代王武徙王淮阳，复徙王梁，太原王参徙王代”是也。 ㊶益以淮阳：谓割淮阳北边列城以益梁。 ㊷卒仆济北：谓济北王兴居反见诛。仆：僵仆。 ㊸囚弟于雍：谓淮南王长有罪见徙死于雍。 ㊹新垣：即新垣平。一本有“平”字。文帝时，新垣平以望气见，因说帝立渭阳五庙，欲出周鼎，当有玉英见，诈觉，夷三族。㊺栈道：险绝之处，傍山架木，以通道路，故以为名，在陕西褒城县北，接凤县界，张良说汉王烧绝栈道即此。㊻灌章邯：章邯为雍王，高祖以水灌其城。灌，一作“水”。章邯本秦将，降项羽，立为雍王，高祖还定三秦，邯败走自杀。㊼兵不留行：谓攻之易，故不稽留。㊽项羽自立为西楚霸王，都彭城，地为今江苏徐州铜山区。㊾荆王：即楚王，谓项羽。㊿不几：不可希冀意。

枚乘谏吴王书①

臣闻得全者全昌，失全者全亡②。舜无立锥之地③，以有天下；禹无十户之聚④，以王诸侯；汤武之土，不过百里，上不绝三光之明⑤，下不伤百姓之心者，有王术⑥也。故父子之道，天性也。忠臣不避重诛以直谏，则事无遗策，功流万世。臣乘愿披心腹而效愚忠，惟大王少加意念恻怛之心于臣乘言⑦！

夫以一缕之任，系千钧之重，上悬之无极之高，下垂之不测之渊，虽甚愚之人，犹知哀其将绝也。马方骇，鼓而惊之；系⑧方绝，又重镇之。系绝于天，不可复结；坠入深渊，难以复出。其出不出，间不容发。能听忠臣之言，百举必脱。必若所欲为，危于累卵，难于上天；变所欲为，易于反掌，安于泰山，今欲极天命之上寿，弊⑨无穷之极乐，究⑩万乘之势，不出反掌之易，以居泰山之安，而欲乘累卵之危，走上天之难，此愚臣之所大惑也！

人性有畏其影而恶其迹者，却背而走，迹愈多，影愈疾。不知⑪就阴而止，影灭迹绝。欲人勿闻，莫若勿言；欲人勿知，莫若勿为。欲汤之沧⑫，一人炊之，百人扬之，无益也，不如绝薪止火⑬而已。不绝之于彼，而救之于此，譬犹抱薪而救火⑭也。养由基⑮，楚之善射者也。去杨叶百步，百发百中。杨叶之大，加百中焉，可谓善射矣。然其所止，乃百步之内耳，比于臣乘，未知操弓持矢也⑯。福生有基，祸生有胎，纳⑰其基，绝其胎，祸何自来？

太山之溜⑱穿石，单极之绠断干⑲，水非石之钻，索非木之锯，渐靡⑳使之然也。夫铢铢㉑而称之，至石㉒必差；寸寸而度之，至丈必过。石称丈量，径㉓而寡失。夫十围之木，始生而蘖㉔，足可搔而绝，手可擢而拔㉕，据其未生，先其未形。磨砻砥砺，不见其损，有时而尽；种树畜养，不见其益，有时而大；积德累行，不知其善，有时而用；弃义背理，不知其恶，有时而亡。臣愿大王孰计而身行之！此百世不易之道也。

---

①枚乘：汉淮阴人，字叔，为吴王濞郎中。王有异谋，上书谏，不纳，去之梁，孝王尊为上客。至景帝时，濞卒以反诛，武帝时，征枚，枚道卒。　②“得全者全昌”二句，上全字谓保

全之道，下全字谓完全。一本作“得全者昌，失全者亡”。
③锥末至微，今乃并立锥之地而无之，极言其贫弱。④聚：聚邑。⑤三光：日月星也。言上感天象，故无错谬。⑥王术：谓王天下之术。⑦恻怛：心有不忍之意。⑧系：缚也。⑨弊：尽也。⑩究：竟也，极也。⑪“不知”之“知”，当为“如”字之误，与下文“两莫若一不如”同例。⑫凔（chuàng）：寒也。⑬《吕氏春秋·尽数》：“夫汤止沸，沸愈不止，去火则止矣。”即绝薪止火之意。⑭抱薪而救火：谓欲除害而更益之。《文选》注：“不治其本而救其末，无异凿渠而止水，抱薪而救火也。”⑮养由基：楚人，战国时，苏厉谓周君，楚有养由基者，善射，去柳叶者百步而射之，百发百中。⑯比于臣乘未知操弓持矢也，乘自言知者远，非若彼止见百步之中。⑰纳：犹受。⑱溜：屋水流，引申为山水自上下流。⑲西方人名屋梁谓极。单：一也，单极，一梁。绠：即“绠”，绳，以汲井水。干：交木井上以为栏者。⑳靡：音“磨”。㉑铢：古衡名，十黍为累，十累为铢。㉒石：百二十斤。㉓径：直。㉔蘖：芽之旁出者。㉕擢（zhuó）：拔也。

东方朔答客难①

客难东方朔曰：“苏秦、张仪②，一当万乘之主，而都③卿相之位。泽及后世，今子大夫修先王之术，慕圣人之义，讽诵《诗》《书》百家之言，不可胜记，著于竹帛④，唇腐齿落，服膺[5]而不可释。好学乐道之效，明白甚矣[6]；自以智能[7]海内无双，则可谓博闻辩智矣。然悉力尽忠以事圣帝，旷日持久，积数十年，官不过侍郎[8]，位不过执戟[9]。意者尚有遗行邪！同胞之徒，无所容居[10]，其何故也？”

东方先生喟然长息，仰而应之曰：“是故非子之所能备，彼一时也，此一时也，岂可同哉！夫苏秦、张仪之时，周室大坏，诸侯不朝，力政[11]争权，相擒以兵，并为十二国[12]，未有雌雄，得士者强，失士者亡，故说得行焉[13]。身处尊位，珍宝充内，外有廪仓[14]，泽及后世，子孙长享。今则不然，圣帝流德[15]，天下震慑[16]，诸侯宾服[17]，连四海之外以为带[18]，安于覆盂[19]。天下平均，合为一家，动发举事，犹运之掌。贤与不肖，何以异哉！遵天之道，顺地之理，物无不得其所。故绥之则安，动之则苦；尊之则为将，卑之则为虏；抗之则在青云之上，抑之则在深泉之下；用之则为虎，不用则为鼠。虽欲尽节效情，安知前后[20]！夫[21]天地之大，士民之众，竭精驰[22]说，并进辐凑者，不可胜数，悉力慕之，困于衣食，或失门户[23]。使苏秦张仪与仆[24]并生于今之世，曾不得掌故[25]，安敢望侍郎乎[26]！传曰：‘天下无害，虽有圣人，无所施才；上下和同，虽有贤者，无所立功。’[27]故曰：时异事异。”

“虽然，安可以不务修身乎哉！《诗》曰：‘鼓钟于宫，声闻于外。’[28]‘鹤鸣九皋，声闻于天。’[29]苟能修身，何患不荣？太公体行仁义[30]，七十有二乃[31]设用于文武，得信[32]厥说，封于齐，七百岁而不绝。此士所以日夜孳孳[33]，修学[34]敏行而不敢怠也。譬若鹡鸰，飞且鸣矣[35]。传曰：‘天不为人之恶寒而辍其冬，地不为人之恶险而辍其广，君子不为小人之匈匈而易其行。’‘天有常度，地有常形，君子有常行；君子道其常，小人计其功。’[36]”

“《诗》云：‘礼义之不愆，何恤人之言。’[37]‘水至清则无鱼，人至察则无徒。冕而前旒，所以蔽明；黈纩充耳，所以塞聪。’[38]明有所不见，聪有所不闻，举大德，赦小过，无求备于一人之义也[39]。‘枉而直之，使自得之；优而柔之，使自求之；揆而度之，使自索之。’[40]盖圣人之教化如此，欲其自得之；自得之，则敏且广矣。今世之处士，时虽不用，块然[41]无徒，廓然[42]独居，上观许由[43]，下察接舆[44]，计同范蠡[45]，忠合子胥[46]，天下和平，与义相扶，寡偶少徒，固其宜也。子何疑于予哉！

“若夫燕之用乐毅[47]，秦之任李斯[48]，郦食其之下齐[49]，说行如流，曲从如环，所欲必得，功若邱山，海内定，国家安，是遇其时者也。子又何怪之邪！语曰：‘以管窥天。以蠡测海，以莛撞钟[50]。’岂能通其条贯，考其文理，发其音声哉[51]！由是观之，譬犹鼱鼩[52]之袭狗，孤豚之咋虎[53]，至则靡[54]耳，何功之有！今以下愚而非处士，虽欲勿困，固不得已。此适足以明其不知权变，而终惑于大道也。”

---

①东方朔：平原厌次(今山东陵县)人，字曼倩，善诙谐，事

武帝为郎，时以讽谏救帝之过，长于文辞。以位卑，著论设客难己，以自慰谕。　②张仪：战国魏人，相秦惠王，以连衡之策说六国，使背从约而事秦。　③都：居。　④竹帛：古用以记载文字，上古用竹木，至秦，以帛代之。　⑤服膺：犹言存之胸中。　⑥“好学”二句一本无。　⑦智能，一作“为”。　⑧侍郎：官名，汉郎官初上台称尚书郎中，满岁称尚书郎，三岁称侍郎，五岁迁大县，或补二千石。　⑨执戟：古诗郎之职，凡郎官皆主更值执戟宿卫诸殿门以侍卫之，故通谓之侍郎。　⑩“同胞”二句一本无。　⑪力政：犹力征。政读如“征”。　⑫春秋、战国之间，有十二国，鲁、卫、齐、宋、楚、郑、燕、赵、韩、魏、秦、中山是也。　⑬故说得行焉，一作“故谈说行焉”；一作“故说听行通”。　⑭廪仓，一作“仓廪”。米藏曰廪，谷藏曰仓。一本无“珍宝充内，外有廪仓”二句。　⑮圣帝流德，一作“圣帝在上”。“流德”一作“德流”。　⑯天下震慑，一作“泽流天下”。震慑：恐惧。　⑰一本“诸侯宾服”下有“威震四夷”四字。　⑱连四海之外以为带，言如带之相连。　⑲安于覆盂：言不可动摇。　⑳安知前后：言不知今昔之异。　㉑夫，一作“方今以”。　㉒驰，一作“谈”。　㉓或失门户：言被诛而丧其门户。　㉔仆：自谦之辞。　㉕掌故：汉百石吏，主故事者。　㉖侍郎，一作“常侍郎”，一作“常侍侍郎”。　㉗一本无此四句。　㉘“鼓钟于宫”二句，言有于中必形于外。　㉙“鹤鸣九皋”二句，见《诗·小雅·鹤鸣》。皋：泽也。言处卑而声高。　㉚太公：本姓姜，名尚，其先封于吕，故亦曰吕尚，文王得之曰吾太公望子久矣，故曰太公望，佐武王克殷有功，封于齐。体，一作“躬”。 ㉛乃，一作“延”。 ㉜信：读“伸”，义同。 ㉝孳孳：勤勉。 ㉞一本无“修学”二字。 ㉟辟：读“譬”。鹡鸰：小青雀，飞则鸣，行则摇，甚勤苦。 ㊱“天不”六句，见《荀子·天论》。匈匈：喧哗声。道：由也。 ㊲“礼义”二句，见《左传》昭公四年，逸诗也。愆：过也。恤：忧也。 ㊳“水至清”六句，见《大戴礼》，孔子之辞。黈（tǒu）：黄色。纩：绵。以黄绵为球，用组悬之于冕，垂两耳旁，以示不外听。 ㊴语见《论语》。 ㊵“枉而直之”六句，见《大戴礼》。 ㊶块然：独立貌。 ㊷廓然：空也。 ㊸许由：字武仲，尧时隐士，尧让以天下， 不受而逃之。 ㊹接舆：春秋楚之隐者，姓陆，名通。《论语·微子》有“楚狂接舆”。 ㊺范蠡：见贾谊《过秦论》“陶朱”注。 ㊻子胥：春秋楚人，姓伍，名员，子胥其字也，父奢兄尚，皆为楚平王所杀，子胥奔吴，伐楚入郢，后吴败越，越王勾践请和，夫差许之，子胥谏，不听，太宰嚭谗之，夫差赐子胥死，盛以鸱夷革，浮之江。 ㊼乐毅：见贾谊《过秦论》注。 ㊽李斯：秦始皇之相，本楚上蔡人，仕于秦，始皇信任之。 ㊾郦食其：汉陈留高阳人，谒沛公说下陈留，号为广武君，又说齐下七十余城。 ㊿以管窥天，以蠡测海，以莛撞钟：言所见之小。蠡：瓠瓢也。莛（tíng）：草茎。 51《说苑》：“建天下之鸣钟，撞之以莛，岂能发其音声哉。” 52鼱鼩（jīng qú）：小鼠。 53豚：猪子。咋：啮。 54靡：碎灭。

司马相如子虚赋[1]

楚使子虚[2]使于齐，齐王悉发车骑，与使者出畋[3]。畋罢，子虚过姹乌有先生[4]，亡是公存焉[5]。坐定，乌有先生问曰："今日畋乐乎？"子虚曰："乐。""获多乎？"曰："少。""然则何乐？"对曰："仆乐齐王之欲夸[6]仆以车骑之众，而仆对云梦[7]之事也。"曰："可得闻乎？"子虚曰："可。王车驾千乘，选徒万骑，畋于海滨，列卒满泽，罘[8]网弥山，掩兔辚鹿[9]，射麋脚麟[10]，骛于盐浦[11]，割鲜染轮[12]，射中获多，矜而自功，顾谓仆曰：'楚亦有平原广泽游猎之地，饶乐若此者乎？楚王之猎，孰与寡人乎？'仆下车对曰：'臣，楚国之鄙人也。幸得宿卫，十有余年，时从出游，游于后园，览于有无，然犹未能遍睹也，又焉足以言其外泽乎。'齐王曰：'虽然，略以子之所闻见而言之。'仆对曰：'唯唯[13]！'"

"臣闻楚有七泽，尝见其一，未睹其余也。臣之所见，盖特其小小者耳，名曰云梦。云梦者，方九百里，其中有山焉。其山则盘纡茀郁[14]，隆崇嵂崒[15]，岑崟[16]参差，日月蔽亏[17]。交错纠纷，上干青云；罢池陂陀[18]，下属江河。其土则丹青赭垩[19]，雌黄白坿[20]，锡碧金银[21]，众色炫耀，照烂龙鳞[22]。其石则赤玉玫瑰[23]，琳瑉昆吾[24]，瑊玏玄厉[25]，碝石碔砆[26]。"

"其东则有蕙圃[27]，蘅兰芷若[28]，穹穷[29]菖蒲，江蓠蘪芜[30]，诸柘巴苴[31]。其南则有平原广泽，登降陁靡[32]，案衍坛曼[33]，缘以大江，限以巫山[34]。其高燥则生葴菥苞荔[35]，薛莎青薠[36]；其埤湿则生藏莨蒹葭[37]，东蘠雕胡[38]，莲藕觚卢[39]，庵闾轩于[40]。众物居之，不可胜图[41]。”

“其西则有涌泉清池，激水推移，外发芙蓉菱华[42]，内隐巨石白沙。其中则有神龟蛟鼍[43]，瑇瑁[44]鳖鼋。其北则有阴林[45]，其树楩柟豫章[46]，桂椒木兰[47]，檗离朱杨[48]，樝梨梬栗[49]，橘柚芬芳。其上则有鹓雏孔鸾[50]，腾远射干[51]；其下则有白虎玄豹，蟃蜒貙犴[52]。于是乎乃使专诸[53]之伦，手格此兽。”

“楚王乃驾驯驳[54]之驷，乘雕玉之舆，靡鱼须之桡旃[55]，曳明月[56]之珠旗，建干将之雄戟[57]，左乌号之雕弓[58]，右夏服之劲箭[59]，阳子[60]骖乘，孅阿[61]为御，案节未舒[62]，即陵狡兽，蹴蛩蛩[63]，辚距虚[64]，轶野马，韢騊駼[65]，乘遗风[66]，射游骐[67]，倏眒倩浰[68]，雷动猋[69]至，星流霆[70]击，弓不虚发，中必决眦[71]，洞胸达掖[72]，绝乎心系[73]，获若雨兽[74]，掩草蔽地。于是楚王乃弭节[75]徘徊，翱翔容与[76]，览乎阴林，观壮士之暴怒，与猛兽之恐惧，徼𠛌受诎[77]，殚睹众物之变态。”

“于是郑女曼姬[78]，被阿緆[79]，揄[80]纻缟，杂纤罗，垂雾縠[81]，襞积褰绉[82]，纡徐委曲，郁桡溪谷[83]。衯衯裶裶[84]，扬袘戌削[85]，蜚襳垂髾[86]。扶舆猗靡[87]，翕呷萃蔡[88]，下靡兰蕙，上拂羽盖[89]，错翡翠之威蕤[90]，缪绕玉绥[91]。眇眇忽忽，若神仙之仿佛[92]。于是乃相与獠[93]于蕙圃，媻姗勃窣[94]，上乎金堤[95]。掩翡翠，射鵔鸃[96]，微矰出[97]，孅缴[98]施，弋白鹄，连驾鹅[99]，双鸧[100]下，玄鹤加，怠而后发，游于清池。浮文鹢[101]，扬旌栧[102]，张翠帷，建羽盖，罔瑇瑁，钩紫贝[103]，摐金鼓[104]，吹鸣籁。榜人[105]歌，声流喝[106]。水虫骇，波鸿沸，涌泉起，奔扬[107]会。礧石[108]相击，硠硠磕磕[109]，若雷霆之声，闻乎数百里之外。”

“将息獠者，击灵鼓[110]，起烽燧[111]，车案行[112]，骑就队，缅乎淫淫[113]，般乎裔裔[114]。于是楚王乃登云阳之台[115]，怕[116]乎无为，憺[117]乎自持，勺药[118]之和具，而后御之。不若大王终日驰骋，曾不下舆，脟割轮焠[119]，自以为娱。臣窃观之，齐殆不如。于是齐王无以应仆也。”

乌有先生曰：“是何言之过也！足下不远千里，来贶[120]齐国，王悉发境内之士，备车骑之众，与使者出畋，乃欲戮力致获，以娱左右，何名为夸哉！问楚地之有无者，愿闻大国之风烈，先生之余论也。今足下不称楚王之德厚，而盛推云梦以为高，奢言淫乐而显侈靡，窃为足下不取也！必若所言，固非楚国之美也；无而言之，是害足下之信也。彰君恶，伤私义，二者无一可，而先生行之，必且轻于齐而累于楚矣。且齐东陼[121]巨海，南有琅邪[122]，观乎成山[123]，射乎之罘[124]，浮渤澥[125]，游孟诸[126]。邪与肃慎为邻[127]，右以汤谷[128]为界，秋田乎青丘[129]，徬徨[130]乎海外，吞若云梦者八九，于其[131]胸中，曾不蒂芥。若乃俶傥瑰玮[132]，异方殊类，珍怪鸟兽，万端鳞崪[133]，充牣[134]其中，不可胜记，禹不能名，卨[135]不能计。然在诸侯之位，不敢言游戏之乐，苑囿之大；先生又见客[136]，是以王辞不复，何为无以应哉！”[137]

---

①司马相如：汉成都人，事武帝为郎，长于辞赋，所作丰赡富丽，六朝之人多仿之。《子虚赋》者，相如虚借子虚、乌有先生、亡是公三人为辞，以推天子诸侯之苑，其卒章归之于节俭，因以讽谏。　②子虚：虚言也，假以称说楚之美。　③畋：田猎。　④姹（chà）：夸诳。乌有先生，乌有此事也，假以难诘楚事。　⑤亡是公：无是人也。存，一作“在”。　⑥夸：华言无实。　⑦云梦：即古云梦泽。在今湖北江汉平原。本二泽，云在江北，梦在江南，方八九百里，后悉为邑居聚落。⑧罝（jū）：捕兔的网。　⑨辚：谓车辗压。　⑩脚：偏引其足。麟：牡鹿。　⑪骛：乱驰。盐浦：海水之涯，多出盐也。　⑫染轮：切生肉染车轮盐而食之。　⑬唯唯：恭应之辞。　⑭岪（fú）郁：盘曲貌。　⑮隆崇嵂崒：山高峻貌。隆崇：竦起。嵂崒，一作“律崪”。　⑯岑崟（yín）：高峻貌。　⑰蔽：全隐。亏：半缺。言高山壅蔽，日月亏缺半见。⑱罢池：言极其所至靡迤下尽也。陂陀：读如坡陁，犹言靡迤耳。“陀”与“池”同。　⑲丹：朱砂。青：空青。赭：赤土。垩：白土。　⑳雌黄：药名，出武都山谷。白坿：以白灰饰之。　㉑碧：玉之青白色者。　㉒言彩色相耀，如龙鳞之间杂。　㉓玫瑰：石之美者。　㉔琳：玉也。珉：石之次玉者。昆吾：本山名，出善金，因以名金。　㉕瑊玏（jiān lè）：

似玉的美石。玄厉：黑色磨刀石。 ㉖碝石：石之次玉者。碝（ruǎn），一本作“礝”。碱砆：赤地白采，葱茏白黑不分。一作“武夫”。 ㉗蕙圃：蕙草之圃。 ㉘蘅兰：二草名。蘅：杜蘅，其状若葵，其臭如蘼芜。兰：通称兰草。芷：白芷。若：杜若，亦为香草，杜衡之大者。 ㉙穹穷：一作“芎䓖”，香草，茎高一二尺，叶似芹，秋间细花五瓣，色黄白，其根可供药用。 ㉚江蓠：香草。蓠，一作“离”。蘼芜：草名，一名蕲芷，茎高尺许，叶为羽状复叶，夏开小花五瓣，色白有清香。 ㉛诸柘：一名甘蔗。柘，一作“蔗”。一说诸柘为二物，诸乃山芋。巴苴：一曰巴蕉。巴，一作“猼”；苴，一作“且”。 ㉜陁（yí）靡：斜貌。 ㉝案衍：地势低洼貌。坛曼：平坦宽广貌。 ㉞巫山：即巫峡，山有十二峰，峰下有神女庙。 ㉟葴（zhēn）：马蓝草。菥（sī）：草名，似燕麦。苞：鹿蹄草，其物可为草鞋，亦可作席。荔：马荔草，即马蔺草，蠡实的别名，多年生草本植物，叶可造纸，根可作刷。㊱薛：艾蒿。莎：莎草，块茎称香附子，叶可为笠及蓑衣。青薠：似莎而大。一作“青蘋”。一本无“薛莎青薠”四字。㊲埤（pí）：低湿之地。藏莨：狼尾草俗名狗尾巴草。蒹葭：尚未抽穗的芦苇。 ㊳东蘠：沙蓬，实如葵子，十月熟。蘠：一作“蔷”。雕胡：菰米。 ㊴觚卢：葫芦。 ㊵庵闾：草名，状如艾蒿。庵：一作“奄”。轩于：莸草，生水中。 ㊶不可胜图：谓不可尽举而图写之也。 ㊷芙蓉：莲花。菱，一作“蔆”。 ㊸蛟：龙属无角曰蛟。鼍（tuó）：俗称猪婆龙，生于江湖，其皮可冒鼓。 ㊹瑇瑁：一作“毒冒”，今作“玳瑁”，龟属，甲有文，生南海中。　⑮阴林：言其树多而大，常如阴也。　⑯其树：一说，当为“巨树”，属上阴林断句。楩：大木。枏：即今所谓楠木。豫章：大木，似楸。　⑰木兰：木名，亦名杜兰，又名林兰，又谓之木莲，或谓生零陵山谷间。　⑱檗（bò）：皮可染者。离：山梨。朱杨：赤河柳。⑲楂（zhā）：似梨而甘。梬（yǐng）：梬枣，似柹而小。⑳鹓雏：传说中与鸾凤同类的鸟。孔：孔雀。鸾：鸾鸟。一本此句上有“赤猿玃猱”四字。　㉑腾远射干：二鸟名。一说，兽名。　㉒蟃蜒：兽名，似狸。《尔雅》注：“文山民呼貙虎之大者为貙豻。”盖一物也。豻，本作“犴”。此句下一本有“兕象野犀穷奇獌挺”八字。　㉓专诸：春秋时吴之刺客，公子光享王僚，专诸置匕首鱼腹中刺之，王僚立死，专诸亦为王左右所杀。　㉔驯：扰，狡：如马，白身黑尾，一角锯牙，食虎豹。一说，驯狡：止是狡马耳，虎尝见而伏，故出猎驾之，非真狡也。狡，一作“驳”。“狡”“驳”通假。　㉕鱼须：大鱼之须，出东海，见《尚书·大传》。桡旃：即曲旃；桡（náo）：弯曲。　㉖明月：珠名。㉗干将：剑戟之通称。雄戟：戟中有小刺者。　㉘乌号：柘桑，其材坚劲，乌栖其上，将飞，枝劲复起，摽呼其上，伐取其材为弓，因名乌号。　㉙夏服：盛箭器，夏后氏之良弓名烦弱，其矢亦良，即烦弱箭服，故曰夏服。㉚阳子：仙人阳陵子。　㉛孅（xiān）阿：月神，本山名，有女子处其岩，月历数度跃入月中，因为月神。　㉜案节：犹弭节。未舒：言未尽。　㉝蹴：践踏。一本作“轶”。蛩蛩：北海白兽，似马。　㉞距虚：似骡而小。一说，即蛩蛩，变文避复。 ⑥⑤辖（wèi）：车轴头，此处作动词。騊駼：北狄良马。一曰野马，盖野马、騊駼为一物，与蛩蛩、距虚之一物二名，相对为文。 ⑥⑥遗风：秦始皇马名。千里马名。 ⑥⑦《尔雅·释兽》："𩣡如马一角，不角者曰骐。" ⑥⑧倏目倩浰：皆疾貌。 ⑥⑨猋（biāo）：狂飙。 ⑦⓪霆，一作"电"。 ⑦①眦：即"眥"字，目眶。 ⑦②掖：与"腋"同，臂下。 ⑦③绝乎心系：中心绝系。 ⑦④获若雨兽：言获杀之多，如天雨兽。 ⑦⑤弭节：示安徐貌。 ⑦⑥翱翔容与：言自得。 ⑦⑦徼（yāo）：遮也。 𤞞（jù）：倦极。詘：力尽。 ⑦⑧郑女曼姬：郑女多美，故郑女为当时美女恒称。曼：美也。姬：妇人通称。 ⑦⑨阿：细缯。緆（xī）：细布。一作"锡"。 ⑧⓪揄：曳。 ⑧①雾縠：今之轻纱，薄如雾。 ⑧②襞积：状衣之摺叠。褰绉：缩蹙之。 ⑧③郁桡溪谷：言委屈如溪谷。 ⑧④衯衯（fēn）裶裶（fēi）：皆衣长貌。 ⑧⑤袘：裳下缘。戌削：裁制貌，状行时裳缘之整齐。 ⑧⑥蜚，古"飞"字。纖：束衣之长带。髾（shāo）：燕尾，皆衣上假饰。 ⑧⑦扶舆猗靡：衣裳称美之貌。 ⑧⑧翕呷萃蔡：衣之声，衣声有似翕呷，故取为状。萃，读如翠。 ⑧⑨下靡兰蕙，上拂羽盖：垂纖飞髾，飘扬上下，故或磨兰蕙，或拂羽盖。靡，一作"磨"。 ⑨⓪威蕤：旗名。威：一作"葳"，亦作"萎"。 ⑨①绥：登车所执。玉绥：车之绥以玉饰之。 ⑨②眇眇忽忽，若神仙之仿佛：言其容饰奇艳，殊非人世所见。一作"缥乎忽忽，若神仙之仿佛"。一本无"仙"字。 ⑨③獠：打猎。 ⑨④媻姗勃窣：匍匐而行。 ⑨⑤上乎金堤，一本无"乎"字；一本"乎"作"下"。 ⑨⑥鵕䴊（jùn yí）：赤雉，似山鸡而小。

⑰矰：短矢。 ⑱孅缴：一作“纤缴”。缴，生丝。 ⑲驾鹅：野鹅。 ⑳鸧（cāng）：鸧鸹。 ㉑鹢：水鸟。画其像于船首，故曰“文鹢”。 ㉒栧（yì）：船舷。一作“枻”。树旌于上，故曰“旌栧”。 ㉓钩，一作“钓”。 ㉔摐（chuāng）：敲击。金鼓：钲，其形似鼓，故名。 ㉕榜人：船夫。 ㉖喝：櫂歌。 ㉗扬，一作“物”。 ㉘礌石：古代作战时从高处推下石头，以击敌。 ㉙硠硠磕磕：石声。硠硠，一作“琅琅”。 ⑩灵鼓：六面鼓。 ⑪烽燧：古代边防报警的信号，白天放烟叫烽，夜间举火叫燧。 ⑫案：依也。行：列也。 ⑬纚（xǐ），群行貌。淫淫：行进貌。 ⑭般：以次相连而行。裔裔：行貌。形容队伍络绎不绝以次渐进。 ⑮云阳之台：云梦中高唐之台，言其高出云之阳。 ⑯怕：无为。一作“泊”。 ⑰憺：与“澹”同，安静。 ⑱勺药，五味之和，盖古时五味之和，总谓之勺药。 ⑲脟：与“脔”同。焠（cuì）：烧灼。言脔割其肉，揾车轮盐而食之。 ⑳贶：加惠，惠赐。 ㉑陼：小洲。言齐东临大海为渚。一本作“有”。 ㉒琅邪：山名，也作芝罘，在今山东诸城海滨。 ㉓成山：在今山东荣成市东北海滨，其角突出海中，称成山角。 ㉔之罘：山名，在今山东烟台福山区东北。 ㉕渤澥：今渤海。 ㉖孟诸：宋之大泽，在今河南商丘市东北，故属齐。 ㉗邪：读为“斜”。肃慎：古国名，今吉林及俄属东海滨省之地。 ㉘汤谷：日所出，以为东界。一说，言为东界，则“右”当为“左”字之误。 ㉙青丘：盖今蓬莱诸岛在海中者。 ㉚徬徨，一作“仿徨”。 ㉛于其，一作“其于”。 ㉜俶傥：卓异，

不羁。瑰玮：珍奇。　⑬㉓崒：与“萃”同，集也。　⑬㉔充牣：满也。牣，一作“仞”。　⑬㉕卨：与“契”同。　⑬㉖见客：见，被。客，作动词用。以客礼相待。若今人称见顾见至。⑬㉗此段乌有折子虚。

司马相如上林赋[1]

亡是公听然[2]而笑曰：“楚则失矣，而齐亦未为得也。夫使诸侯纳贡者，非为财币，所以述职也[3]；封疆画界者，非为守御，所以禁淫也。今齐列为东藩，而外私肃慎[4]，捐国逾限[5]，越海而田[6]，其于义固未可也。且二君之论，不务明君臣之义，正诸侯之礼，徒事争于游戏之乐，苑囿之大，欲以奢侈相胜，荒淫相越，此不可以扬名发誉，而适足以贬君自损也。”

“且夫齐、楚之事，又乌足道乎，君未睹夫巨丽也！独不闻天子之上林乎？左苍梧[7]，右西极[8]，丹水[9]更其南，紫渊[10]径其北，终始灞、浐[11]，出入泾、渭[12]、酆、镐，潦、潏[13]，纡余委蛇[14]，经营乎[15]其内。荡荡乎八川[16]分流，相背而异态。东西南北，驰骛往来，出乎椒丘[17]之阙，行乎洲淤[18]之浦，经乎桂林[19]之中，过乎泱漭之壄[20]。汩乎混流[21]，顺阿[22]而下，赴隘狭[23]之口。触穹石[24]，激堆埼[25]，沸乎暴怒，汹涌彭湃[26]，滭弗宓汩[27]，偪侧泌瀄[28]，横流逆折，转腾潎洌[29]，滂濞沆溉[30]，穹隆云桡[31]，宛潬胶盭[32]，逾波趋浥[33]，涖涖下濑[34]，批岩冲拥，奔扬滞沛[35]，临坻[36]注壑，瀺灂霣坠[37]，沉沉隐隐[38]，砰磅訇礚[39]，潏潏淈淈[40]，湁潗[41]鼎沸，驰波跳沫，汩淴[42]漂疾，悠远长怀，寂漻无声，肆乎永归，然后灏溔潢漾[43]，安翔徐回，翯乎滈滈[44]，东注太湖[45]，衍溢陂池。”

“于是乎蛟龙赤螭[46]，䱭䲛渐离[47]，鰅鰫鰬魠[48]，禺禺魼鳎[49]，揵鳍掉尾，振鳞奋翼，潜处乎深岩。鱼鳖讙声，万物众夥，明月珠子[50]，的皪江靡[51]，蜀石黄碝[52]，水玉磊砢[53]，磷磷烂烂，采色澔汗，藂积乎其中。鸿鹔鹄鸨[54]，驾鹅属玉[55]，交精旋目[56]，烦鹜庸渠[57]，箴疵䴔卢[58]，群浮乎其上。汎[59]淫泛滥，随风澹淡，与波摇荡，奄薄水渚，唼喋[60]菁藻，咀嚼菱藕。”

“于是乎崇山矗矗[61]，巃嵸崔巍[62]，深林巨木，崭岩参差[63]，九嵕巀嶭[64]，南山[65]峨峨，岩陁甗锜[66]，摧崣崛崎[67]，振溪通谷，蹇产[68]沟渎，谽呀豁閜[69]，阜陵别坞[70]，崴磈嵔廆[71]，丘虚崛㠥[72]，隐辚郁㠥[73]，登降施靡[74]，陂池貏豸[75]，沇溶淫鬻[76]，散涣夷陆[77]，亭皋千里[78]，靡不被筑。”

“掩以绿蕙，被以江蓠[79]，糅以蘪芜[80]，杂以留夷[81]，布结缕[82]，攒戾莎[83]，揭车衡兰[84]，槁本射干[85]，茈姜蘘荷[86]，葴持若荪[87]，鲜支黄砾[88]，蒋苎青薠[89]，布濩[90]闳泽，延曼太原[91]，离靡[92]广衍，应风披靡，吐芳扬烈，郁郁菲菲．众香发越，肸蚃[93]布写，晻薆咇咈[94]。”

“于是乎周览泛观，缜纷轧芴[95]，芒芒恍忽，视之无端，察之无涯[96]，日出东沼，入乎西陂[97]。其南则隆冬生长，涌水跃波；其兽则獑旄貘犛[98]，沈牛麈麋[99]，赤首圜题[100]，穷奇[101]象犀。其北则盛夏含冻裂地，涉冰揭[102]河；其兽则麒麟角端[103]，騊駼橐驼[104]，蛩蛩驒騱[105]，駃騠驴蠃[106]。”

“于是乎离宫别馆，弥山跨谷，高廊四注[107]，重坐曲阁[108]，华榱璧珰[109]，辇道纚属[110]，步榈[111]周流，长途中宿。夷嵏[112]筑堂，累台增成[113]，岩窔洞房[114]，俛杳眇而无见，仰攀橑[115]而扪天，奔星[116]更于闺闼，宛虹拖于楯轩[117]。青龙蚴蟉于东厢[118]，象舆婉僤于西清[119]，灵圄[120]燕于闲馆，偓佺[121]之伦，暴于南荣[122]。醴泉涌于清室，通川过于中庭。盘石振崖[123]，嵚岩[124]倚倾，嵯峨嶕嶫[125]，刻削峥嵘[126]，玫瑰[127]碧琳，珊瑚[128]丛生，瑉玉旁唐[129]，玢豳文鳞[130]，赤瑕驳荦[131]，杂臿其间，晁采琬琰[132]，和氏出焉[133]。”

“于是乎卢桔[134]夏熟，黄甘橙楱[135]，枇杷橪[136]柿，亭柰厚朴[137]，梬枣[138]杨梅，樱桃蒲陶，隐夫薁棣[139]，荅遝离支[140]，罗乎后宫，列乎北园。貤[141]丘陵，下平原，扬翠叶，扤[142]紫茎，发红华，垂[143]朱荣，煌煌扈扈[144]，照曜巨野，沙棠栎槠[145]，华枫枰栌[146]，留落胥邪[147]，仁频并闾[148]，欃檀[149]木兰，豫章女贞[150]，长千仞，大连抱，夸条直畅，实叶葰楙[151]，攒立丛倚，连卷欐佹[152]，崔错癹骫[153]，坑衡閜砢[154]，垂条扶疏[155]，落英幡纚[156]，纷溶萷蔘[157]，猗狔[158]从风，浏莅芔歙[159]，盖象金石之声，管籥之音。偨池茈虒[160]，旋还[161]乎后宫，杂袭累辑[162]，被山缘谷，循坂下隰，视之无端，究之无穷。”

“于是乎玄猨素雌[163]，蜼玃飞蠝[164]，蛭蜩蠼猱[165]，獑胡縠蛫[166]，栖息乎其间，长啸哀鸣，翩幡互经，夭蟜枝格，偃蹇杪颠[167]，逾绝梁[168]，腾殊榛[169]，捷垂条[170]，踔希间[171]，牢落陆离[172]，烂漫远迁[173]。若此者数百千处，娱游往来。宫宿馆舍，庖厨不徙，后宫不移，百官备具。”

“于是乎背秋涉冬，天子校猎[174]，乘镂象[175]，六玉虬[176]，拖蜺旌[177]，靡云旗[178]，前皮轩[179]，后道游[180]。孙叔奉辔，卫公参乘[181]，扈从[182]横行，出乎四校[183]之中，鼓严簿[184]，纵猎[185]者。河江为阹[186]，泰山为橹[187]，车骑雷起，殷天动地，先后陆离[188]，离散别追，淫淫裔裔，缘陵流泽，云布雨施。”

“生貔豹[189]，搏豺狼，手熊罴[190]，足野羊[191]，蒙鹖苏[192]，绔白虎[193]，被班文[194]，跨野马。凌三嵕[195]之危，下碛历之坻[196]，径峻赴险，越壑厉[197]水。椎蜚廉[198]，弄獬豸[199]，格虾蛤[200]，铤猛氏[201]，罥騕袅[202]，射封豕[203]。箭不苟害，解脰[204]陷脑；弓不虚发，应声而倒。”

“于是乘舆弭节徘徊，翱翔往来，睨部曲之进退，览将帅之变态。然后侵淫促节[205]，倏夐[206]远去。流离轻禽[207]，蹴履狡兽，轊[208]白鹿，捷[209]狡兔，轶赤电，遗光耀[210]，追怪物，出宇宙，弯蕃弱[211]，满白羽，射游枭[212]，栎蜚遽[213]。择肉而后发，先中而命处，弦矢分，艺殪仆[214]。然后扬节而上浮，凌惊风，历骇猋[215]，乘虚无，与神俱。躏[216]玄鹤，乱昆鸡[217]，遒孔鸾，促鵕鸃[218]，拂翳鸟[219]，捎凤皇，捷鹓雏[220]，掩焦明[221]。道尽途殚，回车而还；消摇乎襄羊[222]，降集乎北纮[223]；率乎直指[224]，晻乎反乡[225]。”

"蹷石阙[226]，历封峦，过鳷鹊，望露寒，下棠梨[227]，息宜春[228]。西驰宣曲[229]，濯鹢牛首[230]，登龙台[231]，掩细柳[232]。观士大夫之勤略，均猎者之所得获[233]，徒[234]车之所轥轹，步骑之所蹂若[235]，人臣之所蹈藉，与其穷极倦𠜲[236]。惊惮詟伏[237]，不被创刃而死者，他他藉藉[238]，填坑满谷，掩平弥泽[239]。"

"于是乎游戏懈[240]怠，置酒乎颢天之台[241]，张乐乎胶葛之寓[242]；撞千石之虡钟，立万石之虡[243]，建翠华之旗[244]，树灵鼍之鼓[245]。奏陶唐氏之舞[246]，听葛天氏之歌[247]；千人唱，万人和；山陵为之震动，川谷为之荡波。巴、渝、宋、蔡[248]，淮南干遮[249]，文成颠歌[250]，族居递奏，金鼓迭起，铿铃闛鞈[251]，洞心骇耳。荆、吴、郑、卫之声[252]，韶、頀、武、象之乐[253]，阴淫案衍[254]之音，鄢郢缤纷[255]，激楚结风[256]，俳优侏儒[257]，狄鞮[258]之倡，所以娱耳目乐心意者，丽靡烂漫于前，靡曼美色。若夫青琴、宓妃之徒[259]，绝殊离俗[260]，妖冶娴都[261]，靓妆刻饰[262]，便嬛绰约[263]，柔桡嫚嫚[264]，妩媚孅弱。曳独茧之褕绁[265]，眇阎易以恤削[266]，便姗嫳屑[267]，与俗殊服。芬芳沤郁[268]，酷烈淑郁，皓齿粲烂，宜笑的皪，长眉连娟[269]，微睇绵藐[270]，色授魂与[271]，心愉于侧[272]。"

"于是酒中乐酣，天子芒然[273]而思，似若有亡。曰：嗟乎！此大奢侈，朕以览听余闲，无事弃日[274]，顺天道以杀伐[275]，时休息于此。恐后叶[276]靡丽，遂往而不返，非所以为继嗣创业垂统也。于是乎乃解酒罢猎而命有司曰：'地可垦辟，悉为农郊，以赡萌隶。隤墙填堑，使山泽之人得至焉。实陂池而勿禁[277]，虚宫馆而勿仞[278]。发仓廪以救贫穷，补不足，恤鳏寡，存孤独。出德号，省刑罚，改制度，易服色，革正朔[279]，与天下为更始。”

“于是历吉日以斋戒[280]，袭朝服，乘法驾，建华旗，鸣玉鸾，游于《六艺》[281]之囿，驰[282]骛乎仁义之涂，览观《春秋》[283]之林。射《貍首》[284]，兼《驺虞》[285]，弋玄鹤，舞干戚[286]，载云罕[287]，掩群雅[288]。悲《伐檀》[289]，乐乐胥[290]，修容乎礼园，翱翔乎书圃，述易道，放怪兽，登明堂[291]，坐清庙[292]。次群臣，奏得失，四海之内靡不受获[293]。于斯之时，天下大悦，乡风而听，随流而化；芔然兴道而迁义[294]，刑错而不用。德隆于三王[295]，而功羡于五帝[296]。若此，故猎乃可喜也。若夫终日驰骋，劳神苦形；罢车马之用，抏士卒之精，费府库之财，而无德厚之恩；务在独乐，不顾众庶，忘国家之政，贪雉兔之获，则仁者不繇也。从此观之，齐楚之事，岂不哀哉！地方不过千里，而囿居九百。是草本不得垦辟而人无所食也。夫以诸侯之细，而乐万乘之所侈，仆恐百姓被其尤也。”

“于是二子愀然改容，超若自失，逡巡避席，曰：‘鄙人固陋，不知忌讳，乃今日见教，谨受命矣！’”

---

①上林：古宫苑名，故址在今陕西西安市西及周至、户县界，秦旧苑，汉初荒废，汉武帝重新扩建，南北长三百里，离宫七十所。　②听（yǐn）然：笑貌。　③述职：诸侯向天子陈

述职守。　④肃慎：见前《子虚赋》。　⑤捐：弃。逾，一作“隃”。　⑥谓田于青丘。　⑦苍梧：汉郡名，今广西苍梧县治。在长安东南，故言左。　⑧《尔雅·释地》：“西至于邠国。”是为西极，在长安西，故言右。　⑨丹水：源出陕西丹凤西北冢岭山，东南流入河南，注于均水，或谓指《山海经》丹穴山所出之丹水言，以在长安极南之境故也。　⑩紫渊：在今山西吕梁离石北。　⑪灞、浐：二水名，灞水源出陕西蓝田县南山谷中，经长安入渭。浐水与灞水同源而异流，经蓝田、长安合于灞。　⑫泾、渭：二水名，泾水源出甘肃泾源县西南大关山，东流入陕西邠县至高陵与渭水合，渭水源出甘肃渭源县西鸟鼠山，东流经西陇天水入陕西凤翔至长安北，与洛水会，又东至华阴合洛水入河，泾水清，渭水浊，世言泾清渭浊。
⑬酆、镐、潦、潏，四水名，酆水源出陕西户县南山酆谷，东北流经西安北至咸阳入渭。镐水源出鄠县南山谷中，北流经西安西南注昆明池，又西达咸阳入于渭。潦水即涝水，源出户县南山涝谷经西安入渭。潏（jué）源出户县南山石鳖谷，今名流水，自南山黄子坡西北流经昆明池入渭。　⑭委蛇：委曲。　⑮一本无“乎”字。　⑯潘岳《关中记》以灞、浐、泾、渭、酆、镐、潦、潏为关中八川。　⑰椒丘：尖削的高丘。一说生有椒木的丘陵。　⑱洲淤：水中小块陆地。　⑲桂林：桂树之林。　⑳泱漭：广大。壄：同“野”。　㉑汩（gǔ）：疾貌。混流：言流之盛。混，一作“浑”。　㉒阿：大陵。
㉓隘狭：两岸狭窄。　㉔穹石：大石也。　㉕埼（qí）：曲岸。堆埼：沙壅而成曲岸。　㉖汹涌：谓水向上翻腾。彭，

一作“澎”。彭澎：波涛激荡貌。 ㉗滭，一作“滓”；滭弗：谓水沸涌貌。宓（mì），一作“溜”；宓汩：水疾流貌。㉘偪侧：一作“湢测”，迫近，相迫。泌㳍：水波相激貌。㉙潎洌（piē liè）：水疾流貌。 ㉚滂濞：滂澎，浪相击声。滂，一作“澎”。沆溉：水流动缓慢。溉，一作“瀣”。 ㉛穹隆云桡：言水势起伏，乍穹然而上隆，旋如云而低曲。穹隆：充溢腾涌貌。云桡：屈曲貌。 ㉜宛潬（shàn）：水流萦曲貌。盭：古“戾”字；胶盭：回环曲折。 ㉝逾波：后波推前波。浥：湿。趋浥：犹《易》言“流湿就下”之意。 ㉞涖涖：一作“莅莅”，水流声。濑：湍急的水。 ㉟批岩冲拥，奔扬滞沛：言水触岩冲壅，奔而忽扬，滞而仍沛。 ㊱坻（chí）：水中高地。 ㊲瀺灂（chán zhuó）：小水声。霣：即“陨”字。坠，一作“队”。 ㊳沉沉，一作“湛湛”，深貌。隐隐：盛貌。沉沉隐隐：言水声雷鸣。 ㊴砰磅訇礚：水流鼓怒之声。㊵潏潏（juē）：水涌出貌。淈淈（gǔ）：水上涌貌。 ㊶湁潗：水沸涌貌。 ㊷汩急：急流貌。 ㊸灏溔：即浩溔，水势广大貌。潢漾：浩荡无际貌。 ㊹翯（hè）乎滈滈（hào）：水白光貌。 ㊺太湖：一作“大湖”，此处指关中巨泽。㊻有角曰蛟，无角曰螭，皆龙类而非龙。 ㊼䱭䲛（gèn mèng）：一名黄鱼，今呼为鲟鳇。渐离：鱼名。 ㊽鰅鳙鰬魠：皆鱼名。鰅：似河豚，皮有斑纹。鳙：似鲢而黑。鰬：似鲤而大。魠：即今河豚。 ㊾禺禺魼鳎：皆鱼名。禺禺：皮有毛，黄地黑纹。魼：比目鱼。鳎:版鱼，亦为比目鱼的一种。㊿明月珠子：二物名。明月：即海月，大如镜，白色正圆；珠子：谓蚌。　⑤①的皪：鲜明貌。江靡：江边。　⑤②蜀石：石次玉者。黄碝：碝石黄色。　⑤③水玉：水晶石。磊珂：魁礨貌。　⑤④鸿鹔鹄鸨：皆鸟名。鸿：大鸟，一作“玛”。鹔：鹔鹴，绿身，其形似雁。鹄：黄鹄。鸨：似雁而无后指。　⑤⑤驾鹅：见《子虚赋》注。属玉：一作“鸀鳿”，状如鸭而大，长项赤目，一名鹫鹙。　⑤⑥交精：一作“鵁鶄”，似凫而脚高，有毛冠。旋目，一作“䴉目”。《禽经》：“旋目其名䴉，方目其名鴋。”　⑤⑦烦鹜：鸭属。庸渠：一作“鳙鰈”，形似鹜，灰色而鸡足。　⑤⑧箴疵：一作“鱵䴇”，似鱼虎而苍黑色。鸡卢：一作“鸡鸬”。《一切经音义》载：“鸡鶄，一名鸡鸬。”即今鸬鹚，盖一物，旧说作二物，误。　⑤⑨汎：浮。　⑥⑩唼喋（shà zhá）：聚食貌。　⑥①矗矗：高耸貌。　⑥②巃嵸崔巍：皆高峻貌。　⑥③崭岩：尖锐貌。　⑥④九嵏：山名，在陕西礼泉县东北。巀嶭:山名，在陕西三原县西；一说高峻貌。⑥⑤南山：即终南山。　⑥⑥陁：一作“阤”，崖际。巘锜（yǎn yǐ）：隆屈宛折貌。　⑥⑦摧崣：山高貌，犹崔巍。崛崎：陡峭，峭拔。　⑥⑧蹇产：形容高而盘曲。　⑥⑨谽呀：大貌。谽，一作“谺”。豁闲：空虚。　⑦⑩坞：水中山。　⑦①崴魂嵔廆：皆高峻貌。廆，一作“瘣”。　⑦②丘虚崛礨：皆堆垄不平貌。虚，一作“墟”。崛礨，一作“崫礧”。　⑦③隐辚郁㟼：堆垄不平貌。　⑦④登降施靡：犹言高下连延。施，同“阤”。⑦⑤陂池：读如坡陀。貏豸（bēi zhì）：渐平貌。　⑦⑥沇溶淫鬻：水流溪谷间。　⑦⑦散涣夷陆：言散布于平地。　⑦⑧亭：训平。皋：水旁地。亭皋千里：犹言平皋千里。　⑦⑨江蓠：见

《子虚赋》注。蓠，一作“离”。　⑧⑩蘪芜：见《子虚赋》注。　⑧①留夷：香草。　⑧②布，一作“尃”，尃即古“布”字。结缕：似白茅，蔓生如缕相结。　⑧③攒：聚。戾：同“莀”，草名，可以染留黄。留黄，绿也，此言莎草浓绿，以戾状其色，故曰“戾莎”。　⑧④揭车：香草。衡兰：见《子虚赋》注。　⑧⑤槁本：香草。　⑧⑥茈姜：子姜。蘘荷：叶似初生甘蔗，根似姜芽。　⑧⑦葴持：寒浆，今酸浆草，江东呼曰苦葴。持，一作“橙”。若：杜若。荪：香草。　⑧⑧鲜支：即燕支，花如蒲公英。黄砾：砾，当为“莀”，可以染流黄。莀，假借作“砾”。⑧⑨蒋苎：二草名。蒋，菰蒲草；苎，苎麻，可以为绳。　⑨⓪布濩：普遍。　⑨①太原：犹言广原。　⑨②离靡：谓相连不绝；离，一作“丽”，古通用。　⑨③肸蠁（xī xiǎng）：谓香气四达而入人心。　⑨④晻薆：香气。咇茀：大香，与“馝馞”通。⑨⑤缜纷：繁盛众多貌。轧芴：细致缜密。　⑨⑥涯，一作“崖”。⑨⑦西陂：池名，西安有西陂池、东陂池。　⑨⑧犭庸旄貘犛：皆兽名。犭庸：一作“庸”，又作“犭庸”，似牛，领有肉堆。旄：旄牛，状如水牛。貘：体小于驴，皮厚似犀，毛短颈粗，鼻突出，长于下唇，屈伸自由，性柔易驯。犛：黑色旄牛。　⑨⑨沈牛：曰潜牛，角似水牛。麈：似鹿，尾大而一角。麋：似鹿而大，冬至则解甲，目上有眉，因以为名。　⑩⓪题：额。一说“题”盖“蹄”之误。　⑩①穷奇：兽名，状如牛而蝟毛，其声如嗥狗，食人。⑩②揭：摄衣涉水。　⑩③麒：仁兽，麋身牛尾一角。鳞，牝麒。角端似猪，角在鼻上，中作弓端，一作“觞”。　⑩④騊駼：见《子虚赋》注。橐驼：骆驼，言其可负囊橐而驼物。　⑩⑤蛩蛩：见《子虚赋》注。驒騱：野马；一曰青骊白鳞，文如鼍鱼。⑯駃騠：马父骡子，骏马，生七日而超其母。骡：驴父马母。⑰注：属。四注：言四周相属而下垂。⑱重坐：犹重廊。曲：阁，阁之屈曲相连者。⑲璧珰：以玉饰瓦之当。⑩辇道：阁道可以乘辇而行者。辇道纚属：言阁道回环如织丝之相连属。⑪步櫩：言其下可行步，即今之走廊。⑫夷：平。嵏：山名。言平此山以筑堂。⑬增成：增重，一重为一成。⑭岩窔洞房：皆言其幽深。窔，一作“突”。⑮橑：椽。⑯奔星：流星。⑰宛虹：屈曲之虹。拖：谓申加于上。楯：阑槛也。轩：楯下板也。⑱龙，一作“虯”。蚴蟉：龙行貌。⑲偉，一作“蝉”。婉僤：行动貌，与“蜿蜒”同。西清：西厢清静之处。⑳灵圄：众仙号。圄，一作“圉”，古通用。㉑偓佺：仙人，食松子而眼方。㉒暴：同“曝”，谓偃卧日中。南荣：屋南檐。㉓盘，一作“磐”，又作“槃”，通用字。振：整，以石整顿池水之涯。一作“裖”。㉔嵚岩：倾斜的样子。㉕嵯峨：高大貌。嶕嶫：一作“礁碟”，山貌，状石势之高。㉖刻削峥嵘，皆言石状。㉗玫瑰：见《子虚赋》注。㉘珊瑚：生水底石边，大者可高三尺余，枝格交错无叶。㉙旁唐：犹言磅礴。㉚玢：读如“分”。玢豳：一作“璸斒”，文理貌。文鳞：言其文斑然鳞次。鳞，一作“磷”。㉛赤瑕：赤色的玉。驳荦：文采斑驳。㉜晁采：玉名。琬琰：泛指美玉。㉝和氏：楚卞和所得之璧，亦美玉。㉞卢桔：金桔的别称。㉟黄甘：橘属而味精。榛：亦橘之类。㊱橪：酸枣。㊲亭：山梨。柰：柰李。厚朴：

药名。　⑬⑧楟枣：见《子虚赋》注。　⑬⑨隐夫：皆木名，隐即“檃”之省文，栝木。夫即“枎”之省文。薁：即郁李，一作“郁棣”。棣，今之山樱桃。　⑭⓪荅遝（tà）：果似李。离支：即荔枝。　⑭①虵：一作“貤”，犹延。　⑭②扤（wù）：动。　⑭③垂，一作“秀”。　⑭④扈扈：美貌。煌煌扈扈，言其光采之盛。　⑭⑤沙棠：状如棠，黄华赤实，其味似李，无核。栎：木名，其实为芋栗，亦称橡实。槠：皮树如栗，冬月不凋，子小如橡。　⑭⑥华枫枰栌，一作“华汜檘栌”。华：当作“桦”，木名，似山桃，皮可盖屋。枰：平仲木。栌：黄栌木。⑭⑦留：榴。落：一名“檴”，可为杯器，其叶如榆，其皮坚韧。胥邪：即椰子树。　⑭⑧仁频：槟榔。并闾：栟榈。　⑭⑨欃檀：檀木别名。　⑮⓪豫章：见《子虚赋》注。女贞：一名冬青，冬夏常青不凋。　⑮①蓤楙：谓大而茂。楙，古“茂”字。⑮②连卷：屈曲。欐佹：交戾之意，树之枝柯相附而又相戾。⑮③崔错：众盛貌；亦作“璀璨”，“璨”“错”一声之转。癹骫：蟠戾。　⑮④坑衡：劲直貌。坑，一作“阬”。间砢：皆上声，相扶持。　⑮⑤扶疏：四布。　⑮⑥幡缅：飞扬貌。　⑮⑦纷溶前蔘：一作“纷容萧蔘”，枝竦擢。　⑮⑧猗狔：一作“旖旎”，犹婀娜。　⑮⑨莿莅：谓风之戛木，其声凄清。咁：古卉字；咁歙，犹呼吸。　⑯⓪偨池：参差。偨，一作“柴”。茈虒：不齐。　⑯①还，一作“环”。　⑯②杂袭：相因；袭。累辑：重积。　⑯③玄猨素雌：言猿之雄者玄黑而雌者白素。　⑯④蜼（wèi）：一种仰鼻向上的长尾猴。玃：母猴。蝠：一名“鼯鼠”，鼠形，飞走且乳之鸟。　⑯⑤蛭：虮。蜩：蝉。蠼猱：一作“玃猱”，猕猴。　⑯㊅狾胡：似猿而足短，一腾一百五十步，如迅鸟之飞，头上有发，腰以后黑。狾，一作“蜥”。豰：白狐子，似鼬而大，腰以后黄。蛫：状如龟，白身赤首。　⑯㊆夭蟜：频申。夭蟜枝格，偃蹇杪颠，皆猿在树共戏姿态。　⑯㊇绝梁：断桥。　⑯㊈殊榛：异栟。　⑰㊀捷：读如接。捷垂条：捷持悬垂之条。　⑰㊁掉：一作“踔”，跳。掉希间，谓以身投掷于空中。　⑰㊂牢落：犹辽落。陆离：参差。　⑰㊃烂漫远迁：奔走崩腾状。漫，一作“熳”，又作“曼”。　⑰㊄校猎：以木相贯穿，总为栏校，遮止禽兽而猎取之。　⑰㊅镂象：象路，以象牙流镂其车辂。　⑰㊆六玉虬：谓驾六马，以玉饰其镳勒，有似玉虬。虬，龙属。　⑰㊇蜺旌：析羽毛，染以五采，缀以缕为旌，有似虹蜺之气。　⑰㊈云旗：画鱼熊虎于旒为旗，似云气。⑰㊉皮轩：汉前驱车，以虎皮为轩，取《礼记·曲礼》“前有士师则载虎皮”之义。　⑱㊀道游：天子出，道车五乘，游车九乘，见《周礼》。　⑱㊁孙叔奉辔卫公参乘：此两人皆指古之善御者，非真有此也。孙叔，即《楚辞》所谓“遇孙阳而得代”者是。卫公：即《国语》所谓“卫庄公为右”是也。　⑱㊂扈从：从驾而供使令。一说扈，缓也，从驾而缓行。　⑱㊃四校：当即屯骑步兵射声虎贲四校尉，皆天子行猎必当随从者。　⑱㊄鼓严簿：言鼓于严簿之中，天子仪卫森严，故曰严簿。簿，卤簿。⑱㊅猎，一作“獠”。　⑱㊆阹（qū）：因山谷作栏圈禽兽。⑱㊇橹：望楼。　⑱㊈陆离：分散。　⑱㊉生：谓生取之。貔：一名“执夷”，一名“白狐”，猛兽。　⑲㊀手：手击杀之。罴：如熊，黄白色。　⑲㊁足：谓蹴蹈而获之。野羊：一名羱羊，似吴羊而大角，角椭，出西方，见《尔雅·释兽》注。　⑫苏：尾也。蒙鹖苏：言蒙鹖尾为帽。　⑬绔：古“裤”字。绔白虎，穿白虎纹裤。　⑭被班文：披貙豹之皮；班，通“斑”，一作“豳”。　⑮三嵏：三聚之山，在山西闻喜县。　⑯碛历：不平。坻：谓山阪，秦谓陵阪曰“阺”，字或作“坻”。⑰厉：以衣涉水。　⑱蜚廉：龙雀，鸟身鹿头。　⑲獬豸：似鹿而一角。人君刑罚得中，则生于朝廷，主触不直者。一作“解廌”。　⑳蝦蛤：兽名。蝦，一作“瑕”。　㉑铤：铁把短矛。猛氏：兽名，状似熊而小，毛浅有光泽，生蜀中。　㉒羂：系取。騕褭：神马，金喙赤身，日行万八千里，君有德则至。㉓封豕：大猪。　㉔脰（dòu）：颈项。　㉕侵淫：渐进。一作“浸潭”，又作“浸淫”。促节：由徐而疾。　㉖倏夐：言倏忽远去。　㉗流离：指用网捕捉禽鸟，使之无所逃遁。轻禽：轻疾之禽。　㉘轊：与“䡱”同，轴。　㉙捷：捷取之。㉚轶赤电，遗光耀：言行疾可以轶过赤电而遗其光耀反在后。㉛蕃弱：夏后氏之良弓名。蕃，一作“繁”，古字通。　㉜枭：枭羊，似人长唇，被发而食人。　㉝栎：击。蜚遽：神兽。遽，一作“虡”。　㉞所射准的为“艺”。壹发矢为“殪”。㉟骇猋：狂飙。猋，一作“焱”。　㊱躏：一作“蔺”，践踏。㊲乱：谓乱其行伍。昆鸡：似鹤，黄白色。　㊳鵔鸃：见《子虚赋》注。　㊴《山海经》：“北海之内有蛇山者，有五采之鸟，飞蔽一乡，名曰翳鸟。”翳，一作“鹥”。　㊵鹓雏：见《子虚赋》注。　㊶焦明：似凤，西方之鸟。明，一作“朋”。㊷襄羊：犹彷徉。　㊸九州之外，乃有八殥。八殥之外，而有八纮。北方之纮曰委羽。见《淮南子·地形训》。　㉔率乎直指：率然远去意。　㉕晻乎反乡：揜然疾归貌。　㉖蹷：同“蹴”，蹋。石阙与下封峦、鳷鹊、露寒，四观名，武帝建元中作，在云阳甘泉宫外，今陕西泾阳县西北百二十里。阙，一作“关”。　㉗棠梨：宫名，在今陕西泾阳县。　㉘宜春：苑名，近曲江池，在今陕西西安市南。　㉙宣曲：宫名，在昆明池西，今陕西西安市西南。　㉚濯：即“棹”字。鹢：鹢首之舟。牛首：池名，在上林苑西，今陕西西安市西北。　㉛龙台：观名，在丰水西北，近渭。　㉜细柳：观名，在昆明池南，今陕西西安市西南。　㉝均，一作“钧”；猎，一作“獠”。　㉞徒：步也。一本“徒”上有“观”字。　㉟步，一作“乘”；一本无。蹂若：谓践踏。　㊱穷极倦谻（jù）：疲惫。谻，一作“䚯”，参看《子虚赋》注。　㊲惊惮詟伏：惊怖不动貌。　㊳他他藉藉：言交横。他他，一作“它它”；藉藉，一作“籍籍”。　㊴平：大野曰平，即平原。　㊵懈：即“懈”字。　㊶颢天之台：台高上干皓天。　㊷胶葛之寓：一作“轇轕之宇”，犹今言寥阔；寓，籀文“宇”字。　㊸虡：兽名，悬钟磬之木，植者名虡，刻猛兽其上。　㊹翠华之旗：以翠羽为旗上葆。　㊺灵鼍之鼓：以鼍皮为鼓。　㊻陶唐：尧有天下之号。舞：尧乐咸池。一说，陶唐为“阴康”之误。《古今人表》有葛天氏阴康氏，阴康氏之始，阴多滞伏湛积，其序民气郁阏，故作舞以宣导之。　㊼葛天氏：三皇时君号。其乐三人持牛尾投足以歌八阕。　㊽巴、渝：其人刚勇好舞，高祖用之克平三秦，美其功力，后使乐府习之，因名巴渝舞。宋音宴女溺志。

㉔⑨淮南：地名。干遮：曲名。干，一作“于”。　㉕⓪文成：汉县，在今卢龙县境，县人善歌。颠：即滇，音同，汉县，在今四川，其民能作西南夷歌。　㉕①铿铃：金声。铃，一作“锵”。闛鞈：鼓音。　㉕②荆、吴、郑、卫之声：皆被儒家称为淫声。㉕③韶：舜乐；頀：汤乐；武：武王乐；象：周公乐，皆古乐。㉕④阴淫案衍：谓其过而无节。　㉕⑤鄢郢：皆楚地。缤纷：交杂。谓楚歌楚舞交杂并进。　㉕⑥激楚：歌曲。结风：曲名。㉕⑦俳优：杂戏。　㉕⑧狄鞮：西戎乐名。　㉕⑨青琴：古神女。宓妃：伏羲氏女，溺死洛水，遂为洛水之神。　㉖⓪绝殊离俗：举世无双。　㉖①妖冶娴都：谓姣好而闲雅。妖，一作“姣”；娴，一作“闲”。　㉖②靓妆：粉白黛黑；妆，一作“庄”。刻饰：以胶刷鬓，使就理如刻画然。　㉖③便嬛：轻丽。绰约：婉约。绰，一作“繛”。　㉖④柔桡嫚嫚：皆骨体软弱长艳貌。㉖⑤独茧：一茧丝。褕：襜褕。绁：袖。　㉖⑥阎易：犹跳易，出《史篇》。恤削：形容衣服裁制合体。　㉖⑦便姗嫳屑：言其行步安详。一作“媥姺徶循”。　㉖⑧芬芒沤郁：香气郁积，则其发愈烈，故以沤郁为言。　㉖⑨连娟：曲细貌。　㉗⓪绵藐：好视。　㉗①色授魂与：谓彼色来授，魂往与接。　㉗②愉：乐。㉗③芒然：犹惘然。　㉗④无事弃日：言闲居无事，是虚弃此日。㉗⑤古者杀伐之事，必于秋时行之，故云顺天道。　㉗⑥后叶，一作“后世”。　㉗⑦盖鱼鳖满陂池而不禁人取。　㉗⑧仞：满。言不聚人众其中。　㉗⑨革正朔：改以十二月为正，平旦为朔，从夏历。　㉘⓪洗心曰“斋”；防患曰“戒”。　㉘①《六艺》：谓《六经》。　㉘②一本无“驰”。　㉘③《春秋》：鲁《史记》

之名，孔子所修，所以观成败，明善恶。 ㉘4《狸首》：逸诗篇名，诸侯以为射节。 ㉘5《驺虞》：《诗·召南》之卒章，天子以为射节。 ㉘6干：盾，戚：斧；或谓疑当作“干羽”，此处当用韵，不似四句乃韵者。 ㉘7罕，同“罕”。云罕：捕鸟用的长柄小网，出猎则载之于车。 ㉘8《诗·小雅》之材七十四人，《大雅》之材三十一人，故曰群雅，盖网罗贤俊之意。 ㉘9《伐檀》：《诗·魏风》篇名，其诗刺贤者不遇明主。 ㉙0《诗·小雅·桑扈》：“万邦之屏，君子乐胥。”胥，有才智之人。 ㉙1明堂：见贾山《至言》注。㉙2清庙：太庙。 ㉙3言天下之人，皆受恩惠，岂直如田猎得兽而已。 ㉙4芔（huì）：芔然，犹勃然。迁：徙。 ㉙5三王：夏禹、商汤、周文武。一作“三皇”。 ㉙6羡：饶。五帝：谓黄帝、颛顼、帝喾、尧、舜；其说各书不同，此从《大戴礼记》及《史记》。

司马迁报任安书[①]

太史公牛马走司马迁再拜言：少卿足下[②]：曩者辱赐书，教以慎于接物，推贤进士为务，意气勤勤恳恳[③]，若望仆不相师，而用流俗人之言[④]，仆非敢如此也。仆虽罢驽，亦尝侧闻长者之遗风矣。顾自以为身残处秽。动而见尤。欲益反损，是以独郁悒而谁与语[⑤]。谚曰：“谁为为之，孰令听之。”[⑥]盖钟子期死，伯牙终身不复鼓琴[⑦]，何则？士为知己者用，女为悦己者容[⑧]，若仆大质[⑨]已亏缺矣，虽才怀随和[10]，行若由夷[11]，终不可以为荣，适足以见笑而自点[12]耳。书辞宜答，会东从上[13]来，又迫贱事，相见日浅，卒卒无须臾之间[14]，得竭志意；今少卿抱不测之罪，涉旬月，迫季冬，仆又薄从上雍[15]，恐卒然不可为讳[16]，是仆终已不得舒愤懑以晓左右，则长逝者魂魄私恨无穷，请略陈固陋！阙然久不报，幸勿为过！

仆闻之：修身者，智之符也[17]；爱施者，仁之端也；取与者，义之表也[18]；耻辱者，勇之决也；立名者，行之极也：士有此五者，然后可以托于世，而[19]列于君子之林矣。故祸莫憯[20]于欲利，悲莫痛于伤心，行莫丑于辱先，诟莫大子宫刑[21]，刑余之人，无所比数，非一世也，所从来远矣。昔卫灵公与雍渠同载，孔子适陈[22]，商鞅因景监见，赵良寒心[23]。同子参乘，袁丝变色[24]，自古而耻之；夫以中材之人，事有[25]关于宦竖，莫不伤气，而况于慷慨之士乎[26]！如今朝廷虽乏人，奈何令刀锯之余，荐天下豪俊哉！仆赖先人绪业，得待罪辇毂下[27]，二十余年矣；所以自惟，上之不能纳忠效信，有奇策材力之誉，自结明主，次之又不能拾遗补阙，招贤进能。显岩穴之士，外之又不能备行伍，攻城野战[28]，有斩将搴旗之功，下之不能积日累劳[29]，取尊官厚禄，以为交游光宠，四者无一遂，苟合取容，无所短长之效，可见于此矣。向者仆亦尝厕下大夫[30]之列，陪奉[31]外廷末议，不以此时引纲维，尽思虑，今以亏形为扫除之隶，在阘茸[32]之中，乃欲仰首伸眉，论列是非，不亦轻朝廷、羞当世之士耶？嗟乎！嗟乎！如仆尚何言哉！尚何言哉！

且事本末未易明也。仆少负不羁之行[33]，长无乡曲之誉，主上幸以先人之故，使得奏薄伎，出入周卫[34]之中，仆以为戴盆何以望天[35]，故绝宾客之知，亡[36]室家之业，日夜思竭其不肖之才力，务一心营职，以求亲媚于主上；而事乃有大谬不然者。夫仆与李陵[37]俱居门下[38]，素非能[39]相善也，趋舍异路，未尝衔杯酒，接殷勤之余[40]欢；然仆观其为人，自守[41]奇士，事亲孝，与士信，临财廉，取与义，分别有让，恭俭下人，常思奋不顾身，以徇国家之急，其素所蓄积也，仆以为有国士之风。夫人臣出万死不顾一生之计，赴公家之难，斯以奇矣，今举事一不当，而全躯保妻子之臣，随而媒孽其短[42]，仆诚私心痛之！

且李陵提步卒不满五千，深践戎马之地，足历王庭[43]，垂饵虎口，横挑强胡，仰[44]亿万之师，与单于[45]连战十有余日，所杀过当[46]；虏救死扶伤不给，旃裘[47]之君长咸震怖。乃悉征其左右贤王[48]，举引弓之人[49]，一国共攻而围之；转斗千里，矢尽道穷，救兵不至，士卒死伤如积[50]，然陵一呼劳[51]军，士无不起，躬自流涕，沫血饮泣[52]，更张空拳[53]，冒白刃，北向争死敌者。陵未没时，使有来报，汉公卿王侯皆奉觞上寿，后数日，陵败书闻，主上为之食不甘味，听朝不怡，大臣忧惧，不知所出；仆窃不自料其卑贱，见主上惨怆怛悼[54]。诚欲效其款款之愚[55]，以为李陵素与士大夫绝甘分少，能得人死力，虽古之名将，不能过也[56]，身虽陷败，彼观其意，且欲得其当而报于汉[57]，事已无可奈何，其所摧败[58]，功亦足以暴[59]于天下矣；仆怀欲陈之而未有路，适会召问，即以此指[60]推言陵之功，欲以广主上之意，塞睚眦之辞[61]；未能尽明，明主不晓[62]，以为仆沮贰师[63]，而为李陵游说，遂下于理[64]；拳拳之忠[65]，终不能自列，因为诬上，卒从吏议；家贫，货赂不足以自赎，交游莫救，左右亲近，不为一言，身非木石，独与法吏为伍，深幽囹圄之中[66]，谁可告愬者；此真[67]少卿所亲见，仆行事岂不然乎？李陵既生降，颓其家声，而仆又佴之蚕室[68]，重为天下观笑，悲夫！悲夫！事未易一二为俗人言也！

仆之先非有剖符丹书[69]之功，文史星历[70]，近乎卜祝之间，固主上所戏弄，倡优所畜[71]，流俗之所轻也，假令仆伏法受诛，若九牛亡一毛，与蝼蚁何以异？而世又不与能死节者[72]，特以为智穷罪极，不能自免，卒就死耳，何也？素所自树立使然也。人固有一死，或[73]重于泰山，或轻于鸿毛，用之所趣异也。太上[74]不辱先，其次不辱身，其次不辱理色[75]，其次不辱辞令，其次诎体受辱，其次易服受辱，其次关木索，被箠楚受辱，其次剔毛发、婴[76]金铁受辱，其次毁肌肤、断[77]肢体受辱，最下腐刑极矣！传曰：“刑不上大夫。”[78]此言士节不可不勉励也。猛虎在深山，百兽震恐，及在槛阱之中，摇尾而求食，积威约之渐也，故有画地为牢，势不可入，削木为吏，议不可对[79]，定计于鲜也[80]。今交手足，受木索，暴肌肤，受榜箠，幽于圜墙[81]之中，当此之时，见狱吏则头抢地[82]，视徒隶则正惕息[83]，何者？积威约之势也；及以至是[84]。言不辱者，所谓强颜耳，曷足贵乎？且西伯，伯也，拘于羑里[85]；李斯，相也，具于五刑[86]；淮阴，王也，受械于陈[87]；彭越、张敖，南面称孤，系狱抵罪[88]；绛侯诛诸吕，权倾五伯，囚于请室[89]；魏其，大将也，衣赭衣，关三木[90]；季布为朱家钳奴[91]；灌夫受辱于居室[92]；此人皆身至王侯将相，声闻邻国，及罪至罔加[93]，不能引决自裁[94]，在尘埃之中，古今一体，安在其不辱也！由此言之，勇怯，势也；强弱，形也，审矣，何足怪乎！夫人不能早自裁绳墨之外，以稍陵迟，[95]至于鞭箠之间，乃欲引节，斯不亦远乎！古人所以重施刑于大夫者，殆为此也。夫人情莫不贪生恶死，念父母[96]，顾妻子。至激于义理者不然，乃有所不得已也。今仆不幸，早失父母[97]，无兄弟之亲，独身孤立，少卿视仆于妻子何如哉？且勇者不必死节，怯夫慕义，何处不勉焉[98]？仆虽怯懦欲苟活，亦颇识去就之分矣，何至自沉溺缧绁[99]之辱哉！且夫臧获[100]婢妾，由能引决，况仆之不得已乎！所以隐忍苟活，幽于[101]粪土之中而不辞者，恨私心有所不尽，鄙陋没世[102]，而文采不表于后世也[103]。

古者富贵而名摩灭，不可胜记，唯倜傥[104]非常之人称焉。盖文王拘而演《周易》[105]；仲尼厄而作《春秋》[106]；屈原放逐，乃赋《离骚》[107]；左丘失明，厥有《国语》[108]；孙子膑脚，兵法修列[109]；不韦迁蜀，世传《吕览》[110]；韩非囚秦，《说难》《孤愤》[111]；《诗》三百篇，大抵圣贤发愤之所为作[112]也；此人皆意有所郁结，不得通其道，故述往事，思来者[113]。乃如左丘无目，孙子断足，终不可用，退而[114]论书策以舒其愤，思垂空文以自见[115]；仆窃不逊，近自托于无能之辞，网罗天下放失旧闻，略考其事[116]，综其终始[117]，稽其成败兴坏之纪[118]，上计轩辕[119]，下至于兹[120]，为十表[121]，本纪十二[122]，书八章[123]，世家三十[124]，列传七十[125]，凡百三十篇[126]，亦欲以究天人之际，通古今之变，成一家之言；草创未就，会遭此祸，惜其不成，是已就极刑而无愠色；仆诚以著此书，藏诸名山，传之其人，通邑大都，则仆偿前辱之责，虽万被戮，岂有悔哉！然此可为智者道，难为俗人言也。

且负下未易居[127]，下流多谤议，仆以口语遇此祸，重为乡党所笑，以污辱先人，亦何面目复上父母之丘墓乎？虽累百世，垢弥甚耳；是以肠一日而九回，居则忽忽若有所亡，出则不知其所往[128]，每念斯耻，汗未尝不发背沾衣也，身直为闺阁之臣，宁得自引于深藏[129]岩穴邪？故且从俗浮沉，与时俯仰，以通其狂惑[130]。今少卿乃教以推贤进士，无乃与仆私心剌谬[131]乎！今虽欲自雕琢，曼辞以自饰[132]，无益于俗，不信，适足取辱耳[133]，要之死日然后是非乃定。书不能悉意[134]，略陈固陋，谨再拜。

---

①司马迁：汉人，字子长，生于龙门(今陕西韩城)，父谈为太史公，迁继父业。李陵降匈奴，武帝怒甚，迁极言其忠，遂遭腐刑。乃细金匮石室之书，上起黄帝，下止孔子获麟，作《史

记》百三十篇。任安，汉荥阳人，字少卿，尝为大将军卫青舍人，后为益州刺史，以太子事下狱。时迁为中书令，尊宠任职，安予迁书，责以推贤进士之义，迁报以此书。 ②太史公：指司马谈，谈为太史令，迁尊其父，故称曰太史公。一说太史令掌天文及国史。其职尊贵，与三公等，故谈及迁皆称太史公。又《通典》谓，秦有太史令，至汉武始置太史公，则太史公又为官名。走：仆也。牛马走，犹言掌牛马之仆。自谦之辞。足下：书信中称人之敬词，战国时多以称人主，后为普遍之称。 ③恳恳：至诚。 ④望：怨望。不相师，而用流俗人之言：谓视少卿之言如流俗人之言而不相师用。 ⑤郁悒：忧闷。与，一作“无”。 ⑥谁为：犹“为谁”。言已假欲为善，当为谁为之乎，复欲谁听之乎。 ⑦钟子期、伯牙：皆楚人。伯牙鼓琴，志在泰山，子期曰：“巍巍乎若泰山！”既而志在流水，子期曰：“汤汤乎志在流水！”及子期死，伯牙破琴绝弦，终身不复鼓，以无复知音者。 ⑧二句系战国时豫让语，见《战国策·赵策》。一本无两“者”字。 ⑨大质：身体。 ⑩随和：随侯珠、和氏璧。 ⑪由夷：许由、伯夷。 ⑫点：辱也。⑬上：指汉武帝。 ⑭卒卒：读如猝猝，匆遽。间，隙。⑮薄：读如“迫”，义亦同。雍：地名，汉时祭天作畤于此，在今陕西凤翔县南。一本雍字上有两“上” 字。 ⑯卒然不可为讳：谓骁死。 ⑰符，一作“府”，府：所聚之处。 ⑱表，一作“符”。符，信。 ⑲一本无“而”字。 ⑳憯：通“惨”，痛。 ㉑宫刑：古五刑之一，阉割男子生殖器，破坏妇女生殖机能的刑罚。 ㉒卫灵公，名元。孔子居卫，灵公与夫人南子同车出，宦者雍渠参乘，使孔子为次乘，孔子耻之，去卫过曹，见《孔子家语》。此言适陈，未详。　㉓商鞅入秦，其始因嬖人景监以见，赵良以其所入不正而为之危。　㉔同子：指宦官赵谈，与迁父同名，故讳曰同子。袁丝：袁盎。汉文帝尝令赵谈参乘，袁盎伏车前力谏。　㉕一本无“有”字。　㉖一本无“况于”二字。　㉗天子之车曰辇，故谓京师曰辇毂下。　㉘野战，一作“战野”。　㉙积日累劳，一作“累日积劳”。　㉚下大夫：周官太史位下大夫，汉太史令千石，故比下大夫。　㉛一本无“奉”字。　㉜阘茸：猥贱。　㉝负：言无此事。不羁：言不可羁系。　㉞周卫：言宿卫周密。　㉟戴盆何以望天：言宜专心职务，以自悉见。　㊱亡，一作“忘”。　㊲李陵：汉成纪人，字少卿，武帝时拜骑都尉，将步骑五千，与匈奴战，力竭而降。　㊳李陵少为侍中。侍中得入宫门，故谓之门下，太史令盖亦入宫门者，故曰俱居门下。　㊴一本无“能”字。　㊵一本无“余”字。　㊶一本无“自守”。　㊷媒孽：谓构成其罪。　㊸王庭：单于所居之处。　㊹匈奴乘高而攻，故曰“仰”。　㊺单于：匈奴称其君长曰“单于”，广大之义。　㊻陵战士少，而杀敌数多，故云“过当”。　㊼旃裘：匈奴所服，因称其酋。　㊽左贤王及右贤王，皆匈奴贵职。　㊾言尽发其国之能引弓者。　㊿积：聚。　51劳：慰劳。　52沬：洗面。言流血满面如盥洗。　53拳，一本作“卷”。　54惨怆怛悼：忧痛之意。怆：一作“凄”。　55款款：忠实貌。　56一本作“虽古名将不过也”。　57言欲在匈奴乘机立功，以抵其败罪。　58谓摧破匈奴之兵。

⑲暴：读如“曝”，表显。 ⑳指：意。 ㉑睚眦：张目忤视。言素不满于陵之毁言。 ㉒不晓，一作“不深晓”。 ㉓沮：毁坏。贰师：李广利。贰师征匈奴，今陵为助，及陵与单于相值，而贰师无功，武帝疑迁欲沮贰师。 ㉔理：治狱之官，景帝更廷尉名大理，武帝复为廷尉，此称理者，从旧名。 ㉕拳拳：忠谨貌。 ㉖囹圄：周时狱名。 ㉗真，一作“正”。 ㉘佴：次；佴之，一作“茸以”。蚕室：养蚕之室，宜温而且密，腐刑患风，须入密室乃得全，因以为称。 ㉙剖：乃分半以与之，所以封功臣。符：符节。丹书：古代帝王赐给功臣世袭的享有免罪等特权的证件。 ㉚文史星历：太史所掌之事。 ㉛所畜，一作“畜之”。 ㉜与：许。言不能以死节许之。 ㉝或，一本作“有”。 ㉞太上：最上之辞。 ㉟理色：颜色。 ㊱婴：用枷锁等刑具扣上、锁住。 ㊲断：读如“短”。 ㊳语见《礼记·曲礼》。 ㊴画牢木吏，尚不可入对，况真者乎。一本两“可”字皆无。 ㊵鲜：明。言未辱即自杀为鲜明。 ㊶圜墙：狱城。 ㊷抢地：触地，言匍匐乞哀。 ㊸惕：戒惧。息：喘息。 ㊹及以至是，一作“及已至此”。 ㊺西伯：周文王。羑里：殷狱名。殷纣拘文王于羑里。 ㊻李斯：秦始皇相。始皇崩，赵高谮之二世，谓其谋反，受五刑而死。 ㊼淮阴：韩信。信为楚王，人有告信反，高祖用陈平谋，伪游云梦，信谒帝于陈，高祖执之，降为淮阴侯。 ㊽彭越：汉初封梁王，人有告其谋反，夷三族。张敖：张耳子，嗣为赵王，人告其谋反，捕系之。南面，一作“南乡”。抵罪，一作“具罪”。 ㊾绛侯：周勃，平吕

氏之乱，迎立孝文，后有告勃谋反者，遂被囚。请室：监狱。⑨⓪魏其：魏其侯窦婴，为丞相田蚡所陷，论弃市。赭衣：红衣，囚服。一本无“下衣”字。三木：枷在颈，杻械在手足。　⑨①季布为楚将，数窘汉王，楚灭，高祖购求布千金，布乃髡钳至鲁朱家卖之。朱家：鲁人，大侠。　⑨②灌夫：汉颍阴人，字仲儒，怒骂丞相田蚡，坐不敬，被系而死。　⑨③罔：今作“网”，罪网也。⑨④引决自裁：谓自杀。　⑨⑤句一作“已稍陵夷”，言已如丘陵之逶迤稍卑下也。　⑨⑥父母，一作“亲戚”。　⑨⑦父母，一作“二亲”。　⑨⑧言勇者暗于分理，未必能死名节，怯夫能慕义，随处可自勉。　⑨⑨缧绁：系人之索。　⑩⓪臧获：奴婢。⑩①一本“幽”作“函”，无“于”字。　⑩②一本无“陋”字。⑩③一本无“世”字。　⑩④倜傥：卓异。　⑩⑤文王被囚于羑里，演伏羲之八卦为六十四卦。　⑩⑥孔子周游列国，不为世用，乃退而作《春秋》。　⑩⑦屈原：见贾谊《吊屈原赋》注。《离骚》，屈原被放后所作。　⑩⑧左丘：姓也，名明。一说，左姓，丘明名。鲁之太史，孔子作《春秋》，明述孔子之志而作传，又以传所未及，集为《国语》，后人因其失明，称为盲左。⑩⑨孙子：名膑，与庞涓同学兵法，涓忌其才，绐断其足。⑪⓪不韦：姓吕，濮阳人，为秦相，封文信侯，始皇立，迁之于蜀。《吕览》，一名《吕氏春秋》，不韦门下士所集作。　⑪①韩非：战国时韩之诸公子，使于秦，为李斯所谗，仰药死。非著书名《韩非子》，《说难》《孤愤》，皆书中篇名。说，读如“税”。　⑪②一本无“作”字。　⑪③言令将来之人见己志。⑪④一本无“而”字。　⑪⑤见，读如“现”。　⑪⑥略考其事：

一作“考之行事”。 ⑪⑦此句一本无。 ⑪⑧稽：计；纪，一作“理”。 ⑪⑨轩辕：黄帝，《史记》始自《五帝本纪》，其首篇即黄帝。 ⑫⓪兹：此时。 ⑫①十表：《三代世表》《十二诸侯年表》《六国年表》《秦楚之际月表》《汉诸侯年表》《高祖功臣年表》《惠景闲侯者年表》《建元以来侯者年表》《王子侯者年表》《汉兴以来将相名臣年表》。 ⑫②本纪十二者，《五帝本纪》《夏本纪》《殷本纪》《周本纪》《秦本纪》《始皇本纪》《项羽本纪》《高祖本纪》《吕后本纪》《孝景帝本纪》《今上本纪》。 ⑫③书八章者，《礼》《乐》《律》《历》《天官》《封禅》《河渠》《平准》。 ⑫④世家三十者，自《吴太伯》至《五宗三王》。 ⑫⑤列传七十者，自《伯夷》至《货殖》及《自叙》。 ⑫⑥一本此句上无“上计轩辕至列传七十”二十六字。 ⑫⑦负下未易居：言负累之下未易居。负，一作“贫”。 ⑫⑧其所往：一作“所如往”。 ⑫⑨“深藏”下一本有“于”字。 ⑬⓪知善不行者谓之“狂”，知恶不改者谓之“惑”。 ⑬①刺谬：违戾。 ⑬②曼：美。自饰，一作“自解”。 ⑬③适足取辱耳：一作“只取辱耳”。 ⑬④悉意，一作“尽意”。

路温舒尚德缓刑书①

臣闻齐有无知之祸，而桓公以兴②；晋有骊姬之难，而文公用伯③；近世赵王不终，诸吕作乱，而孝文为太宗④；由是观之，祸乱之作，将以开圣人也。故桓文扶微兴坏，尊文武之业，泽加百姓，功润诸侯，虽不及三王，天下归仁焉；文帝永思至德，以承天心，崇仁义，省刑罚，通关梁，一远近[5]，敬贤如大宾，爱民如赤子，内恕情之所安而施之于海内，是以囹圄[6]空虚，天下太平；夫继变化之后，必有异旧之恩，此贤圣所以昭天命也。往者昭帝[7]即世而无嗣，大臣忧戚，焦心合谋，皆以昌邑[8]尊亲，援而立之，然天不授命，淫乱其心，遂以自亡，深察祸变之故，乃皇天之所以开至圣也；故大将军[9]受命武帝，股肱汉国，披肝胆，决大计，黜亡义，立有德，辅天而行，然后宗庙以安，天下咸宁。臣闻《春秋》正即位，大一统[10]而慎始也，陛下初登至尊，与天合符，宜改前世之失，正始受(命)之统，涤烦文，除民疾，存亡继绝，以应天意！

臣闻秦有十失[11]，其一尚存，治狱之吏是也。秦之时，羞文学，好武勇，贱仁义之士，贵治狱之吏；正言者谓之诽谤，遏过者谓之妖言。故盛服先生[12]不用于世，忠良切言皆郁于胸，誉谀之声，日满于耳，虚美熏心，实祸蔽塞，此乃秦之所以亡天下也。

方今天下赖陛下恩厚，亡金革之危，饥寒之患，父子夫妻，戮力安家；然太平未洽者，狱乱之也。夫狱者，天下之大命也，死者不可复生，断者不可复属。《书》曰："与其杀不辜，宁失不经[13]。"今治狱吏则不然，上下相驱，以刻为明，深者获公名，平者多后患。故治狱之吏，皆欲人死，非憎人也，自安之道，在人之死。是以死人之血，流离于市，被刑之徒，比肩而立，大辟⑭之计，岁以万数，此仁圣之所以伤也；太平之未洽，凡以此也。

夫人情安则乐生，痛则思死。棰楚之下，何求而不得？故囚人不胜痛，则饰辞以视之⑮。吏治者利其然，则指道以明之，上奏畏却⑯，则锻练而周内之⑰，盖奏当⑱之成，虽咎繇⑲听之，犹以为死有余辜。何则？成练者众，文致⑳之罪明也；是以狱吏专为深刻残贼而亡极，媮为一切㉑，不顾国患，此世之大贼也。故俗语曰："画地为狱，议不入，刻木为吏期不对。"㉒此皆疾吏之风，悲痛之辞也。故天下之患，莫深于狱，败法乱正，离亲塞道，莫甚乎治狱之吏，此所谓一尚存者也。臣闻乌鸢之卵不毁，而后凤凰集；诽谤之罪不诛，而后良言进，故古人有言："山薮藏疾，川泽纳污，瑾瑜匿恶，国君含诟。"㉓惟陛下除诽谤以招切言，开天下之口，广箴谏之路，扫亡秦之失，尊文武之德，省法制，宽刑罚，以废治狱；则太平之风，可兴于世，永履和乐，与天亡极㉔。天下幸甚！

---

①路温舒：汉巨鹿东里人，字长君，元凤中，廷尉解光以治诏狱，请温舒署奏曹掾守廷尉史。昭帝崩，昌邑王贺废，宣帝初即位，温舒上此书，言宜尚德缓刑，帝善其言，迁广阳私府长。　②春秋时齐襄公无道，公子小白奔莒，子纠奔鲁，后公孙无知弑襄公，小白自莒先入得立，是为桓公。　③春秋时，晋献公伐骊戎，得骊姬，爱幸之，生子奚齐，姬欲立为己

子，谮太子申生及公子重耳、夷吾，申生自杀，重耳、夷吾出奔，奚齐立，里克弑之，立夷吾，是为惠公，惠公卒，子怀公立，重耳入自秦，杀怀公而自立，是为文公。　④赵王：高祖宠姬戚夫人所生，名如意，惠帝立，吕后酖杀之，惠帝崩，吕后称制，诸吕谋危刘氏，大臣迎立代王恒，是为文帝。景帝时，丞相申屠嘉奏以孝文皇帝为太宗之庙。　⑤一远近：言远近一体。　⑥囹圄：见司马迁《报任安书》注。　⑦昭帝：武帝少子，名弗陵，在位十三年。　⑧昌邑：谓昌邑王刘贺，昭帝崩，霍光迎立之，淫乱，光废之。　⑨大将军：指霍光。武帝病笃，光受遗诏辅政。　⑩《公羊传》隐公元年："何言乎王正月？大一统也。"谓王者受命，制正月以统天下，故云大一统。⑪十失：谓废封建、筑长城、铸金人、造阿房、焚书、坑儒、营骊山之冢、求不死之药、使太子监军及用治狱之吏。　⑫盛服先生：谓儒者，儒者褒衣大冠，故称。　⑬语见《古文尚书·大禹谟》。经：常。谓与其杀无罪之人，宁失不常之过。　⑭大辟：谓死刑。　⑮视：与"示"同。　⑯却：退却。言畏为上所却退。　⑰锻练：本谓冶金；酷吏故入人罪，亦曰锻炼。练，"炼"之借字。周内：谓曲折周至，务纳之法中。　⑱当：谓处其罪。　⑲咎繇：即皋陶，舜臣，善听狱讼，官士师。⑳文致：谓深文而致其罪。　㉑媮：苟且。一切：权时也。㉒参阅司马迁《报任安书》注。期：必也。　㉓语见《左传》宣公十五年。薮：大泽。疾：毒害之物。瑾瑜：美玉。恶：玉之瑕。诟：耻病。　㉔与天亡极：与天同长久，无穷极。

刘向战国策序[1]

周室自文武始兴，崇道德，隆礼义。设辟雍泮宫庠序之教[2]，陈礼乐弦歌移风之化，叙人伦，正夫妇，天下莫不晓然论孝悌之义，惇[3]笃之行，故仁义之道，满乎天下，卒致之刑措四十余年[4]。远方慕义，莫不宾服，雅颂歌咏，以思其德。下及康昭[5]之后，虽有衰德，其纲纪尚明。及春秋时，已四五百载矣，然其余业遗烈[6]，流而未灭。五伯之起[7]，尊事周室。五伯之后，时君虽无德，人臣辅其君者，若郑之子产[8]、晋之叔向[9]、齐之晏婴[10]，挟君辅政，以并立于中国，犹以义相支持，歌说以[11]相感，聘覲以相交，期会以相一，盟誓以相救。天子之命，犹有所行；会享之国，犹有所耻。小国得有所依，百姓得有所息。故孔子曰："能以礼让为国乎，何有。"[12]周之流化，岂不大哉！

及春秋之后，众贤辅国者既没，而礼义衰矣。孔子虽论《诗》《书》，定《礼》《乐》，王道粲然分明，以匹夫无势，化之者七十二人而已[13]，皆天下之俊也。时君莫尚之[14]，是以王道遂用不兴。故曰："非威不立，非势不行。"

仲尼既没之后，田氏取齐[15]，六卿分晋[16]，道德大废，上下失序。至秦孝公[17]，捐礼让而贵战争，弃仁义而用诈谲，苟以取强而已矣。夫篡盗之人，列为侯王，诈谲之国，兴立为强，是以转相放效，后生师之，遂相吞灭，并大兼小，暴师经岁，流血满野，父子不相亲，兄弟不相安，夫妇离散，莫保其命，湣然[18]道德绝矣。晚世益甚，万乘之国七[19]，千乘之国五[20]，敌侔争权，尽为战国，贪饕无耻，竞进无厌，国异政教，各自制断，上无天子，下无方伯；力功争强，胜者为右；兵革不休，诈伪并起。当此之时，虽有道德，不得施施，有谋之强，负阻而恃固，连与交质，重约结誓，以守其国[21]。故孟子、孙卿儒术之士，弃捐于世[22]，而游说权谋之徒，见贵于俗。是以苏秦、张仪、公孙衍、陈轸、代厉之属[23]，主从纵横短长之说，左右倾侧。苏秦为纵，张仪为横；横则秦帝，纵则楚王；所在国重，所去国轻。

然当此之时，秦国最雄，诸侯方弱，苏秦结之，合六国为一，以傧[24]背秦，秦人恐惧，不敢窥兵于关中[25]，天下不交兵者，二十有九年。然秦国势便形利，权谋之士，咸先驰之。苏秦始欲横，秦弗用，故东合纵。及苏秦死后，张仪连横，诸侯听之，西向事秦。是故始皇因四塞之国[26]，据崤函之阻[27]，跨陇蜀之饶[28]，听众人之策，乘六世之烈[29]，以蚕食六国，兼诸侯，并有天下。杖于谋诈之弊，终无信笃之诚，无道德之教，仁义之化，以缀天下之心。任刑罚以为治，信小术以为道，遂燔烧《诗》《书》，坑杀儒士，上小尧舜，下邈[30]三王。二世愈甚，惠不下施，情不上达；君臣相疑，骨肉相疏；化道浅薄，纲纪坏败；民不见义，而悬于不宁。抚天下十四岁，天下大溃，诈伪之弊也。其比王德，岂不远哉！孔子曰："道之以政，齐之以刑，民免而无耻，道之以德，齐之以礼，有耻且格。”㉛夫使天下有所耻，故化可致也，苟以诈伪偷活取容，自上为之，何以率下！秦之败也，不亦宜乎！

战国之时，君德浅薄，为之谋策者，不得不因势而为资，据时而为画。故其谋，扶急持倾，为一切之权。虽不可以临国教、化兵革，救急之势也；皆高才秀士，度时君之所能行，出奇策异智，转危为安，运亡为存，亦可喜，皆可观！

---

①刘向：汉宗室，字子政，初为谏大夫，宣帝招选名儒材俊，向与焉，数上封事，以阴阳休咎论时政得失，语甚切直，元帝时，为中垒校尉，为外戚王氏及在位大臣所持，官终不迁。著有《洪范五行传》《列女传》《新序》《说苑》等书。《战国策》，本先秦诸人所记战国时事，刘向裒合为一编，名曰《战国策》，又名《长短书》。太史公作《史记》，即多采其文。
②辟雍：西周天子所设大学，校址圆形，四面以水环绕。《白虎通》：“辟者，象璧圆，法天，雍之以水，象教化流行。”泮宫：诸侯之学。庠序：古学校名，殷曰“序”，周曰“庠”。
③惇：厚也。　④刑措：民不犯法，刑废不用。成康之世，天下安宁，刑措不用者四十余年。　⑤康昭：周康王、昭王。康王，名钊，成王子，在位二十六年。昭王，名瑕，康王子，在位五十一年。　⑥烈：功。　⑦五伯：春秋时霸诸侯之五人。伯，今作“霸”。　⑧子产：春秋郑大夫，姓国，名侨，子产其字，自郑简公时当国，历定公、献公、声公凡四十余年，介于晋楚两大国间，而不被兵。　⑨叔向：春秋晋大夫，姓羊舌，

名肸，叔向其字。博议多闻，能以礼让为国，仲尼称为遗直。⑩晏婴：春秋齐大夫，字平仲，相齐景公，尽忠补过，名显诸侯。　⑪说：今作“悦”。　⑫语见《论语·里仁》篇。言能以礼让治国，治国何难。　⑬孔子弟子三千人，身通六艺者七十二人。　⑭尚：尊尚。　⑮周安王时，田和始列为诸侯，其子午遂并齐，是为桓公。　⑯六卿：皆晋大夫，范氏、智氏、中行氏、赵氏、魏氏、韩氏也，晋末君权皆入六氏之手；后六氏又相吞并，成韩、魏、赵三国而晋亡。　⑰秦孝公：见贾谊《过秦论》注。　⑱湣：与“闵”通；湣然：伤念。⑲秦、楚、齐、赵、韩、魏、燕。　⑳宋、卫、中山、鲁、郑。　㉑言惟有强国之设备，始得负阻……以守其国。㉒孟子：名轲，字子舆，战国邹人，受学于子思之弟子，尊王贱霸，世莫之用，后世称为亚圣。孙卿：即荀况，战国赵人，亦称荀卿，汉人或称曰孙卿，当时大儒，然仅为楚兰陵令而死。㉓苏秦：见贾谊《过秦论》注。张仪：见东方朔《答客难》注。公孙衍：魏人，号犀首，以善说仕秦魏二国。陈轸：见贾谊《过秦论》注。代厉：苏代、苏厉，皆苏秦弟，以能说名。㉔傧：与“摈”通，排斥。　㉕关中：见贾谊《过秦论》注。　㉖四塞：四境有天然之要塞。　㉗崤函：见贾谊《过秦论》注。　㉘陇：今甘肃地。蜀：今四川地，皆甚肥沃，秦并有之。　㉙六世：见贾谊《过秦论》注。　㉚邈：同“藐”，轻视。　㉛语见《论语·为政》。

王褒圣主得贤臣颂[1]

夫荷旃被毳者[2]，难与道纯绵之丽密[3]，羹藜含糗者[4]，不足与论太牢之滋味[5]，今臣僻在西蜀，生于穷巷之中，长于蓬茨之下[6]，无有游观广览之知，顾有至愚极陋之累，不足以塞[7]厚望，应明旨；虽然，敢不略陈愚心而杼情素[8]。记曰：恭惟《春秋》法五始之要[9]，在乎审己正统而已。

夫贤者，国家之器用也，所任贤，则趋舍省而功施普，器用利，则用力少而就效众。故工人之用钝器也，劳筋苦骨，终日矻矻[10]；及至巧冶铸干将[11]之朴，清水淬[12]其锋，越砥敛其锷[13]，水断蛟龙，陆剸[14]犀革，忽若篲氾画涂[15]；如此则使离娄督绳，公输削墨[16]，虽崇台五层，延袤百丈而不溷者[17]，工用相得也。庸人之御驽马，亦伤吻敝筴[18]而不进于行，胸喘肤汗，人极马倦，及至驾啮膝[19]，骖乘旦[20]，王良执靶[21]，韩哀附舆[22]，纵骋驰骛，忽如影靡[23]，过都越国，蹶如历块[24]，追奔电，逐遗风[25]，周流八极[26]，万里一息，何其辽哉[27]！人马相得也。故服絺绤之凉者，不苦盛暑之郁燠，袭狐貉[28]之暖者，不忧至寒之凄沧，何则？有其具者易其备。贤人君子，亦圣王之所以易海内也，是以呕喻[29]受之，开宽裕之路，以延天下英俊也。

夫竭智附贤者，必建仁策；索人求士者，必树伯[30]迹。昔周公躬吐握之劳[31]，故有圄空之隆[32]；齐桓设庭燎之礼[33]，故有匡合[34]之功。由此观之，君人者勤于求贤，而逸于得人[35]。人臣亦然，昔贤者之未遭遇也，图事揆策[36]，则君不用其谋，陈见悃诚[37]，则上不然其信，进仕不得施效，斥逐又非其愆，是故伊尹勤于鼎俎[38]，太公困于鼓刀[39]，百里自鬻[40]，宁戚饭牛[41]，离[42]此患也；及其遇明君遭圣主也，运筹合上意，谏诤即见听，进退得关[43]其忠，任职得行其术，去卑辱奥渫[44]而升本朝，离蔬释跻[45]而享膏粱，剖符锡壤而光祖考，传之子孙以资说士[46]。故世必有圣智之君，而后有贤明之臣，虎啸而谷风冽[47]，龙兴而致云气[48]，蟋蟀俟秋吟，蜉蝣[49]出以阴，《易》曰："飞龙在天，利见大人。"[50]《诗》曰："思皇多士，生此王国。"[51]故世平主圣，俊乂[52]将自至，若尧舜禹汤文武之君，获稷契皋陶伊尹吕望之臣，明明[53]在朝，穆穆[54]列布，聚精会神，相得益章。虽伯牙操篪钟[55]，逢门子弯乌号[56]，犹未足以喻真意也！

故圣主必待贤臣而弘功业，俊士亦俟明主以显其德，上下俱欲，欢然交欣，千载一会，论说无疑，翼乎如鸿毛遇顺风，沛乎若巨鱼纵大壑，其得意如此，则胡禁不止，曷令不行？化溢四表，横被无穷，遐夷贡献，万祥毕臻[57]。是以圣王不遍窥望而视已明，不殚[58]倾耳而听已聪，恩从祥风翱，德与和气游，太平之责塞，优游之望得，遵游自然之势，恬淡无为之场，休俭自至，寿考无疆，雍容垂拱，永永万年，何必偃仰诎信若彭祖[59]，呴嘘呼吸如乔松[60]，眇然绝俗离世哉！《诗》曰："济济多士，文王以宁。"[61]盖信乎其以宁也。

①王褒：汉蜀人，字子渊，有俊材，益州刺史王襄奏之，征入都，宣帝诏为圣主得贤臣颂其意，褒因对此。 ②荷：负也。旃：同“毡”。被：披也。毳：鸟羽。荷旃被毳：指贫寒之士。③纯绵：不杂之绵。 ④羹藜含糗：指穷饿之人。藜：履黏也，黏以黍米，若今浆粉。糗：熬米麦成干粮。 ⑤太牢：古代祭祀，牛、羊、豕三牲具备曰太牢。 ⑥蓬茨之下：蓬茅所盖屋之下。 ⑦塞：当。 ⑧杼：同“抒”，引而泄之。情素：犹本心。 ⑨恭：一作“共”，音义同。《春秋》称元年春王正月，公即位。元者，气之始；春者，四时之始；王者，受命之始；正月者，政教之始；公即位者，一国之始，是为五始。⑩矻矻（kū）：勤学不懈貌。 ⑪干将：见贾谊《吊屈原赋》莫邪注。 ⑫焠：锻铸刀剑时，将烧红的锻件浸入水中急速冷却，以增加硬度。 ⑬越：砥石出南昌，故曰越也。锷：一作“咢”，剑刃。 ⑭剸（tuán）：截断。 ⑮篲，一作“彗”。彗者，扫；氾者，污也；涂者，泥也。谓如以帚埽（sào）秽，以刀画泥。 ⑯离娄：黄帝时明目者。督：察视。绳与墨，皆为直之具，公输：姓，名般，亦称鲁般，鲁之巧人，或以为鲁昭公之子云。 ⑰溷：乱。 ⑱筴：与“策”同，马鞭子。 ⑲啮膝：良马名。 ⑳乘旦：良马名。一说，乘旦当为“乘且”之误，“且”与“驵”同。乘驵，骏马。 ㉑王良：古之善御者，即邮无恤，战国赵人。靶：辔。 ㉒韩哀，《吕氏春秋·审分览·勿难》：“寒哀作御。”“寒”“韩”古字通，盖即一人。 ㉓影靡：言如影之摇闪靡靡然。 ㉔蹶如历块：如经

历一土块，言其超越之疾。　㉕言风之遗于后者，焉能追及。㉖八极：八方极远之地。　㉗辽：谓所行远。　㉘狐貉，一作“貉狐”。　㉙呕喻：和悦貌。　㉚伯：同“霸”。㉛周公一饭三吐食，一沐三握发以宾贤士。握，一作“捉”。㉜圄空：言刑措不用，囹圄空虚也。圄，一作“圉”。　㉝古者国有大事，夜则以薪燃火以照众，谓之庭燎。齐桓公设庭燎求士而士不至，东野人有以九九见者，桓公不纳，其人曰：“九九小术，而君不纳之，况大于九九者乎！”桓公礼之，期月，四方之士并至。　㉞匡合：谓桓公一匡天下，九合诸侯。　㉟言得人则逸。　㊱揆：度。　㊲悃：至。　㊳伊尹：汤之贤相，汤三聘始就。一说谓其负鼎佩刀以干汤。　㊴太公：周吕尚也。或言其微时屠牛朝歌。　㊵百里：百里奚，为秦穆公贤臣。自鬻：说见《孟子·万章》。　㊶宁戚：齐桓公贤臣。桓公夜出，宁戚于车下饭牛，击牛角而歌，桓公召与语，说之，以为大夫。㊷离：遭，与“罹”同。　㊸关：通也。　㊹奥：幽也。渫：污浊。言不彰显。　㊺蔬：蔬食。跻：入声，本木屐，此言以绳为之者。　㊻言谈说之士传以为资。　㊼谷风洌：一本作“洌风”，无“谷”字。　㊽一本无“气”字。　㊾蜉蝣：虫名，朝生而夕死。蝣，一作“蝤”。　㊿《易·乾卦》爻辞。　51见《诗·大雅·文王》篇。思：语辞。皇：美。言美哉此众多贤士，生此周王之国。　52俊乂：贤良。　53明明：察。　54穆穆：美。　55虒，一作“递”，假借字。虒钟：琴名。　56蓬，一作“逢”。蓬门子：即逢蒙，学射于羿而尽其术者。乌号：见司马相如《子虚赋》注。　57溱：与

"臻"同。　⑱殚：尽极；一作"单"，义同。　⑲偃仰：犹俯仰。诎信：同"屈伸"。彭祖：上古陆终氏第三子籛铿，尧臣，封于彭城，历虞夏至商七百岁。　⑳乔松：谓王乔、赤松子，皆仙人。　㉑二句见贾山《至言》注。

王褒童约

蜀郡王子渊以事到湔①，止寡妇杨惠舍。惠有夫时奴，名便了，子渊倩奴行酤酒②，便了拽大杖上夫冢巅曰："大夫买便了时，但要守家，不要为他人男子酤酒！"子渊大怒曰："奴宁欲卖耶？"③惠曰："奴大忤人④，人无欲者。"子渊即决买券云云⑤。奴复曰："欲使皆上券⑥，不上券，便了不能为也！"子渊曰："诺！"

券文曰：

神爵⑦三年正月十五日，资中⑧男子王子渊从成都安志里女子杨惠买亡夫时户下髯奴便了，决贾⑨万五千，奴当从百役使，不得有二言。晨起早扫，食了⑩洗涤。居当穿臼缚帚，裁盂凿斗⑪。浚渠缚落⑫，锄园斫陌⑬。杜埤地⑭，刻大枷⑮，屈竹作杷⑯，削治鹿卢⑰。出入不得骑马载车，踑坐大呶⑱。下床振⑲头，捶⑳钩刈刍，结苇腊纻㉑。汲水酪㉒，佐酣醆㉓。织履作粗㉔，黏㉕雀张鸟，结网捕鱼，缴㉖雁弹凫。登山射鹿，入水捕龟。后园纵养雁鹜百余。驱逐鸱鸟，持梢牧猪。种姜养芋，长育豚驹。粪除堂庑㉗，喂食㉘马牛。鼓四起坐，夜半益刍。二月春分，被堤杜疆[29]，落桑皮棕[30]。种瓜作瓠[31]，别落披葱[32]。焚槎发芋[33]，垄集破封[34]。日中早翥[35]，鸡鸣起舂。调治马户，兼落[36]三重。

舍中有客，提壶行酤，汲水作铺[37]。涤杯整桉[38]，园中拔蒜。断苏[39]切脯，筑肉臛芋[40]。脍鱼炰鳖[41]，烹荼尽具。已而盖藏。关门塞窦，喂猪纵犬，勿与邻里争斗。奴但当饭豆[42]饮水，不得嗜酒；欲饮美酒，唯得染唇渍口[43]，不得倾盂覆斗。不得辰出夜入，交关[44]侔偶。

舍后有树，当裁竹船。上至江州[45]下到湔主，主为府掾[46]求用钱。推访垩[47]，贩棕索。绵亭[48]买席，往来都洛。当为妇女求脂泽。贩于小市，归都担枲[49]。转出旁蹉[50]，牵犬贩鹅。武都买茶[51]，杨氏担荷[52]。往来市聚，慎护奸偷。入市不得夷蹲[53]旁卧，恶言丑骂。多作刀矛，持入益州[54]，货易羊牛。奴自教精慧，不得痴愚。

持斧入山，断輮[55]輞辕。若有余残，当作俎——几木屐及彘盘[56]。焚薪作炭，礨石薄岸[57]。治舍盖屋，削书代牍。日暮欲归，当送干薪两三束。四月当披[58]，九月当获。十月收豆，抡麦窖芋[59]。南安拾栗采橘[60]，持车载辏[61]。多取蒲苎，益作绳索。雨堕无所为，当编蒋织薄[62]。种植桃李梨柿柘桑。三丈一树，八树为行。果类相从，纵横相当。果熟收敛，不得吮尝。犬吠当起，惊告邻里。枨门柱户[63]，上楼击鼓[64]。荷盾曳矛，还落三周[65]。勤心疾作，不得遨游。

奴老力索[66]，种莞织席[67]。事讫休息，当舂一石。夜半无事，浣衣当白。若有私钱，主给宾客[68]。奴不得有奸私，事事当关白。奴不听教，当笞一百。

读券文适讫，词穷咋索。仡仡[69]叩头，两手自搏。目泪下落，鼻涕长一尺。审如王大夫所言，不如早归黄土陌，蚯蚓钻额。早知当尔，为王大夫酤酒，真不敢作恶！

---

①蜀郡：秦置，即古蜀国，治今之成都。子渊：褒字。湔：地名，汉湔氐道，在今四川松潘西北。　②倩：雇代。酤酒：买酒。　③言欲卖此奴否。　④大忤人：甚忤人。　⑤云云：如何如何，但口约而未笔书。　⑥言皆书之券中。　⑦神爵：汉宣帝年号。　⑧资中：今四川资中县。　⑨贾：与“价”同。　⑩食了：吃过了。　⑪穿、裁、凿：皆制造之意，各因其器而异词。　⑫落：篱落。　⑬陌：田间道。　⑭杜：塞。埤：下湿。杜埤地：谓修治下湿之地。　⑮枷：打谷具，俗称连枷。　⑯杷：收麦器；一曰平田器。　⑰鹿卢：与“辘轳”通，汲水之器。　⑱踑坐：犹箕踞，谓曲两脚，其形如箕。呶：喧哗。　⑲振：整。　⑳捶：与“锤”通，锻也。　㉑腊：刀。纻：纻属，可以为布。腊纻：谓以刀治纻。㉒酪：乳浆。　㉓酤醭：读如雏模，羹浆之属。　㉔粗：粗制之衣。　㉕黏：以胶著之，使不得脱。　㉖缴：以绳系矢而射。　㉗堂庑：堂下周屋。　㉘食：读如“饲”。　㉙被堤：塞漏。杜疆：修篱。　㉚落桑：剪桑。皮棕：剥棕皮。㉛瓠：瓢。剖之可为瓢，故曰作“瓠”。　㉜别、披：皆分之

意。　③③槎：伐木余，斜曰槎。发芋：蜀土收芋，皆窖藏之，至春乃发。　㉞坌集破封：治田事。　㉟畜：未详；或谓读复音，然一本作“蕡”，与复音不合。　㊱马户：水门，蜀每以落置水流养鱼，欲食乃取之。落：与“络”通。　㊲餔：申时(下午三点到五点)食。　㊳桉：即碗。　㊴苏：紫苏，性行气和血，故名。　㊵筑：捣。臛：羹。　㊶脍：细切。炰：裹物而烧。　㊷饭豆：以豆为饭。　㊸渍：稍浸润。㊹交关：关通。　㊺江州：汉县，故城在今重庆嘉陵江北岸。㊻府掾：府属官。　㊼访，读为放，推放，推销出卖。垩：白土。　㊽绵亭：盖地名，不详其处。　㊾都：与“涂”通。枲：牡麻。　㊿蹉：市名。　51武都：汉县，在今甘肃西和县西，出茶。　52杨氏：池名，出荷。　53夷蹲：展足屈下似坐。　54益州：汉郡名，治滇池，今云南昆明市所在地。55鞣：车辋。辋：车轮之外周。　56彘盘：猪槽。　57壘石薄岸：竹笼盛石以薄岸；壘：当作“累”。　58披：分，如分秧之类。　59抡：种。窖芋：见前“发芋”注。　60南安：汉县，在今四川夹江西北，出橘。　61持车载辏：载车以往求利之意，犹赶集之类。　62蒋：菰蒲。薄：帘。　63枨：门两旁长木。枨门柱户：即紧关门户之意。　64汉时官不禁报怨，民家皆高楼置鼓其上，有急即上楼击鼓，以告邑里，令救取。　65还：环。落：篱落。　66索：尽。　67莞：草名，又名水葱，茎可织席。　68言主人以供应宾客之用。69仡仡：不安貌。

扬雄反离骚[1]

有周氏之蝉嫣兮[2]，或鼻祖于汾隅[3]，灵宗初谍伯侨兮[4]，流于末之扬侯[5]。淑周楚之丰烈兮[6]，超既离虖皇波[7]，因江潭而淮记兮[8]，钦吊楚之湘累[9]。惟天轨之不辟兮[10]，何纯洁而离纷[11]，纷累以其淟涊兮[12]，暗累以其缤纷[13]。汉十世之阳朔兮[14]，招摇纪于周正[15]，正皇天之清则兮[16]，度后土之方贞[17]。图[18]累承彼洪族兮，又览累之昌辞[19]，带钩矩而佩衡兮[20]，履欃枪以为綦[21]。素初贮厥丽服兮[22]，何文肆而质⿰真夆[23]，资娵娃之珍髢兮[24]，鬻九戎而索赖[25]。

凤皇翔于蓬陼兮[26]，岂驾鹅之能捷[27]，骋骅骝以曲艰兮[28]，驴骡连蹇而齐足[29]。枳棘之榛榛兮[30]，猿狖拟而不敢下[31]，灵修既信椒兰之唼佞兮[32]，吾累忽焉而不蚤睹。衿芰茄之绿衣兮[33]，被夫容[34]之朱裳，芳酤烈而莫闻兮，固不如襞而幽之离房[35]。闺中容竞淖约兮[36]，相态以丽佳[37]，知众嫭[38]之嫉妒兮，何必飏累之蛾眉[39]。懿神龙之渊潜兮，俟庆云而将举，亡春风之被离兮，孰焉知龙之所处？愍吾累之众芬兮，飏烨烨之芳苓[40]，遭季夏之凝霜兮，庆夭䫅而丧荣[41]。横江湘以南淮兮，云走乎彼苍吾[42]，驰江潭之泛溢兮，将折衷乎重华[43]。舒中情之烦或兮[44]，恐重华之不累与[45]，陵阳侯之素波兮[46]，岂吾累之独见许[47]？

精琼靡与秋菊兮[48]，将以延夫天年，临汨罗[49]而自陨兮，恐日薄于西山[50]。解扶桑之总辔兮[51]，纵令之遂奔驰[52]，鸾皇腾而不属兮，岂独飞廉与云师[53]。卷薜芷与若蕙兮，临湘渊而投之，棍[54]申椒与菌桂兮，赴江湖而沤之[55]。费椒稰以要神兮，又勤索彼琼茅，违灵氛而不从兮，反湛身于江皋[56]。累既乄夫傅说兮[57]，奚不信而遂行[58]，徒恐鷤鴂之将鸣兮，顾先百草为不芳[59]。初累弃彼虙妃兮，更思瑶台之逸女[60]，抨雄鸩以作媒兮[61]，何百离而曾不壹耦。乘云蜺之旖旎兮[62]，望昆仑以樛流[63]，览四荒而顾怀兮，奚必云女彼高丘[64]？既亡鸾车之幽蔼兮[65]，焉驾八龙之委蛇[66]？临江濒而掩涕兮，何有《九招》与《九歌》[67]？

夫圣哲之不遭兮，固时命之所有，虽增欷以于邑兮[68]，吾恐灵修之不累改[69]。昔仲尼之去鲁兮，斐斐[70]迟迟而周迈，终回复于旧都兮，何必湘渊与涛濑[71]。溷渔父之餔歠兮，洁沐浴之振衣[72]，弃由、聃之所珍兮，蹠彭咸之所遗[73]。

---

①扬雄：汉成都人，字子云，少好学，口吃不能剧谈，好深湛之思，长于词赋，多仿司马相如，成帝时召对，奏《甘泉》《长杨》《河东》《羽猎》四赋，除为郎，给事黄门，与王莽、刘歆并。及莽篡位，转为大夫，寻卒。著有《太玄》《法言》《方言》等书。扬雄怪屈原文过相如，至不容，作《离骚》自投江而死，悲其文，以为君子得时则大行，不得时则龙蛇。遇不遇，命也，何必湛身哉，乃作书往往摭《离骚》而反之，自岷山投诸江流以吊原，名曰《反离骚》。　②蝉嫣：连。言与周氏

亲连。　③鼻祖：始祖，扬雄自言系出周氏而食采于扬。汾隅：扬邑。　④以出自有周，为神灵后裔，故曰灵宗。谍：谱。伯侨：周之支庶。言从伯侨以来，可得而叙。　⑤扬侯：扬氏有号为扬侯者。　⑥淑：善。言去汾隅从巫山得周楚之美烈。　⑦超：速。离：历。皇：大。言其先祖所居，经河及江，经历大波。　⑧潭：水边。淮：往也，以其去水中，故从水。记：谓吊文。淮记：言乘水而往，投书以吊。　⑨钦：敬。诸不以罪死曰累。屈原赴湘死，故曰湘累。　⑩天轨：犹天路。辟：读如“阘”，义同。　⑪纯洁：纯粹贞洁。离：遭。纷：难。此二句言天路不开，使纯洁之人遭此难。　⑫洪溷：秽浊。　⑬暗：身晦而不光。缤纷：谓谗慝交加。　⑭十世：自高祖至成帝。阳朔：成帝年号，于八年改称。　⑮招摇：斗杓星，主天时。周正：十一月。　⑯清则：清正法则。十一月为岁首，天之正。　⑰方贞：贞正，十一月坤体成，故方贞。⑱图：按其本系之图书。　⑲昌辞：美辞。　⑳钩：规。矩：方。衡：平，此指佩玉。　㉑欃（chán）枪：彗星。綦：履下饰。言原谁佩带方平之行，而陷恶人迹以致放逐。　㉒贮：积。㉓文肆：言其文辞放肆。齘（xiè）：狭。　㉔娵娃：古美女闾娵、吴娃。鬒：发。珍鬒：珍好之发。　㉕索赖：无所利。㉖陼：与“渚”通；蓬陼：蓬莱之陼，在海中。　㉗驾鹅：见司马相如《子虚赋》注。捷：及。　㉘骅骝：骏马名。曲艰：屈曲艰阻。　㉙蹇：驽劣之意。言骅骝骋曲艰中，则与驴骡同劣而齐之。　㉚枳棘：枳木高而多刺。榛榛：梗秽貌。　㉛猿：善攀援。狖：似猴，仰鼻而长尾。拟：疑。　㉜灵修：楚王。

椒兰：谓令尹子椒及子兰。喽侫：谮言。　㉝衿：带。芰：菱。茄，《尔雅·释草》：“荷，其茎茄。”　㉞夫容：即芙蓉。　㉟襞（bì）：衣褶。离房：别房。　㊱淖约：善容止。㊲相态以丽佳：言竞为佳丽之态以相倾。　㊳嫭：美貌。㊴《离骚》：“众女嫉余之蛾眉。”言原既知众女嫉妒，何必扬己之蛾眉。　㊵烨烨：光盛貌。苓：香草名。　㊶庆：读与“羌”同，辞也。颔：古“悴”字。　㊷苍吾：山名，广西省梧州市苍梧县，舜崩于此。　㊸重华：舜号。原将启质圣人，陈己情要。　㊹烦或：同“烦惑”。　㊺舜能避父害以全身，资于事父以事君，恐不许原之所为。　㊻陵：乘。阳侯：古诸侯，以罪投江，神为大波。　㊼言原遇同阳侯，岂独见许。　㊽精：细。琼靡：犹言玉屑。琼靡、秋菊：皆《离骚》中语。　㊾汨罗：见贾谊《吊屈原赋》注。　㊿言屈原既养秋菊等欲以延年，何又以为日暮而沉汨罗，其言行殊相反。51扶桑：古代神话中海外的大树，据说太阳从这里出来。总：结。52《离骚》：“总余辔于扶桑。”言何又解君辔使遂奔驰而自沉乎。　53飞廉：风伯。云师：奉隆。言既纵之，虽鸾皇迅飞，亦无所及，岂独飞廉云师。　54棍：当作“掍”，大束。《方言》：“掍，同也，宋卫之间语。”　55沤：渍。　56灵氛：古之善占者。《离骚》有椒稰琼茅要神，欲从灵氛吉占等语，此言既不从其占，何必费稰而勤琼茅。　57兆：古“攀”字。说：读如“悦”；傅说：殷高宗贤相。　58行：去。59鹎鴂：即杜鹃，一名子规，常以立夏鸣，鸣则平芳皆歇。此反《离骚》语，言终以自沉，何惜芳草而忧杜鹃。　60虙妃：见司马相如《上林赋》宓妃注。此亦《骚》语，言其执心不定。(61)抨：使。雄鸩：《离骚》作“雄鸠”。此亦《离骚》语。(62)旖旎：云貌。旎，一作“柅”。　(63)昆仑：山名。樛流：犹周流。《离骚》有阆风绁马语，阆风在昆仑山上，此故云。(64)《离骚》：“哀高丘之无女。”女：仕。高丘：谓楚。言何必仕于楚。　(65)幽蔼：犹晻蔼。　(66)委蛇：从容自得貌。既无鸾车，则不得云驾八龙。　(67)招：续如韶；《九招》：古逸诗名，帝喾之世，咸墨为颂，以歌《九招》。《九歌》，原所作。(68)增：重。郗：叹声。于邑：短气。　(69)言原虽自叹于邑，而楚王终不改寤。　(70)斐斐：往来貌。　(71)涛濑：谓大波与急流。　(72)溷：以为溷浊。餔歠：读如逋辍，谓饮食。二句见《楚辞·渔父》。　(73)由聃：许由、老聃，二人守道，不污于俗，皆能保己全身。蹠：蹈。彭咸：殷介士，不得志而投江死。言原不能慕由、聃高踪，而蹈彭咸遗迹。

扬雄解嘲[1]

客嘲扬子曰：“吾闻上世之士，人纲人纪[2]，不生则已，生必上尊人君，下荣父母，析[3]人之珪，儋[4]人之爵，怀人之符，分人之禄，纡青拖紫[5]，朱丹其毂[6]，今吾子幸得遭明盛之世，处不讳之朝，与群贤同行[7]，历金门[8]，上玉堂[9]有日矣，曾不能画一奇，出一策，上说人主，下谈公卿，目如耀星，舌如电光，一从一横[10]，论者莫当，顾默而作《太玄》五千文[11]，枝叶扶疏[12]，独说数十余万言，深者入黄泉，高者出苍天，大者含元气，细者入无间[13]，然而位不过侍郎[14]，擢才给事黄门[15]，意者玄得无尚白乎！何为官之拓落也？”[16]

扬子笑而应之曰：“客徒朱丹吾毂，不知一跌将赤吾之族也[17]。往昔周网解结，群鹿争逸，离为十二[18]，合为六七[19]，四分五剖，并为战国，士无常君，国无定臣，得士者富，失士者贫，矫翼厉翮，恣意所存；故士或自盛以橐[20]，或凿坏以遁[21]，是故邹衍以颉颃而取世资[22]，孟轲虽连蹇[23]，犹为万乘师。今大汉左东海[24]，右渠搜[25]，前番禺[26]，后椒涂[27]，东南一尉[28]，西北一候[29]，徽以纠墨[30]，制以锁铁[31]，散以礼乐，风以诗书，旷以岁月，结以倚庐[32]，天下之士，雷动云合，鱼鳞杂袭，咸营于八区[33]，家家自以为稷契[34]，人人自以为皋陶[35]。戴继[36]垂缨而谈者，皆拟于阿衡[37]，五尺童子，羞比晏婴与夷吾[38]，当途者升青云，失路者委沟渠，旦握权则为卿相，夕失势则为匹夫，譬若江湖之崖，渤澥之岛，乘雁[39]集不为之多，双凫飞不为之少；昔三仁去而殷墟[40]，二老归而周炽[41]，子胥死而吴亡[42]，种、蠡存而越霸[43]，五羖入而秦喜[44]，乐毅出而燕惧[45]，范雎以折摺而危穰侯[46]，蔡泽以噤吟而笑唐举[47]；故当其有事也，非萧、曹、子房、平、勃、樊、霍则不能安[48]，当其无事也，章句之徒，相与坐而守之，亦无所患。故世乱则圣哲驰骛而不足；世治则庸夫高枕而有余。夫上世之士，或解缚而相[49]，或释褐而傅[50]；或倚夷门而笑[51]，或横江潭而渔[52]；或七十说而不遇[53]，或立谈间而封侯[54]；或枉千乘于陋巷[55]，或拥彗而先驱[56]。是以士颇得信[57]其舌而奋其笔，窒隙蹈瑕而无所诎也[58]。

“当今县令不请士，郡守不迎师，群卿不揖客，将相不俯眉，言奇者见疑，行殊者得辟[59]，是以欲谈者卷舌而固声，欲步者拟足而投迹。向使上世之士处乎今世，策非甲科[60]，行非孝廉，举非方正，独可抗疏，时道是非，高得待诏，下触闻罢[61]，又安得青紫？且吾闻之，炎炎[62]者灭，隆隆[63]者绝，观雷观火，为盈为实，天收其声，地藏其热[64]。高明之家，鬼瞰其室[65]。攫挐[66]者亡，默默者存；位极者宗危，自守者身全。是故知玄知默，守道之极；爰清爰静，游神之庭；惟寂惟漠，守德之宅。世异事变，人道不殊，彼我易时，未知何如[67]。今子乃以鸱枭而笑凤皇，执蝘蜓[68]而嘲龟龙，不亦病乎！子之笑我玄之尚白，吾亦笑子病甚，不遇俞跗与扁鹊也[69]，悲夫！”

客曰：“然则靡玄无所成名乎？范蔡以下，何必玄哉！”扬子曰：“范睢，魏之亡命也，折胁摺髂[70]，免于徽索，翕[71]肩蹈背，扶服入橐[72]，激卬[73]万乘之主，介泾阳抵穰侯而代之[74]，当也；蔡泽，山东之匹夫也，颔颐折頞[75]，涕唾流沫，西揖强秦之相，搤其咽而亢其气，拊其背而夺其位[76]，时也；天下已定，金革已平，都于洛阳[77]，娄敬委辂脱輓[78]，掉三寸之舌，建不拔之策，举中国徙之长安[79]，适也；五帝垂典，三王传礼，百世不易，叔孙通起于枹鼓之间，解甲投戈，遂作君臣之仪[80]，得也；《吕刑》[81]靡敝，秦法酷烈，圣汉权制，而萧何造律[82]，宜也。故有造萧何之律于唐虞之世，则悖矣[83]；有作叔孙通仪于夏殷之时，则惑矣；有建娄敬之策于成周之世，则乖矣，有谈范、蔡之说于金张许史之间[84]，则狂矣。夫萧规曹随[85]，留侯画策[86]，陈平出奇[87]，功若泰山，响若坻隤[88]，虽其人之赡智哉[89]，亦会其时之可为也。故为可为于可为之时，则从；为不可为于不可为之时，则凶。若夫蔺生收功于章台[90]，四皓采荣于南山[91]，公孙创业于金马[92]，骠骑发迹于祁连[93]，司马长卿窃资于卓氏[94]，东方朔割炙于细君[95]，仆诚不能与此数子并，故默然独守吾《太玄》。”

---

①汉哀帝时，外戚丁傅、嬖臣董贤用事，依附者皆得显官，时雄方草《太玄》，有以自守，恬不为意，人或嘲其作不成，名为玄而色犹白，雄解之，号曰解嘲。　②人纲人纪：为众人之纲纪。　③析：分。　④儋：负荷。　⑤纡青拖紫：谓印绶之色。汉制，公侯紫绶，九卿青绶。　⑥朱丹其毂：汉制，吏二千石朱两幡。　⑦同行：谓同行列。　⑧金门：金马门，汉未央宫前有铜马，故曰金马门。　⑨玉堂：殿，未央宫有殿阁三十二，椒房、玉堂皆在其中。　⑩从、横：本于苏秦、张仪之约从连横，意犹辩才。　⑪扬雄以为经莫大于《易》，拟之作太玄。　⑫扶疏：四布。　⑬细者入无间：言至微。　⑭侍郎：见东方朔《答客难》注。　⑮黄门：官署之称，宫门黄色，给事于黄门之内，故以名官。言升擢仅至黄门官。　⑯尚：犹。拓落：蹭蹬不耦。言虽言玄，得无未造玄

之极，其色犹白乎，盖嘲其学犹未至，故不显达。⑰跌：失足。见诛杀者必流血，故云赤族；一说尽杀无遗。⑱十二：言春秋十二国，见东方朔《答客难》注。⑲六七：齐、燕、楚、韩、赵、魏之六，及秦七也。⑳自盛以橐，或谓范雎入之秦，藏于橐中，按《范雎传》无橐盛事，疑指伍子胥橐载而出昭关言。㉑坏：屋后墙。鲁君欲相颜阖，使人以币先焉，阖凿坏以遁。㉒邹衍：齐人，著书所言多天事，齐人号为谈天衍，仕于齐，位至卿。颉颃：奇怪之辞。㉓孟轲：即孟子，见刘向《战国策序》注。连蹇：难，言值世之屯难。㉔东海：会稽东海，在东，故曰左。㉕渠搜：西戎国，在西，故曰右。㉖番禺：地名，在今广东省。㉗椒涂：渔阳之北界；一说为北方国名。㉘东南一尉：会稽东部都尉。㉙西北一候：中部都尉治敦煌步广候官，张掖属国有候官城。㉚徽：束。纠墨：绳。㉛锧：一作"质"，锧。铁：莝刀。锧铁，谓斩腰之刑。㉜倚庐：倚墙至地而为之，无楣柱，汉律以不为亲行三年服，不得选举，结为倚庐，以结其心；一说，倚庐，或即田庐。㉝八区：八方。㉞稷契：皆舜臣，稷名弃，为周始祖，契为商始祖。㉟皋陶：见路温舒《尚德缓刑书》注。㊱维：与"缅"同，韬发之缯。㊲阿衡：商官名，伊尹为之。㊳晏婴：见刘向《战国策序》注。夷吾：即管仲。㊴乘雁：四雁。㊵三仁：指微子、箕子、比干。墟：亡国为丘墟。㊶二老：谓伯夷、太公，周德日昌，二人皆归周。㊷子胥：见东方朔《答客难》注。㊸种、蠡：文种、范蠡，越王勾践返国，奉国政属大夫种，而使范蠡行成为质于吴，后越卒以破吴。　㊹羖（gǔ）：黑色羊。百里奚自虞亡秦，走宛，秦穆公以五羖羊皮赎之，授之国政，故号为五羖大夫。　㊺乐毅：见贾谊《过秦论》注。　㊻范雎：魏人，以远交近攻之策说秦昭襄王，得为相，封应侯。以，一作“虽”。摺：古“拉”字；折摺，折胁拉齿，雎未达之时，魏中大夫须贾谮之于相魏齐，齐笞击之，折胁摺齿．雎佯死，得出，因入秦。穰侯，秦宣太后弟魏冉也，贵重，范雎说昭王而言之，冉乃免相。　㊼蔡泽：燕人，为秦相。噤吟：颔颐之貌。唐举：善相，蔡泽从请之，举笑曰：“吾闻圣人不相，殆先生乎！”　㊽萧：萧何。曹：曹参。子房：张良字。平：陈平。勃：周勃。樊：樊哙。霍：霍光。　㊾解缚而相：管仲也，仲本傅公子纠奔鲁，齐桓公伐鲁，鲁杀子纠，囚仲致齐，齐释其缚，举以为相。　㊿释褐而傅：墨子谓为傅说，一以为宁戚，然无所考，盖宁越之讹。51侯嬴年七十，为魏夷门之抱关者，公子无忌客之，秦伐赵，赵求救于魏，魏畏秦，救不力，无忌愤甚，嬴为画策，盗兵符，往夺魏之救兵，急救赵，赵因得存。　52横江潭而渔：指屈原事。　53七十说而不遇：谓孔子，孔子历聘七十二君，见《庄子·天运》。　54立谈而封侯：谓虞卿也，虞卿说赵孝成王，再见而为赵上卿。　55枉千乘于陋巷：谓齐桓公见小臣稷事，桓公一日三至不得见。　56彗：帚。邹衍至燕，昭王郊迎，拥篲为之先驱。　57信：读如“伸”。　58窒：塞。诎：与“屈”同。　59辟：罪。　60汉制，岁课甲科为郎中，乙科为太子舍人。　61下触闻罢：有所触犯者，报闻而罢之也。62炎炎：火光。　63隆隆：雷声。　64人之观火闻雷，谓为盈实，终以天收雷声地藏火热而为虚无，言极盛者亦灭亡。⑥瞰：视。言鬼神害盈而福谦。 ⑥攫拏：妄有搏执牵引。⑥言或能胜之。 ⑥蝘蜓：即蜥蜴。 ⑥俞跗：黄帝时良医；俞，一作“臾”。扁鹊：古之良医，姓秦，名越人，《史记》有传。 ⑦髂：骨。 ⑦翕：敛。 ⑦扶服：即匍匐。范雎初入秦，道遇穰侯，藏于王稽车中而过，故云。 ⑦卬：读曰“仰”。 ⑦泾阳：泾阳君，秦昭王弟，贵用事，雎问而疏之，故曰介。扺：侧击。 ⑦顉颐：曲颐。一作“颔颐”，又作“颌颐”。顉，正字；颔，借字；颌，讹字。頞：鼻茎。⑦蔡泽入秦，说范雎以功成身退，祸福之机，适值雎有间于王，遂荐以自代。 ⑦洛阳：汉县，故城在今河南洛阳市东。⑦娄敬：齐人，高祖欲定都洛阳，敬以布衣谒见，说帝都关中，后赐姓刘，封关内侯。辂：车前横木。輓：一木横遮车前，一人挽之，三人推之。委辂脱輓，谓娄敬弃车脱輓而说高祖。⑦中国：谓京师。长安：今陕西西安市。 ⑧叔孙通：薛人。天下已定，群臣在殿上争功无礼，通说高祖征鲁诸生共起朝仪。⑧《吕刑》：《书》篇名，周穆王时吕侯所作，备详刑法。⑧萧何：沛人，佐高祖定天下，功第一，汉律令皆何所制定。⑧悂：错谬。一作“诗”。 ⑧金张许史：昭宣时贵戚大臣，金日磾、张安世、许广汉、史恭、史高。 ⑧萧规曹随：萧何始作规模，曹参因之无改。 ⑧张良封于留，故称留侯，高祖得天下，良策为多。 ⑧陈平：阳武人也，事高祖，展出奇策。 ⑧巴蜀人名山岸旁堆欲堕落者曰氐。氐崩，声闻数百里。陮，同“颓”，落。 ⑧虽，一作“唯”。唯亦读虽。赡智：谓多智。 ⑨⓪蔺生：即蔺相如。一作“蔺先生”。秦欲以地易赵璧，赵令相如赍璧入秦，秦不与赵地，相如乃诡取其璧，使人间以归赵。章台：在渭南，相如献璧于此。 ⑨①四皓：东园公、绮里季、夏黄公、甪里先生，避秦乱，隐于商山。荣：声名；一说草木之英，采取以充食。 ⑨②公孙：公孙弘，武帝初，对策金马门，名第一，拜博士，旋为丞相，封侯。⑨③骠骑：霍去病，去病为骠骑将军。祁连：山名，在今甘肃张掖市西南，去病击匈奴至此，捕首虏甚多，因显贵。 ⑨④司马相如以琴心挑成都富人卓王孙寡女文君，文君夜奔相如，王孙不得已，分予文君童百人，钱百万。 ⑨⑤武帝于伏日赐从官肉，东方朔拔剑割肉去，帝使起自责，朔乃自赞曰：“割之不多，又何廉也！归遗细君，又何仁也！”

贾让治河议①

治河有上中下策。

古者立国居民，疆理②土地，必遗川泽之分③，度水势所不及④，大川亡防，小水得入，陂障卑下，以为污泽，使秋水多得有所休息，左右游波，宽缓而不迫。夫土之有川，犹人之有口也，治土而防其川，犹止儿啼而塞其口，岂不遽止，然其死可立而待也，故曰，善为川者⑤，决之使道⑥，善为民者，宣之使言。

盖堤防之作，近起战国，雍⑦防百川，各以自利。齐与赵魏以河为竟⑧。赵魏濒山⑨，齐地卑下，作堤去河二十五里；河水东抵齐堤，则西泛赵魏，赵魏亦为堤去河二十五里；虽非其正，水尚有所游荡；时至而去，则填淤肥美，民耕田之；或久无害，稍筑室宅，遂成聚落；大水时至漂没，则更起堤防以自救，稍去其城郭，排水泽而居之，湛溺自其宜也⑩。

今堤防陿者⑪，去水数百步，远者数里，近黎阳⑫南故大金堤，从河西西北行，至西山南头，乃折东，与东山相属⑬，民居金堤东为庐舍，往十余岁，更起堤，从东山南头直南，与故大堤会；又内黄⑭界中，有泽方数十里，环之有堤，往十余岁，太守以赋民⑮，民今起庐舍其中，此臣亲所见者也。东郡白马故大堤⑯，亦复数重，民皆居其间，从黎阳北尽魏界，故大堤去河远者数十里，内亦数重，此皆前世所排也。河从河内⑰，北至黎阳，为石堤，激使东。抵东郡平刚⑱；又为石堤使西北抵黎阳观下⑲；又为石堤使东北抵东郡津北；又为石堤使西北抵魏郡昭阳⑳；又为石堤激使东北；百余里间，河再西三东，迫阨如此，不得安息。

今行上策，徙冀州㉑之民当水冲者，决黎阳遮害亭㉒，放河使北入海，河西薄大山，东薄金堤，势不能远泛滥，期月自定。难者将曰："若如此，败坏城郭田庐冢墓以万数，百姓怨恨，昔大禹治水，山陵当路者毁之，故凿龙门㉓，辟伊阙㉔，析底柱㉕，破碣石㉖，堕断天地之性，此乃人功所造，何足言也。"今濒河十郡㉗，治堤岁费且万万，及其大决，所残亡数，如出数年治河之费，以业所徙之民，遵古圣之法，定山川之位，使神人各处其所而不相奸[28]。且以大汉方制万里，岂其与水争咫尺之地哉！此功一立，河定民安，千载亡患，故谓之上策。

若乃多穿漕渠于冀州地[29]，使民得以溉田，分杀水怒，虽非圣人法，然亦救败术也。难者将曰："河水高于平地，岁增堤防，犹尚决溢，不可以开渠。"臣窃按视遮害亭西十八里，至淇水口[30]，乃有金堤高一丈；自是东，地稍下，堤稍高，至遮害亭，高四五丈；往五六岁，河水大盛，增丈七尺，坏黎阳南郭门入至堤下，水未逾堤二尺所，从堤上北望，河高出民屋，百姓皆走上山，水留十三日，堤溃二所，吏民塞之，臣循堤上行，视水势，南七十余里至淇口，水适至堤半，计出地上五尺所；今可从淇口以东为石堤，多张水门。初元中[31]，遮害亭下河去堤足数十步，至今四十余岁，适至堤足，由是言之，其地坚矣；恐议者疑河大川，难禁制，荥阳[32]漕渠足以卜之，其水门但用木与土耳，今据坚地作石堤，势必完安。冀州渠首，尽当印此水门；治渠非穿地也，但为东方一堤，北行三百余里，入漳水[33]中，其西因山足高地，诸渠皆往往股[34]引取之，旱则开东方下水门溉冀州，水则开西方高门分河流。通渠有三利，不通有三害：民常罢于救水，半失作业，水行地上，凑润上彻，民则病湿气，木皆立枯，卤不生谷，决溢有败，为鱼鳖食，此三害也；若有渠溉，则盐卤下隰，填淤加肥，故种禾麦，更为粳稻，高田五倍，下田十倍，转漕舟船之便，此三利也。

今濒河堤吏卒郡数千人，伐买薪石之费，岁数千万，足以通渠，成水门；又民利其灌溉，相率治渠，虽劳不罢，民田适治，河堤亦成；此诚富国安民，兴利除害，支数百岁，故谓之中策。

若乃缮完故堤，增卑倍薄，劳费亡已，娄㉟逢其害，此最下策也。

---

①贾让，哀帝时人，时求能浚川疏河者，让因奏此议。②疆理：理定疆界之义。③遗：留。言川泽水所留聚之处，皆留而置之，不以为居邑。④言计水势所不及之地。居而田之。⑤为：犹治。⑥道：读曰“导”，引之使通。⑦雍：读曰“壅”。⑧竟：读曰“境”。齐竟西北，赵竟东南，魏则三面跨河，南连鸿沟。⑨濒山：犹言以山为边界。⑩湛溺：沉溺。⑪陿：同“狭”。⑫黎阳：地名，后汉县，故城在今河南浚县东南。⑬属：连及。⑭内黄：县名，今河南内黄县。⑮赋民：以堤中地给与民。⑯东郡：汉郡名。白马：汉县，故城在今河南滑县东。⑰河内：汉郡，今河南及河之北皆是。⑱平刚：疑当为“刚平”。⑲观：汉县，卫地。⑳魏郡：汉郡，治邺县(今河北临漳县)。昭阳：地名，今河南浚县东北有昭阳亭。㉑冀州：汉十三州之一，今河北、山西及河南黄河以北，辽宁辽河以西地。㉒遮害亭：旧为黄河所经，在今河南浚县西南。㉓龙门：山名，在山西河津、陕西韩城间。㉔辟：开也。伊阙：山名，在河南洛阳

南，禹疏之以通水，两山相对，望之如阙，伊水历其间，故名。㉕底柱：山名，在河南陕县东北黄河中，有三门，禹所凿。㉖碣石：山名，所在地说者不一，不详其处。　㉗濒河十郡：指河南、河内、东郡、陈留、魏郡、平原、千乘、信都、清河、渤海。　㉘奸：犯也。　㉙漕渠：此指蒗荡渠，在今河南郑州西北古荥镇。多穿漕渠于冀州，乃欲于今卫河流处开渠如蒗荡，在今淇水口东。　㉚淇水口：在今河南浚县西南，曹操于水口下大枋木成堰，过淇水入白沟，故号其处为枋头。　㉛初元：元帝年号。　㉜荥阳：见邹阳《谏吴王书》注。　㉝漳水：见邹阳《谏吴王书》注。　㉞股：支别。　㉟娄：同"屡"。

后汉文

班固封燕然山铭[1]

惟永元[2]元年秋七月：有汉元舅曰车骑将军窦宪[3]，寅亮[4]圣皇，登翼[5]王室，纳于大麓[6]，惟清缉熙[7]。乃与执金吾耿秉[8]，述职巡御，治兵于朔方[9]，鹰扬之校[10]，螭虎之士，爰该六师，暨南单于、东胡乌桓、西戎氐羌、侯王君长之群[11]，骁骑十万，元戎轻武[12]，长毂[13]四分，雷辎蔽路[14]，万有三千余乘，勒以八阵[15]，莅以威神，玄甲耀目，朱旗绛天。

遂凌高阙[16]，下鸡鹿[17]，经碛卤[18]，绝大漠[19]，斩温禺[20]以衅鼓，血尸逐以染锷[21]；然后四校横徂，星流彗埽，萧条万里，野无遗寇。于是域灭区殚，反旆而旋，考传验图，穷览其山川，遂逾涿邪[22]，跨安侯[23]，乘燕然，蹑冒顿[24]之区落，焚老上[25]之龙庭，将上以摅高、文之宿愤[26]，光祖宗之玄灵；下以安固后嗣，恢拓境宇，振大汉之天声，兹可谓一劳而久逸，暂费而永宁也。乃遂封山刊石，昭铭盛德。

其辞曰：

铄[27]王师兮征荒裔，剿凶虐兮截[28]海外。夐[29]其邈兮亘地界；封神丘兮建隆嵑㉚，熙帝载㉛兮振万世。

---

①班固：后汉安陵人，字孟坚，明帝时为郎，典校秘书，续成父彪所著《汉书》。和帝初，窦宪征匈奴，以固为中护军行中郎将事。燕然山：即今蒙古国杭爱山，窦宪追北单于至此，刻石勒功，纪汉威德，令固作此铭。　②永元：后汉和帝年号。③窦宪：字伯度，平陵人，和帝母窦太后之兄，和帝即位，年仅十岁，窦太后临朝，以宪为侍中，击匈奴，大破之，还为大将军，族党满朝，帝长，与中常侍郑众定议诛宪，逼令自杀。④寅亮：敬恭翊辅。　⑤登翼：谓登用辅翊。　⑥纳于大麓：《书·舜典》语，谓尧使舜入山林相视原隰。　⑦清：清明。缉：续。熙：明。　⑧执金吾：官名。吾者，御也，执金革以御非常。耿秉：字伯初，茂陵人，与窦宪征北单于，封美阳侯。⑨朔方：汉郡，今内蒙古鄂尔多斯地。　⑩鹰扬：言威武奋扬如鹰。校：将校。　⑪南单于：时匈奴分为南北，南单于屯屠河立，上言愿发诸部胡会虏北，窦太后从之。东胡：种族名，在匈奴东，故名，今称通古斯族。乌桓：部落名，东胡别种，汉初为匈奴所灭，退保乌桓山，因以为号。氐、羌，皆西戎种族名。⑫元戎：兵车。轻：轻车，古战车。武：亦战车之一。　⑬长毂：兵车。　⑭雷辎：犹雷车。《淮南子》：“电以为鞭策，雷以为车轮。”　⑮八阵：方阵、圆阵、牝阵、牡阵、冲阵、轮阵、浮沮阵、雁行阵也。　⑯高阙：塞名，在阴山西，内蒙古鄂尔多斯右翼黄河外，腾格里湖之东北。⑰鸡鹿：塞名，在内蒙古鄂尔多斯右翼黄河西北岸。　⑱碛卤：谓沙石及碱地。

⑲大漠：内蒙古大沙漠，即古瀚海。　⑳温禺：匈奴大臣，有左右日逐王，左右温禺鞮王，皆单于子弟次第当为单于者。　㉑尸逐：匈奴异姓大臣，有左右骨都侯，左右尸逐骨都侯。锷：刀刃。　㉒涿邪：山名，在蒙古国西部。　㉓安侯：河名，在蒙古国。　㉔冒顿：头曼单于之太子，杀头曼自立。　㉕冒顿死，子稽粥立，号曰老上单于。　㉖摅：舒也。高文：高祖、文帝也。高祖既灭秦楚，有天下，而匈奴为害北边，屡出师讨伐，未能奏功，文帝立，匈奴寇犯如故，终无如何也，故文云。　㉗铄：美。　㉘截：整齐。　㉙敻（xiòng）：遥远。　㉚嵑：与“碣”同，立石。　㉛《古文尚书·舜典》：“有能奋庸熙帝之载。”熙，广也。载，事也。

崔瑗座右铭①

无道人之短，无说己之长。施人慎勿念，受施慎勿忘。世誉不足慕，唯仁为纪纲②。隐心而后动③，谤议容何伤。无使名过实，守愚圣所臧。在涅贵不缁④，暧暧⑤内含光。柔弱生之徒，老氏诫刚强⑥。行行⑦鄙夫志，悠悠故难量。慎言节饮食，知足胜不祥。行之苟有恒，久久自芬芳。

---

①崔瑗：后汉安平人，字子玉，举茂才，迁汲令，有善政，安帝初，朝臣交荐，迁济北相，疾卒。　②纪纲：法制。　③隐：度。言内反于心不惭，然后动。　④《论语·阳货》：“涅而不缁”。涅可以染皂，染之于涅而不黑，言不变其守。

⑤暧暧：昏昧貌。　⑥柔弱生之徒，语见《老子》。　⑦行行：刚强貌。

蔡邕郭有道碑[①]

先生讳泰，字林宗，太原界休人也[②]。其先出自有周王季之穆[③]，有虢叔者[④]，实有懿德，文王咨焉[⑤]，建国命氏，或谓之郭[⑥]，即其后也。先生诞应天衷，聪睿明哲，孝友温恭，仁笃慈惠，夫其器量弘深，姿度广大，浩浩焉，汪汪焉[⑦]，奥乎不可测已。若乃砥节厉行，直道正辞，贞固足以干事[⑧]，隐括[⑨]足以矫时。遂考览《六经》[⑩]，探综《图》《纬》[⑪]，周流华夏，游集帝学，收文武之将坠，拯微言之未绝[⑫]。

于时缨緌[⑬]之徒，绅佩之士，望形表而景[⑭]附，聆嘉声而响和者，犹百川之归巨海，鳞介之宗龟龙也。尔乃潜隐衡门[⑮]，收朋勤诲[⑯]，童蒙赖焉，用祛其蔽[⑰]。

州郡闻德，虚己备礼，莫之能致，群公休[⑱]之，遂辟司徒掾[⑲]，又举有道[⑳]，皆以疾辞。将蹈鸿崖之遐迹[㉑]，绍巢许之绝轨[㉒]，翔区外以舒翼，超天衢以高峙，禀命不融，享年四十有二，以建宁[㉓]二年正月乙亥卒。凡我四方同好之人，永怀哀悼，靡所置念，乃相与惟先生之德，以谋不朽之事，佥以为先民既没，而德音犹存者，亦赖之于见述也，今其如何而阙斯礼！于是树碑表墓，昭铭景行[㉔]，俾芳烈奋于百世，令问显于无穷。

其辞曰：

於[25]休先生，明德通玄[26]，纯懿淑灵，受之自天，崇壮幽浚，如山如渊。《礼》《乐》是悦，《诗》《书》是敦，匪惟摭华[27]，乃寻厥根。宫墙重仞，允得其门[28]。懿乎其纯，确乎其操，洋洋搢绅[29]，言观其高，栖迟泌丘[30]，善诱能教，赫赫三事[31]，几行其招。委辞召贡[32]，保此清妙，降年不永，民斯悲悼，爰勒兹铭，摛其光耀，嗟尔来世，是则是效！

---

①蔡邕：后汉陈留人，字伯喈，官至侍中，董卓辟之，迁尚书，卓被诛，被收，死狱中。郭有道，即郭泰， 以举有道，故云郭有道。邕为碑铭甚多，惟此碑谓泰当之无惭。 ②太原：秦郡，地在今山西。界休：汉县，故城在今山西介休县东南。③王季：太王少子，文王之父。庙序，一世为昭，二世为穆。④虢叔：文王弟，封公，国号虢，故称。 ⑤咨：谋。《国语》：“文王即位而咨于二虢。”二虢，虢仲、虢叔也。 ⑥郭：古文“虢”字。 ⑦汪汪：深广貌。 ⑧贞固足以干事，《易·乾卦》语。 ⑨揉曲者曰“隐”，正方者曰“括”。 ⑩《六经》：《易》《诗》《书》《礼》《乐》《春秋》。 ⑪图纬：占验术数之书，图为河图，纬则《六经》及《孝经》皆有之，谓之《七纬》，依托经义言符箓瑞应者。 ⑫微言：微妙之言。⑬緌：缨饰。 ⑭景：同“影”。 ⑮衡门：横木为门，言卑陋，见《诗·陈风》。 ⑯收朋勤诲：谓泰闭门教授。 ⑰祛：去也。 ⑱休：美。 ⑲辟：征召。司徒：三公之位。司徒掾，

为司徒之佐。 ⑳有道：举名。 ㉑鸿崖：仙人名，或谓即黄帝之臣伶伦。 ㉒巢：巢父，尧时隐士，山居不营世利，以树为巢，寝其上，故名。尧曾让以天下，不受。许：许由，与巢父同时，亦高士，隐于箕山。 ㉓建宁：汉灵帝年号。 ㉔景行：高明之德行。 ㉕於：读如“乌”，叹辞。 ㉖通玄：知玄妙之理。 ㉗摭：拾取。扬子《法言》：“摭我华而不食我实。” ㉘八尺曰“仞”。子贡称孔子，譬之宫墙，其高数仞，不得其门而入，不见宗庙之美，百官之富。 ㉙搢绅：措笏垂绅，谓仕者。 ㉚栖迟：游息。泌：泉水。泌丘：谓水上之丘。 ㉛三事：三公。 ㉜委辞召贡：言有召贡者委弃而辞之。

蔡邕女诫[①]

礼，女始行服纁[②]，纁，绛也，绛，正色也，红紫不以为亵服[③]，缃绿不以为上服[④]，缯[⑤]贵厚而色尚深，为其坚纫也[⑥]；而今之务在奢丽，志好美饰，帛必薄细，采必轻浅，或一朝之晏，再三易衣，从庆移坐，不因故服[⑦]。

夫心犹首面也，是以甚致饰焉[⑧]，面一旦不修饰，则尘垢秽之，心一朝不思善，则邪恶入之，人咸知饰其面而莫修其心，惑矣！夫面之不饰，愚者谓之丑，心之不修，贤者谓之恶，愚者谓之丑犹可，贤者谓之恶，将何容焉！故览照拭面，则思其心之洁也；傅[⑨]脂，则思其心之和也；加粉，则思其心之鲜也；泽发，则思其心之顺也；用栉[⑩]，则思其心之理也；立髻[⑪]，则思其心之正也；摄鬓[⑫]，则思其心之整也。

①诫：警敕之辞。女诫，所以警敕女子。　②纁（xūn）：浅绛。女始行服纁，言女子始嫁时必服纁。　③语见《论语·乡党》。红紫：间色不正。亵服：私居服。　④缃：浅黄色，绿：青黄色，皆间色。上服：上身之服。　⑤缯：帛。　⑥纫：义通“韧”，柔而固。　⑦言凡遇祝贺之事，虽偶移其坐位，必更易新衣。　⑧致饰：谓修养德性，启发知识。　⑨傅：同“附”。　⑩栉：梳篦之总名。　⑪立髻：绾髻。　⑫摄鬓：整理鬓发。

许慎说文序[①]

叙曰：古者庖牺氏[②]之王天下也，仰则观象于天，俯则观法于地，视鸟兽之文，与地之宜，近取诸身，远取诸物，于是始作《易》八卦[③]，以垂宪象，及神农氏结绳为治，而统其事[④]，庶业其繁，饰伪萌生[⑤]。黄帝之史仓颉[⑥]，见鸟兽蹄迒[⑦]之迹，知分理[⑧]之可相别异也，初造书契，百工以乂[⑨]，万品以察，盖取诸《夬》[⑩]。《夬》扬于王庭。言文者宣教明化于王者朝廷[⑪]，君子所以施禄及下，居德则忌也[⑫]。仓颉之初作书，盖依类象形，故谓之“文”[⑬]，其后形声相益，即谓之“字”[⑭]，“文”者，物象之本，“字”者，言孳乳而浸多也[⑮]；箸于竹帛谓之“书”，“书”者如也[⑯]；以迄五帝三王之世，改易殊体[⑰]，封于泰山者七十有二代，靡有同焉[18]。《周礼》八岁入小学，保氏教国子[19]，先以六书：一曰指事，指事者，视而可识，察而见意，二二是也[20]；二曰象形，象形者，画成其物，随体诘诎[21]，日月是也；三曰形声，形声者，以事为名，取譬相成，江河是也[22]；四曰会意，会意者，比类合谊，以见指㧑，武信是也[23]；五曰转注，转注者，建类一首，同意相受，考老是也[24]；六曰假借，假借者，本无其字，依声托事，令长是也[25]。及宣王太史籀著大篆十五篇[26]，与古文或异[27]；至孔子书《六经》，左丘明述《春秋传》，皆以古文，厥意可得而说。

其后诸侯力政[28]，不统于王，恶《礼》《乐》之害己，而皆去其典籍[29]，分为七国，田畴异晦[30]，车途异轨[31]，律令异法[32]，衣冠异制[33]，言语异声[34]，文字异形[35]；秦始皇帝初兼天下，丞相李斯乃奏同之，罢其不与秦文合者[36]，斯作《仓颉篇》[37]，中车府令赵高作《爰历篇》[38]，大史令胡毋敬作《博学篇》[39]，皆取史籀大篆，或颇省改[40]，所谓小篆者也[41]。是时秦烧灭经书，涤除旧典，大发吏卒，兴戍役，官狱职务繁，初有隶书，以趣约易[42]，而古文由此绝矣[43]。

自尔[44]秦书有八体：一曰大篆[45]，二曰小篆，三曰刻符[46]，四曰虫书[47]，五曰摹印[48]，六曰署书[49]，七曰殳书[50]，八曰隶书。汉兴，有草书[51]。尉律[52]：学童十七已上，始试[53]，讽籀书九千字[54]，乃得为史[55]，又以八体试之[56]，郡移太史并课[57]，最者以为尚书史[58]，书或不正，辄举劾之[59]；今虽有尉律不课[60]，小学不修[61]，莫达其说久矣[62]。孝宣皇帝时[63]，召通

《仓颉》读者[64]，张敞从受之[65]。凉州刺史杜业[66]，沛人爰礼[67]，讲学大夫秦近[68]，亦能言之。孝平皇帝时[69]，征礼等百余人，令说文字未央廷中，以礼为小学元士[70]。黄门侍郎扬雄采以作《训纂篇》[71]。凡《仓颉》已下十四篇，凡五千三百四十字[72]，群书所载，略存之矣。

及亡新居摄[73]，使大司空甄丰[74]等校文书之部，自以为应制作[75]，颇改定古文。时有六书[76]：一曰古文，孔子壁中书也[77]；二曰奇字，即古文而异者也[78]；三曰篆书，即小篆，秦始皇帝使下杜人程邈所作也[79]；四曰左书[80]，即秦隶书；五曰缪篆[81]，所以摹印也；六曰鸟虫书，所以书幡信也[82]。

壁中书者，鲁恭王坏孔子宅而得《礼记》《尚书》《春秋》《论语》《孝经》[83]；又北平侯张苍献《春秋左氏传》[84]；郡国亦往往于山川得鼎彝，其铭即前代之古文，皆自相似[85]，虽叵复见远流，其详可得略说也[86]。而世人大共非訾[87]，以为好奇者也，故诡更正文[88]，乡壁虚造不可知之书[89]，变乱常行[90]，以耀于世。诸生竞逐说字，解经谊[91]，称秦之隶书为仓颉时书，云父子相传，何得改易[92]，乃猥曰马头人为长[93]，人持十为斗[94]，虫者屈中也[95]，廷尉说律，至以字断法，苛人受钱，苛之字，止句也[96]；若此者甚众，皆不合孔氏古文，谬于史籀。俗儒鄙夫，玩其所习，蔽所希闻，不见通学，未尝睹字例之条[97]，怪旧蓺[98]而善野言，以其所知为秘妙，究洞圣人之微旨[99]；又见《仓颉篇》中“幼子承诏”[100]，因曰古帝之所作也，其辞有神仙之术焉[101]；其迷误不谕，岂不悖哉[102]！

《书》曰："予欲观古人之象。"[103]言必遵修旧文，而不穿凿[104]。孔子曰："吾犹及史之阙文，今亡矣夫。"[105]盖非其不知而不问[106]。人用已私，是非无正，巧说衺辞[107]，使天下学者疑。盖文字者，经艺之本，王政之始，前人所以垂后，后人所以识古，故曰："本立而道生，知天下之至啧而不可乱也。"[108]今叙篆文[109]，合以古籀[110]，博采通人[111]，至于小大，信而有证，稽譔其说[112]。将以理群类[113]，解谬误，晓学者，达神旨，分别部居，不相杂厕也；万物咸睹，靡不兼载，厥谊不昭，爰明以喻；其称《易》孟氏、《书》孔氏、《诗》毛氏、《礼》《周官》、《春秋左氏》、《论语》、《孝经》，皆古文也[114]；其于所不知，盖阙如也。

---

①许慎：后汉汝南人，字叔重，博通经籍，官至太尉南阁祭酒。《说文解字》十四篇，慎所著，以小篆分五百四十部，推究六书之义。　②庖牺氏：即伏羲，古帝名，有圣德象日月之明，故称太昊，教民佃、渔、畜养牺牲以充庖厨。　③八卦：指乾、坤、震、艮、离、坎、兑、巽。　④神农氏：见晁错《论贵粟疏》注。古无文字，结绳以记之，事大大结其绳，事小小结其绳。言自庖牺以前及牺农皆结绳为治而统其事。　⑤其：同"綦"，犹极也。萌生：谓"多"也。言神农以前，专恃结绳，然事繁伪滋，渐不可支。　⑥黄帝：古帝名，姓公孙，以兵力诛蚩尤，为汉族战胜异族之始。仓颉：黄帝史官，始造文字。

⑦远（háng）：兽迹。　⑧分理：犹文理。　⑨百工：百官。乂：治。　⑩《夬》：《易》卦名。　⑪《夬》扬于王庭：《夬卦》彖辞。文：即谓文字。此引《易》彖辞而释之。⑫施禄及下：谓能文者加之以禄。居德则忌，言律已则贵德不贵文。　⑬文：错画也，交错其画而物象在是。　⑭其后：仓颉以后也。形声相益：谓形声、会意二者也。有形必有声，声形相附为形声，形形相附为会意。仓颉只有指事、象形，其后文与文相合而为形声，为会意，谓之“字”。　⑮孳乳：犹言孳生繁息。浸：渐。　⑯如：谓如其事物之状。　⑰五帝三王之间，文字之体，更改非一，传于世者，概谓之仓颉古文，实则不皆仓颉所作。　⑱封泰山之七十二家，惟知无怀氏、伏羲氏、神农氏、炎帝、黄帝、颛顼、帝喾、尧、舜、禹、汤、周之成王十二家，余无考。黄帝以前未成字，故括之曰七十二代靡有同焉。⑲保氏：《周礼》官名，地官之属。国子：公卿大夫之子弟，师氏教之，保氏养之，世子亦齿焉。　⑳意：与“识”为韵。二二，“上下”之古文，有在一之上者，有在一之下者，视之而可识为上下，察之而见上下之意。　㉑诘诎：犹言屈曲。㉒形声：半为形，半为声也。名：字也，古曰名，今曰字。譬：谕也，以事为名，谓半义也，取譬相成，谓半声也。江河皆从水，以水取形，工可其声也。　㉓会意：合二体之意，盖一体不足以见义，必合二体以成字也。谊：义也。指㧑：同“指麾”，谓所指向也。比合人言之谊，可以见信之意，比合戈止之谊，可以见武之意，是会意也，望文生义，就义可知意也。㉔转注：言指事、象形、形声、会意四种文字，字虽异而义同，

可辗转互训也。建类一首，谓分立其义之类而一其首。同意相受，谓不论数字，意旨略同，义可互受也。考老二字，考可训老，老亦可训考也。　　㉕假借：因古文不备而生也。令长之为官名，非古所有，乃由发号久远之义——令之本义为发号，长之本义为久远——引申辗转而成，是假借也。　　㉖籀：人名，为周宣王太史，姓不详。大篆：上别于古文，下别于小篆而为言。㉗或异：不必尽异也。　　㉘力政：与“力征”同，专力于征战。　　㉙语见《孟子》。　　㉚畮：古“亩”字。田畴异畮，如周制六尺为步，步百为畮，秦孝公以二百四十步为畮。㉛车之彻广曰轨，　因以轨名途之广，七国时车不依彻广八尺之定制，或广或狭，途不依诸侯经途七轨环途五轨野途三轨之制，各以意为之，故曰车途异轨。　　㉜律令异法：如商鞅为左庶长，定变法之令是。　　㉝衣冠异制：如赵武灵王之效胡服，齐王之侧注冠等是。　　㉞言语异声：谓各用其方俗语言，至是而音韵歧异。　　㉟文字异形：谓各用其私意省改文字，至是而体制混乱。　　㊱以秦文同天下之文。　　㊲《仓颉》为书一篇，上七章，为李斯所作。　　㊳中车府令：主乘舆路车之官。赵高：秦宦者，二世立，害李斯，代为丞相，又弑二世，立子婴，为子婴所诛。《爰历》为书一篇，共六章，赵高所作。　　㊴太史令：掌天时星历。毋：读如无；胡毋：姓，敬名也。《博学》为书一篇，共七章。　　㊵史籀大篆：古文亦在其中。或：不尽之词。省：减其繁重，改：改其怪奇。　　㊶名史籀所作曰大篆，故名李斯等作为小篆以别之，亦谓之秦篆，汉时所言之“篆书”，皆小篆也。　　㊷官狱多事，而小篆难成，自程邈为简易之书，而书又多一种，以其施于徒隶，故曰隶书，专为官司刑狱之用，余尚用小篆。㊸秦时小篆隶书并行，而古文大篆遂不行，故曰古文由此绝。㊹尔：犹此。㊺大篆：古文亦在其中，字虽不行，其体固在，刻符虫书等未尝不用之。㊻刻符：用于符信者，竹而中分之，形半分。㊼虫书：为虫鸟形，所以书幡信者，王莽六体书谓之鸟虫书。㊽摹印：摹，规也，谓规度印之大小字之多少而刻之，王莽六体书谓之缪篆。㊾署书：用于封检题额者。㊿殳（shū）书：殳及各兵器题识用之，随其势而书。(51)汉之草书，不知作者姓名，其书又为隶书之省，文字之变，至此已极，故许慎蒙八体而附着于此，言其不可为典要。(52)尉律：谓汉廷尉所守律令。(53)始试：始应考试。(54)讽：背诵，谓背诵尉律之文。籀书：抽绎其义为辞。籀书九千字，谓能取尉律之义，推阐发挥而缮写至九千字。二者皆考试之事，所以试其记诵文理。(55)得为史：得为郡县史，史掌起文书草之事。(56)试其字迹。(57)县移之郡，郡移太史。太史：太史令。并课：合而试之。(58)最：善也。尚书史：尚书令史，秩二百石，主书。(59)劾：用法以纠有罪。(60)言不试以讽籀尉律九千字。(61)谓不以八体试之。谓字学为小学者，八岁入小学所教。(62)谓莫解六书之说，盖汉自武帝时，重经学之士，废弃以前之考试制，而小学衰落。(63)孝宣皇帝：名询，武帝曾孙，在位二十五年。(64)通《仓颉》读者：能读《仓颉》一书而不误的人。此通《仓颉》读者为齐人，姓名不详。(65)张敞：字子高，茂陵人，好古文字，尝为京兆尹，市无偷盗。(66)凉州：汉置，今甘肃省。杜业，当为杜邺，字子夏，繁阳人，母张敞女。　⑥⑦沛：秦县，故城在今江苏沛县东。爰礼：未详，其人通小学史篇文字。　⑥⑧讲学大夫：王莽置官。秦近：或云即桓谭。　⑥⑨孝平皇帝：名衎，哀帝子，在位五年。　⑦⓪小学元士：通小学者之官名。⑦①平帝时征天下通小学者以百数，各令记字于未央庭中，扬雄取其有用者，以作《训纂》。　⑦②自《仓颉》至于《训纂》，其篇之都数为十四，字之都数为五千三百四十。　⑦③王莽篡汉，国号新。莽初立孺子婴，而自居摄，三年，始自称帝。　⑦④甄丰：平帝初为少傅，以附王莽显。　⑦⑤制作：制礼作乐，莽曾奏起明堂辟雍等。　⑦⑥莽之六书：与周保氏六书异，但损秦八体书之二耳。　⑦⑦孔子壁中书，详下。秦以后，古文绝，惟孔子壁中书为古文，故莽六书首之。　⑦⑧谓分古文为二，如儿为人之古文奇字等是。　⑦⑨下杜：城名，在今陕西西安市南故杜县西。程邈为衙狱吏，得罪被系，增减大篆体，去其繁复，始皇见而善之，出为御史，名其书曰隶书。此句应在下文"即秦隶书"句之下。　⑧⓪左：即同"佐"。左书，谓其法便捷，可以佐篆之不逮。　⑧①缪，读绸缪之缪。　⑧②书幡，谓书旗帜，所以传命。书信，谓书符节。按秦尚有刻符、署书、殳书三体，莽以其不离乎摹印书旛，故举二以括之，而析古文为古文及奇字二种，以包大篆，盖其意在复古，不欲袭秦制。　⑧③鲁恭王：汉景帝五子，名馀，立为淮阳王，徙王鲁，卒谥恭。恭王好治宫室，坏孔子宅，欲以为宫，于其坏壁中得《礼记》等书，皆古文写本。《礼》：《礼古经》，今《仪礼》为其中一部分，余亡。《记》：《礼》之记，上当再有一"礼"字，转写而夺之，盖

《礼》与《礼记》为二种，《礼记》乃七十子后学者所记，如《明堂阴阳记》《孔子三朝记》《王史氏记》《乐记》等皆是。《尚书》：《尚书》古文经。《春秋》：《春秋经》；或谓此二字衍文。《论语》：古文《论语》，有二十一篇，与现行本异。《孝经》：古文《孝经》，凡一篇二十二章，与今行本异。

㉔张苍：汉初阳武人，以功封北平侯，通律历，明习图画计籍，先为秦柱下御史，秦禁挟书，苍遂藏《左氏》，至汉弛禁，苍乃以献，汉时献书者，苍为最先，此亦壁中诸经之类。　㉕郡国所得秦以上鼎彝，其铭即前代之古文。皆自相似：谓其字与前代古文彼此多相类。　㉖叵：不可。言虽不可再见古昔源流之详，而其详亦得略说之，以就恭王所得，北平所献，郡国所得鼎彝，古文略具。　㉗訾（zǐ）：说人坏话。　㉘诡：当作"恑"。恑更，变更。　㉙谓向孔氏之壁造不可知之书：指为古文。　㉚正文与常行，当时人谓秦隶书。　㉛说字：谓说隶书之字。谊：与"义"通。　㉜秦称隶书即仓颉书，言此乃积古以来，父传之子者，安能改易，而谓其非古文，别造不可知之书为古文。　㉝谓"马"字上半部加"人"，即为长字，会意。　㉞汉隶斗作"什"，所谓人持十。　㉟虫：古文"虺"字，本象形字，所谓随体诘诎者，隶字只令笔画有横直可书，本非从中而屈其下。　㊱苛人受钱：汉之令乙也，谓有治人之责者而受人钱。苛，从草，可声，假借为"诃"字，并非从止句，而隶书之尤俗者，乃讹为"苟"，说律者曰："此字从止句，句读同钩，谓止之而钩取其钱。"其说无稽之甚。　㊲字例之条：即谓周六书。　㊳蓺：今"艺"字。　㊴究：穷。

洞：同“迥”；迥，达。旨：意。　⑩幼子承诏：《仓颉》篇中之一句。　⑩汉俗儒既谓隶书为仓颉时书，因谓李斯等所作《仓颉篇》为黄帝所作，以黄帝与仓颉同时，其云幼子承诏者，谓黄帝乘龙上天，少子嗣位为帝。　⑩自“世人大共非訾”至此，皆言尉律不课小学不修之害，士子专以通一艺进身，而不读律，则不知今，所习皆隶书，而隶书之俗体又日以滋蔓，则不知古，以滋蔓之隶书俗体说经，焉得不为经害，故许不得不有《说文解字》之作。　⑩语见《古文尚书·皋陶谟》。古人之象，即仓颉古文，如舜取日月星辰山龙花虫等为旗章作服之饰，即皆依古人之象为之。　⑩言必遵修旧文而不敢穿凿，今乃妄行非古，自执谬见，岂不悖甚。　⑩语见《论语·卫灵公》。言犹及见史官，遇有可疑处，宁阙以有待，不肯妄造。　⑩言其所不知者则非之，而又不问。古制，书必同文，不知则阙，而问诸故老。　⑩衺：与“邪”通。　⑩上句见《论语·学而》，下句为《易·系辞》传文。　⑩篆文：小文。　⑩古籀：古文与籀文。　⑪《说文解字》每字下常缀某某说字样，此即所谓博采通人。　⑫稽譔：稽考诠释。“譔”同“撰”。
⑬理：条理，谓以文字之说说其条理。群类：如天地鬼神人事，靡不毕载。　⑭称：扬，举。孟氏：孟喜，喜所治《易》，人多宗之。孔氏有古文《尚书》，治《书》者宗之。汉毛公所治《诗》，学《诗》者宗之。《周官》：《周官经》，亦谓之《周礼》。《说文解字》多举上列诸经以为证，以为明谕厥谊之助。皆古文者，所说之义音形，皆仓颉古文史籀大篆之义音形。

徐淑答夫秦嘉书(一)[①]

知屈珪璋[②]，应奉藏使[③]，策名王府[④]，观国之光[⑤]，虽失高素皓然之业，亦是仲尼执鞭之操也[⑥]。

自初承问，心愿东还，迫疾未宜，抱叹而已！日月已尽，行有伴侣，想严装已办[⑦]，发迈在近[⑧]，谁谓宋远，企予望之[⑨]，室迩人遐，我劳如何！深谷逶迤，而君是涉，高山岩岩，而君是越，斯亦难矣！长路悠悠，而君是践，冰霜惨烈，而君是履，身非形影，何得动而辄俱？体非比目[⑩]，何得同而不离？于是咏萱草[⑪]之喻，以消两家之思，割今者之恨，以待将来之欢。

今适乐，土优游京邑[⑫]，观王都之壮丽，察天下之珍妙，得无目玩[⑬]意移，往而不能出耶！

---

①徐淑：后汉秦嘉妻。秦嘉：陇西人。嘉被命为上郡掾，淑以疾还家，不能面别，嘉以书迎之曰："不能养志，当给郡使，随俗顺时，僶（mǐn）俛当去，知所苦故尔，未有瘳损，想念悒悒，劳心无已。当涉远路，趋走风尘，非志所慕，惨惨少乐。又计往还，将弥时节，念发同怨，意有迟迟，欲暂相见，有所属托，想必自力。"淑得书，以疾未愈，不能往，报以此书。

②珪璋：言嘉才能之美。 ③藏使：库藏之使，嘉为上郡掾，输赋于国库，故以称之。 ④策名：言仕宦为臣，名书于所臣

之策。　⑤《易·观卦》语。　⑥《论语》："富而可求也，虽执鞭之士，吾亦为之。"孔子语。　⑦严装：行装齐整。　⑧迈：远行。言即将出发远行。　⑨二句为《诗·卫风·河广》语。　⑩比目：比目鱼。　⑪萱草：可以忘忧，亦名忘忧草。　⑫优游：闲暇自得貌。上郡，地在今陕西，陕西为西汉都，故称京邑。　⑬玩：习。

徐淑答夫秦嘉书(二)①

既惠令音，兼赐诸物，厚顾殷勤，出于非望。

镜有文彩之丽，钗有殊异之观，芳香既珍，素琴益好，惠异物于鄙陋，割所珍以相赐，非丰恩之厚，孰有若斯！览镜执钗，情想仿佛②，操琴咏诗，思心成结。

敕③以芳香馥身，喻以明镜鉴形，此言过矣，未获我心也。昔诗人有飞蓬④之感，班婕妤有谁荣之叹⑤，素琴之作，当须君归，明镜之鉴，当待君还，未奉光仪⑥，则宝钗不列也，未侍帷帐，则芳香不发也。

---

①嘉得淑前书，报之曰："车还空返，甚失所望，兼叙远别恨恨之情，顾有怅然。间得此镜，既明且好，形观文彩，世所希有，意甚爱之，故以相与。并宝钗一双价值千金；龙虎组履一緉；好香四种，各一斤；素琴一张，常所自弹也。明镜可以鉴形，宝钗可以耀首，芳香可以馥身去秽，麝香可以辟恶气，素琴可以娱耳。"淑得书，又以此答。　②仿佛：如见其人。

③敕：诫。　④飞蓬：言发乱如蓬，见《诗·卫风·伯兮》，诗意夫正行役，无心修饰。　⑤婕妤：汉宫中女官名。班婕妤，汉成帝时，被选入宫，以其官婕妤，故称。婕妤贤才通辩，帝甚宠之，后得赵飞燕，婕妤宠衰，退处东宫，作赋自伤，赋中有"君不御兮谁为荣"之语。　⑥光仪：光华之容仪。

孔融论盛孝章书[①]

岁月不居，时节如流，五十之年，忽焉已至。公为始满，融又过二，海内知识，零落殆尽，惟有会稽[②]盛孝章尚存。其人困于孙氏，妻孥湮没，单孑独立，孤危愁苦[③]，若使忧能伤人，此子不得永年矣。

《春秋传》曰："诸侯有相灭亡者，桓公不能救，则桓公耻之。"[④]今孝章实丈夫之雄也，天下谈士，依以扬声，而身不免于幽絷，命不期于旦夕[⑤]，吾祖不当复论损益之友[⑥]，而朱穆所以绝交也[⑦]。公诚能驰一介[⑧]之使，加咫尺之书，则孝章可致，友道可弘矣。

今之少年，喜谤前辈，或能讥评孝章。孝章要为有天下大名，九牧之人[⑨]，所共称叹。燕君市骏马之骨，非欲以骋道里，乃当以招绝足也[⑩]，惟公匡复汉室，宗社将绝，又能正之。正之之术，实须得贤。珠玉无胫而自至者，以人好之也[⑪]，况贤者之有足乎！昭王筑台以尊郭隗[⑫]，隗虽小才，而逢大遇，竟能发明主之至心，故乐毅[⑬]自魏往，剧辛自赵往[14]，邹衍自齐往[15]。向使郭隗倒悬而王不解，临难而王不拯，则士亦将高翔远引，莫有北首燕路者矣。凡所称引，自公所知，而复有云者，欲公崇笃斯义。因表不悉。

---

①孔融：字文举，孔子之后，汉献帝时为北海相，历官至将作大匠，迁少府，时天下方乱，融志在靖难，然才疏意广，迄无成功，后为曹操所忌，被害。盛孝章：会稽人，名宪，器量雅伟，为时名士，孙策深忌之，融与友善，忧其不免，因与曹操是书，征为都尉，诏命未至，果已为孙权所害。　②会稽：秦郡，今江苏东部浙江西部皆其地。　③时宪方避难许昭家。④《春秋公羊传》："僖公元年邢亡，孰亡之，盖狄灭之也，曷为不言狄灭之，为桓公讳，曷为为桓公讳，上无天子，下无方伯，天下诸侯有相灭亡者，桓公不能救，则桓公耻之。"引此谓拯救孝章，为操所义不容辞者。　⑤言不能以旦或以夕为期，随时可死。　⑥吾祖：即指孔子。《论语·季氏》孔子曾有"益者三友损者三友"之语。　⑦朱穆：后汉南阳宛人，字公叔，感世浇薄，莫尚敦笃，著《绝交论》以矫之。　⑧一介：犹一个。"介""个"古通用。　⑨九牧：谓九州，九州皆有牧伯，故云。　⑩燕君：谓燕昭王。昭王欲招贤，郭隗谓王曰："臣闻古之君人，有市千里马者，三年而不得，于是遗使者赍千金往，未至而马已死，使者乃以五百金买其骨归，期年而千里马至者三，王欲招贤，请从隗始。"　⑪盖胥谓晋平公曰："珠出于海，玉出于山，无足而至者，好之也，士有足而不至者，君不好也。"　⑫昭王：即燕昭王。王闻郭隗言，因改筑

宫而师事之，于是乐毅、邹衍、剧辛皆往燕。　⑬乐毅：见贾谊《过秦论》注。　⑭剧辛在燕，任国政，下齐之计，其功居多。　⑮邹衍：齐人，昭王师事之。

孔融荐祢衡表①

臣闻洪水横流②，帝思俾乂③；旁求四方，以招贤俊；昔世宗④继统，将弘祖业，畴咨熙载⑤，群士响臻⑥；陛下睿圣，纂承基绪，遭遇厄运，劳谦⑦日昃，惟岳降神⑧，异人并出。窃见处士平原⑨祢衡，年二十四，字正平，淑质贞亮，英才卓跞⑩，初涉艺文，升堂睹奥⑪，目所一见，辄诵于口，耳所暂闻，不忘于心，性与道合，思若有神，弘羊潜计⑫，安世默识⑬，以衡准之，诚不足怪。忠果正直，志怀霜雪，见善若惊，嫉恶若仇，任座抗行⑭，史鱼厉节⑮，殆无以过也！

鸷鸟累百，不如一鹗⑯，使衡立朝，必有可观，飞辩骋辞，溢气坌涌⑰，解疑释结，临敌有余；昔贾谊求试属国，诡系单于⑱，终军欲以长缨，牵致劲越⑲，弱冠慷慨⑳，前代美之；近日路粹、严象，亦用异才，擢拜台郎㉑；衡宜与为比。

如得龙跃天衢，振翼云汉㉒，扬声紫微㉓，垂光虹蜺㉔，足以昭近署之多士，增四门之穆穆㉕，钧天广乐㉖，必有奇丽之观，帝室皇居，必蓄非常之宝；若衡等辈，不可多得。《激楚》《阳阿》㉗，至妙之容，掌技者之所贪㉘，飞兔、骎褭㉙，绝足奔放，良乐㉚之所急，臣等区区，敢不以闻。陛下笃慎取士，必须效试，乞令衡以褐衣㉛召见，无可观采，臣等受面欺之罪！

---

①祢衡：少有才辨，气尚刚直，献帝时，孔融上疏荐之，曹操怒其狂傲，遣至刘表处，表复不能容，使见黄祖，被杀，参阅本文。　②洪水横流：谓帝尧时。　③《书·尧典》："汤汤洪水方割，有能俾乂。"俾：使。乂：治。　④世宗：汉武帝庙号。　⑤畴：谁。咨：嗟。熙：广。载：事。畴咨熙载，犹曰嗟乎谁能广帝之事。　⑥响臻：如响应而至。　⑦《易·谦卦》："劳谦君子，有终吉。"　⑧《诗·大雅·崧高》："惟岳降神，生甫及申。"岳：四岳，四方大山，东泰山、西华山、南衡山、北恒山。　⑨平原：汉郡名，地在今山东。　⑩卓跞：绝异。　⑪《论语·先进》："由也升堂矣，未入于室也。"室西南隅为"奥"。　⑫弘羊：汉桑弘羊，以心计，年十三，拜侍中。　⑬安世：张安世，字子儒，汉武帝时为郎，帝行幸河东，亡书三箧，诏问莫能知，惟安世识之，后得书，以相校，无所遗失，擢拜尚书令。　⑭任座：战国时人，魏文侯问诸大夫："寡人何如主也？"座曰："君不肖君也，克中山不以封君之弟，而以封君之子，是以知不肖君也。"抗行：犹抗颜。⑮史鱼：春秋时卫大夫，名鳍，以灵公不用蘧伯玉而任弥子瑕，死以尸谏，孔子称其直。厉：高。　⑯二语见邹阳《谏吴王书》注。　⑰坌（bèn）涌：聚而腾上。　⑱贾谊奏曰："何不试臣以属国之官，以主匈奴，行臣之计，必系单于之颈而制其

命。”属国：汉官名，掌蛮夷降者。诡系单于：自责必系单于。⑲终军：字子云，汉武帝时，遣入南越，说令入朝，军自请愿受长缨羁南越王而致之阙下。 ⑳贾谊终军皆年少者，故曰弱冠。㉑路粹严象：皆后汉末人，粹字文蔚，象字文则，皆有才略，俱拜尚书郎。 ㉒云汉：银河。 ㉓紫微：天帝之座。 ㉔蜺：与“霓”同。虹双出色鲜盛者为雄，雄曰虹，暗者为雌，雌曰蜺。 ㉕四门穆穆：《古文尚书·舜典》语。四门，四方之门，穆穆，美貌。 ㉖钧：平。为四方主，故曰钧天。晋赵简子曰：“我之帝所，甚乐，与百神游于钧天，广乐九奏万舞，其声动心。” ㉗激楚：清声。古之名倡名阳阿，善和，因以名其歌。 ㉘言为主技乐之人所贪爱。 ㉙飞兔騕袅，古之俊马，见司马相如《上林赋》注。 ㉚良乐：王良、伯乐，皆古善相马者。 ㉛褐衣：毛布所制衣，贱者所服。

陈琳为袁绍檄豫州①

左将军领豫州刺史郡国相守②：盖闻明主图危以制变，忠臣虑难以立权。是以有非常之人，然后有非常之事，有非常之事，然后立非常之功。夫非常者，故非常人所拟也。曩者强秦弱主，赵高执柄，专制朝权，威福由己，时人迫胁，莫敢正言，终有望夷之败③，祖宗焚灭，污辱至今，永为世鉴。及臻吕后季年，产禄专政④，内兼二军⑤，外统梁赵⑥，擅断万机，决事省禁，下陵上替，海内寒心，于是绛侯朱虚兴兵奋怒，诛夷逆暴，尊立太宗⑦，故能王道兴隆，光明显融，此则大臣立权之明表也⑧。

司空曹操，祖父中常侍腾⑨，与左悺徐璜⑩，并作妖孽，饕餮⑪放横，伤化虐民。父嵩⑫，乞丐携养，因赃假位，舆金辇璧，输货权门⑬，窃盗鼎司⑭，倾覆重器⑮。操赘阉遗丑，本无懿德，僄狡锋协⑯，好乱乐祸。幕府董统鹰扬，扫除凶逆⑰，续遇董卓侵官暴国⑱，于是提剑挥鼓，发命东夏，收罗英雄，弃瑕取用⑲，故遂与操同咨合谋，授以裨师⑳，谓其鹰犬之才，爪牙可任。至乃愚佻短略，轻进易退，伤夷折衄，数丧师徒㉑，幕府辄复分兵命锐，修完补辑，表行东郡，领兖州刺史，被以虎文㉒，奖蹙㉓威柄，冀获秦师一克之报㉔。而操遂承资跋扈㉕，肆行凶忒㉖，割剥元元㉗，残贤害善：故九江太守边让㉘，英才俊伟，天下知名，直言正色，论不阿谄，身首被枭㉙悬之诛，妻孥受灰灭之咎。自是士林愤痛，民怨弥重，一夫奋臂，举州同声。故躬破于徐方㉚，地夺于吕布㉛，彷徨东裔，蹈据无所。幕府惟强干弱枝之义㉜，且不登叛人之党㉝，故复援旌擐甲㉞，席卷起征，金鼓响振，布众奔沮㉟，拯其死亡之患，复其方伯之位。则幕府无德于兖土之民，而有大造于操也㊱。

后会鸾驾返旆，群虏寇攻㊲，时冀州方有北鄙之警，匪遑离局㊳，故使从事中郎徐勋，就发遣操，使缮修郊庙，翊卫幼主；操便放志，专行胁迁，当御省禁㊴，卑侮王室，败法乱纪，坐领三台㊵，专制朝政，爵赏由心，刑戮在口，所爱光五宗㊶，所恶灭三族㊷，群谈者受显诛，腹议者蒙隐戮，百僚钳口，道路以目，尚书记朝会，公卿充员品而已。故太尉杨彪[43]，典历二司[44]，享国极位，操因缘眦睚，被以非罪，榜楚参并，五毒备至[45]，触情任忒，不顾宪网[46]。又议郎赵彦，忠谏直言，义有可纳，是以圣朝含听，改容加饰，操欲迷夺时明，杜绝言路，擅收立杀，不俟报闻[47]。又梁孝王，先帝母昆[48]，坟陵尊显，桑梓松柏，犹宜肃恭，而操帅将吏士，亲临发掘，破棺裸尸，掠取金宝[49]，至令圣朝流涕[50]，士民伤怀。操又特置发丘中郎将，摸金校尉[51]，所过隳突[52]，无骸不露。身处三公之位，而行桀虏之态，污国虐民，毒施人鬼。加其细政苛惨，科防互设，罾缴充蹊，坑阱塞路[53]，举手挂网罗，动足触机陷。是以兖豫有无聊之民[54]，帝都有吁嗟之怨[55]。历观载籍，无道之臣，贪残酷烈，于操为甚。

幕府方诘外奸[56]，未及整训，加绪含容，冀可弥缝，而操豺狼野心，潜包祸谋，乃欲摧挠栋梁，孤弱汉室，除灭忠正，专为枭雄[57]。往者伐鼓北征公孙瓒[58]，强寇桀逆，拒围一年，操因其未破，阴交书命，外助王师，内相掩袭，故引兵造河，方舟北济[59]；会其行人发露，瓒亦枭夷，故使锋芒挫缩，厥图不果[60]。尔乃大军过荡西山[61]，屠各左校[62]，皆束手奉质，争为前登，犬羊残丑，消沦山谷，于是操师震慴，晨夜逋遁，屯据敖仓[63]，阻河为固，欲以螗蜋之斧，御隆车之隧[64]；幕府奉汉威灵，折冲[65]宇宙，长戟百万，胡骑千群，奋中黄育获之士[66]，骋良弓劲弩之势，并州越太行[67]，青州涉济漯[68]，大军泛黄河而角其前[69]，荆州下宛叶而掎其后[70]，雷霆虎步，并集虏庭，若举炎火以焫[71]飞蓬，覆沧海以沃熛炭[72]，有何不灭者哉！

又操军吏士，其可战者，皆自出幽冀，或故营部曲，咸怨旷思归，流涕北顾；其余兖豫之民，及吕布张扬[73]之遗众，覆亡迫胁，权时苟从，各被创夷，人为仇敌。若回旆方徂，登高冈而击鼓吹，扬素挥[74]以启降路，必土崩瓦解，不俟血刃。

方今汉室陵迟，纲维弛绝，圣朝无一介之辅，股肱无折冲之势，方畿之内，简练之臣，皆垂头搨翼，莫所凭恃，虽有忠义之佐，胁于暴虐之臣，焉能展其节？又操持部曲精兵七百，围守宫阙，外托宿卫，内实拘执，惧其篡逆之萌，因斯而作。此乃忠臣肝脑涂地之秋，烈士立功之会，可不勖哉！

操又矫命称制，遣使发兵，恐边远州郡，过听而给与，强寇弱主，违众旅叛[75]，举以丧名，为天下笑，则明哲不取也。即日幽[76]并青冀四州并进。书到荆州，便勒见兵[77]，与建忠将军协同声势[78]，州郡各整戎马，罗落[79]境界，举师扬威，并匡社稷，则非常之功，于是乎著。其得操首者封五千户侯，赏钱五千万。部曲偏裨将校诸吏降者，勿有所问。广宣恩信，班扬符赏，布告天下，咸使知圣朝有拘逼之难。如律令[80]。

---

①陈琳：字孔璋，后汉广陵人，先为袁绍典文章，绍败，归曹操，操以为记室。豫州：指刘备，但当宣此檄时，备已奔绍，故此

二字应作“州郡”。　②刘备归陶谦，谦表为豫州刺史，后归曹操，操表为左将军，然左将军非郡国相，豫州刺史亦非郡守，殊不能强合为一，且檄文实非檄备也，故郡上应有一“告”字；一说此十二字为他人所窜入，原本无之云。　③望夷：秦宫名，在长安西北。二世斋于望夷宫，赵高遣人就弑之。　④产、禄：皆吕后兄子，后临朝，二人专政。　⑤二军：南军、北军也，为汉禁卫兵，南军在城内，北军在城外。　⑥吕后以产为梁王，禄为赵王。　⑦周勃封于绛，为绛侯。齐悼惠王子章，封朱虚侯。太宗：文帝庙号。勃与章共诛诸吕，立文帝，刘氏复兴。⑧明表：明白之表仪。　⑨中常侍：秦官，得出入禁中，后汉改以宦者为之。腾：字季兴，曹操祖父。　⑩左悺：河南人；徐璜：下邳人，皆后汉宦者。　⑪饕餮：本恶兽名，借为凶人之喻，贪财为饕，贪食为餮。　⑫嵩：字巨高，曹操父，姓夏侯氏，曹腾养子，莫审其生本末。　⑬曹嵩于灵帝时，货赂中官及输西园钱一亿万，因官至太尉。　⑭鼎司：谓公辅之职，古以鼎足喻三公，故称。　⑮重器：谓天下。　⑯锋协：犹锋侠，言其如锋之利。　⑰幕府：称袁绍，卫青征匈奴，大克获，武帝就其幕中拜为大将军，后因称大将军曰幕府，绍时为大将军。鹰扬：谓武士。何进为宦者所杀，绍勒兵入宫，尽捕诸阉人，无少长皆杀之。　⑱董卓：字仲颖，陇西人。何进召董卓以兵入诛宦官，董卓闻命就道，既至洛阳，何进已被杀，宦官亦为袁绍所诛，董卓乃专权自恣，废少帝，立献帝，山东豪杰并起，以诛董卓为名，董卓逼献帝徙都长安，尽烧洛阳宫室，王充密说其心腹将吕布诛之。　⑲董卓既专政，袁绍奔冀州，因拜为渤海太守，袁绍即以其地之兵攻董卓。 ⑳裨师：偏师。袁绍发兵，曹操亦同行。 ㉑衄（nǜ）：败。曹操为董卓将徐荣所败，兵多死伤。 ㉒虎文：虎纹之衣，虎贲将所服。 ㉓蹙：当作“就”，就，或作“噈”，又作“娍”，形近“蹴”，而“蹙”又“蹴”之异体，因传写致讹。《后汉书》即作“就”。就，成也。 ㉔秦穆公使孟明伐晋，屡败，穆公犹用之，后卒以其力败晋而称霸。 ㉕跋扈：犹强梁。曹操得兖州，兵众强盛，遂有反绍意。 ㉖忒：恶。 ㉗元：善也，民之类善，故称民曰元元。 ㉘边让：字文礼，陈留浚仪人，善属文，为九江太守，以世乱，去官归，言议颇侵操，操杀之，族其家。㉙悬首于木曰“枭”。 ㉚徐方：谓徐州。曹操伐陶谦徐州，粮少，引还。 ㉛吕布：字奉先，初事丁原，后事董卓，皆不终。曹操伐吕布，与战，不利。 ㉜语本《汉书·贾谊传》。㉝登：成也。叛人：即谓吕布。语本《左传》围宋彭成文。㉞擐（huàn）：贯。 ㉟袁绍征吕布，诸史不载。 ㊱造：成。 ㊲董卓既诛，其部将作乱，长安大扰，韩暹等以献帝还洛阳，中途颇遭寇犯，历尽艰辛。 ㊳绍领冀州牧，公孙瓒自燕攻之。离局：远其部曲。献帝东还，绍臣劝其奉迎，绍不听，为操所先，及见诏书每下，有于己不便者，始悔其失，檄文极意弥缝之。 ㊴献帝既还洛阳，曹操遂往卫，旋即迫迁于许。㊵三台：尚书中台，御史宪台，谒者外台。 ㊶五宗：上自高祖，下及玄孙。 ㊷三族：父母、兄弟、妻子；一说父族、母族、妻族。 ㊸杨彪：字文先，华阴人，博习旧闻。 ㊹杨彪尝代董卓为司空，又代黄琬为司徒，故曰典历二司。 ㊺袁术僭逆，曹操托杨彪与袁术婚姻，诬以欲图废置，奏收下狱，孔融力救，乃免。榜楚，榜掠，谓鞭笞。五毒，桁杨、荷校、桎梏、锒铛、拷掠。 ㊻宪网：犹法网。 ㊼报闻：奏报闻达于上。 ㊽梁孝王：名武，景帝之弟。 ㊾操破孝王棺，收其金宝。 ㊿献帝闻孝王墓被掘，为之哀泣。 ⑤①二者皆曹操所置官，观其名，即可知其所掌。 ⑤②隳突：毁坏之意。 ⑤③罾：鱼网。缴：读如"灼"，以绳系矢而射。二句喻其法律之苛。 ⑤④无聊：民不聊生。 ⑤⑤帝都：即指洛阳。言都下人民皆怨恨。 ⑤⑥诘：谓问其罪。此指绍伐公孙瓒。 ⑤⑦枭雄：桀傲者之称。 ⑤⑧公孙瓒：字伯圭，董卓专政时，封蓟侯。公孙瓒与袁绍相恶，袁绍因攻之。 ⑤⑨方舟：二舟并行。 ⑥⓪曹操引兵渡河，托言助袁绍，实图袭之，会公孙瓒破灭，袁绍亦觉之，曹操乃退军敖仓。 ⑥①黑山贼于毒等为乱，袁绍以军入朝歌鹿肠山，讨破斩之。 ⑥②屠各：胡族。左校：贼官名，为郭大贤等。 ⑥③敖仓：今河南荥阳东北有敖山，秦时山上有城，中置仓，故名其地为敖仓。 ⑥④俗言。螳臂当车，见《韩诗外传》及《淮南子》。 ⑥⑤折冲：拒敌。 ⑥⑥中黄：中黄伯。育：夏育。获：乌获，皆古勇士。 ⑥⑦并州：谓袁绍甥高干，袁绍以高干为并州刺史，故称。太行：山名，连亘今河南、河北、山西境。 ⑥⑧青州：谓袁绍长子谭，袁绍以袁谭为青州刺史，故称。济漯，二水名，皆在山东境。 ⑥⑨角：谓如捕兽之捉其角。 ⑦⓪荆州：谓刘表，刘表为荆州刺史，故称。时与袁绍相结。宛：秦县，今河南南阳市。叶：汉县，今河南叶县。掎：如捕兽之戾其足。 ⑦①焫(ruò)：点燃。 ⑦②沃：灌也。

熛：火飞。　⑦③张扬：字稚叔，云中人，董卓以为建义将军河内太守，其将杨丑杀之，以众降操。　⑦④挥：与“徽”通，幡。⑦⑤旅：或谓助也。　⑦⑥幽：谓袁绍中子袁熙，熙为幽州刺史，故称。　⑦⑦见兵：现有之兵。　⑦⑧张绣以军功迁建忠将军，方与表合。　⑦⑨罗落：布列。　⑧⓪文书下缀“如律令”三字，言当动依律令而勿失。

王粲登楼赋[①]

登兹楼以四望兮，聊暇②日以销忧。览斯宇之所处兮，实显敞而寡仇③。挟清漳之通浦兮④，倚曲沮之长洲⑤。背坟衍之广陆兮⑥，临皋隰⑦之沃流。北弥陶牧⑧，西接昭丘⑨。华实蔽野，黍稷盈畴。虽信美而非吾土兮，曾何足以少留！

遭纷浊而迁逝兮⑩，漫逾纪⑪以迄今。情眷眷而怀归兮，孰忧思之可任⑫！凭轩槛以遥望兮，向北风而开襟⑬。平原远而极目兮，蔽荆山之高岑⑭。路逶迤而修迥兮⑮，川既漾而济深⑯。悲旧乡之壅隔兮，涕横坠而弗禁！昔尼父之在陈兮，有“归欤”之叹音⑰。钟仪幽而楚奏兮⑱，庄舄显而越吟⑲。人情同于怀土兮，岂穷达而异心。

惟日月之逾迈兮⑳，俟河清其未极㉑。冀王道之一平兮，假高衢㉒而骋力。惧匏瓜之徒悬兮㉓，畏井渫之莫食㉔。步栖迟以徙倚兮㉕，白日忽其将匿。风萧瑟而并兴兮，天惨惨而无色。兽狂顾以来群兮，鸟相鸣而举翼。原野阒其无人兮，征夫行而未息。心凄怆以感发兮，意忉怛而憯恻[26]。循阶除[27]而下降兮，气交愤[28]于胸臆。夜参半[29]而不寐兮，怅盘桓以反侧[30]。

---

①王粲：山阳人，字仲宣，献帝西迁，粲从至长安，以西京扰乱，乃至荆州依刘表，博闻多识，问无不知，后仕魏为侍中，旋卒。《登楼赋》，王粲登当阳县城楼，以世不承平，而刘表又不足与有为，旅居荆州，心怀故国，因作此志感。　②暇：读如“假”。　③仇：匹。　④漳：水名，出湖北当阳市西北，流入当阳会于沮。大水有小江别通曰浦。　⑤沮：水名，出湖北保康县西南与漳水会，又东南经江陵入江。　⑥水涯曰“坟”，下平曰“衍”。　⑦皋：泽之坎。下湿曰隰。　⑧江陵西有陶朱公墓。郊外曰“牧”。　⑨昭丘：楚昭王墓，在当阳市东南。　⑩纷浊：喻世乱。　⑪十二年曰一纪。　⑫任：当。　⑬因吹北风，愈增乡思。　⑭荆山：在今湖北南漳县西北。山小而高曰“岑”。　⑮逶迤：弯路延续不绝。迥：远。　⑯漾：长，“羕”之讹字。济：渡。　⑰尼父：指孔子，孔子字仲尼，鲁哀公谥之曰尼父，因其字以为之谥。父，同“甫”，丈夫之美称。孔子周游列国，其在陈也，曾有“归与归与”之叹，见《论语·公冶长》。　⑱钟仪：春秋楚人，被囚于晋，晋侯见而脱之，与之琴，操南音，见《左传》成公九年。⑲越人庄舄仕楚至执珪，有顷而病，楚王以其虽为越人，而在楚显贵，当不思越，使人往听其声，则犹越声也。见《史记·陈轸

传》。 ⑳日月逾迈：光阴往逝之意。 ㉑逸诗有“俟河之清，人寿几何”之语，见《左传》襄公八年。极：至。 ㉒高衢：大道。 ㉓匏瓜：瓠。《论语·阳货》：“吾岂匏瓜也哉，焉能系而不食。”孔子冀仕之语。 ㉔《易·井卦》：“井渫不食。”渫：治去污秽之名，井被渫治，则清洁可食，而不见食，犹人已修正其身而不见用。 ㉕栖迟：谓游息。徙倚：低徊。 ㉖忉怛：悲痛。憯：读如“惨”；憯恻：惨伤。 ㉗除：楼阶；又门屏之间曰“除”。 ㉘交：“狡”之借字，戾。愤：懑。 ㉙夜参半：犹夜分，即夜半。 ㉚盘桓：不进貌。

魏　文

魏文帝典论论文[1]

文人相轻，自古而然，傅毅[2]之于班固，伯仲之间耳，而固小之，与弟超[3]书曰：“武仲以能属文[4]为兰台令史[5]，下笔不能自休。”夫人善于自见，而文非一体，鲜能备善，是以各以所长，相轻所短[6]；里语曰：“家有弊帚，享之千金[7]。”斯不自见之患也。

今之文人，鲁国[8]孔融文举，广陵[9]陈琳孔璋，山阳[10]王粲仲宣，北海徐幹伟长[11]，陈留阮瑀元瑜[12]，汝南应玚德琏[13]，东平刘桢公幹[14]，斯七子者，于学无所遗，于辞无所假，咸以自骋骥騄于千里，仰齐足而并驰，以此相服，亦良难矣！盖君子审己以度人，故能免于斯累，而作《论文》。

王粲长于辞赋，徐幹时有齐气[15]，然粲之匹也；如粲之《初征》《登楼》《槐赋》《征思》，幹之《玄猿》《漏卮》《圆扇》《橘赋》，虽张蔡[16]不过也；然于他文未能称是。琳、瑀之章表书记，今之隽也。应玚和而不壮。刘桢壮而不密。孔融体气高妙，有过人者，然不能持论，理不胜词，以至乎杂以嘲戏；及其所善，扬、班[17]俦也。常人贵远贱近，向声背实，又患暗于自见，谓己为贤。

夫文本同而末异，盖奏议宜雅，书论宜理，铭诔尚实，诗赋欲丽，此四科不同，故能之者偏也；唯通才能备其体。文以气为主，气之清浊有体，不可力强而致；譬诸音乐，曲度虽均，节奏同检⑱，至于引气不齐，巧拙有素，虽在父兄，不能以移子弟。

盖文章经国之大业，不朽之盛事，年寿有时而尽，荣乐止乎其身，二者必至之常期，未若文章之无穷。是以古之作者，寄身于翰墨，见意于篇籍，不假良史之辞，不托飞驰之势，而声名自传于后。故西伯幽而演《易》⑲，周旦显而制《礼》⑳，不以隐约而弗务，不以康乐而加思，夫然，则古人贱尺璧而重寸阴㉑，惧乎时之过已；而人多不强力，贫贱则慑于饥寒，富贵则流于逸乐，遂营目前之务，而遗千载之功。日月逝于上，体貌衰于下，忽然与万物迁化，斯志士之大痛也！融等已逝，唯斡著论，成一家言㉒。

---

①魏文帝：曹操长子，名丕，代汉为帝，在位六年，性好文学，博闻强记，以著述为务，有集行世。《典论》，文帝撰，凡五卷。《论文》，《典论》中之一篇。　②傅毅：字武仲，茂陵人，后汉章帝时，为兰台令史，与班固等同典校书，早卒。③超：字仲升，有平西域之功。　④属文：犹作文，谓连缀字句使相属。　⑤兰台：藏秘书之宫观。兰台令史：掌兰台之书奏。　⑥言人以能自见为善，而文不一体，常长于此体，而短

于他体，而我之所长，适为人之所短，因以轻之，人亦依此例以轻我，遂各忘其短，皆自许为独步。 ⑦光武诏让吴汉语。言视己之敝帚贵如千金而享用之，喻人不自知其短。 ⑧鲁国：汉国，在今山东。 ⑨广陵：后汉郡，今江苏扬州江都区即郡中地。 ⑩山阳：汉郡，地在今山东。 ⑪北海：汉郡，地在今山东。徐幹，字伟长，为司空军谋祭酒，五官将文学。⑫陈留：县名，今属河南。阮瑀：字元瑜，为曹操司空军谋祭酒，管记室，一时书檄，多出其手，有集行世。 ⑬汝南：汉郡，地在今河南。应玚：字德琏，曹操辟为丞相掾，后为五官将文学，有集行世。 ⑭东平：汉国，今山东东平县，即国中地。刘桢：字公幹，有逸才，文章为文帝所重。 ⑮齐气：谓齐俗文体舒缓。 ⑯张蔡：指张衡、蔡邕。 ⑰扬班：扬雄、班固。 ⑱检：法度。 ⑲西伯：指周文王。纣囚文王于羑里，因推演《易》象作卦。 ⑳周旦：指周公旦，武王弟，相成王，制礼作乐，天下大治。 ㉑《淮南子·原道训》："圣人不贵尺之璧而重寸之阴。" ㉒徐幹著有《中论》，凡二十篇，辞义典雅，传于世。

魏文帝与朝歌令吴质书[①]

五月十八日，丕白。季重无恙！涂路虽局[②]，官守有限，愿言之怀，良不可任[③]。足下所治僻左，书问致简，益用增劳。每念昔日南皮[④]之游，诚不可忘。既妙思六经，逍遥百氏，弹棋间设[⑤]，终以六博[⑥]，高谈娱心，哀筝顺耳。

驰骋北场，旅食[7]南馆，浮甘瓜于清泉，沉朱李于寒水。白日既匿，继以朗月，同乘并载，以游后园。舆轮徐动，参从无声，清风夜起，悲笳微吟，乐往哀来，怆然伤怀，余顾而言："斯乐难常！"足下之徒，咸以为然。今果分别，各在一方。元瑜长逝，化为异物，每一念至，何时可言！

方今蕤宾纪时[8]，景风[9]扇物，天气和暖，众果具繁。时驾而游，北遵河曲[10]，从者鸣笳以启路，文学[11]托乘于后车，节同时异，物是人非，我劳如何。今遣骑到邺[12]，故使枉道相过，行矣自爱！丕白。

---

①朝歌：县名。今河南淇县。吴质：魏济阴人，字季重，为朝歌令，大军西征，丕时为太子，南在孟津，与质此书。　②局：近。　③任：当。　④南皮：县名，今属河北。　⑤弹棋：游戏名，出魏宫，大体以巾拂棋子，今不传。　⑥六博：游戏名，法用六箸，以竹为之，长六分，今不传。　⑦旅食：众食。　⑧《礼记·月令》："仲夏之月，律中蕤宾。"　⑨景风：南风，夏至则至。　⑩黄河自山西永济折而东，入芮城县，谓之河曲。　⑪汉时郡国皆置文学，即博士助教之任，魏晋因之。　⑫邺：汉县，在今河北临漳县境。

曹植王仲宣诔[1]

建安[2]二十二年正月二十四日戊申，魏故侍中关内侯王君卒。呜呼哀哉！皇穹神察[3]，喆人是恃[4]，如何灵祇，歼[5]我吉士。谁谓不痛？早世即冥[6]；谁谓不伤？华繁中零。存亡分流，夭遂[7]同期，朝闻夕殁，先民所思[8]，何用[9]诔德？表之素旗，何以赠终？哀以送之。遂作诔曰：

猗欤侍中，远祖弥芳，公高建业，佐武伐商[10]，爵同齐鲁，邦祀绝亡，流裔毕万，勋绩惟光，晋献赐封，于魏之疆[11]，天开之祚，末胄称王[12]。厥姓斯氏，条分叶散，世滋芳烈，扬声秦汉。会遭阳九[13]，炎光中矇[14]，世祖[15]拨乱，爰建时雍[16]，三台[17]树位，履道是钟，宠爵之加，匪惠惟恭。自君二祖[18]，为光为龙[19]，佥曰："休哉，宜翼汉邦！"或统太尉，或掌司空，百揆[20]惟叙，五典[21]克从，天静人和，皇教遐通。伊君显考，奕叶佐时[22]，入管机密，朝政以治，出临朔岱，庶绩咸熙[23]。

君以淑懿，继此洪基，既有令德，材技广宣，强记洽闻，幽赞微言，文若春华，思若涌泉，发言可咏，下笔成篇，何道不洽？何艺不闲。棋局逞巧[24]，博弈惟贤。皇家不造[25]，京室陨颠，宰臣专制[26]，帝用西迁[27]。君乃羁旅，离[28]此阻艰，翕然凤举，远窜荆蛮[29]。身穷志达，居鄙行鲜，振冠南岳，濯缨清川[30]，潜处蓬室，不干势权。

我公奋钺，耀威南楚[31]，荆人或违，陈戎讲武，君乃义发，算我师旅，高尚霸功，投身帝宇，斯言既发[32]，谋夫是与。是与伊何？飨我明德，投戈编郡[33]，稽颡汉北[34]。我公实嘉，表扬京国，金龟紫绶[35]，以彰勋则。勋则伊何？劳谦靡已，忧世忘家，殊略卓峙，乃署祭酒㊱，与君行止㊲，算无遗策，画无失理，我王建国，百司俊乂㊳。君以显举，秉机省闼㊴，戴蝉珥貂㊵，朱衣皓带㊶。入侍帷幄，出拥华盖，荣耀当世，芳风晻蔼㊷。

嗟彼东夷㊸，凭江阻湖，骚扰边境，劳我师徒，光光戎路，霆骇风徂，君侍华毂，辉辉王涂㊹。思荣怀附，望彼来威㊺，如何不济，运极命衰，寝疾弥留㊻，吉往凶归！呜呼哀哉！翩翩孤嗣㊼，号恸崩摧，发轸北魏㊽，远迄南淮，经厉山河，泣涕如颓，哀风兴感，行云徘徊，游鱼失浪，归鸟亡栖。

呜呼哀哉！吾与夫子，义贯丹青㊾，好和琴瑟，分过友生㊿，庶几遐年，携手同征，如何奄忽，弃我夙零(51)！感昔宴会，志各高厉，予戏夫子："金石难弊，人命靡常，吉凶异制，此欢之人，孰先陨越？"何寤夫子，果乃先逝。又论死生，存亡数度，子犹怀疑，求之明据，傥独有灵，游魂泰素(52)，我将假翼，飘摇高举，超登景云，要子天路。

丧柩既臻(53)，得反魏京，灵輀(54)回轨，白骥悲鸣，虚廓无见，藏景蔽形，孰云仲宣，不闻其声，延首叹息，雨泣交颈。嗟乎夫子！永安幽冥，人谁不没，达士徇名(55)，生荣死哀(56)，亦孔之荣。呜呼哀哉！

---

①曹植：操第三子，字子建，工文章，封陈王，卒谥思，有集行世。王仲宣，即王粲。累列生时之德行而称之曰诔，后遂以

名哀死之文。　②建安：汉献帝年号。　③皇穹：指天。神察：烛照如神之意。　④喆：与“哲”同；喆人：即哲人。⑤歼：杀害。　⑥谓早岁即死，王粲死年仅四十一。　⑦遂：遂其生。谓寿夭相去无几。　⑧《论语·里仁》：“朝闻道，夕死可矣。”　⑨何用：犹用何。　⑩公高：毕公高，为魏先祖。高佐武王伐纣，以功封于毕。　⑪毕万：春秋晋大夫。晋献：指晋献公。献公灭魏，以封万。　⑫万既受封，晋大夫卜偃曰：“万，盈数也，魏，大名也，以是始赏，天启之矣。”魏至文侯而盛，子孙遂称王，为战国七雄之一，其支庶以祖先称王，遂以王为氏。　⑬阳九之说有三：一为四千六百十七岁为一元，初入元百六岁中有九灾岁；二为太乙数，以四百五十六年为一阳九；三为道家说，谓三千三百年为小阳九，九千九百年为大阳九。　⑭炎光：汉以火德王，故称。不明为曚。中曚：谓遭王莽之乱。　⑮世祖：光武庙号。　⑯时雍：太平之象，言天下大和，见《书·尧典》。　⑰三台：星名，以称三公；后汉以太尉、司徒、司空为三公。　⑱二祖：王粲曾祖父王龚，祖父王畅。龚字伯宗，后汉顺帝时，为太尉。畅，字叔茂，灵帝时为司空。　⑲《诗·小雅·蓼萧》：“为龙为光。”龙：宠。　⑳百揆：唐虞时总持百政之官。叙：次序，次第。㉑五典：指父义、母慈、兄友、弟恭、子孝。　㉒显考：古称高祖，此称王粲父王谦。王谦为大将军何进长史。奕叶：累世，代代。　㉓朔岱：朔方及泰岱。庶绩咸熙，《古文尚书·舜典》语，犹言众功皆兴。王粲父官阶无考。　㉔王粲观人围棋，局坏，王粲为复之，不误一道。　㉕造：成。　㉖谓董卓专政。 ㉗西迁：谓董卓胁迫献帝迁都长安。 ㉘离：与“罹”同。 ㉙王粲以西京扰乱，乃依刘表于荆州。楚旧号荆，故谓为荆蛮。 ㉚湖北襄阳西南，旧有徐庶宅，宅西北有方山，山北际河水，山下有王粲宅，故文云。 ㉛我公：指太祖曹操。建安十三年，曹操伐荆州。 ㉜曹操伐荆州，刘表已卒，子刘琮立，王粲劝刘琮降曹操。斯言，即劝刘琮降之言。 ㉝编鄀：汉县，汉有若县，属南郡，故城在今湖北宜城东南，盖即其地。 ㉞汉北：汉水之北。 ㉟汉列侯黄金龟钮，金印紫绶，粲归魏，以为丞相掾，赐爵关内侯。 ㊱祭酒：汉官名，功高者为之，王粲曾迁军谋祭酒。 ㊲时行则行，时止则止。 ㊳俊乂：贤才。 ㊴魏既为王建国，粲拜侍中，为魏门下省之长官。 ㊵侍中常侍，皆冠惠文冠，加貂附蝉。 ㊶皓带：白色带。 ㊷晻蔼：犹披拂。 ㊸东夷：谓吴国。 ㊹建安二十一年，曹操伐吴，王粲从。 ㊺言王粲思念宠荣，志在怀附异类，望彼吴畏威而来。 ㊻弥留：言病日甚，久留于身而不去。 ㊼王粲凡二子。 ㊽轸：车。此言其子奔丧。 ㊾丹青：二色名。言不渝。 ㊿友生：朋友。 (51)夙零：谓早死。 (52)泰素：质之始。见《列子·天瑞》。 (53)臻：至。 (54)輀：与“輀”同，丧车。 (55)徇：同“殉”。《庄子·盗跖》：“小人徇财，君子徇名。” (56)《论语·子张》：“夫子其生也荣，其死也哀。”

晋 文

嵇康与山巨源绝交书[1]

康白：足下昔称吾于颍川，吾常谓之知言[2]，然经怪[3]此意，尚未熟悉于足下，何从便得之也？前年从河东还[4]，显宗阿都[5]说足下议以吾自代，事虽不行，知足下故不知之；足下傍通[6]，多可而少怪[7]，吾直性狭中，多所不堪，偶与足下相知耳。间闻足下迁，惕然不喜，恐足下羞庖人之独割，引尸祝以自助[8]，手荐鸾刀[9]，漫[10]之膻腥，故具为足下陈其可否。

吾昔读书得并介之人[11]，或谓无之，今乃信其真有耳。性有所不堪，真不可强。今空语同知有达人，无所不堪，外不殊俗，而内不失正，与一世同其波流，而悔吝不生耳[12]。老子、庄周[13]，吾之师也，亲居贱职；柳下惠、东方朔，达人也，安乎卑位[14]，吾岂敢短之哉！又仲尼兼爱，不羞执鞭[15]；子文无欲卿相，而三登令尹[16]，是乃君子思济物之意也。所谓达能兼善而不渝[17]，穷则自得而无闷。以此观之，故尧舜之君世，许由[18]之岩栖，子房之佐汉[19]，接舆[20]之行歌，其揆[21]一也。仰瞻数君，可谓能遂其志者也。故君子百行，殊途而同致，循性而动，各附所安，故有处朝廷而不出，入山林而不反之论[22]。且延陵高子臧之风[23]，长卿慕相如之节[24]，志气所托，不可夺也。吾每读尚子平、台孝威传[25]，慨然慕之，想其为人。

少加孤露[26]，母兄见骄[27]，不涉经学。性复疏懒，筋驽肉缓，头面常一月十五日不洗，不大闷痒，不能沐也。每常小便，而忍不起，令胞中略转[28]，乃起耳。又纵逸来久，情意傲散，简与礼相背，懒与慢相成，而为侪类见宽，不攻其过。又读《庄》《老》[29]，重增其放，故使荣进之心日颓，任实之情转笃。此由禽鹿，少见驯育，则服从教制；长而见羁，则狂顾顿缨[30]，赴蹈汤火；虽饰以金镳[31]，飨以嘉肴，逾思长林而志在丰草也。阮嗣宗[32]口不论人过，吾每师之，而未能及，至性过人，与物无伤，唯饮酒过差耳，至为礼法之士所绳，疾之如仇，幸赖大将军保持之耳[33]；吾不如嗣宗之贤，而有慢弛之阙，又不识人情，暗于机宜，无万石之慎[34]，而有好尽之累[35]，久与事接，疵衅日兴，虽欲无患，其可得乎！

又人伦有礼，朝廷有法，自惟至熟，有必不堪者七，甚不可者二：卧喜晚起，而当关[36]呼之不置，一不堪也。抱琴行吟，弋钓草野，而吏卒守之，不得妄动，二不堪也。危坐一时，痹[37]不得摇，性复多虱，把搔无已[38]，而当裹以章服[39]，揖拜上官，三不堪也。素不便书，又不喜作书，而人间多事，堆案盈几，不相酬答，则犯教伤义，欲自勉强，则不能久，四不堪也。不喜吊丧，而人道以此为重，已为未见恕者所怨，至欲见中伤者[40]；虽瞿然[41]自责，然性不可化，欲降心顺俗，则诡故[42]不情，亦终不能获无咎无誉。如此，五不堪也。不喜俗人，而当与之共事，或宾客盈坐，鸣声聒[43]耳，嚣尘臭处，千变百伎，在人目前，六不堪也。心不耐烦，而官事鞅掌[44]，机务缠其心，世故繁其虑，七不堪也。又每非汤、武而薄周、孔，在人间不止此事[45]，会显[46]世教所不容，此甚不可一也。刚肠疾恶，轻肆直言，遇事便发，此甚不可二也。以促中小心之性[47]，统此九患，不有外难，当有内病，宁可久处人间邪？

又闻道士[48]遗言，饵术黄精[49]，令人久寿，意甚信之；游山泽，观鱼鸟，心甚乐之。一行作吏，此事便废，安能舍其所乐而从其所惧哉！夫人之相知，贵识其天性，因而济之。禹不逼伯成子高，全其节也[50]；仲尼不假盖于子夏，护其短也[51]。近诸葛孔明不逼元直[52]以入蜀，华子鱼不强幼安以卿相[53]，此可谓能相终始，真相知者也。足下见直木必不可以为轮，曲者不可以为桷，盖不欲以枉其天才，令得其所也。故四民有业，各以得志为乐，唯达者为能通之，此足下度内耳[54]。不可自见好章甫，强越人以文冕也[55]；已嗜臭腐，养鸳雏以死鼠也[56]。吾顷学养生之术，方外荣华，去滋味，游心于寂寞，以无为为贵。纵无九患，尚不顾足下所好者。又有心闷疾，顷转增笃，私意自试，不能堪其所不乐。自卜已审，若道尽途穷则已耳，足下无事冤之，令转于沟壑也。

吾新失母兄之欢，意常凄切。女年十三，男年八岁[57]，未及成人，况复多病。顾此悢悢[58]，如何可言！今但愿守陋巷，教养子孙，时与亲旧叙阔，陈说平生，浊酒一杯，弹琴一曲，志愿毕矣。足下若嬲之不置[59]，不过欲为官得人，以益时用耳。足下旧知吾潦倒粗疏[60]，不切事情，自惟亦皆不如今日之贤能也。若以俗人皆喜荣华，独能离之，以此为快，此最近之，可得言耳[61]。然使长才广度，无所不淹[62]，而能不营，乃可贵耳。若吾多病困，欲离事自全，以保余年，此真所乏耳[63]，岂可见黄门[64]而称贞哉！若趣欲共登王途，期于相致，时为欢益，一旦迫之，必发其狂疾。自非重怨，不至于此也。野人有快炙背而美芹子者，欲献之至尊[65]，虽有区区之意，亦已疏矣。愿足下勿似之。其意如此，既以解足下，并以为别。嵇康白。

---

①嵇康：魏谯郡人，字叔夜，丰姿俊逸，导气养性，著《养生篇》，拜中散大夫，不就，常弹琴以自乐。景元中，为司马昭所害。山巨源，即山涛，巨源为其字，晋河内怀人，在魏为赵国相，迁尚书吏部郎，晋武帝受禅，为吏部尚书十余年，甄拔人物，皆一时之选，年七十九卒。巨源为吏部郎时，尝举嵇康以自代，嵇康因以此书绝之。　②颍川：山涛族父嵚，为颍川守，故称。涛尝称康情不愿仕，惬其素志，故曰知言。　③经怪：常怪。　④河东：郡名，今山西黄河以东地。　⑤显宗：姓公孙，名崇，显宗为其字，谯人，为尚书郎。阿都：姓吕，名仲

悌，阿都其小字，东平人。　⑥傍通：谓山涛傍通众艺。⑦多可而少怪，谓山涛多许可，少疑怪，甚宽容。　⑧尸祝：主读祝者。《庄子·逍遥游》："庖人虽不治庖，尸祝不越樽俎而代之。"此言恐山涛举己自代。　⑨荐：执。鸾刀：刀环有铃者。　⑩漫：污。　⑪并：谓兼善天下。介：谓自得无闷。　⑫空语：犹虚说。同知：共知。悔吝：犹悔恨。言空言共知有通达之人于世事无所不堪，能同流合污而不生悔恨。⑬老子：姓李，名耳，字伯阳，谥曰聃，亦称老聃。庄周：战国蒙人，尝为漆园吏。　⑭柳下惠：春秋鲁人，姓展，名禽，居柳下，谥曰惠，故曰柳下惠，为圣人之和者，而为士师。东方朔居卑位，见前《答客难》。　⑮仲尼谓老聃曰："兼爱无私，仁之情也。"见《庄子·天道》。《论语·述而》："富而可求也，虽执鞭之士，吾亦为之。"　⑯子文：春秋楚大夫，姓斗，名谷於菟，三仕为令尹，无喜色，三已之，无愠色。令尹：楚上卿执政之官。　⑰渝：变。　⑱许由：尧时隐士，字武仲，尧让以天下，不受。　⑲子房：张良，佐汉高祖定天下。⑳接舆：见东方朔《答客难》注。　㉑揆：道。　㉒"山林之士往而不能反，朝廷之士，入而不能出，二者各有所短。"为班固《汉书》中赞语。　㉓延陵：地名，今江苏常州武进区，吴季札居之，故以称焉。子臧，曹公子欣时，曹人欲立为君，拒不受。季札贤，父兄皆欲立之，札以有国非其节，愿附于子臧以不失节，见《左传》襄公十四年。　㉔司马相如小时名犬子，既学，慕战国赵相蔺相如之为人，更名相如。　㉕尚子平：即后汉时之向子平，名长，隐居不仕，性尚中和，通《老》《易》。男女嫁娶毕，遂入山，不知所终。台孝威：亦后汉人，名佟，隐居武安山，凿穴为居，采药为业。　㉖孤露：言父母俱无。　㉗母兄见骄：谓同母兄见爱。　㉘略，一作“咯”。　㉙《庄》《老》：庄子、老子之书。　㉚顿缨：谓绝去其系。　㉛镳：马衔。　㉜阮嗣宗：即阮籍，魏尉氏人，嗜酒放荡，官至步兵校尉。　㉝大将军：谓司马昭。何曾于曹操座斥阮籍败伤礼教，言于曹操，宜投四裔，曹操不听。　㉞万石：指汉石奋，奋及其四子皆官二千石，故称万石君，为人谨慎。　㉟好尽：谓言则尽情，不知避忌。　㊱当关：守门人。　㊲痺：湿病。㊳把（pá）：搔。　㊴章服：居官之服。　㊵言已为，未见有恕之者，才有所怨，乃至欲见中伤。　㊶瞿然：心惊貌。㊷诡故：诈饰而非由衷之意。　㊸聒：哗语。　㊹鞅掌：烦劳。见《诗经·小雅·北山》。　㊺不止此事：谓人间不止有汤、武放伐之事，尚有尤甚者。　㊻会显：独显为。　㊼促中：中怀狭隘。　㊽道士：有道之士。　㊾饵：服食。术：白术，根细类指。黄精：根如管状，俱可入药，久服轻身延年。　㊿伯成子高：尧时为诸侯，禹有天下，子高辞诸侯而耕，禹往问焉，子高耕而不顾。　51子夏：姓卜，名商，卫人，孔子弟子。孔子将行，雨而无盖，门人曰：“商也有之。”孔子曰：“商之为人也，啬短于财，吾闻与人交，推其长者，违其短者，故能久也。”见《孔子家语》。　52元直：徐庶字。庶初事刘备，曹操执其母招之，庶遂辞备归操，孔明不止。53华子鱼：指华歆。幼安：管宁字。歆仕魏为相国，诏举独行君子，歆举宁，宁拒而不受。　54此足下度内耳：犹言此自足下知之。 ⑤⑤章甫：殷冠名。越人断发文身，无用乎冕。 ⑤⑥鸳雏：凤类之鸟。鹓雏发南海而飞于北海，非梧桐不止，非练实不食，非醴泉不饮，于是鸱得腐鼠，鹓雏过之，仰天而视之曰“嚇”。见《庄子·秋水》。此言山涛以己位为腐鼠，而嵇康以鹓雏自况。 ⑤⑦嵇康子名绍，字延祖，十岁而孤。 ⑤⑧悢悢（liàng）：眷眷也，悲也。 ⑤⑨嬲（niǎo）：戏相扰。 ⑥⓪潦倒：蕴藉貌。 ⑥①言俗人皆喜华荣，而已独能离之，以此为快，此最近己之情，可独言之耳。 ⑥②淹：贯通。 ⑥③言此真性之所乏，非若长才广度之士而不营。 ⑥④黄门：天阉之称。因宦者皆阉人，故称天阉者亦曰黄门。 ⑥⑤典出《列子，杨朱》。

羊祜让开府表[①]

臣祜言：臣昨出[②]，伏闻恩诏，拔臣使同台司[③]，臣自出身[④]已来，适十数年，受任外内，每极显重之地[⑤]。常以智力不可强进，恩宠不可久谬，夙夜战栗，以荣为忧。臣闻古人之言：德未为众所服而受高爵，则使才臣不进；功未为众所归而荷厚禄，则使劳臣不劝[⑥]。今臣身托外戚[⑦]，事遭运会，诚在宠过，不患见遗。而猥超然降发中之诏[⑧]，加非次之荣。臣有何功可以堪之？何心可以安之？以身误陛下，辱高位，倾覆亦寻而至，愿复守先人弊庐，岂可得哉！违命诚忤天威，曲从即复若此。盖闻古人申于见知[⑨]，大臣之节，不可则止。臣虽小人，敢缘所蒙，念存斯义。

今天下自服化已来，方渐八年，虽侧席求贤，不遗幽贱，然臣等不能推有德，进有功，使圣听知胜臣者多，而未达者不少。假令有遗德于板筑之下⑩，有隐才于屠钓之间⑪，而令朝议用臣不以为非，臣处之不以为愧，所失岂不大哉⑫！

且臣窃忝虽久，未若今日兼文武⑬之极宠，等宰辅⑭之高位也。臣所见虽狭，据今光禄大夫李喜⑮，秉节高亮，正身在朝，光禄大夫鲁芝⑯，洁身寡欲，和而不同；光禄大夫李胤⑰，莅政弘简，在公正色，皆服事华发⑱，以礼终始。虽历内外之宠，不异寒贱之家，而犹未蒙此选，臣更越之，何以塞天下之望，少益日月⑲；是以誓心守节，无苟进之志。今道路未通，方隅多事⑳，乞留前恩，使臣得速还屯㉑，不尔留连㉒，必于外虞有阙㉓。臣不胜忧惧，谨触冒拜表，惟陛下察匹夫之志，不可以夺！

---

①羊祜：南城人，字叔子，武帝受禅，颇见宠任，累官尚书右仆射，帝欲灭吴，以羊祜都督荆州诸军事，羊祜在军，轻裘缓带，身不被甲，务修德以怀吴人，后加车骑将军，开府如三司之仪，羊祜上表固让，不听，吴未亡，病卒。开府，谓开建府第，辟置僚属，汉制惟三公开府，魏晋时开府者多，别置开府仪同三司，谓威仪百物，使同三公。　②昨出：为沐浴而出。　③台司：指三公。　④出身：指入仕。　⑤羊祜当司马昭时，曾拜从事中郎，迁中领军，事兼内外。　⑥四句

语本《管子》。　⑦羊祜同母姊配景帝，为弘训太后，故云。　⑧猥：曲。发中：犹发心。　⑨《晏子春秋·内篇杂上》载越石父谓晏子曰："臣闻之，士者屈于不知已，而申于知已。"语本此。　⑩板筑：墙以两板相夹，以杵筑之，营建之役。《孟子·告子》："傅说举于板筑之间。"　⑪太公吕尚未达时，屠牛朝歌，钓于磻溪。　⑫此言用而不以为非，是为累朝，处而不以为愧，是为殃身，其失甚大。　⑬兼文武：谓为车骑而又开府。　⑭等宰辅：谓仪同三司。　⑮李喜：一作李憙，铜鞮人，字季和，少有高行，官至尚书仆射，特进光禄大夫，以年老逊位。　⑯鲁芝：郿人，字世英，耽思文籍，武帝时为镇东将军，后征为光禄大夫。　⑰李胤：襄平人，字宣伯，官至尚书仆射，转光禄大夫。　⑱服事：服公家之事也。华发：白发。　⑲日月：喻君。　⑳方隅：谓全国之一部也。　㉑还屯：请还荆州。泰始五年，以祜都督荆州诸军事。　㉒不尔留连：谓不速还。　㉓外虞：犹言外备。

李密陈情表[①]

臣密言：臣以险衅[②]，夙遭闵凶[③]。生孩六月，慈父见背[④]；行年四岁，舅夺母志[⑤]。祖母刘，愍臣孤弱，躬亲抚养。臣少多疾病，九岁不行，零丁孤苦，至于成立。既无叔伯，终鲜兄弟，门衰祚[⑥]薄，晚有儿息[⑦]。外无期功强近之亲[⑧]，内无应门五尺之童。茕茕[⑨]孑立，形影相吊。而刘夙婴疾病[⑩]，常在床蓐[⑪]；臣侍汤药，未曾废离。

逮奉圣朝[12]，沐浴清化。前太守臣逵，察臣孝廉[13]，后刺史臣荣，举臣秀才[14]。臣以供养无主，辞不赴命。诏书特下，拜臣郎中[15]，寻蒙国恩，除臣洗马[16]。猥[17]以微贱，当侍东宫[18]，非臣陨首[19]所能上报。臣具以表闻，辞不就职。诏书切峻，责臣逋慢[20]；郡县逼迫，催臣上道；州司临门，急于星火。臣欲奉诏奔驰，则刘病日笃；欲苟徇私情，则告诉不许，臣之进退，实为狼狈！

伏惟圣朝以孝治天下，凡在故老，犹蒙矜育[21]，况臣孤苦，特为尤甚。且臣少仕伪朝[22]，历职郎署，本图宦达，不矜名节。今臣亡国贱俘，至微至陋，过蒙拔擢，宠命优渥[23]，岂敢盘桓[24]，有所希冀[25]。但以刘日薄西山[26]，气息奄奄[27]，人命危浅，朝不虑夕。臣无祖母，无以至今日；祖母无臣，无以终余年。母孙二人，更相为命，是以区区不能废远[28]。臣密今年四十有四，祖母刘今年九十有六，是臣尽节于陛下之日长，报养刘之日短也。乌鸟私情[29]，愿乞终养。臣之辛苦，非独蜀之人士及二州牧伯所见明知[30]，皇天后土，实所共鉴。愿陛下矜悯愚诚，听臣微志，庶刘侥幸，卒保余年，臣生当陨首，死当结草[31]。臣不胜犬马怖惧之情，谨拜表以闻。

---

①李密：武阳(今四川彭山)人，字令伯，仕蜀汉为郎，父亲早亡，母亲何氏改嫁，李密由祖母刘氏抚养成人，以孝闻。蜀亡，晋武帝征为太子洗马，李密上表陈情，武帝嘉之，赐奴婢二

人，使郡县供其祖母奉膳，刘氏卒，服终，徙尚书郎。宋李耆卿《文章精义》云："乐毅《答燕王书》、孔明《出师表》不必言忠，而读之可想见其忠；李令伯《陈情表》不必言孝，而读之可想见其孝。" 明何乔新《忠义集序》亦云："先正有言：'读《出师表》而不流泪者，其人必不忠；读《陈情表》而不流泪者，其人必不孝。'" ②险衅：艰难祸患。 ③闵：忧患。 ④见背：谓父母或长辈去世。 ⑤舅夺母志：谓舅嫁其母，不得守志。 ⑥祚：福。 ⑦晚有儿息：言得子甚迟。 ⑧周年服曰"期"，九月服曰"大功"，五月服曰"小功"。强近：强为亲近。 ⑨茕茕：孤单无依。 ⑩婴：绊也，萦也。 ⑪蓐：同"褥"。 ⑫圣朝：指晋朝。 ⑬汉武帝始令郡国岁举孝廉各一人，历代因之，隋、唐废。 ⑭秀才：科目名，始于汉，唐与明经进士并为科，宋时凡应举者皆称之。 ⑮郎中：官名，为郎居中，故称。 ⑯除：拜官。洗马：太子属官。 ⑰猥：鄙贱。 ⑱东宫：太子所居官，借指太子。 ⑲陨首：舍身图报。 ⑳逋慢：怠慢不敬。 ㉑矜育：怜悯抚育。 ㉒伪朝：指三国之蜀汉。 ㉓优渥：优厚。 ㉔盘桓：徘徊，逗留。 ㉕希冀：谓希望立名节。李密本蜀臣，恐以固辞蹈沽名之嫌，故反复辨之，以免获罪。 ㉖日薄西山：言刘老暮。 ㉗奄奄：气息微弱的样子。 ㉘废远：废奉养之事而远离。 ㉙乌鸟：孝鸟，反哺其母。 ㉚二州：指梁州、益州。牧伯：州长。 ㉛结草：春秋时，晋魏武子有嬖妾，无子，武子疾，命子颗曰："必嫁是！"病亟，又曰："必以为殉！"颗嫁之，后颗与秦师战于辅氏，见一老人结草亢秦将杜回，因获之而败秦师，夜梦老人自称嬖妾之父，特助颗获回以报云。事见《左传》宣公十五年。

陆机文赋[1]

余每观才士之所作[2]，窃有以得其用心[3]。夫放言遣辞，良多变矣，妍蚩好恶，可得而言[4]。每自属文，尤见其情。恒患意不称物，文不逮意。盖非知之难，能之难也。故作《文赋》，以述先士之盛藻[5]，因论作文之利害[6]所由，佗日殆可谓曲尽其妙[7]。至于操斧伐柯，虽取则不远[8]；若夫随手之变，良难以辞逮[9]。盖所能言者，具于此云。

伫中区以玄览[10]，颐情志于典坟[11]。遵四时以叹逝[12]，瞻万物而思纷[13]。悲落叶于劲秋，喜柔条于芳春。心懔懔以怀霜[14]，志眇眇而临云[15]。咏世德之骏烈[16]，诵先人之清芬[17]。游文章之林府，嘉丽藻之彬彬[18]。慨投篇而援笔，聊宣之乎斯文。

其始也，皆收视反听[19]，耽思傍讯[20]，精骛八极[21]，心游万仞。其致也[22]，情曈昽而弥鲜[23]，物昭晰而互进[24]。倾群言之沥液，漱六艺之芳润[25]。浮天渊以安流，濯下泉而潜浸[26]。于是沈辞怫悦[27]，若游鱼衔钩而出重渊之深；浮藻联翩[28]，若翰鸟缨缴而坠曾云之峻[29]。收百世之阙文，采千载之遗韵。谢朝华[30]于已披，启夕秀于未振[31]。观古今于须臾，抚四海于一瞬。

然后选义按部，考辞就班[32]。抱景者咸叩，怀响者毕弹[33]。或因枝以振叶，或沿波而讨源。或本隐以之显，或求易而得难。或虎变而兽扰[34]，或龙见而鸟澜[35]。或妥帖而易施，或岨峿[36]而不安。罄澄心以凝思，眇[37]众虑而为言。笼天地于形内，挫万物于笔端。始踯躅[38]于燥吻，终流离于濡翰[39]。理扶质以立干，文垂条而结繁。信情貌之不差，故每变而在颜。思涉乐其必笑，方言哀而已叹。或操觚[40]以率尔，或含毫而邈然[41]。伊兹事之可乐，固圣贤之所钦。课虚无以责有，叩寂寞而求音。函[42]绵邈于尺素，吐滂沛乎寸心。言恢之而弥广，思按之而逾深。播芳蕤[43]之馥馥，发青条之森森。粲风飞而猋竖[44]，郁云起乎翰林[45]。

体有万殊，物无一量，纷纭挥霍[46]，形难为状。辞程才以效伎，意司契而为匠[47]。在有无而僶俛[48]，当浅深而不让。虽离方而遁员，期穷形而尽相[49]。故夫夸目者尚奢，惬心[50]者贵当；言穷者无隘，论达者唯旷。诗缘情而绮靡[51]，赋体物而浏亮[52]；碑披文以相质[53]，诔缠绵而凄怆，铭博约[54]而温润，箴顿挫而清壮；颂优游以彬蔚[55]，论精微而朗畅；奏平彻以闲雅，说炜晔而谲诳。虽区分之在兹，亦禁邪而制放。要辞达而理举，故无取乎冗长。

其为物也多姿，其为体也屡迁。其会意也尚巧，其遣言也贵妍。暨音声之迭代，若五色之相宣[56]。虽逝止[57]之无常，固崎锜[58]而难便。苟达变而识次，犹开流以纳泉[59]。如失机而后会，恒操末以续颠[60]。谬玄黄之袟叙[61]，故淟涊而不鲜[62]。

或仰逼于先条。或俯侵于后章。或辞害而理比[63]，或言顺而义妨，离之则双美，合之则两伤。考殿最于锱铢，定去留于毫芒，苟铨衡[64]之所裁，固应绳其必当。或文繁理富，而意不指适，极无两致，尽不可益，立片言而居要，乃一篇之警策[65]，虽众辞之有条，必待兹而效绩，亮功多而累寡，故取足而不易。或藻思绮合，清丽芊眠[66]；炳若缛绣，凄若繁弦。必所拟之不殊，乃暗合乎曩篇。虽杼轴于予怀[67]，怵佗人之我先。苟伤廉而愆义，亦虽爱而必捐。或苕发颖竖，离众绝致[68]。形不可逐，响难为系[69]。块孤立而特峙，非常音之所纬。心牢落[70]而无偶，意徘徊而不能揥[71]。石韫玉而山辉，水怀珠而川媚。彼榛楛之勿翦[72]，亦蒙荣于集翠。缀《下里》于《白雪》[73]，吾亦济夫所伟[74]。或托言于短韵[75]，对穷迹而孤兴。俯寂寞而无友，仰寥廓而莫承。譬偏弦之独张，含清唱而靡应。或寄辞于瘁音[76]，言徒靡而弗华[77]。混妍蚩而成体，累良质而为瑕。象下管之偏疾，故虽应而不和[78]。或遗理以存异，徒寻虚以逐微。言寡情而鲜爱，辞浮漂而不归[79]。犹弦么而徽急[80]，故虽和而不悲[81]。或奔放以谐合，务嘈囋[82]而妖冶。徒悦目而偶俗，固声高而曲下。寤《防露》与《桑间》[83]，又虽悲而不雅。或清虚以婉约，每除烦而去滥。阙大羹之遗味[84]，同朱弦之清汜[85]。虽一唱而三叹[86]，固既雅而不艳。

若夫丰约之裁，俯仰之形，因宜适变，曲有微情。或言拙而喻巧，或理朴而辞轻。或袭故而弥新，或沿浊而更清[87]。或览之而必察，或研之而后精。譬犹舞者赴节以投袂[88]，歌者应弦而遣声。是盖轮扁所不得言[89]，故亦非华说之所能精[90]。

普辞条与文律，良余膺之所服。练世情之常尤，识前修之所淑[91]。虽濬发于巧心，或受欰于拙目[92]。彼琼敷与玉藻[93]，若中原之有菽[94]。同橐龠之罔穷[95]，与天地乎并育。虽纷蔼于此世，嗟不盈于予掬。患挈瓶[96]之屡空，病昌言之难属[97]。故踸踔[98]于短韵，放庸音以足曲。恒遗恨以终篇，岂怀盈而自足。惧蒙尘于叩缶，顾取笑乎鸣玉[99]。

若夫应感之会，通塞之纪，来不可遏，去不可止，藏若景灭，行犹响起。方天机[100]之骏利，夫何纷而不理。思风发于胸臆，言泉流于唇齿。纷葳蕤以馺遝[101]，唯毫素之所拟。文徽徽以溢目，音泠泠而盈耳。

及其六情底滞[102]，志往神留，兀若枯木，豁若涸流，揽营魂以探赜[103]，顿精爽于自求[104]。理翳翳而愈伏[105]，思乙乙[106]其若抽。是以或竭情而多悔，或率意而寡尤，虽兹物之在我，非余力之所勠[107]，故时抚空怀而自惋，吾未识夫开塞之所由也。

伊兹文之为用，固众理之所因。恢万里而无阂，通亿载而为津。俯贻则于来叶，仰观象乎古人。济文武[108]于将坠，宣风声于不泯。涂无远而不弥，理无微而弗纶[109]。配沾润于云雨，象变化乎鬼神。被金石[110]而德广，流管弦而日新。

①陆机：吴郡人，字士衡，祖逊，父抗，世仕吴。陆机少有异才，文章冠世，年二十，吴亡，太康末，与弟陆云俱入洛，张华甚重之，后事成都王颖，为人所谮，遇害。陆机妙解文理，心识文体，故作《文赋》。 ②作：谓作文。 ③用心：言才士用心于文。 ④可得而言：谓可得而言论。 ⑤藻：水草之有文者，因以喻文。 ⑥利害：犹好恶。 ⑦佗：同“他”。言既作此《文赋》，异日观之，殆可谓曲尽文章之妙道。⑧《诗·豳风》：“伐柯伐柯，其则不远。”柯，斧柄。则：法则。伐柯必用柯，大小长短，近取法于柯，故云其则不远也。⑨文随手变改，难以辞逮，言作之不易。 ⑩伫：久待。中区：区中。心居玄冥之处，览知万物，是谓玄览。 ⑪颐情志：谓宁息情志也。典坟：古书名，坟三而典五。三坟，伏羲、神农、黄帝之书。五典，少昊、颛顼、高辛、唐尧、虞舜之书。⑫循四时而叹其逝往之事。 ⑬视万物之盛衰而思虑纷纭。⑭懔懔：危惧貌。怀霜：志高洁。 ⑮眇眇：高远貌。临云：意同怀霜。 ⑯骏：大也。烈：美也。 ⑰诵：诵述。先人：先世之人。清芬：清美芬芳之德。 ⑱彬彬：文质相半貌。 ⑲收视反听：谓不视不听。形容专心致志，心无旁骛。⑳耽思傍讯：言静思而求之。 ㉑八极：八方极远之地。㉒致：至也。 ㉓曈昽：日初出，将明未明之貌。 ㉔昭晰：明白。 ㉕六艺：《易》《诗》《书》《礼》《乐》《春秋》。 ㉖“浮天渊”二句，言思虑无处不至，上至天溯于安流之中，下至下泉于潜浸之所。 ㉗怫悦：难出貌。 ㉘联翩：不绝之义。 ㉙翰：高飞。缨：系也。缴：生丝缕。曾：

与“层”同。 ㉚华：喻文。已披：已用。 ㉛秀：与“华”同。 ㉜班：次也。 ㉝言皆叩击而用之。 ㉞《易·革卦》：“大人虎变，其文炳也。”扰：驯也。皆言文章之变化。 ㉟《庄子·在宥》：“君子尸居而龙见。”鸟澜：谓鸟在波澜之中。亦皆言文之变化。 ㊱岨峿：同“钼铻”，不安貌。 ㊲眇：通“妙”。 ㊳踯躅：踟蹰。 ㊴流离：犹陆离，参差众盛貌。翰：笔。 ㊵觚：木简，古用以代纸。操觚：执简为文。 ㊶邈然：不入貌。 ㊷函：含。 ㊸蕤：草木华垂貌。馥馥：香。 ㊹猋：见司马相如《子虚赋》注。 ㊺翰林：文翰之多若林也，犹词坛文苑之义。 ㊻挥霍：疾貌。 ㊼司：司察。契：契信。能雕琢文书者，谓之史匠。言取舍由意与司契为匠相类。 ㊽偪俛：同“黾勉”，勉强。 ㊾言文无定体，而以有体为常。 ㊿惬心：犹快心。 51绮靡：精妙之言。 52浏亮：清明之称。 53碑以叙德，故文质相半。 54博约：谓事博文约。 55彬蔚：言文采之盛。 56宣：明也。 57逝止：犹去留。 58崎锜：不安貌。 59言其易。 60言失次。 61袟：与“秩”通；袟叙：品节次第。言其类绣之玄黄谬叙。 62澳涊：垢浊。 63比：去声。 64铨衡：所以知轻重之具。 65警策：谓文之动目处，鞭辟入里。 66芊眠：茂密貌。 67杼轴予怀：以织为喻，言文由已出。 68苕：苇草，抽条生花而无萼萼，今人取为帚。禾穗谓之“颖”。言文难尽美，或有句如苕颖异乎常句。 69言比于影而形不可逐，譬之声而响难系。 70牢落：犹辽落。 71揥：去也；一说，盖“揣”之误。揣，取也，意并可通。言意徘徊而不能去或取。　⑫榛：木丛生，楛：滥恶，二者喻庸音。言若草木之丛杂滥恶未剪除。　⑬下里：指俗谣。白雪：乐曲名，指高曲。言以庸音偶佳句。　⑭伟：奇也。言吾知美恶不伦，然且以济所奇。　⑮短韵：小文。　⑯瘁音：恶辞。　⑰靡：美也。言虽美而不光华。　⑱下管：堂下吹管。音瘁而言徒靡，有类下管，其声偏疾，升歌与之间奏，虽相应而不和谐。　⑲不归：谓不归于实。　⑳么：小。鼓琴循弦谓之徽。　㉑悲雅俱有所以成，乐直雅而悲则不成。㉒嘈囋：犹言嘈杂。　㉓《防露》《桑间》：皆古悲曲。㉔大：与“太”同；太羹，肉汁不调五味者也。遗：犹余。言文少质多，比之太羹，尚阙余味，质之甚也。　㉕朱弦：瑟之练朱弦，其声疏越。言方之古乐，同其清氾，亦形其质。　㉖一唱三叹：一人唱，三人从而赞叹之。　㉗沿：犹因述。㉘投袂：犹振袂。　㉙轮扁：斫轮人名叫扁。扁闻齐桓公读书，以为圣人之糟粕，意谓物各有性效，学之无益。见《庄子·天道》。　㉚华说：浮华之说。　㉛前修：前代远贤。淑：善。　㉜吙：音义与“嗤”同。　㉝琼敷、玉藻：以喻文也。　㉞《诗经·小雅·小宛》：“中原有菽，庶民采之。”中原：原中。菽：藿。言力采者得之。谓琼敷玉藻之文，惟勤学能致。　㉟橐籥：冶工用具，即鞴鞴。橐为外之椟，籥为内之管，中空虚，能育声气，《老子》言其虚而不屈，动而愈出。㊱挈瓶：喻小智之人。　㊲昌言：正当之言。智小，故昌言难属。　㊳踸踔(chěn zhuó)：同“趻踔”。跳跃。　㊴缶：瓦器，不鸣，更蒙以尘，故取笑乎玉之鸣声。　㊵天机：自然。

⑩葳蕤：盛貌。吸遝(sà tà)：多貌。　⑩六情：指喜、怒、哀、乐、好、恶。底：著也。滞：发也。　⑩营魂：魂魄之意。⑩自求：自求于文。　⑩翳翳：犹隐隐。　⑩乙乙：难出貌。⑩戮：并也。　⑩文武：谓文王、武王之道。⑩纶：弥纶，缠裹。　⑩金石：钟鼎与碑碣。

张载剑阁铭[1]

岩岩梁山[2]，积石峨峨。远属荆衡[3]，近缀岷嶓[4]。南通邛僰[5]，北达褒斜[6]。狭过彭碣[7]，高逾嵩华[8]。惟蜀之门，作固作镇。是曰剑阁，壁立千仞。穷地之险，极路之峻。世浊则逆，道清斯顺。闭由往汉[9]，开自有晋[10]。秦得百二[11]，并吞诸侯。齐得十二[12]，田生[13]献筹。矧兹狭隘，土之外区。一人荷戟，万夫趑趄[14]。形胜之地，匪亲勿居。昔在武侯，中流而喜。山河之固，见屈吴起[15]。兴实在德，险亦难恃。洞庭孟门，二国不祀[16]。自古迄今，天命匪易。凭阻作昏，鲜不败绩。公孙[17]既灭，刘氏衔璧[18]。覆车之轨，无或重迹。勒铭山阿，敢告梁益！

---

①张载：安平(今河北安平)人，字孟阳，父收官蜀郡太守，太康初，至蜀省父，道经剑阁，著铭诈诫，益州刺史张敏表上其文，武帝遣使镌之于剑阁山，起家佐著作郎，累及中书侍郎而卒。剑阁，在四川剑阁县北，即大剑山，与小剑山相连，武侯相

蜀，凿石架空，以通行道，故名曰剑阁。　②岩岩：积石貌。梁山：高梁之山，在四川梁山县东北，山尾东跨江，西首剑阁，东西数千里。　③荆衡：二山名，荆山在湖北南漳县西，衡山在湖南衡山县东北。　④岷嶓：二山名，岷山在四川松潘县北，嶓冢山在陕西宁强县北。　⑤邛：蜀都西部。僰（bó）：我国古代西南地区少数民族名。四川荣经县西之大关山，即在邛崃山，亦曰邛僰。　⑥褒斜：陕西终南山之谷，南口曰褒，在陕西汉中市北；北口曰斜，在陕西眉县西南，长四百五十里。⑦彭：彭门山，在四川彭县西北。碣：碣石，海畔山。　⑧嵩华：指嵩山、华山。　⑨闭由刘备，故曰往汉。　⑩晋灭蜀而道通。　⑪秦得百二：谓秦形胜之国，二万人足当诸侯百万人，田肯谓高帝语。见《史记·高祖本纪》。　⑫齐得十二：亦田肯语，言齐地方二千里，持戟百万，县隔千里之外，齐得十二焉。　⑬田生：即田肯。　⑭赽趄：难行。　⑮武侯：指魏武侯，名击，文侯子。吴起，见贾谊《过秦论》注。武侯浮西河而下，中流而顾谓吴起曰：“美哉山河之固，此魏国之宝也。”吴起对曰：“在德不在险，若君不修德，舟中之人，尽为敌国也。”武侯曰：“善。”见《史记·吴起传》。　⑯洞庭：湖名，在今湖南境。孟门：山名，在山西太行山东。二国不祀，谓三苗左洞庭，右彭蠡，禹灭之，殷纣左孟门，右太行，武王灭之，亦吴起对魏武侯语。见《史记·吴起传》。二句或在“兴实在德”之上。　⑰公孙：谓公孙述。公孙述于西汉末在蜀自立为天子，光武帝遣吴汉灭之。　⑱刘氏：谓蜀后主被灭于晋。

刘伶酒德颂[①]

有大人先生，以天地为一朝，万期为须臾，日月为扃牖，八荒[②]为庭衢。行无辙迹，居无室庐，幕天席地，纵意所如。止则操卮执觚[③]，动则挈榼提壶[④]，唯酒是务，焉知其余。

有贵介[⑤]公子，缙绅处士[⑥]，闻吾风声，议其所以。乃奋袂攘襟，怒目切齿，陈说礼法，是非锋起。先生于是方捧罂承槽[⑦]，衔杯漱醪[⑧]。奋髯踑踞[⑨]，枕麹藉糟，无思无虑，其乐陶陶。

兀然而醉，豁尔而醒。静听不闻雷霆之声，熟视不睹泰山之形；不觉寒暑之切肌，利欲之感情。俯观万物扰扰[⑩]焉，如江汉之载浮萍；二豪[⑪]侍侧焉，如蜾蠃之与螟蛉[⑫]。

---

①刘伶：沛国(今安徽宿县)人，字伯伦，放性肆志，不妄交游，嗜酒。泰始初，为建威将军，以寿终。刘伶尝渴甚，求酒于其妻，妻捐酒毁器，涕泣谏之，刘伶曰：“善，吾不能自禁，惟当祝鬼神自誓耳，便可具酒肉！”妻从之，刘伶跪祝曰：“天生刘伶，以酒为名。一饮一斛，五斗解酲。妇儿之言，慎不可听！”仍饮酒御肉，陶然复醉，因述酒德以自颂。　②八荒：见贾谊《过秦论》注。　③卮：饮酒圆器。觚：酒爵，容三升。　④榼：酒器。　⑤介：大也。　⑥缙绅：见蔡邕《郭有道

碑》注。　⑦罂(yīng)：瓶之大腹小口者。槽：齐俗名之如酒槽。　⑧漱醪：谓以浊酒荡口。　⑨踑：长踞。踞：蹲。　⑩扰扰：纷乱貌。　⑪二豪：即谓公子及处士。　⑫蜾蠃：蜂之一种。古人谓蜾蠃养螟蛉以为子。言二豪随己而化，类蜾蠃之变螟蛉。

张华女史箴[1]

茫茫造化[2]，二仪[3]始分。散气流形，既陶既甄[4]。在帝庖牺，肇经天人。爰始夫妇，以及君臣。家道以正，王猷有伦[5]。妇德尚柔，含章贞吉[6]。婉嫕淑慎[7]，正位居室。施衿结褵[8]，虔恭中馈[9]。肃慎尔仪，式瞻清懿。樊姬感庄，不食鲜禽[10]。卫女矫桓，耳忘和音[11]。志厉义高，而二主易心。玄熊攀槛，冯媛趋进[12]。夫岂无畏，知死不悋[13]。班妾有辞，割欢同辇[14]。夫岂不怀，防微虑远。道罔隆而不杀，物无盛而不衰。日中则昃，月满则微，崇[15]犹尘积，替若骇机。人咸知饰其容，而莫知饰其性。性之不饰，或愆礼正。斧之藻之[16]，克念作圣[17]。出其言善，千里应之[18]。苟违斯义，则同衾以疑。

夫出言如微，而荣辱由兹。勿谓幽昧，灵监无象。勿谓玄漠，神听无响。无矜尔荣，天道恶盈。无恃尔贵，隆隆者坠。鉴于《小星》[19]，戒彼攸遂[20]。比心《螽斯》，则繁尔类[21]。欢不可以黩，宠不可以专。专实生慢，爱极则迁。致盈必损，理有固然。美者自美㉒，翩以取尤㉓。冶容求好㉔，君子所仇。结恩而绝，职此之由。故曰翼翼矜矜㉕，福所以兴。靖恭自思㉖，荣显所期。女史司箴㉗，敢告庶姬。

---

①张华：方城人，字茂先，学业优博，图纬方技之书，莫不详览，封广武侯，后为赵王伦所害，著有《博物志》。惠帝时，贾后之族方盛，华作《女史箴》以讽。　②造化：指天地。③二仪：指天地。　④陶、甄：犹陶钧，陶家名转者为钧，盖取周回调钧耳。二句言万物不外乎形气，皆受天地之陶甄。⑤伦：常。　⑥含章贞吉：内含章美之道，待命乃行，可以得正。　⑦婉嫕（yì）：顺从。　⑧施：放也。缨带曰“衿”。女嫁，母施衿结帨，曰：“勉之敬之，夙夜无违父母之诫。”带结而垂曰“縭”，女子既嫁之所著示系属于人。　⑨中馈：言妇人在家，主饮食之事。见《易·家人卦》。　⑩樊姬：楚庄王之夫人。庄王初即位，好狩猎，樊姬谏不止，不食禽兽之肉，三年而王改。见《列女传》。　⑪卫女：卫侯之女，齐桓公之夫人。桓公好淫乐，卫姬不听郑卫之声。见《列女传》。　⑫冯媛：指汉元帝冯婕妤。帝幸虎圈斗兽，熊佚出圈，攀槛欲上殿，婕妤直前当熊而立，帝嗟叹：倍加敬重。见《汉书·外戚传》。⑬悋：与“吝”同。　⑭班妾：即班婕妤。见徐淑《答夫秦嘉书》注。成帝游后庭，欲与婕妤同辇，婕妤辞。　⑮崇：聚。⑯《法言》：“吾未见斧藻其德，若斧藻其粢者。”粢（jié）：梁上短柱。　⑰《尚书·多方》：“惟狂克念作圣。”言存自克之念，即圣人也。　⑱二句孔子语。　⑲《诗经·召

南》:“嘒彼小星,三五在东。”注言众妾进御,不敢当夕,见星而往,见星而还。 ⑳攸遂:擅成事也,言尽妇人之正义,无所必遂。 ㉑螽斯:虫名。《诗经·周南》:“螽斯羽,诜诜兮,宜尔子孙,振振兮。”言后妃不妒忌,则子孙众多。 ㉒《列子·黄帝》:“其美者自美,吾不知其美也。” ㉓翩:犹“偏”,古通。 ㉔冶容:妖冶之容。 ㉕翼翼矜矜:小心谨慎。 ㉖《诗经·小雅·小明》:“靖共尔位。”靖:谋也。恭:敬也。 ㉗女史:女官。古后夫人必有之,彤管之法,女史不记其过,其罪杀。

潘岳哀永逝文[1]

启夕兮宵兴[2],悲绝绪兮莫承[3]。俄龙輴兮门侧[4],嗟俟时兮将升。嫂侄兮慞惶[5],慈姑兮垂矜。闻鸣鸡兮戒朝[6],咸惊号兮抚膺。逝日长兮生年浅,忧患众兮欢乐尠[7]。彼遥思兮离居,叹河广兮宋远[8]。今奈何兮一举,邈终天兮不反!

尽余哀兮祖[9]之晨,扬明燎兮援灵輴[10]。彻房帷兮席庭筵,举酹觞兮告永迁[11]。凄切兮增欷,俯仰兮挥泪。想孤魂兮眷旧宇,视倏忽兮若仿佛。徒仿佛兮在虑,靡耳目兮一遇。停驾兮淹留,徘徊兮故处。周求兮何获,引身兮当去。

去华辇兮初迈[12],马回首兮旋旆。风泠泠兮入帷,云霏霏兮承盖。鸟俯翼兮忘林,鱼仰沫兮失濑[13]。怅怅兮迟迟,遵吉路兮凶归,思其人兮已灭,览余迹兮未夷[14]。昔同途兮今异世，忆旧欢兮增新悲。

谓原隰兮无畔，谓川流兮无岸。望山兮寥廓，临水兮浩汗。视天日兮苍茫，面邑里兮萧散。匪外物兮或改，固欢哀兮情换。

嗟潜隧兮既敞[15]，将送形兮长往。委兰房兮繁华，袭穷泉兮朽壤[16]。中慕叫兮擗摽[17]，之子降兮宅兆[18]。抚灵榇兮诀幽房，棺冥冥兮埏窈窕[19]。户阖兮灯灭，夜何时兮复晓！

归反哭兮殡宫[20]，声有止兮哀无终。是乎非乎何皇[21]？趣一遇兮目中。既遇目兮无兆，曾寤寐兮弗梦。既顾瞻兮家道，长寄心兮尔躬。重曰[22]：已矣，此盖新哀之情然耳。渠怀之其几何，庶无愧兮庄子[23]。

---

①潘岳：中牟人，字安仁，美姿仪，为文词藻绝丽，尤长于哀诔，官至散骑侍郎，散骑常侍隶门下省，故亦称潘黄门，后被诬族诛。哀永逝文，哀其妻之文。　②启夕：将启殡之前夜。③绝绪：言人死如绪已绝。绪：丝端。　④龙辒：丧车之轴画以龙。　⑤慞惶：惧也。　⑥《诗经·齐风》："鸡既鸣矣，朝既盈矣。"言贤妃御于君所，至将旦，告君以鸡鸣而会朝之臣已盈。　⑦尠：与"鲜"同。　⑧《诗经·卫风》："谁谓河广？一苇杭之。谁谓宋远？跂予望之。"宋襄公母归于卫，思而不能去，故作此诗。　⑨祖：祭名，出行时祭道神。⑩燎：爇火。灵輴：载柩车。　⑪酹：以酒沃地。　⑫言华辇如云之远迈。华辇：谓画丧车也。　⑬沫：浮沫，凝于水面

者。　⑭夷：灭也。　⑮隧：墓道。敞：高显。　⑯袭：还也。　⑰擗摽：抚心貌。　⑱墓穴曰“宅”；茔域曰“兆”。　⑲埏：墓隧。窈窕：深远貌。　⑳反哭：自墓反哭于正寝。殡宫：停柩处。　㉑皇之言往也。　㉒重：重言以申明之。　㉓庄子妻死，鼓盆而歌，言察其始本无生，非徒无生，本无形，非徒无形，本无气，既偃然寝于巨室，若随而哭之是不通乎命云。见《庄子·至乐》。

江统徙戎论[1]

夫夷蛮戎狄，地在要荒[2]，禹平九土而西戎即叙[3]，其性气贪婪[4]，凶悍不仁，四夷之中，戎狄为甚。弱则畏服，强则侵叛。当其强也，以汉高祖困于白登[5]，孝文军于霸上[6]。及其弱也，以元成之微，而单于入朝[7]，此其已然之效也。是以有道之君牧夷狄也，惟以待之有备，御之有常，虽稽颡执贽，而边城不弛固守，强暴为寇，而兵甲不加远征，期令境内获安，疆场不侵而已。

及至周室失统，诸侯专征，封疆不固，利害异心。戎狄乘间得入中国。或招诱安抚以为己用，自是四夷交侵，与中国错居[8]。及秦始皇并天下，兵威旁达，攘胡走越，当是时，中国无复四夷也[9]。

汉建武中[10]，马援领陇西太守[11]，讨叛羌，徙其余种于关中，居冯翊河东空地[12]。数岁之后，族类蕃息，既恃其肥强，且苦汉人侵之。永初之元[13]，群羌叛乱，覆没将守，屠破城邑。邓骘败北，侵及河内，十年之中夷夏俱敝，任尚马贤，仅乃克之[14]。自此之后，余烬不尽，小有际会，辄复侵叛，中世之寇，惟此为大。魏兴之初，与蜀分隔，疆场之戎，一彼一此。

武帝徙武都氐于秦川[15]，欲以弱寇强国，扞御蜀虏。此盖权宜之计，非万世之利也；今者当之，已受其敝矣。夫关中土沃物丰，帝王所居，未闻戎狄宜在此土也。非我族类，其心必异，而因其衰敝，迁之畿服[16]，士庶玩习，侮其轻弱，使其怨恨之气，毒于骨髓。至于蕃育众盛，则坐生其心。以贪悍之性，挟忿怒之情，候隙乘便，辄为横逆[17]。而居封域之内，无障塞之隔，掩不备之人，收散野之积，故能为祸滋蔓，暴害不测，此必然之势，已验之事也。当今之宜，宜及兵威方盛，众事未罢，徙冯翊、北地、新平、安定界内诸羌[18]，著先零、罕幵、析支之地[19]，徙扶风、始平、京兆之氐[20]，出还陇右，著阴平、武都之界[21]。廪其道路之粮，令足自致，各附本种，反其旧土，使属国抚夷，就安集之。戎晋不杂，并得其所；纵有猾夏之心[22]，风尘之警，则绝远中国，隔阂山河，虽有寇暴，所害不广矣。

难者曰：“氐寇新平，关中饥疫，百姓愁苦，咸望宁息，而欲使疲悴之众，徙自猜之寇，恐势尽力屈，绪业不卒，前害未及弭，而后变复横出矣。”答曰：“子以今者群氐为尚挟余资，悔恶反善，怀我德惠而来柔附乎？将势穷道尽，智力俱困，惧我兵诛以至于此乎？”曰：“无有余力，势穷道尽故也。”“然则我能制其短长之命，而令其进退由己矣。夫乐其业者不易事，安其居者无迁志。方其自疑危惧，畏怖促遽，故可制以兵威，使之左右无违也。迨其死亡流散，离逷未鸠[23]，与关中之人户皆为仇，故可遐迁远处，令其心不怀土也。夫圣贤之谋事也，为之于未有，治之于未乱，道不著而平，德不显而成。其次则能转祸为福，因败为功，值困必济，遇否能通。今子遭敝事之终，而不图更制之始，爱易辙之勤，而遵覆车之轨，何哉？”

且关中之人，百余万口，率其少多[24]，戎狄居半，处之与迁，必须口实[25]。若有穷乏糁粒不继者，故当倾关中之谷，以全其生生之计，必无挤于沟壑而不为侵掠之害也。我今迁之，传食而至[26]，附其种族？自使相赡，而秦地之人，得其半谷，此为济行者以廪粮，遗居者以积仓，宽关中之逼，去盗贼之原，除旦夕之损，建终年之益。若惮暂举之小劳，而忘永逸之弘策，惜日月之烦苦，而遗累世之寇敌，非所谓能创业垂统谋及子孙者也[27]。

并州之胡，本实匈奴[28]，桀恶之寇也，建安中，使右贤王去卑诱质呼厨泉[29]，听其部落散居六郡[30]。咸熙之际[31]，以一部太强，分为三率[32]。泰始之初[33]，又增为四，于是刘猛内叛，连结外虏[34]。近者郝散之变，发于谷远[35]。今五部之众，户至数万，人口之盛，过于西戎，其天性骁勇，弓马便利，倍于氐羌，若有不虞，风尘之虑，则并州之域，可为寒心。正始中㊱，毌丘俭讨句丽㊲，徙其余种于荥阳㊳，始徙之时，户落百数，子孙孳息，今以千计，数世之后，必至殷炽。今百姓失职，犹或亡叛，犬马肥充，则有噬啮，况于夷狄，能不为变，但顾其微弱，势力不逮耳。夫为邦者，忧不在寡，而在不安。以四海之广，士民之富，岂须夷虏在内，然后为足哉！此等皆可申谕发遣，还其本域，慰彼羁旅怀土之思，释我华夏纤介之忧。惠此中国，以绥四方，德施永世，于计为长也。

---

①江统：陈留人，字应元，袭爵亢父男，除山阴令，官至散骑常侍。惠帝时，关陇屡为氐寇所扰，统深维四夷乱华，宜杜其萌，著《徙戎论》上之，帝不能用，未十年而乱作，人服其先见。　②《尚书·禹贡》："五百里要服，五百里荒服。"要服去王畿千五百里至二千里之地，要束以文教者，荒服去王畿二千里至二千五百里之地，五服之最远者。　③九土：指九洲。西戎即叙，见《尚书·禹贡》。　④婪：贪也。　⑤白登：山名，在山西大同东。高祖征匈奴，匈奴围之于白登，七日乃解。　⑥霸上：亦作"灞上"，即白鹿原，在陕西西安市东，接蓝田县界。文帝后六年，匈奴入云中，以宗正刘礼为将军，次霸上。　⑦元成：汉元帝，成帝。元帝竟宁元年，匈奴呼韩邪单于入朝，自言愿婿汉氏以自亲，帝以宫女王嫱妻之，匈奴自是世称汉甥，不复寇边。　⑧错居：杂居。东周初，陇山以东及乎伊洛，有犬戎、骊戎、义渠、大荔、扬拒、泉皋、蛮氏、陆浑

诸戎。 ⑨始皇南取南越陆梁地，北伐匈奴，收河南之地。 ⑩建武：后汉光武帝年号。 ⑪马援：字文渊，茂陵人，征西羌南蛮，多立战功，卒于军。陇西：汉郡在陇山以西，故名，今甘肃东部地。援曾为陇西太守。 ⑫羌：种族名，王莽末，入居塞内金城，后汉初，诸种数万，屯聚寇钞，马援征服之，而徙其众。冯翊：本汉之左冯翊，后汉为冯掖郡，即今陕西大荔县。河东：在今山西境，黄河以东之地。 ⑬永初：后汉安帝年号。 ⑭邓骘：后汉新野人，字昭伯，永初元年，西羌叛，骘与校尉任尚讨之，尚大败，羌众大盛，五年，羌寇河内，尚击破之，建光元年，烧当羌入寇，校尉马贤击破之。 ⑮武帝：指晋武帝。氐：种族名，羌栖处青海之地，氐在其东南，散居岷山附近至巴蜀间。秦川：今陕西甘肃地。 ⑯畿服：称天子所都之地。 ⑰横逆：谓以非理加人。《孟子·离娄》："其待我以横逆。" ⑱北地：郡名，郡故治在今甘肃环县东南。新平：郡名，今陕西彬县。安定：郡名，今甘肃镇原县。 ⑲著：附著。先零：读如"先连"，羌族，今甘肃临夏市，至青海之境，皆其地。罕幵：羌之别种，汉灭此二族，以为罕幵县，在今甘肃天水市南境。析支：西羌别种，今自青海大积石山至青海贵德皆其地。 ⑳扶风：汉右扶风，后汉为扶风郡，今陕西凤翔县。始平：郡名，郡故治在今陕西兴平市东南京兆汉三辅之一，魏为京兆郡，郡故治在今陕西西安市西北。 ㉑阴平：汉县，故治在今甘肃文县西北。 ㉒猾夏：言乱中国。 ㉓逷：与"逖"同，远也。鸠：聚也。 ㉔率：读如律。 ㉕口实：口中之食物。见《易经·颐卦》。 ㉖传食：谓辗转受人之供养。 ㉗创业垂统：言创造基业于前，而垂统绪于后，见《孟子·梁惠王》。　㉘自两汉时单于先后归汉，匈奴种族遂入塞内，与汉人杂居，年月既久，浸难禁制，曹操忧其强大，分为五部，散居并州诸郡，各立其贵人为帅，选汉人监之。　㉙呼厨泉：后汉时南匈奴单于，建安中朝汉，曹操固留于邺，遣右贤王去卑监其国。　㉚六郡：指太原、上党、西河、乐平、雁门、新兴。　㉛咸熙：魏元帝年号。　㉜率：同“帅”。　㉝泰始：晋武帝年号。　㉞泰始七年，单于刘猛叛屯孔邪城，武帝遣娄侯何桢讨之，桢潜诱猛左部督李恪杀猛，于是匈奴震服。　㉟元康中，匈奴郝散攻上党，杀长史，入守上郡，明年，散弟度元又率冯翊北地羌胡攻破二郡，自此北狄渐盛，中原乱矣。谷远：汉县，故城在今山西沁源南。　㊱正始：魏齐王年号。　㊲毌丘俭：魏闻喜人，字仲恭，累迁幽州刺史，讨句丽破之。句丽：指高句丽，其先本汉县，在今辽宁兴京老城地，其土酋曰高句丽侯，后汉渐强，遂建王国，汉徙高句丽县于沈阳附近以避之。㊳荥阳：汉县，故城在今河南荥阳北。

郭璞尔雅序[①]

夫《尔雅》者，所以通诂训之指归[②]，叙诗人之兴咏，总绝代之离词[③]，辩同实而殊号者也[④]。诚九流之津涉[⑤]，六艺之钤键[⑥]，学览者之潭奥[⑦]，摛翰者之华苑也[⑧]。若乃可以博物不惑[⑨]，多识于鸟兽草木之名者[⑩]，莫近于《尔雅》。

《尔雅》者，盖兴于中古，隆于汉氏。豹鼠既辩，其业亦显⑪。英儒赡闻之士，洪笔丽藻之客⑫，靡不钦玩耽味，为之义训。璞不揆梼昧⑬，少而习焉，沉研钻极，二九载矣。虽注者十余，然犹未详备，并多纷谬，有所漏略。是以复缀集异闻，会稡旧说⑭，考方国之语⑮，采谣俗之志，错综樊孙⑯，博关群言，剟其瑕砾⑰，搴其萧稂⑱。事有隐滞，援据征之。其所易了，阙而不论。别为音图⑲，用袪未寤。辄复拥彗清道，企望尘躅者⑳，以将来君子为亦有涉乎此也。

---

①郭璞：闻喜人，字景纯，博学高才，词赋为东晋冠，元帝甚重之，以为著作佐郎，迁尚书郎，后为王敦所杀。《尔雅》：书名，凡十九篇，训诂名物，通古今之异言，大抵始于周公，成于孔门，缀缉增益于汉儒，非出于一人之手，郭璞为之注。②诂训：犹言注解。指归：指意归向。③离词：犹异词。④同实而殊号：谓同物而异名。⑤儒、道、阴阳、法、名、墨、纵横、杂、农九家为九流。津涉：犹津梁。⑥六艺：指《易》《诗》《书》《礼》《乐》《春秋》。钤键：锁钥。⑦潭奥：深密之地。⑧摛翰：犹作文。华苑：掇其英华，有若园苑。⑨博物：博识庶物。⑩识：读如志。句见《论语·阳货》。⑪汉武帝时，终军既辨豹文之鼠，人服其博物，争相传授，《尔雅》之业遂显。⑫洪笔：大手笔。丽藻：喻文章之美。丽：美也。藻：水草。⑬梼昧：无知貌。⑭会稡：收聚。⑮方国：四方之国。⑯错综：交错综

聚。樊孙：谓樊光、孙炎二家之注。　⑰剟：削。瑕砾：谓非精品。　⑱萧：蒿也，稂：童粱莠类，意与瑕砾同。　⑲音图：谓注解之外，别为音一卷，图赞二卷。　⑳尘躅：谓芳尘美迹。二语即希人指正之意。

王羲之兰亭集序①

永和九年②，岁在癸丑，暮春之初，会于会稽山阴之兰亭③，修禊④事也。群贤毕至，少长咸集。此地有崇山峻岭，茂林修竹，又有清流激湍，映带左右，引以为流觞曲水，列坐其次⑤。虽无丝竹管弦之盛，一觞一咏，亦足以畅叙幽情。

是日也，天朗气清，惠风和畅。仰观宇宙之大，俯察品类之盛，所以游目骋怀，足以极视听之娱，信可乐也。

夫人之相与，俯仰一世。或取诸怀抱，晤言一室之内；或因寄所托，放浪形骸之外。虽取舍万殊，静躁不同，当其欣于所遇，暂得于己，快然自足，不知老之将至；及其所之既倦，情随事迁，感慨系之矣。向之所欣，俯仰之间，已为陈迹，犹不能不以之兴怀，况修短随化，终期于尽，古人云："死生亦大矣⑥。"岂不痛哉！

每览昔人兴感之由，若合一契⑦，未尝不临文嗟悼，不能喻之于怀。固知一死生为虚诞，齐彭殇为妄作⑧。后之视今，亦犹今之视昔，悲夫！故列叙时人，录其所述，虽世殊事异，所以兴怀，其致一也。后之览者，亦将有感于斯文。

---

①王羲之：会稽人，字逸少，仕为右军将军会稽内史，世称王右军，草隶为古今冠，既去官，与东土人士，尽山水之游，弋钓自娱，卒年五十有九。兰亭：在今浙江绍兴之西南，地有兰渚，渚有亭，羲之与太原孙统、孙绰、广汉王彬之、陈郡谢安、高平郄昙、太原王蕴、释支遁，并其子凝之、徽之等四十一人，以上巳日修祓禊之礼于此，作《兰亭集序》。　②永和：晋穆帝年号。　③会稽：山名，在浙江绍兴东南。　④三月上巳日，临水灌濯以祓妖邪，谓之“禊”。　⑤古人修禊曲水，与会者散列两旁，投觞于水之上游，听其随波而下，止于某处，则其人取而饮之，文即指此。　⑥孔子语，见《庄子·德充符》。⑦契有左右，各执其一以取信，故曰合契。　⑧彭：彭祖，古之长寿者。殇：未成人而死也。《庄子·齐物论》：“予恶乎知夫死者不悔其始之蕲生乎。”此一死生之说。又：“莫寿乎殇子，而彭祖为夭。”此齐彭殇之说。言人皆兴感于死生寿夭，庄子两说，实为虚诞妄作，非心理上之真际。

王羲之报殷浩书①

吾素自无廊庙志②，直王丞相时③，果欲内吾④，誓不许之，手迹犹存，由来尚矣，不于足下参政而方进退⑤。倏儿婚女嫁，便怀向子平之志⑥，数与亲知言之，非一日也。

若蒙驱使，关陇巴蜀，皆所不辞。吾虽无专对之能⑦，直谨守时命，宣国家威德，固当不同于凡使，必令远近咸知朝廷留心于无外[⑧]；此所益，殊不同居护军也[⑨]。汉末使太傅马日磾慰抚关东[⑩]，若不以吾轻微，无所为疑，宜及冬初以行，吾惟恭以俟命。

---

①殷浩：长平人，字深源，好《老》《易》。建元初，征为建武将军，永和九年，遣兵袭姚襄，军败，废为庶人。王羲之少有美誉，朝廷公卿，皆爱其材器，征召皆不就，授护国将军，又不拜，殷浩时为扬州刺史，劝使应命，因报以此书。　②廊庙志：为官于朝之心。　③王丞相：指王导。　④果：必也。内，与“纳”同。　⑤谓不于足下参政之日，方决定进止。⑥向子平：向长，字子平，河内朝歌人。隐居不仕，性尚中和。儿女娶嫁既毕，遂肆意与同好北海禽庆俱游五岳名山。竟不知所终。　⑦专对：谓随问而答，不泥成命。《论语·子路》：“使于四方，不能专对，虽多，亦奚以为。”　⑧王者无外，率土皆当绥抚。　⑨时拜王羲之为护国将军，故云。　⑩马日磾：后汉马融族子，献帝初，为太傅，持节慰抚天下。关东：函谷关以东。

范宁罪王何论[①]

或曰：“黄唐缅邈[②]，至道沦翳[③]，濠濮辍咏[④]，风流靡托[⑤]，争夺兆于仁义，是非成于儒墨[⑥]。平叔[⑦]神怀超绝，辅嗣[⑧]妙思通微，振千载之颓纲，落[⑨]周孔之尘网。斯盖轩冕之龙门[10]，豪梁之宗匠[11]。尝闻夫子之论，以为罪过桀纣，何哉？”

答曰：“子信有圣人之言乎？夫圣人者，德侔二仪[12]，道冠三才[13]，虽帝皇殊号，质文异制，而统天成务，旷代齐趣。王何蔑弃典文，不遵礼度，游辞浮说，波荡[14]后生，饰华言以翳实[15]，骋繁文以惑世。缙绅之徒[16]，翻然改辙，洙泗之风[17]，缅焉将坠[18]。遂令仁义幽沦，儒雅蒙尘，礼坏乐崩，中原倾覆。古之所谓言伪而辩，行僻而坚者，其斯人之徒欤！昔夫子斩少正于鲁[19]，太公戮华士于齐[20]，岂非旷世[21]而同诛乎！

桀纣暴虐，正足以灭身覆国，为后世鉴戒耳，岂能回百姓之视听哉！王何叨海内之浮誉，资膏粱之傲诞[22]，画螭魅以为巧[23]，扇无检以为俗[24]。郑声之乱乐，利口之覆邦[25]，信矣哉！吾固以为一世之祸轻，历代之罪重，自丧之衅小[26]，迷众之愆大也。”

---

①范宁：顺阳人，字武子，少笃学，多所通览，官至豫章太守，大设庠序，改革旧制，远近至者千余人，后免官，犹勤学不辍，著有《谷梁春秋集解》。王何：指王弼、何晏。自魏正始中，王弼、何晏祖述老庄，清谈遂起，其后王衍乐广慕之，俱宅心事外，名重于时。后进效之。竞为浮诞，遂成风尚。范宁以二人开其端，其罪浮于桀纣，因著此论。　②黄唐：指黄帝、唐尧也。缅邈：远也。　③沦翳：没灭。　④濠濮：二水名，见《庄

子·秋水》。辍咏：叹庄子之不作。　⑤风流：流风余韵也。⑥儒墨：指儒家、墨家。　⑦平叔：何晏字。　⑧辅嗣：王弼字。　⑨落：犹言解脱。　⑩龙门：喻声望之高。河津一名龙门，水险不通，鱼鳖之属莫能上，上则为龙云。　⑪豪梁：豪杰强梁之人。宗匠：犹宗师。　⑫二仪：指天地。⑬三才：指天地人。　⑭波荡：犹言波动。　⑮翳：掩也。⑯缙绅：见蔡邕《郭有道碑》注。　⑰洙泗：二水名，在今山东曲阜北。　⑱缅焉：远也。　⑲孔子为鲁司寇，七日诛乱政大夫少正卯，曰："天下有大恶者五，而窃盗不与焉：一曰心逆而险；二曰行僻而坚；三曰言伪而辨；四曰记丑而博；五曰顺非而饰：有一于人而不免君子之诛，而少正卯有之，不可以不除。"　⑳太公诛华士，见《孔子家语》。　㉑旷世：犹异世。　㉒膏粱：肥肉美谷。　㉓螭：亦作"魑"，山神，兽形。魅：老精物。此指庄子而言。　㉔扇：同"煽"。言扇惑世人，使无检束。　㉕《论语·阳货》："恶郑声之乱雅乐也，恶利口之覆邦家者。"二语皆斥庄子。　㉖衅：罪也。

陶潜五柳先生传①

先生不知何许人也②，亦不详其姓字，宅边有五柳树，因以为号焉。闲静少言，不慕荣利。好读书，不求甚解③；每有会意，便欣然忘食。性嗜酒，家贫不能常得。亲旧知其如此，或置酒而招之，造饮辄尽，期在必醉。既醉而退，曾不吝情去留④。环堵萧然⑤，不蔽风日，短褐穿结⑥，箪瓢屡空[7]，晏如也。常著文章自娱，颇示己志。忘怀得失，以此自终。

赞曰：黔娄有言[8]："不戚戚[9]于贫贱，不汲汲于富贵[10]。"其言兹若人之俦乎！酬觞赋诗，以乐其志，无怀氏之民欤！葛天氏之民欤[11]！

---

①陶潜：浔阳人，字渊明，一名元亮，少有高趣，博学善属文。为彭泽令，在官八十余日去职，宋元嘉初卒，世称靖节先生。　②不知何许人：言不以地传。　③不求甚解：言读书但通大意。　④悋：与"吝"同。　⑤《礼记·儒行》："儒有一亩之宫，环堵之室。"堵：长一丈，高一尺，环一堵为方丈，故曰环堵之室。　⑥短褐：贫者之服。　⑦箪：盛饭竹器。瓢：剂瓠为之，用以挹水及盛酒浆之器。空：穷也。屡空：屡告穷乏。　⑧黔娄：齐人，鲁恭公闻其贤，赐粟三千钟，辞不受，著书四篇，号《黔娄子》。　⑨戚戚：忧也。⑩汲汲：欲速之意。　⑪无怀氏、葛天氏：皆上古之帝。

陶潜归去来辞[1]

归去来兮，田园将芜胡不归！既自以心为形役[2]，奚惆怅而独悲？悟已往之不谏，知来者之可追[3]。实迷途其未远，觉今是而昨非[4]。舟遥遥以轻飏，风飘飘而吹衣。问征夫以前路，恨晨光之熹微[5]。

乃瞻衡宇[6]，载欣载奔[7]，童仆欢迎，稚子候门。三径就荒[8]，松菊犹存。携幼入室，有酒盈樽。引壶觞以自酌，眄庭柯[9]以怡颜。倚南窗以寄傲，审容膝之易安。园日涉以成趣，门虽设而常关。策扶老以流憩[10]，时矫首而遐观[11]。云无心以出岫，鸟倦飞而知还。景翳翳以将入[12]，抚孤松而盘桓[13]。

归去来兮，请息交以绝游。世与我而相遗，复驾言兮焉求[14]。悦亲戚之情话，乐琴书以消忧。农人告余以春及，将有事于西畴[15]。或命巾车[16]，或棹孤舟。既窈窕以寻壑，亦崎岖而经丘[17]。木欣欣以向荣，泉涓涓而始流[18]。善万物之得时，感吾生之行休[19]。

已矣乎，寓形宇内复几时，曷不委心任去留[20]，胡为乎遑遑[21]欲何之！富贵非吾愿，帝乡[22]不可期。怀良辰以孤往，或植杖而耘耔[23]。登东皋以舒啸[24]，临清流而赋诗。聊乘化以归尽[25]，乐夫天命复奚疑。

---

①归去来：言去彭泽而至家也。辞：文体名。陶潜为彭泽令，郡遣督邮至，吏白当束带见之，陶潜叹曰："吾不能为五斗米折腰！"乃自解印绶归里，作《归去来辞》以明志。时值晋安帝义熙元年乙巳十一月。　②心为形役：言心在求禄，不能自主，反为形体所役。　③"悟已往"二句，语本《论语·微子》篇。　④今是昨非：言辞官是而求禄非也。　⑤熹微：光未明也。　⑥衡宇：谓横木为门之屋。　⑦载：语助词，

则也。 ⑧西汉末，有蒋诩者，舍中开三径，惟故人羊仲求仲从之游。 ⑨柯：树枝。 ⑩扶老：杖也，龟山多扶竹，高节实中，宜为杖，名扶老竹，见《山海经》。流憩：周流而憩息。 ⑪矫首：举首。 ⑫翳翳：渐阴。 ⑬盘桓：不进。 ⑭言：助词。焉求：何求。 ⑮西畴：西边的田地，谓先代所遗之田。 ⑯巾车：有幕之车。 ⑰崎岖：不平貌。 ⑱涓涓：泉流貌。 ⑲行休：谓昔行而今休。 ⑳委心任去留：言委弃名利之心，听时之去留。 ㉑遑遑：不安貌。 ㉒帝乡：上帝所居，谓成仙。《庄子·天地》："乘彼白云，至于帝乡。" ㉓耘：除草。耔：壅苗本。 ㉔东皋：营田之所，春事起东，故云东。皋：田也。 ㉕乘化归尽：乘阴阳之化，以同归于尽。

陶潜桃花源记①

晋太元中②，武陵③人捕鱼为业。缘溪行，忘路之远近。忽逢桃花林，夹岸数百步，中无杂树，芳草鲜美，落英缤纷④。渔人甚异之。复前行，欲穷其林。林尽水源，便得一山，山有小口，仿佛若有光。便舍船从口入。初极狭，才通人。复行数十步，豁然开朗。土地平旷，屋舍俨然，有良田美池桑竹之属。阡陌交通⑤，鸡犬相闻。其中往来种作，男女衣著⑥，悉如外人。黄发垂髫⑦，并怡然自乐。

见渔人，乃大惊，问所从来，具答之。便要还家，设酒杀鸡作食。村中闻有此人，咸来问讯。自云先世避秦时乱，率妻子邑人来此绝境，不复出焉，遂与外人间隔。问今是何世，乃不知有汉，无论魏晋。此人一一为具言所闻，皆叹惋。余人各复延至其家，皆出酒食。停数日，辞去。此中人语云：“不足为外人道也。”

既出，得其船，便扶向路[8]，处处志之。及郡下，诣太守说如此。太守即遣人随其往，寻向所志，遂迷，不复得路。南阳刘子骥[9]，高尚士也，闻之，欣然规往[10]，未果，寻病终。后遂无问津者[11]。

---

①陶潜以当晋衰乱，超然有高举之志，作《桃花源记》以寓意。　②太元：晋孝武帝年号。　③武陵：汉郡，今湖南常德市。　④缤纷：杂乱貌。　⑤阡陌：田间小路，南北曰“阡”，东西曰“陌”。　⑥衣著：犹衣服。　⑦黄发：老人发白转黄。垂髫：小儿垂发。犹言老人与小儿。　⑧扶：缘。向路：前时来路。　⑨南阳：今河南南阳。刘子骥：名骥之，子骥其字，南阳人，尝采药至衡山，深入忘返。　⑩规往：言谋欲前往。　⑪《论语·微子》载孔子行路迷道，见长沮桀溺，使子路问津焉，后遂谓迷路问人为问津。

宋 文

颜延之陶征士诔[①]

夫璿玉致美[②]，不为池隍之宝[③]，桂椒信芳，而非园林之实。岂期深而好远哉？盖云殊性而已。故无足而至者，物之藉也[④]，随踵而立者，人之薄也[⑤]。若乃巢高之抗行[⑥]，夷皓之峻节[⑦]，故已父老尧禹[⑧]，锱铢周汉[⑨]。而绵世浸远，光灵不属，至使菁华隐没，芳流歇绝，不其惜乎！虽今之作者[⑩]，人自为量[⑪]，而道路同尘[⑫]，辍涂殊轨者多矣，岂所以昭末景，泛余波？

有晋征士浔阳陶渊明[⑬]，南岳之幽居者也[⑭]。弱不好弄，长实素心[⑮]。学非称师[⑯]，文取指达[⑰]。在众不失其寡[⑱]，处言愈见其默。少而贫病，居无仆妾。井臼弗任[⑲]，藜菽不给。母老子幼[⑳]，就养勤匮[㉑]。远惟田生致亲之议[㉒]，追悟毛子捧檄之怀[㉓]。初辞州府三命，后为彭泽令[㉔]，道不偶物[㉕]，弃官从好[㉖]。遂乃解体世纷，结志区外，定迹深栖，于是乎远。灌畦鬻蔬，为供鱼菽之祭[㉗]，织绚纬萧[㉘]，以充粮粒之费。心好异书，性乐酒德[㉙]。简弃烦促[㉚]，就成省旷。殆所谓国爵屏贵[㉛]，家人忘贫者与！[㉜]

有诏征为著作郎[33]，称疾不到[34]。春秋若干[35]，元嘉四年月日[36]，卒于浔阳县之某里[37]。近识悲悼，远士伤情。冥默福应，呜呼淑贞！夫实以诔华，名由谥高，苟允德义，贵贱何算焉。若其宽乐令终之美，好廉克己之操，有合《谥典》，无愆前志。故询诸友好，宜谥曰“靖节征士”[38]。

其辞曰：物尚孤生，人固介立[39]。岂伊时遘，曷云世及。嗟乎若士，望古遥集。韬此洪族[40]，蔑彼名级。睦亲之行，至自非敦[41]。然诺之信，重于布言[42]。廉深简洁，贞夷粹温。和而能峻，博而不繁。依世尚同，诡时则异。有一于此，两非默置。岂若夫子，因心违事[43]，畏荣好古，薄身厚志。世霸虚礼[44]，州壤推风。孝惟义养，道必怀邦。人之秉彝[45]，不隘不恭[46]。爵同下士，禄等上农[47]。度量难钧，进退可限[48]。长卿弃官[49]，稚宾自免[50]。子之悟之，何悟之辩。赋诗归来[51]，高蹈独善。

亦既超旷，无适非心[52]。汲流旧巘，葺宇家林。晨烟暮蔼，春煦秋阴。陈书辍卷，置酒弦琴。居备勤俭，躬兼贫病。人否其忧，子然其命。隐约就闲，迁延辞聘。非直也明[53]，是惟道性。纠缠斡流[54]，冥漠报施。孰云与仁？实疑明智[55]。谓天盖高，胡愆斯义。履信曷凭，思顺何置[56]？年在中身[57]，疢维痁疾[58]。视死如归，临凶若吉。药剂弗尝，祷祀非恤。傃幽告终[59]，怀和长毕。呜呼哀哉！

敬述靖节，式尊遗占[60]。存不愿丰，没无求赡。省讣却赙，轻哀薄敛。遭壤以穿，旋葬而窆[61]。呜呼哀哉！

深心追往，远情逐化[62]。自尔介居，及我多暇。伊好之洽，接阎[63]邻舍。宵盘昼憩，非舟非驾[64]。念昔宴私，举觞相诲，独正者危，至方则阂，哲人卷舒，布在前载[65]。取鉴不远，吾规子佩。尔实愀然，中言而发。违众速尤，迕风先蹶[66]。身才非实，荣声有歇[67]。徽音永矣[68]，谁箴余阙！呜呼哀哉！

仁焉而终，智焉而毙，黔娄[69]既没，展禽亦逝，其在先生，同尘往世，旌此靖节，加彼康惠[70]。呜呼哀哉！

---

①颜延之：临沂人，字延年，工文章，宋初为太子舍人，官至太常，居身俭约，嗜酒，不护细行，性激直，所言无忌讳，论者谓之颜彪。陶征士：即陶潜，延之为始安太守，道经浔阳，常饮陶舍，潜卒，延之为诔，极其思致。　②璿玉：即璇玉。　③池隍：城池也，有水曰“池”，无水曰“隍”。　④《韩诗外传》：“夫珠出于江海，玉出于昆山，无足而至者，由主君之好也。”藉：资藉。　⑤薄：贱薄。　⑥巢高：指巢父、伯成子高。　⑦夷皓：指伯夷及四皓。　⑧父老尧禹：言以尧禹为父老之人，语本《后汉书·郅恽传》。　⑨锱铢周汉：言视周汉之得天下，轻如锱铢。　⑩作者：兴起之人。　⑪人自为量：言人之度量浅深不一。　⑫同尘：同乎流俗。　⑬浔阳：晋郡，治今江西九江。　⑭南岳：庐山之南，陶潜所居栗里，在庐山南。　⑮素心：心地洁白。　⑯学非称师：言其学不自诩为人师。　⑰指达：犹达意也。　⑱不失其寡：言

不失其独行之概。　⑲井臼：谓汲水舂米。　⑳母，疑作“父”，靖节年十二丧母，三十七乃丧父。　㉑《礼记·祭义》：“小孝用力，中孝用劳，大孝不匮。”　㉒田生：指田过。田过对齐宣王曰：“受之于君，致之于亲，凡事君者，以为亲也。”　㉓追，一作“近”。毛子捧檄：后汉庐江毛义，家贫，以孝称，南阳张奉慕其名，往候之，坐定而府檄适至，毛义捧檄而入，喜动颜色，张奉心贱之，及毛义母死，公车征不至。张奉叹曰：“贤者固不可测，往日之喜，乃为亲也。”见《后汉书·刘平等传序》。　㉔彭泽：汉县，故城在今江西湖口县东。㉕谓不谐于俗。　㉖从好：从其所好。　㉗《公羊传》哀公七年，齐大夫陈乞曰：“常之母有鱼菽之祭。”　㉘绚：履头。《谷梁传》襄公二十七年载宁喜出奔晋，织绚邯郸，终身不言卫。纬：织也。萧：蒿也。《庄子·列御寇》：“河上有家贫恃纬萧而食者。”　㉙刘伶有《酒德颂》。　㉚烦促：恬旷之反。　㉛屏：除弃之谓。《庄子·天运》：“至贵国爵屏焉，至富国财屏焉。”　㉜《庄子·则阳》：“故圣人其穷也使家人忘贫。”　㉝著作郎：官名，掌撰述国史。　㉞到，一作“赴”。　㉟若干：一作六十有三。　㊱元嘉：宋文帝年号。　㊲某里，一作“柴桑里”。　㊳谥法，宽乐令终曰“靖”，好廉自克曰“节”。　㊴介立：特立。　㊵洪族：大族，征士为陶侃曾孙，故云。　㊶言睦亲之行，推而至于非所宜敦之人。　㊷布言：指季布之言。汉季布重然诺。㊸言为人之道，依俗而行，必讥之以尚同，诡违于时，必讥之以好异，有一于身，必被讥论，非为默置，岂若夫子因心而能违于世乎，言不同不异。　㊹世霸：谓当世而霸者。虚礼：虚已备礼。　㊺秉彝：谓秉受于天之常道。见《诗经·大雅·烝民》。　㊻《孟子·公孙丑》：“伯夷隘，柳下惠不恭，隘与不恭，君子不由也。”此不恭谓不为不恭。　㊼《礼记·王制》：“诸侯之下士视上农夫，禄足以代其耕。”　㊽言世人度量难齐，而征士则进退有度。　㊾长卿：汉司马相如。相如尝病免客游梁。　㊿汉太原郇相，字稚宾，举州郡茂林，数病去官。见《汉书·鲍宣传》。　[51]赋诗归来：指赋《归去来辞》。　[52]无适非心：言无所不适于心。　[53]非直也明：言非但明哲。　[54]纠缠：交相缠绕。斡流：犹言斡转。贾谊《鹏鸟赋》：“夫祸之与福，何异纠缠。斡流而迁，或推而还。”[55]言老子有天道无亲，常与善人之语，我实疑之。明智：即指老子。　[56]《易经》有“履信思乎顺”之语。　[57]中身：中年。　[58]疢（chèn）：热病。痁：久疟也。　[59]傃：向也。终：死，人之终也。　[60]遗占：谓遗命；不起草而口诵其文曰口占。　[61]窆（biǎn）：葬下棺。　[62]化而生，亦化而死。[63]闾：里中门。　[64]非舟非驾：言无须车马。　[65]前载：犹前事。　[66]迕风：违逆世风。蹶：颠仆。　[67]恐己恃才以傲物，凭宠以陵人，故以相戒。　[68]徽音：犹德音，指令闻美誉。　[69]黔娄：春秋高士，殁，其妻以康为谥，谓其甘天下之淡味，安天下之卑位，求仁得仁，求义得义云。　[70]惠：春秋鲁展禽之谥，禽食邑柳下，又称柳下惠。

鲍照登大雷岸与妹书[1]

吾自发寒雨，全行日少，加秋潦浩汗[2]，山溪猥至[3]，渡泝无边[4]，险径游历，栈[5]石星饭，结荷水宿，旅客贫辛，波路壮阔，始以今日食时，仅及大雷。涂登千里，日逾十晨，严霜惨节，悲风断肌，去亲为客，如何如何！

向因涉顿[6]，凭观川陆，遨神清渚，流睇方曛[7]；东顾五洲之隔[8]，西眺九派之分[9]；窥地门之绝景[10]，望天际之孤云。长图大念，隐心者久矣[11]。

南则积山万状，争气负高，含霞饮景，参差代雄，凌跨长陇[12]，前后相属，带天有匝，横地无穷。东则砥原远隰[13]，亡端靡际。寒蓬夕卷，古树云平。旋风四起[14]，思鸟群归。静听无闻，极视不见。北则陂池潜演[15]，湖脉通连。苎蒿攸积，菰芦所繁，栖波之鸟，水化之虫，智吞愚，强捕小，号噪惊聒，纷牣其中[16]。西则回江永指[17]，长波天合，滔滔何穷，漫漫安竭！创古迄今，舳舻相接[18]，思尽波涛，悲满潭壑。烟归八表[19]，终为野尘。而是注集，长写不测，修灵浩荡[20]，知其何故哉！

西南望庐山[21]，又特惊异。基献江潮[22]，峰与辰汉连接。上常积云霞，雕锦缛[23]。若华夕曜[24]，岩泽气通，传明散彩，赫似绛天，左右青霭，表里紫霄，从岭而上，气尽金光，半山以下，纯为黛色[25]，信可以神居帝郊，镇控湘汉者也。

若滖洞所积[26]，溪壑所射，鼓怒之所豗击[27]，涌澓之所宕涤[28]，则上穷荻浦[29]，下至狶洲，南薄燕爪，北极雷淀[30]，削长埤[31]短，可数百里。其中腾波触天，高浪灌日，吞吐百川，写泄万壑。轻烟不流，华鼎振涾[32]。弱草朱靡，洪涟陇蹙，散涣长惊，电透箭疾，穹溘崩聚[33]，坻飞岭覆[34]，回沫冠山，奔涛空谷，碪石为之摧碎[35]，碕岸为之韲落[36]。仰视大火，俯听波声，愁魄胁息[37]，心惊慓矣。

至于繁化殊育，诡质在章，则有江鹅、海鸭、鱼鲛、水虎之类[38]，豚首、象鼻、芒须、针尾之族[39]，石蟹、土蚌、燕箕、雀蛤之俦[40]，折甲、曲牙、逆鳞、反舌之属[41]。掩沙涨，被草渚，浴雨排风，吹涝弄翮[42]。夕景欲沉，晓雾将合，孤鹤寒啸，游鸿远吟，樵苏一叹[43]，舟子再泣，诚足悲忧，不可说也。

风吹雷飙，夜戒前路，下弦内外[44]，望达所届。寒暑难适，汝专自慎，夙夜戒护，勿我为念。恐欲知之，聊书所睹。临涂草蹙[45]，辞意不周。

---

①鲍照：东海人，字明远，文辞赡逸，宋文帝时，为中书舍人，临海王子顼为荆州，鲍照为前军参军，子顼败，为乱军所杀。大雷，今安徽望江县，《水经注》所谓大雷口。鲍照妹名令晖，工文词，鲍照自以为其才不及左思，而妹才则远胜左芬。左芬：左思妹。
②浩汗：水广大无际貌。　③猥：盛。　④逆流而上曰“泝”。
⑤板阁曰“栈”。　⑥顿：止也。　⑦睇（dì）：斜眼看。

曛：黄昏时。　⑧水中可居者为洲，五个相接，故曰五洲。⑨九派：谓江流分九派。　⑩武关山为地门，上与天齐。　⑪隐：度也。　⑫陇：大坂。　⑬砥原：平原。其平如砥，故云。⑭旋风：回风。　⑮演：水脉行地中。　⑯牣（rèn）：满也。⑰回江：江流回曲。　⑱舳舻：舟尾与船头。　⑲八表：八方之外。　⑳修：远也。灵：神也。　㉑庐山：在今江西九江市南。　㉒献，一作“压”；潮，一作“湖”。　㉓缛：繁彩饰。　㉔若华：若木之花，这里指露光。　㉕黛色：青黛色，似空青而色深。　㉖潨（cóng）：小水入大水。　㉗豗（huī）：相击。　㉘澓（fú）：回流。　㉙荻浦：水名，在安徽繁昌县西。　㉚狶洲、燕爪、雷淀，皆未详。　㉛埤：增也。㉜涾：涫溢，河朔方言以谓沸溢。　㉝澨：水也。　㉞坻：岸也。　㉟碪石：同“砧石”，捣衣石。　㊱碕岸：曲岸。𫓧即虀字，此处训碎，见《庄子·大宗师》。　㊲胁息：谓恐惧之甚，竦体而喘息。　㊳海鸭：亦谓之文鸭。鱼鲛：即沙鱼，皮可饰刀。沔水中有物，膝头似虎，常没水中，名曰“水虎。”　㊴豚首：即海豚。　㊵石蟹：蟹属，生溪涧石穴中，小而壳坚。燕箕：魟鱼，头圆秃如燕，其身圆扁如簸箕。雀入大水为“蛤”。㊶拆甲：即鳖。曲牙：海兽之属。逆鳞：蜃蛟之属。反舌：百舌鸟。　㊷涝：大波。　㊸取薪曰“樵”，取草曰“苏”。㊹农历每月二十二、二十三月光下缺其半，谓之下弦，弦以月形如弓而名。　㊺草蹙：犹仓猝。

鲍照芜城赋[①]

沵迤平原[②]，南驰苍梧涨海[③]，北走紫塞雁门[④]。柂以漕渠[⑤]，轴以昆冈[⑥]。重江复关之隩[⑦]，四会五达之庄[⑧]。

当昔全盛之时[⑨]，车挂辖[⑩]，人驾肩[⑪]，廛闬扑地，歌吹沸天。孳货盐田[⑫]，铲利铜山[⑬]，才力雄富，士马精妍。故能奓秦法[⑭]，佚周令[⑮]，划崇墉，刳浚洫[⑯]，图修世以休命。是以板筑雉堞之殷[⑰]，井干烽橹之勤[⑱]，格高五岳[⑲]，袤广三坟[⑳]，崪[㉑]若断岸，矗[㉒]似长云。制磁石以御冲[㉓]，糊赪壤以飞文[㉔]。观基扃之固护[㉕]，将万祀而一君。出入三代，五百余载[㉖]，竟瓜剖而豆分。

泽葵依井[㉗]，荒葛罥涂[㉘]，坛罗虺蜮[㉙]，阶斗麏鼯[㉚]。木魅[㉛]山鬼，野鼠城狐[㉜]，风嗥雨啸，昏见晨趋。饥鹰厉吻，寒鸱吓雏[㉝]。伏虣藏虎，乳血餐肤。崩榛[㉞]塞路，峥嵘古馗[㉟]，白杨早落，寒草前衰。稜稜霜气[㊱]，蔌蔌风威[㊲]，孤蓬自振，惊沙坐飞，灌莽[㊳]杳而无际，丛薄[㊴]纷其相依。通池[㊵]既已夷，峻隅[㊶]又已颓。直视千里外，唯见起黄埃。凝思寂听，心伤已摧！

若夫藻扃黼帐，歌堂舞阁之基[㊷]，璇渊碧树，弋林钓渚之馆[㊸]，吴蔡齐秦之声，鱼龙爵马之玩[㊹]，皆薰歇烬灭，光沉响绝。东都妙姬，南国丽人，蕙心纨质，玉貌绛唇，莫不埋魂幽石，委骨穷尘。岂忆同舆之愉乐[㊺]，离宫之苦辛哉[㊻]！天道如何！吞恨者多，抽琴命操㊼，为“芜城之歌”。歌曰：

边风急兮城上寒，井径㊽灭兮丘陇残。千龄兮万代，共尽兮何言！

---

①《芜城赋》：鲍照登广陵故城而作。广陵，今江苏江都，孝建三年，竟陵王诞据以反，沈庆之讨平之，命悉诛城内丁男，以女口为军实，照盖感事而赋。　②洍迤：平坦绵延貌。平原：即指广陵。　③涨海：南海之别称。　④秦筑长城，土色皆紫，汉塞亦然，故称紫塞。雁门：汉郡，在今山西，地有雁门关，古称要塞。　⑤柂：同“舵”，引也。漕渠：邗沟，即今江南运河，春秋时吴所凿。　⑥昆冈：在今江苏江都；一名阜冈；亦名广陵冈。　⑦重江复关：一作重关复江。隩：藏也。　⑧言为辐凑之地。　⑨全盛之时：谓汉时。　⑩轊：车轴头。　⑪驾：陵也，谓相迫切。　⑫孳：蕃也。⑬铲：削平。　⑭奓：与“侈”同。　⑮佚：与“轶”通，过也。　⑯浚洫：深池。　⑰筑墙以两版夹土，以杵筑之为板筑。雉堞：城上女墙。殷：盛也。　⑱井干：楼名，汉武帝所筑。橹：望楼。　⑲格：量度。五岳：指嵩山、泰山、华山、衡山、恒山。　⑳坟：土脉坟起。　㉑崒：高峻。㉒矗：直立。　㉓磁石：俗称吸铁石，阿房宫以为门，怀刃者止之。　㉔糊：黏也。赪壤：赤土。飞文：言文采生动。㉕文士之言基扃，多泛论城阙。　㉖广陵郡城为吴王濞所筑，自汉讫晋，为三代五百余年。　㉗泽葵：苔类。　㉘罥（juàn）：挂。　㉙虺：小蛇。蜮：短狐。　㉚麏：獐也，与“麇”

音义同。 ㉛魅：老物精。 ㉜野鼠：即谓社鼠。城狐：窟城之狐。 ㉝寒鸱吓雏：见嵇康《与山巨源绝交书》注。㉞榛：木丛生。 ㉟峥嵘：深冥。馗：九交之道。 ㊱棱棱：严寒貌。 ㊲蔌蔌：风劲烈貌。 ㊳灌莽：丛草。㊴丛薄：草木交错。 ㊵通池：城壕。 ㊶峻隅：城隅。㊷藻扃：扃施藻画。黼帐：白黑相间之帐。 ㊸璇渊：玉池。碧树：玉树。 ㊹鱼龙爵马：皆戏玩之事。 ㊺同舆：谓帝后相约而同辇也。 ㊻此谓贬居他宫之妃后。 ㊼命：名也。操：琴曲。 ㊽周制，九夫为井，夫间有遂，遂上有径。

鲍照飞白书势铭①

秋毫②精劲，霜素③凝鲜。沾此瑶波，染彼松烟④。超工八法⑤，尽奇六文⑥。鸟企龙跃，珠解泉分。轻如游雾，重似崩云。绝锋剑摧，惊势箭飞。差池燕起，振迅鸿归。临危制节，中险腾机。圭角⑦星芒，明丽烂逸。丝萦发垂，平理端密。盈尺锦两，片字金镒⑧。故仙芝⑨烦弱，既匪足双；虫虎⑩琐碎，又安能匹！君子品之，是最神笔。

---

①飞白：书体之一种，笔画枯槁而中空者，蔡邕在鸿都门见匠人施垩帚，遂创意焉。 ②秋毫：笔也。 ③霜素：白缣。 ④松烟：以松炱所制之墨。 ⑤书法有侧、勒、努、趯、策、掠、啄、磔，谓之八法。 ⑥六文：六种书体。晋卫恒以古文、奇字、篆书、隶书、缪篆、鸟书当之。 ⑦圭角：

谓圭之锋芒有棱角。　⑧二十两为镒。　⑨仙芝：书体，仙人书与芝英书。　⑩虫虎：亦书体，虫书与虎书。

谢惠连祭古冢文[1]并序

东府掘城北堑[2]，八丈余，得古冢，上无封域[3]，不用砖甓[4]。以木为椁，中有二棺，正方，两头无和[5]。明器之属[6]，材瓦铜漆有数十种，多异形，不可尽识。刻木为人，长三尺可，有二十余头，初开，见悉是人形，以物枨拨之[7]，应手灰灭。棺上有五铢钱百余枚[8]，水中有甘蔗节及梅李核瓜瓣，皆浮出，不甚烂坏。铭志不存，世代不可得而知也。公命城者改埋于东冈，祭之以豚酒。既不知其名字远近，故假为之号曰冥漠君云尔。

元嘉[9]七年九月十四日，司徒御属领直兵令史、统作城录事、临漳令亭侯朱林[10]，具豚醪之祭，敬荐冥漠君之灵：忝总徒旅，板筑是司，穷泉为堑，聚壤成基，一椁既启，双棺在兹，舍畚[11]凄怆，纵锸涟而[12]。刍灵[13]已毁，涂车[14]既摧，几筵糜腐，俎豆倾低，盘或梅李，盎或醢醯，蔗传余节，瓜表遗犀[15]。

追惟夫子，生自何代？曜质[16]几年，潜灵[17]几载？为寿为夭，宁显宁晦？铭志湮灭，姓字不传。今谁子后？曩谁子先？功名美恶，如何蔑然？

百堵皆作，十仞斯齐，墉不可转，堑不可回。黄肠[18]既毁，便房⑲已颓，循题⑳兴念，抚俑㉑增哀。射声㉒垂仁，广汉㉓流渥，祠骸府阿㉔，掩骼㉕城曲。仰羡古风，为君改卜，轮移北隍㉖，窀穸㉗东麓。圹即新营，棺仍旧木。合葬非古，周公所存㉘。敬遵昔义，还祔㉙双魂。酒以两壶，牲以特豚㉚。幽灵仿佛，歆我牺樽㉛。呜呼哀哉！

---

①谢惠连：阳夏人，幼聪敏，年十岁，能属文，元嘉十年卒，年三十七。元嘉七年，惠连为司徒彭城王义康法曹参军，义康修东府，城堑中得古冢，为改葬，使惠连为文祭之。 ②建康城西为简文为会稽王时第，东则孝文王道子府，道子领扬州，仍住先舍，故称东府。堑：绕城水。 ③聚土曰“封”；墓限曰“域”。 ④甓：瓴甋，今亦谓之砖。 ⑤棺题曰“和”。 ⑥明器：送死之器，所以埋于冢中者。 ⑦枨：以物触物。 ⑧五铢钱：汉武帝所铸钱。 ⑨元嘉：宋文帝年号。 ⑩司徒：官名，宋制掌治民事。令史：官名，有直事令史，直兵令史，位次尚书郎。录事：临时职衔。临漳：县名，今属河南省。亭侯：宋时属第五品。朱林：人姓名，不详。⑪畚：盛土器。 ⑫涟而：垂涕貌。 ⑬刍灵：束草为人马以殉葬。 ⑭涂车：泥制之车，明器之一。 ⑮遗犀：瓜瓣。 ⑯曜质：谓生时。 ⑰潜灵：谓死后。 ⑱以柏木黄心，致累棺外，故曰“黄肠”。 ⑲便房：冢圹中室。⑳题：谓题凑，棺木头皆内向，故称。 ㉑俑：从葬木偶人。 ㉒射声：官名，后汉曹褒为射声校尉，射声营舍有停

棺不葬百余所，曹褒悉葬其无主者，见《后汉书·曹褒传》。㉓广汉：汉郡名，地在今四川。后汉陈宠转广汉太守，先是洛阳城南骸骨不葬者多，宠乃敕县掩埋。　㉔府阿：谓东府附近。　㉕骼：枯骨。　㉖隍：见颜延之《陶征士诔》注。㉗窀穸（zhūn xī）：墓穴，长埋谓之窀，长夜谓之穸。㉘《礼记·檀弓》："合葬非古，自周公以来，未之有也。"㉙祔：合葬。　㉚特豚：一牲。　㉛歆：享也。牺樽：刻为牺牛之形，用以为樽。

谢庄月赋[①]

陈王初丧应刘[②]，端忧[③]多暇。绿苔生阁，芳尘凝榭。悄焉疚怀[④]，不怡中夜。乃清兰路[⑤]，肃桂苑[⑥]，腾吹寒山，弭[⑦]盖秋阪。临浚壑[⑧]而怨遥，登崇岫而伤远。于时斜汉[⑨]左界，北陆南躔[⑩]，白露暧空，素月流天，沉吟齐章[⑪]，殷勤陈篇[⑫]。抽毫进牍，以命仲宣[⑬]。

仲宣跪而称曰：臣东鄙幽介[⑭]，长自丘樊[⑮]，昧道懵[⑯]学，孤奉明恩。臣闻沉潜既义，高明既经[⑰]，日以阳德，月以阴灵。擅扶光于东沼[⑱]，嗣若英于西冥[⑲]。引玄兔于帝台[⑳]，集素娥[㉑]于后庭。朒朓警阙[㉒]，朏魄示冲[㉓]。顺辰通烛[㉔]，从星泽风[㉕]。增华台室[㉖]，扬采轩宫[㉗]。委照而吴业昌[㉘]，沦精而汉道融[㉙]。

若夫气雰地表，云敛天末，洞庭始波，木叶微脱[㉚]。菊散芳于山椒[31]，雁流哀而江濑[32]，升清质之悠悠，降澄辉之蔼蔼。列宿掩缛[33]，长河[34]韬映，柔祇[35]雪凝，圆灵[36]水镜，连观[37]霜缟，周除[38]冰净。君王乃厌晨欢，乐宵宴，收妙舞，弛清县[39]。去烛房，即月殿，芳酒登，鸣琴荐。

若乃凉夜自凄，风篁成韵[40]，亲懿莫从[41]，羁孤递进[42]。聆皋禽[43]之夕闻，听朔管之秋引[44]。于是丝桐练响[45]，音容选和。徘徊《房露》[46]，惆怅《阳阿》[47]，声林虚籁，沦池灭波[48]。情纡轸其何托[49]，诉[50]皓月而长歌。

歌曰：美人迈兮音尘阙，隔千里兮共明月，临风叹兮将焉歇，川路长兮不可越。歌响未终，余景就毕，满堂变容，回遑如失[51]。又称歌曰：月既没兮露欲晞[52]，岁方晏兮无与归。佳期可以还，微霜沾人衣。陈王曰：善。乃命执事，献寿羞璧[53]，敬佩玉音，复之无斁[54]。

---

①谢庄：阳夏人，字希逸，年七岁，能属文，仕至光禄大夫，泰始二年卒，谥宪子。　②陈王：即陈思王曹植。赋系假陈王仲宣立局。应刘，指应玚、刘桢。　③端忧：端坐而忧思。　④悄焉：忧貌。疚，病也。　⑤兰路：有兰之路。⑥桂苑：有桂之苑。　⑦弭：停下。　⑧浚壑：深壑。⑨汉：天河。　⑩北陆：虚宿别名，亦称玄枵，亦称颛顼之虚。躔：处也；亦次也。　⑪齐章：《诗经·齐风》：“东方之月兮”。　⑫陈篇：《诗经·陈风》：“月出皦兮。”⑬仲宣：王粲字。　⑭仲宣：山阳人，故云东鄙。幽介：犹言

隐居之人也。　⑮丘樊：乡僻之地。　⑯懵：目不明。　⑰《尚书·洪范》："沉潜刚克，高明柔克。"沉潜谓地，高明谓天。　⑱扶光：扶桑之光。东沼：指旸谷，日所出处。月盛于东故曰擅。　⑲若英：若木之英。西冥：昧谷。　⑳月者，阴精之宗，积成为兽，象兔形。帝台：天台。　㉑素娥：即嫦娥。　㉒朒：朔而月见东方。朓：晦而月见西方。警阙：谓朒朓失度，警人君有阙德。　㉓月未成光曰"朏"。月始生曰"魄"。魄：月体黑处。示冲：言朏魄得所，示人君有谦冲。　㉔顺辰通烛：言月顺十二辰以照天下。　㉕《尚书·洪范》："月之从星，则以风雨。"月经于箕则多风，离于毕则多雨。泽：雨也。　㉖台室：三台之位。　㉗轩宫：轩辕之宫。轩辕，星名。　㉘孙策母梦月入怀而生策，故曰吴业昌。　㉙汉元后母梦月入怀而生后，故曰汉道融。　㉚《楚辞》："洞庭波兮木叶下。"　㉛山椒：山巅。　㉜而，一作"于"。濑：水流沙上也。　㉝缛：繁彩色。　㉞长河：天河。　㉟柔祇：地也。　㊱圆灵：天也。　㊲观：宫观。　㊳除：殿陛。　㊴弛：废也。县：与"悬"同，谓所悬之钟磬也。　㊵竹丛生曰"篁"。风篁：风吹篁。　㊶亲懿：言至亲。　㊷羁孤：羁臣孤客。　㊸皋禽：鹤也。《诗经》有"鹤鸣于九皋"句，故以谓鹤。　㊹朔管：羌笛也，管十二月位在北方，故云朔。秋引：商声。　㊺丝桐：琴也。练：音义与"拣"同。　㊻《房露》：古曲名，即陆机《文赋》之"防露"。"房"与"防"通。　㊼《阳阿》：古之善歌者，因以名歌。　㊽"声林虚籁"二句，言风将息。凡空虚所发之声皆曰"籁"；

波小涌曰“沦”。 ㊾《楚辞》：“郁结纡轸兮，离慜而长鞫”。纡：曲也。轸：痛也。 ㊿诉：向之。 (51)回遑：犹彷徨。 (52)晞：干。 (53)献寿：称觞为寿。羞璧：置璧。(54)斁：厌。

齐梁文

孔稚圭北山移文[1]

钟山之英，草堂之灵[2]，驰烟驿路，勒移山庭[3]。夫以耿介拔俗之标，萧洒出尘之想，度白雪以方洁，干青云而直上，吾方知之矣。若其亭亭物表[4]，皎皎霞外[5]，芥千金而不眄，屣万乘其如脱。闻凤吹于洛浦[6]，值薪歌于延濑[7]。固亦有焉。岂期终始参差，苍黄翻覆，泪翟子之悲，恸朱公之哭[8]。乍回迹以心染[9]，或先贞而后黩[10]，何其谬哉！

呜呼！尚生[11]不存，仲氏[12]既往，山阿寂寥，千载谁赏？世有周子，俊俗之士[13]，既文既博，亦玄亦史[14]。然而学遁东鲁[15]，习隐南郭[16]。窃吹草堂[17]，滥巾[18]北岳。诱我松桂，欺我云壑。虽假容于江皋[19]，乃缨情于好爵[20]。

其始至也，将欲排巢父[21]，拉[22]许由，傲百氏，蔑王侯。风情张日，霜气横秋。或叹幽人长往，或怨王孙[23]不游。谈空空[24]于释部，核玄玄[25]于道流。务光[26]何足比，涓子[27]不能俦。

及其鸣驺[28]入谷，鹤书[29]赴陇，形驰魄散，志变神动。尔乃眉轩席次，袂耸筵上。焚芰制而裂荷衣[30]，抗尘容而走俗状。风云凄其带愤，石泉咽而下怆。望林峦而有失，顾草木而如丧。

至其纽金章[31]，绾墨绶[32]，跨属城之雄[33]，冠百里之首[34]。张英风于海甸[35]，驰妙誉于浙右[36]。道帙[37]长殡，法筵[38]久埋。敲扑喧嚣犯其虑，牒诉倥偬装其怀[39]。《琴歌》既断，《酒赋》无续。常绸缪于结课[40]，每纷纶于折狱。笼张赵[41]于往图，架卓鲁[42]于前箓。希踪三辅豪[43]，驰声九州牧[44]。

使我高霞孤映，明月独举，青松落阴，白云谁侣？磵石[45]摧绝无与归，石径荒凉徒延伫[46]。至于还飙入幕，写雾出楹，蕙帐[47]空兮夜鹄怨，山人去兮晓猿惊。昔闻投簪逸海岸[48]，今见解兰[49]缚尘缨。于是南岳献嘲，北陇腾笑，列壑争讥，攒[50]峰竦诮。慨游子之我欺，悲无人以赴吊。故其林惭无尽，涧愧不歇，秋桂遣风，春萝罢月。骋西山[51]之逸议，驰东皋之素谒[52]。

今又促装下邑[53]，浪拽上京[54]。虽情投于魏阙[55]，或假步于山扃[56]。岂可使芳杜[57]厚颜，薜荔[58]无耻，碧岭再辱，丹崖重滓，尘游躅于蕙路，污渌池[59]以洗耳，宜扃岫幌[60]，掩云关，敛轻雾，藏鸣湍。截来辕于谷口，杜妄辔于郊端。于是丛条瞋胆，叠颖[61]怒魄，或飞柯以折轮，乍低枝而埽迹，请回俗士驾，为君谢逋客[62]。

---

①孔稚圭：南齐山阴人，字德璋，风韵清洁，好文咏，饮酒

至七八斗。高帝时，为记室参军，仕至都官尚书。《北山移文》，嘲周颙。周颙，汝南人，字彦伦，隐于北山，后应诏出为海盐令，秩满入京，复经此山，孔稚圭借山灵之意移之，使不许再至。北山，即钟山，在今江苏南京江宁区北。　②周颙以蜀草堂寺林壑可怀，乃于钟岭雷次宗学馆立寺，名曰“草堂”。　③“驰烟驿路”二句，谓山灵驰驱烟雾，刻移文于山庭。　④亭亭：高耸貌。　⑤皎皎：洁白貌。　⑥周灵王太子晋吹笙作凤鸣，游于伊洛之间。　⑦苏门先生游于延濑，见一人采薪，谓之曰：“子以此终乎？”采薪人曰：“吾闻圣人无怀，以道德为心，何怪乎而为哀也。”遂为歌二章而去。　⑧翟子：指墨子。杨朱见歧路而哭之，为其可以南，可以北；墨子见练丝而泣之，为其可以黄，可以黑。朱公，即杨朱。　⑨回迹而心染：言暂避迹山林，而心犹染于俗。　⑩黩：污浊。　⑪尚生：指向子平。　⑫仲氏：谓后汉仲长统，每州郡命召，辄称疾不就。　⑬俊俗：俗中之俊士。　⑭玄：谓庄老之道。史：谓文多质少。　⑮东鲁：谓颜阖，鲁君闻颜阖得道人，使人以币先焉，阖对曰：“恐听谬而遗使者罪，不若审之。”使者反审之，复来求之，则不得矣。　⑯南郭：指南郭子綦，隐几而坐，仰天嗒然，若丧其偶。　⑰窃吹：借用南郭先生吹竽事。窃，一作“偶”。　⑱滥巾：言滥服隐士之巾。　⑲假容：言假托隐者之容。　⑳好爵：谓人爵。　㉑排：推。巢父：尧时隐士，夏常居巢，故号。　㉒拉：折。　㉓王孙：指隐者。　㉔空空：释家以空明空。　㉕玄玄：道家玄之又玄。㉖务光：夏时人，汤得天下，让之，光不受而逃。　㉗涓子：

齐人，好饵术，隐于宕山。　㉘鸣：官吏之有喝道。驺为前导及后骑者。谓使人来征召。　㉙鹤书：诏书，在汉谓之尺一简，仿佛鹤头，故有是称。　㉚芰制荷衣：隐者之服。　㉛金章：铜印。　㉜汉制，秩六百石以上，皆银印墨绶。　㉝属城之雄：言海盐为诸城之冠。　㉞百里之首：犹言一邑之长，县大率百里，故云。　㉟郊外曰甸，海盐近海，故云。　㊱浙右：江水东至会稽山阴为浙右。　㊲帙：书衣。道帙：道书。㊳法筵：讲席。　㊴牒诉：谓文牒及诉讼。倥偬：忙迫之状。㊵结课：考成之次第。　㊶张赵：指汉张敞及赵广汉，皆为京兆尹。　㊷卓鲁：指汉卓茂及鲁恭。　㊸汉之京兆尹、左冯翊、右扶风为三辅。　㊹古分天下为九州，州有牧。　㊺硐：通“涧”，山夹水。　㊻延伫：远望。　㊼蕙：香草。蕙帐：山人葺蕙以为帐。　㊽谓汉疏广弃官归东海。　㊾兰：兰佩。　㊿攒：聚。　51西山：指首阳山。　52东皋：东泽。素谒：谓以情素相告。　53下邑：谓海盐。　54浪拽：鼓浆。上京：指建康，今江苏南京市。　55魏阙：亦曰象魏，古宫门悬法之所。　56山扃：山门。　57芳杜：香草。58薜荔：草名，缘墙而生。　59渌池：犹清池。　60岫幌：山窗。　61颖：草穗。　62逋：亡。以辞相告曰谢。俗士逋客：皆指周颙。

谢朓辞随王子隆笺[1]

故吏文学谢朓死罪死罪！即日被尚书召，以朓补中军新安王记室参军。朓闻潢污之水②，愿朝宗③而每竭，驽蹇之乘④，希沃若⑤而中疲。何则？皋壤⑥摇落，对之惆怅，歧路西东⑦，或以欷唈⑧。况乃服义徒拥，归志莫从⑨，邈若坠雨，翩似秋蒂⑩。

朓实庸流，行能无算⑪。属天地⑫休明，山川受纳⑬，褒采一介，抽⑭扬小善，故舍耒场圃，奉笔兔园⑮。东乱三江⑯，西浮七泽⑰。契阔戎旃⑱，从容宴语。长裾日曳，后乘载脂⑲，荣立府庭，恩加颜色。沐发晞阳⑳，未测涯涘，抚臆论报，早誓肌骨。

不寤沧溟未运㉑，波臣自荡㉒，渤澥㉓方春，旅翮㉔先谢，清切藩房㉕，寂寥旧荜㉖，轻舟反溯，吊影独留。白云在天，龙门不见㉗，去德滋永，思德滋深㉘。唯待青江可望，候归艎于春渚㉙，朱邸㉚方开，效蓬心于秋实㉛。如其簪履或存㉜，衽席无改㉝，虽复身填沟壑，犹望妻子知归。揽涕告辞，悲来横集，不任犬马之诚！

---

①谢朓：南齐陈郡人，字玄晖，少好学，有美名，文章清丽，工五言诗，官至尚书吏部郎，兼知卫府事，曾为宣城太守，世称谢宣城。随王子隆：齐武帝第八子，为都督荆州刺史，好词赋，谢朓为其镇西功曹，转文学，长史王秀之以朓年少，欲密启武帝，谢朓知之，因事求还，武帝除为新安王中军记室，谢朓乃以笺辞王。　②潢污之水：低洼之积水。　③朝宗：言水之归海，犹诸侯之朝见天子。　④驽蹇之乘：最驽下之马所驾之

车。　⑤沃若：调柔。　⑥皋壤：高地。　⑦歧路西东：见孔稚圭《北山移文》墨子注。　⑧欸唈：与“呜唈”同，悲哀短气貌。　⑨拥：抱。二句言徒抱服义之情，莫能从其归志。　⑩秋蒂：将枯之蒂；蒂：草木根。　⑪无算：犹言不足数。　⑫天地：喻帝。　⑬山川：喻王。　⑭抽，一作“搜”。　⑮兔园：一名梁苑，汉梁孝王所筑，在今河南商丘。⑯乱：绝流而渡。长江至寻阳，合彭蠡江分为三以入海，是为三江。　⑰浮，一作“游”。七泽：见司马相如《子虚赋》，云梦其一也。　⑱契阔：勤苦。戎旃：犹戎幕。　⑲《诗经·卫风》：“载脂载牵。”脂：以膏涂物。　⑳《楚辞》：“朝濯发于汤谷兮，夕晞余身乎九阳。”晞：干也。　㉑不寤：一作“不悟”，犹不意。沧溟：海，喻王。运：转。　㉒车辙中有鲋鱼，自称为东海之波臣，见《庄子·外物》。谢朓自喻。㉓渤澥：即渤海，亦喻王。　㉔旅翮：以鸟自况。　㉕藩房：谓王府。　㉖旧荜：谢朓舍；荜：同“筚”，荆竹。㉗江陵南关三门，一名“龙门”。　㉘《庄子·徐无鬼》：“不亦去人滋久者，思人滋深乎。”　㉙艎：舟。二语冀王入朝而已候于江渚。　㉚诸侯朝天子，于天子所立舍曰邸，诸侯朱户，故曰“朱邸”。　㉛蓬心：自谦之词。《庄子·逍遥游》：“则夫子犹有蓬之心也夫。”春树桃李，秋食其实，言补报有时。　㉜有妇人刈蓍薪而失簪，哭甚哀。见《韩诗外传》。楚昭王亡其琦屦，已行三十步，复还取之。见《贾子》。㉝衽席：草席。晋文公归国，至河，令捐席蓐，咎犯哭曰：“席蓐，所卧也，而君弃之，臣不胜其哀。”

丘迟与陈伯之书[①]

迟顿首陈将军足下：无恙，幸甚，幸甚。将军勇冠三军，才为世出，弃燕雀之小志，慕鸿鹄以高翔[②]。昔因机变化，遭遇明主，立功立事，开国承家，朱轮华毂，拥旄万里，何其壮也[③]！如何一旦为奔亡之虏，闻鸣镝[④]而股战，对穹庐[⑤]以屈膝，又何劣邪！寻君去就之际，非有他故，直以不能内审诸己，外受流言，沉迷猖獗，以至于此。

圣朝赦罪责功，弃瑕录用，推赤心于天下[⑥]，安反侧于万物[⑦]。将军之所知，不假仆一二谈也。朱鲔涉血于友于，张绣剚刃于爱子，汉主不以为疑，魏君待之若旧[⑧]。况将军无昔人之罪，而勋重于当世。夫迷途知反，往哲是与；不远而复[⑨]，先典攸高。主上屈法申恩，吞舟是漏[⑩]；将军松柏不翦[⑪]，亲戚安居，高台未倾，爱妾尚在，悠悠尔心，亦何可言！今功臣名将，雁行有序。佩紫怀黄，赞帷幄之谋；乘轺建节[⑫]，奉疆埸之任。并刑马作誓[⑬]，传之子孙。将军独靦颜借命[⑭]，驰驱毡裘之长[⑮]，宁不哀哉！

夫以慕容超之强，身送东市[⑯]；姚泓之盛，面缚西都[⑰]。故知霜露所均，不育异类；姬汉旧邦，无取杂种[⑱]。北虏[⑲]僭盗中原，多历年所，恶积祸盈，理至燋烂。况伪孽昏狡，自相夷戮[⑳]，部落携离，酋豪猜贰[㉑]。方当系颈蛮邸[㉒]，悬首藁街[㉓]，而将军鱼游于沸鼎之中，燕巢于飞幕之上，不亦惑乎？

暮春三月，江南草长，杂花生树，群莺乱飞。见故国之旗鼓，感生平于畴日，抚弦登陴㉔，岂不怆悢㉕。所以廉公之思赵将㉖，吴子之泣西河㉗，人之情也，将军独无情哉！想早励良规，自求多福。当今皇帝㉘盛明，天下安乐。白环西献㉙，楛矢东来㉚；夜郎滇池，解辫请职；朝鲜昌海，蹶角受化㉛。唯北狄野心，掘强沙塞㉜之间，欲延岁月之命耳。中军临川殿下㉝，明德茂亲，总兹戎重㉞，吊民洛汭㉟，伐罪秦中㊱，若遂不改，方思仆言。聊布往怀，君其详之。丘迟顿首。

---

①丘迟：梁吴兴人，字希范，八岁能属文，辞采丽逸，初仕齐，梁武帝时任为中书郎，出为永嘉太守，后迁司空从事中郎。陈伯之：梁睢陵人，齐末，为江州刺史，据寻阳拒武帝，旋降，即以为江州刺史。后又举兵反，兵败，与其子俱入魏。魏以为使持节散骑常侍都督淮南诸军事。梁天监四年，诏临川王宏率军北讨，迟时为宏记室，宏令与此书，伯之即拥众归梁。　②《汉书·陈胜传》："燕雀安知鸿鹄之志哉。"　③此指伯之归顺武帝事。　④镝：箭头。　⑤穹庐：旃帐。　⑥光武不疑降人，降者谓其推赤心置入腹中。见《后汉书·光武帝纪》。⑦光武破邯郸，诛王郎，收文书，得吏人与郎交关谤毁者数千章，会诸将军悉烧之，曰："令反侧子自安。"见《后汉书·光武帝纪》。　⑧杀血滂沱为喋血。朱鲔谗光武兄縯于更始，害之，后光武围洛阳，鲔不敢降，坚守，光武语以无虑，鲔乃开城

降。事见《后汉书·岑彭传》。剚（zì）：插刀。张绣降曹操，既而复反，曹操与战，军败，为流矢所中，长子昂弟子安民遇害，后张绣又率众降，曹操封为列侯。见《魏志·张绣传》。⑨不远而复：言不以道远而复还。　⑩《史记·酷吏传》："汉兴，网漏于吞舟之鱼。"　⑪松柏不翦：谓祖墓如故。⑫乘轺：犹乘传。轺（yáo）：轺车，轻便车。节：使臣执以示信之物。　⑬刑马作誓：杀马取血以盟。　⑭惜命，一作"借命"。　⑮毡裘之长：指魏帝。　⑯慕容超：慕容德兄子，为北燕主，以兵南犯，大掠淮北，刘裕抗表北讨，获超，送京师，斩于市。　⑰姚泓：字元子，姚兴长子，据长安，裕擒送建康市，斩之。面缚：缚手于背而面向前。　⑱四语言天下当归于一，不容夷族久僭。姬汉：犹周汉。　⑲北虏：谓北魏。　⑳此指魏咸阳王禧以反赐死事。　㉑此指魏诸蛮氏之反。　㉒系颈：以绳系颈。蛮邸：蛮夷入朝时所居邸舍。㉓藁街：街名，在汉长安城内，蛮邸即设此。　㉔陴：城上女墙。　㉕怆悢：悲。　㉖廉颇为赵将，伐齐，大破之，拜为上卿，后赵使乐乘代廉颇，廉颇怒，攻乐乘，乐乘走，廉颇奔魏，赵以数困于秦，思复得廉颇，廉颇亦思复用于赵。见《史记·廉颇传》。　㉗吴起治西河，王错谮之魏武侯，武侯使人召吴起，吴起临行止车望西河泣数下，曰："西河之为秦不久矣！"吴起入荆，西河果入秦。见《吕氏春秋·仲冬纪·当见》。　㉘皇帝：指梁武帝。　㉙帝舜九年，西王母来朝，献白环玉玦。见《竹书纪年》。　㉚楛：木名，材矢中干。周武王时，肃慎氏贡楛矢石砮。　㉛昌海：蒲昌海，今罗布泊。蹶角：稽首至地，如角之崩。见《孟子》。 ㉜沙塞：沙漠边塞。 ㉝宏于武帝天监元年封临川郡王，三年，为中军将军。殿下，百官对诸王之称。 ㉞戎重：言军事重任。 ㉟水曲流曰汭。洛汭：洛水入河处，在河南巩县。 ㊱秦中：今陕西，其地为古秦国，故云。

江淹恨赋[1]

试望平原，蔓草萦骨，拱木[2]敛魂。人生到此，天道宁论。于是仆本恨人，心惊不已，直念古者，伏恨而死。

至如秦帝按剑[3]，诸侯西驰，削平天下，同文共规[4]，华山为城，紫渊为池[5]。雄图既溢，武力未毕。方架鼋鼍以为梁，巡海右以送日[6]。一旦魂断，宫车晚出。

若乃赵王既虏[7]，迁于房陵[8]。薄暮心动，昧旦[9]神兴。别艳姬与美女，丧金舆及玉乘。置酒欲饮，悲来填膺。千秋万岁，为怨[10]难胜。

至于李君降北[11]，名辱身冤。拔剑击柱，吊影惭魂。情往上郡[12]，心留雁门，裂帛系书，誓还汉恩，朝露溘至[13]，握手何言。

若夫明妃去时[14]，仰天太息，紫台[15]稍远，关山无极，摇风[16]忽起，白日西匿。陇雁少飞，代云寡色，望君王兮何期，终芜绝兮异域。

至乃敬通[17]见抵，罢归田里，闭关却扫，塞门不仕[18]。

左对孺人[19]，右顾稚子，脱略[20]公卿，跌宕[21]文史。赍志没地，长怀无已。

及夫中散下狱[22]，神气激扬。浊醪夕引，素琴晨张。秋日萧索，浮云无光。郁青霞之奇意[23]，入修夜之不旸[24]。

或有孤臣危涕，孽子坠心[25]。迁客海上[26]，流戍陇阴[27]。此人但闻悲风汩起[28]，血[29]下沾衿，亦复含酸茹叹[30]，销落湮沉。

若乃骑叠迹，车屯轨[31]，黄尘匝地，歌吹四起。无不烟断火绝，闭骨泉里。

已矣哉！春草暮兮秋风惊，秋风罢兮春草生。绮罗毕兮池馆尽，琴瑟灭兮丘陇平[32]。自古皆有死[33]，莫不饮恨而吞声。

---

①江淹：梁考城人，字文通，少孤贫好学，世称江郎，历仕宋齐，梁天监中，官至金紫光禄大夫，封醴泉侯。　②拱木：言墓木两手合抱，见《左传》僖公三十二年。　③至如：一作“假如”。秦帝：谓秦始皇。　④规：法。《礼记·中庸》：“车同轨，书同文。”　⑤紫渊：见司马相如《上林赋》注。⑥周穆王驾八骏之乘，乃西观日所入。见《列子·周穆王》。⑦赵王：战国赵末王迁，赵为秦灭，迁被虏，流房陵，思故乡，作山木之呕，闻者莫不陨涕，见《淮南子·泰族训》。　⑧房陵：县名，今湖北房县。　⑨昧旦：将明未明时。　⑩怨，一作“恨”。　⑪于，一作“如”。李君：指李陵。　⑫往，一作“住”。上郡：秦郡，地在今陕西。　⑬朝露：喻不能

久。溘：奄忽。　⑭明妃：指王嫱，字昭君，晋人以犯司马昭讳，改为明妃，汉元帝使嫔于匈奴。　⑮紫台：汉天子之台。⑯摇风：即扶摇风。　⑰敬通：后汉冯衍字，明帝以衍才过其实，抑而不用。见《东观汉纪》。　⑱三国吴张昭称疾不朝，孙权恨之，土塞其门。见《吴志》昭传。　⑲大夫妻曰“孺人”。见《礼记·曲礼》。　⑳脱略：言简易。　㉑跌宕：言放逸不羁。　㉒中散：指嵇康，嵇康拜中散大夫。东平吕安以事系狱，以语嵇康辞相证引，遂复收嵇康。见《晋书·嵇康传》。　㉓青霞奇意：志意高。　㉔修夜：犹长夜。旸：明。　㉕心当云危，涕当云坠，江氏爱奇，故互文以见意。㉖迁客海上：即指汉苏武困匈奴事。　㉗陇阴：陇山之北。汉娄敬戍陇西。　㉘汩起：犹疾起。　㉙血，一作“泣”。㉚茹叹：欲叹而又咽下之状。　㉛屯：陈也。一作“同”。㉜陇，一作“垄”。　㉝语见《论语·颜渊》。

江淹别赋①

黯然销魂者，唯别而已矣。况秦吴兮绝国，复燕宋兮千里②。或春苔兮始生，乍秋风兮暂起③。是以行子肠断，百感凄恻。风萧萧④而异响，云漫漫⑤而奇色，舟凝滞于水滨，车逶迟⑥于山侧，棹容与⑦而讵前，马寒鸣而不息。掩金觞而谁御⑧，横玉柱而沾轼⑨。居人愁卧，怳若有亡，日下壁而沉彩，月上轩而飞光。见红兰之受露，望青楸之离⑩霜，巡曾楹而空掩⑪，抚锦幕而虚凉。知离梦之踯躅⑫，意别魂之飞扬。

故别虽一绪，事乃万族[13]。至若龙马[14]银鞍，朱轩绣轴，帐饮东都[15]，送客金谷[16]。琴羽[17]张兮箫鼓陈，燕赵歌兮伤美人[18]，珠与玉兮艳暮秋，罗与绮兮娇上春。惊驷马之仰秣，耸渊鱼之赤鳞[19]，造分手而衔涕，感寂漠而伤神[20]。

乃有剑客惭恩，少年报士[21]，韩国赵厕[22]，吴宫燕市[23]，割慈忍爱，离邦去里，沥泣共诀，抆血[24]相视。驱征马而不顾，见行尘之时起。方衔感于一剑，非买价于泉里。金石震而色变，骨肉悲而心死。

或乃边郡未和，负羽[25]从军。辽水[26]无极，雁山[27]参云。闺中风暖，陌上草薰[28]，日出天而耀景，露下地而腾文，镜朱尘之照烂[29]，袭青气之烟煴[30]，攀桃李兮不忍别，送爱子兮沾罗裙。

至如一赴绝国，讵相见期。视乔木兮故里[31]，决北梁兮永辞[32]。左右兮魂动，亲宾兮泪滋。可班荆[33]兮赠恨，唯樽酒兮叙悲。值秋雁兮飞日，当白露兮下时。怨复怨兮远山曲，去复去兮长河湄[34]。

又若君居淄右[35]，妾家河阳[36]。同琼珮之晨照，共金炉之夕香，君结绶[37]兮千里，惜瑶草之徒芳，惭幽闺之琴瑟，晦高台之流黄[38]，春宫闷[39]此青苔色，秋帐含兹明月光，夏簟清兮昼不暮，冬釭凝兮夜何长，织锦曲兮泣已尽，回文诗兮影独伤[40]。

傥有华阴上士，服食还仙[41]。术既妙而犹学，道已寂而未传，守丹灶[42]而不顾，炼金鼎[43]而方坚，驾鹤上汉，骖鸾腾天。暂游万里，少别千年[44]。惟世间兮重别，谢[45]主人兮依然。

下有芍药之诗[46]，佳人之歌[47]。桑中卫女，上宫陈娥[48]。春草碧色，春水渌波，送君南浦[49]，伤如之何！

至乃秋露如珠，秋月如珪，明月白露，光阴往来，与子之别，思心徘徊；是以别方不定，别理千名[50]，有别必怨，有怨必盈，使人意夺神骇，心折骨惊。虽渊云之墨妙[51]，严乐之笔精[52]，金闺之诸彦[53]，兰台[54]之群英，赋有凌云之称[55]，辩有雕龙之声[56]，谁能摹暂离之状，写永诀之情者乎！

---

①《别赋》：立格与《恨赋》同，言富贵任侠从军绝国伉俪方外狭邪各类之人，无不以别为最不堪之事。　②二句言秦、吴、燕、宋四国，川途既远，别恨必深，故举以为喻。　③二句言此二时别恨愈切。　④萧萧：风声。　⑤漫漫：无崖际之貌。　⑥迟，一作“迤”；逶迟：历远貌。　⑦容与：闲暇自得貌。　⑧御：进也。　⑨玉柱：琴也。琴有柱，以玉为之。沾轼：言涕多也。轼：车前横木。　⑩离：与“罹”通。　⑪层楹：高柱。掩：掩涕。　⑫躅踯：行不进。⑬族：类。　⑭马八尺以上为龙。　⑮东都：长安东都门。⑯金谷：地名，在河南洛阳市西，谷中有水，入于瀍水。晋石崇有别庐在金谷涧中，王诩还长安，崇送之于此。　⑰琴羽：琴之羽声，声细不过羽。　⑱《古诗》：“燕赵多佳人。”

⑲仰秣：仰而不食。伯牙鼓琴瓠巴鼓瑟而渊鱼出听，伯牙鼓琴而六马仰秣。见《韩诗外传》。 ⑳感，一作“各”；又作“咸”。㉑报士：言人以国士待之，即感而为之报仇。 ㉒韩国：指战国时聂政为严仲子刺杀韩相侠累事。赵厕：指战国豫让为智伯刺赵襄子于涂厕事。并见《史记·刺客传》。 ㉓吴宫：指春秋时专诸为吴公子光置匕首鱼腹中刺杀王僚。见《左传》昭二十七年。燕市：指战国时荆轲为燕太子丹刺秦王。见《史记·刺客传》。 ㉔抆血：拭血。 ㉕负羽：言负羽檄，古时征召之书，有急事则以鸟羽插之。 ㉖辽水：即辽河，在今辽宁境。㉗雁山：雁所出处。见《山海经》。 ㉘薰：香气。 ㉙照烂：犹照耀。 ㉚烟煴：与“细缊”同，元气蕴酿。 ㉛《孟子·梁惠王》：“所谓故国者，非谓有乔木之谓也，有世臣之谓也。” ㉜决，一作“诀”。北梁：见《楚辞》。 ㉝班荆：布荆于地面坐。见《左传》襄公二十六年。 ㉞水草交为“湄”。 ㉟淄：水名，在今山东莱芜县。淄右：淄水之右。㊱河阳：县名，在今河南孟县西。 ㊲结绶：言将仕。 ㊳流黄：簟。 ㊴闳：闭。 ㊵前秦扶风窦滔与宠姬赵阳台之任，而遗其妻苏蕙于家，蕙织锦回文，题诗二百余首以寄滔。 ㊶华阴：县名，今陕西华阴县。修羊公隐华阴山下石室中，食黄精，不知所终。 ㊷丹灶：炼丹之灶。 ㊸金鼎：炼丹之鼎。㊹少时之别，世已千年。 ㊺谢：辞。 ㊻芍药：香草名。《诗经·郑风》：“维士与女，伊其相谑，赠之以芍药。”言淫乱。 ㊼李延年歌：“北方有佳人，遗世而独立。” ㊽《诗经·鄘风》：“期我乎桑中，要我乎上宫。”桑中、上宫，皆所

期之地。卫庄姜无子，以陈女戴妫子完为子，完为公子州吁所弑，戴妫乃大归于陈。　⑲《楚辞》：“送美人兮南浦。”　⑳千名：言多。　㉑渊云：指汉王子渊、扬子云。　㉒严乐：指汉严安、徐乐。　㉓金闺：一作“金门”，金马门。　㉔兰台：汉藏秘书之宫观，汉傅毅、班固为兰台令史。　㉕司马相如既奏《大人赋》，天子大悦，飘飘乎有凌云之气。见《史记·司马相如传》。　㉖战国时，邹奭修邹衍之术，文饰之若雕镂龙文，故曰雕龙奭。

任昉为卞彬谢修卞忠贞墓启①

臣彬启：伏见诏书并郑义泰宣敕，当赐修理臣亡高祖晋故骠骑大将军建兴忠贞公壶坟茔。臣门绪不昌，天道所昧。忠遘身危，孝积家祸②，名教同悲，隐沦惆怅③。而年世贸迁④，孤裔沦塞，遂使碑表芜灭，丘树荒毁，狐兔成穴，童牧哀歌⑤，感慨自哀，日月缠迫。

陛下弘宣教义，非求效于方今，壶余烈不泯，固陈力于异世⑥；但加等之渥⑦，近阙于晋典，樵苏之刑，远流于皇代⑧，臣亦何人，敢谢斯幸。不任悲荷之至，谨奉启事以闻！谨启。

---

①任昉：梁博昌人，字彦升，武帝时，为义兴新安太守。为政清省，吏民便之，所著文章数十万言，卒谥敬。卞彬：字士蔚，官司至绥建太守。卞忠贞：名壶，字望之，晋尚书令，苏峻

作乱，壶及二子俱为贼所害，赠侍中骠骑将军，谥忠贞，后七十余年，盗发其墓，安帝赐钱十万封之，入梁复毁，武帝又加修治。　②二句言壶死忠，二子死孝。　③王隐《晋书》载壶及二子死，征士翟汤闻而叹曰："父为忠臣，子为孝子，忠孝之道，萃于一门。"名教：指王隐言。隐沦：指翟汤言。　④贸迁：迁易。　⑤雍门周以琴见孟尝君曰："臣切悲千秋万岁后，坟墓生荆棘，狐兔穴其中，樵儿牧竖踯躅而歌其上。"见桓谭《新论》。　⑥陈力：出力。　⑦《左传》僖公四年："凡诸侯薨于朝会，葬加一等，死王事，加二等。　⑧樵苏：樵采。秦攻齐，令敢有去柳下季垄五十步而樵采者，杀无赦。见《战国策》。

沈约梁武帝集序①

文思安安，钦明所以光宅②，日月光华③，《南风》所以兴咏④。日角之主，出自诸生，锐顶之君，少明古学⑤。汉高宋武，虽阙章句，歌大风以还沛，好清谈于暮年⑥；夫成天地之大功，膺乐推⑦之宝运，未或不文武兼资，能事斯毕者也。

我皇诞纵自天⑧，生知在御⑨，清明内发，疏通外典⑩。爰始贵游，笃志经术⑪。究淹中⑫之雅旨，尽曲台之奥义⑬，莫不因流极源，披条振藻，若前疑往滞，旧学罕通，而超然直诣，妙拔终古，善发谈端，精于持论，置垒难逾，摧锋莫拟。有同成诵，无假含毫，兴绝节于高唱⑭，振清辞于兰畹⑮。至于春风秋月，送别望归，皇王高宴，心期促赏⑯，莫不超挺睿兴，浚发神衷⑰。及登庸历试⑱，辞翰繁蔚，笺记风动，表议云飞。雕虫小艺，无累大道。怀君人之大德，有事君之小心，为下奉上，形于辞旨。虽密奏忠规，遗稿必削⑲；而国谟藩政，存者犹多。

逮乎俯应归运⑳，仰修乾录，载笔握简㉑，各有司存，如纶㉒之旨，时或染翰。暨于设虡灵囿㉓，恺乐在镐㉔，《鹿鸣》《四牡》《皇华》《棠棣》之歌㉕，《伐木》《采薇》《出车》《杕杜》之宴㉖，皆咏志摛藻㉗，广命群臣，上与日月争光，下与钟石比韵。事同观海㉘，义等窥天㉙，观之而不测，游之而不知者矣。

窃惟左史记言，右史记事㉚，君举必书㉛，无论大小；况乎感而后思，思而后积，积而后满，满而后言若斯而已哉！谨因事立名，随源编次。

---

①沈约：梁武康人，字休文，善属文，武帝受齐禅，为尚书仆射，迁尚书令，时谢朓善为诗，任昉工于笔，约兼而有之，卒谥隐。梁武帝：姓萧，名衍，篡齐即帝位，博学能文，有集行世。　②《尚书·尧典》："钦明文思安安。"经纬天地谓之文。虑深通敏谓之思。安安：谓安天下之所当安。威仪悉备谓之"钦"，照临四方谓之"明"。光：充。宅：居。言德充满居止于天下而远著。　③虞舜《卿云歌》："日月光华，旦复旦兮。"　④《南风》：歌名，舜作五弦之琴以歌之。　⑤日

角：额上骨高起如日。锐顶：顶上高起。皆贵相。　⑥宋武：南朝宋开国之帝，姓刘名裕，篡晋即帝位，在位三年而殁。宋武清谈，史无确征，其在暮年，曾议兴学，或即所指。　⑦乐推：谓天下乐于推戴。　⑧《论语·子罕》："故天纵之将圣。"⑨《论语·季氏》："生而知之者，上也。"　⑩外典：谓佛经，武帝信佛，制《涅槃》《大品》《净名》《三慧》诸经义数百卷。　⑪武帝少而好学，能事毕究，制有《周易讲疏》《尚书大义》《毛诗春秋答》等二百余卷。　⑫淹中：鲁里名，礼古经出处。　⑬曲台：行礼射之地，后苍记之。《汉书·艺文志》有《曲台后苍记》。　⑭绝节高唱，犹言绝调高唱。⑮《楚辞》："余既滋兰之九畹兮。"畹者，二十亩，又曰十二亩，又曰三十亩。　⑯心期：言两相期许，指应制为诗言。⑰神衷：犹圣衷。　⑱登庸：登用，指其仕齐而言。　⑲遗稿必削：谓有所进谏，不留稿以表暴于外。《汉书·孔光传》："时有所言，辄削草藁，以为章主之过，以奸忠直，人臣大罪也。"　⑳俯应归运：谓其受禅。　㉑《礼记·曲礼》："史载笔。"　㉒如纶：言其大。《礼记·缁衣》："王言如丝，其出如纶，王言如纶，其出如綍。"纶粗于丝，綍又大于纶。　㉓虡（jù）：所以悬鼓者。设虡：指临幸学宫。灵囿：周文王之囿。此指临幸园囿言。　㉔《诗经·小雅·鱼藻》："王在在镐，岂乐饮酒。"镐：周武王所都，在今陕西西安市西。此指在宫言。　㉕《诗经·小雅》有《鹿鸣》篇，燕群臣嘉宾也；有《四牡》篇，劳使臣；有《皇华》篇，君遣使臣；有《常棣》篇，燕兄弟之诗。　㉖《诗经·小雅》有《伐木》

篇，燕朋友故旧；有《采薇》篇，遣戍役；有《出车》篇，劳还率；有《杕杜》篇，劳还役。　㉗摛：布，发。藻：文藻。㉘《孟子·尽心》："故观于海者难为水。"　㉙东方朔《答客难》："以管窥天。"　㉚《汉书·艺文志》："左史记言，右史记事，事为《春秋》，言为《尚书》。"　㉛《左传》庄公二十三年："君举必书，书而不法，后嗣何观。"

钟嵘诗品卷上序[①]

气之动物，物之感人，故摇荡性情，形诸舞咏。照烛三才[②]，晖丽万有，灵祇[③]待之以致飨，幽微藉之以昭告，动天地，感鬼神，莫近于诗。昔《南风》[④]之辞，《卿云》之颂[⑤]，厥义夐矣[⑥]。夏歌曰："郁陶乎予心。"[⑦]楚谣曰："名余曰正则。"[⑧]虽诗体未全，然是五言之滥觞也[⑨]。逮汉李陵，始著五言之目矣[⑩]。古诗眇邈，人世难详，推其文体，固是炎汉之制[⑪]，非衰周之倡也。

自王、扬、枚、马之徒[⑫]，词赋竞爽[⑬]，而吟咏靡闻。从李都尉迄班婕妤[⑭]，将百年间，有妇人焉，一人而已。诗人之风，顿已缺丧。东京二百载中，惟有班固《咏史》[⑮]，质木无文。降及建安[⑯]，曹公父子[⑰]，笃好斯文；平原兄弟，郁为文栋[⑱]；刘桢、王粲，为其羽翼。次有攀龙托凤，自致于属车者[⑲]，盖将百计，彬彬之盛，大备于时矣。

尔后陵迟[⑳]衰微，迄于有晋。太康中[㉑]，三张、二陆[㉒]，两潘、一左[23]，勃尔复兴，踵武前王，风流未沫[24]，亦文章之中兴也。永嘉时[25]，贵黄、老[26]，稍尚虚谈[27]。于时篇什，理过其辞，淡乎寡味。爰及江表，微波尚传[28]，孙绰、许询，桓、庾诸公[29]诗，皆平典似《道德论》，建安风力尽矣。

先是郭景纯[30]用隽上之才，变创其体。刘越石[31]仗清刚之气，赞成厥美。然彼众我寡，未能动俗。逮义熙[32]中，谢益寿[33]斐然继作。元嘉初[34]，有谢灵运[35]，才高词盛，富艳难踪，固已含跨刘、郭[36]，陵轹潘、左[37]。故知陈思为建安之杰[38]，公干、仲宣为辅[39]；陆机为太康之英，安仁、景阳为辅[40]。谢客[41]为元嘉之雄，颜延年[42]为辅。斯皆五言之冠冕，文词之命世也[43]。

夫四言[44]，文约意广，取效《风》《骚》[45]，便可多得。每苦文繁而意少，故世罕习焉。五言居文词之要，是众作之有滋味者也，故云会于流俗。岂不以指事造形，穷情写物，最为详切者耶！故诗有六义焉[46]：一曰兴，二曰比，三曰赋。文已尽而意有余，兴也；因物喻志，比也；直书其事，寓言写物，赋也；弘斯三义，酌而用之，干之以风力[47]，润之以丹彩，使味之者无极，闻之者动心，是诗之至也。若专用比兴，则患在意深，意深则词踬[48]。若但用赋体，则患在意浮，意浮则文散，嬉成流移[49]，文无止泊，有芜漫之累矣[50]。

若乃春风春鸟，秋月秋蝉，夏云暑雨，冬月祁寒[51]，斯四候之感诸诗者也。嘉会寄诗以亲，离群托诗以怨。至于楚臣去境[52]，汉妾辞宫[53]，或骨横朔野，或魂逐飞蓬；或负戈外戍，杀气雄边；塞客衣单，孀闺泪尽；或士有解佩出朝，一去忘返；女有扬蛾入宠，再盼倾国。凡斯种种，感荡心灵，非陈诗何以展其义，非长歌何以骋其情？故曰："诗可以群，可以怨。"[54]使穷贱易安，幽居靡闷，莫尚于诗矣。故词人作者，罔不爱好。

今之士俗，斯风炽矣。才能胜衣[55]，甫就小学，必甘心而驰骛焉。于是庸音杂体，各各为容。至于膏腴子弟，耻文不逮，终朝点缀[56]，分夜呻吟[57]。独观谓为警策[58]，众睹终沦平钝。次有轻薄之徒，笑曹、刘为古拙[59]，谓鲍照羲皇上人[60]，谢朓今古独步，而师鲍照，终不及"日中市朝满"[61]，学谢朓，劣得"黄鸟度青枝"[62]。徒自弃于高听，无涉于文流矣。

观王公缙绅之士，每博论之余，何尝不以诗为口实[63]，随其嗜欲，商榷不同，淄渑并泛[64]，朱紫相夺，喧议竞起，准的无依。近彭城刘士章[65]，俊赏之士，疾其淆乱，欲为当世《诗品》，口陈标榜[66]。其文未遂，感而作焉。昔九品论人[67]，《七略》裁士[68]，校以宾实[69]，诚多未值[70]。至若诗之为技，较尔可知，以类推之，殆均博弈。方今皇帝[71]，资生知之上才，体沉郁之幽思。文丽日月，学究天人。昔在贵游，已为称首。况八纮既奄[72]，风靡云蒸，抱玉者联肩，握珠者踵武。固以瞰汉魏而不顾，吞晋宋于胸中。谅非农歌辕议[73]，敢致流别。嵘之今录，庶周旋于闾里，均之于谈笑耳。

①钟嵘：梁颍川人，字仲伟，与兄岏弟屿并好学，有思理，天监中，为晋安王记室。《诗品》，嵘著，列古今五言诗自汉魏以来百有三人，论其优劣，分上中下三品，析为三卷，卷各有序，本篇为卷上之序，实含总序之意。 ②三才：指天地人。 ③灵祇：地也。 ④《南风》：见沈约《梁武帝集序》注。 ⑤舜作《卿云歌》曰："卿云烂兮，纠缦缦兮，日月光华，旦复旦兮。" ⑥敻（xiōng）：远也。 ⑦语见《古文尚书·五子之歌》。郁陶：哀思。 ⑧《楚辞》："名余曰正则兮，字余曰灵均。"正则：屈原名。 ⑨《家语》："夫江始于岷山，其源可以滥觞。"言其发源之始，仅泛滥一觞之微，今凡谓事之开始曰滥觞。 ⑩李陵有与苏武五言诗三首。 ⑪汉以火德王，故曰炎汉。 ⑫王：王褒，扬：扬雄，枚：枚乘，马：司马相如，皆工词赋者。 ⑬竞爽：竞明。见《左传》昭三年。 ⑭李都尉：即李陵，陵为骑都尉，故云。班婕妤：指班昭，曾作《怨歌行》。 ⑮班固有《咏史》诗。 ⑯建安：见曹植《王仲宣诔》注。 ⑰曹公父子：谓曹操及曹丕。 ⑱平原兄弟：曹植与曹彪。曹植曾被封为平原侯。 ⑲属车：天子侍从之车。 ⑳陵迟：言如丘陵之逶迟稍卑下，与陵夷同。 ㉑太康：晋武帝年号。 ㉒三张：指张载、张协、张亢。张协，字景阳，安平人。二陆：指陆机、陆云。 ㉓两潘：指潘岳、潘尼。一左，指左思，字太冲，临淄人。八人皆善诗赋。 ㉔沫：已也。 ㉕永嘉：晋怀帝年号。 ㉖黄、老：指黄帝、老子，谓道家之言。 ㉗虚谈：即晋时之清谈，祖述老

庄，排弃世务，专谈空理。　㉘谓晋渡江为东晋时。　㉙孙绰：中都人，字兴公。许询：高阳人，与绰俱有高尚之志。桓：桓彝，字茂伦，龙亢人。庾：庾亮，字元规，鄢陵人。　㉚郭景纯：即郭璞。　㉛刘越石：即晋刘琨，魏昌人。　㉜义熙：晋安帝年号。　㉝谢益寿：即晋谢混，混字叔源，益寿其小字。　㉞元嘉：见谢惠连《祭古冢文》注。　㉟谢灵运：宋阳夏人。　㊱刘、郭：指刘桢、郭璞。　㊲陵轹：驾而上之之意。潘、左：指潘岳、左思。　㊳陈思：即曹植，曹植封陈王，谥思。　㊴公干、仲宣：指刘桢、王粲。　㊵安仁、景阳：指潘岳、张协。　㊶谢客：即谢灵运，灵运生旬日而祖玄亡，其家以子孙难得，送钱塘养之，十五方还都，故名客儿。㊷颜延年：即颜延之。　㊸命世：有名于世之人。　㊹古之诗有三言、四言、五言、六言、七言、九言。　㊺《风》《骚》：谓《国风》《离骚》。　㊻六义：指风、雅、颂、赋、兴、比。　㊼风力：犹风骨。　㊽踬：碍。　㊾嬉成：游戏之词。流移：谓文不确切，可移至他处。　㊿芜漫：离乱散漫。　51祁寒：大寒。　52楚臣去境：谓屈原被放逐。53汉妾辞宫：谓王昭君。　54语见《论语·阳货》，群：和而不流。怨：怨而不怒。　55胜衣：谓儿童稍长体才任衣服。56点缀：犹衬饰。　57呻吟：咏诵之声。　58警策：见陆机《文赋》注。　59曹刘：指曹植、刘桢。　60羲皇上人：犹言太古之人。　61日中市朝满：鲍照《代结客少年场行》句。62虞炎诗句。　63口实：见江统《徙戎论》注。　64淄渑：二水名。淄水，在今山东临淄南；渑水，在市北。　65彭城：

郡名，今江苏徐州市。刘士章：即南齐刘绘，彭城人，有盛才。⑯标榜：谓表暴而称扬之。 ⑰汉班固撰《汉书》，表述古今人，列为九品；三国魏陈群为尚书，制九品官人之法。 ⑱汉刘歆总群书而奏其《七略》，为《辑略》《六艺略》《诸子略》《诗赋略》《兵书略》《术数略》《方技略》。 ⑲宾实：犹言名实。《庄子·逍遥游》："名者，实之宾也。" ⑳值：当。 ㉑皇帝：谓梁武帝。 ㉒《淮南子·地形训》："八殡之外有八纮。"纮：维。言既有天下。 ㉓农歌辕议：犹巷语途歌。

刘峻送橘启[①]

南中橙甘[②]，青鸟所食[③]。始霜之旦[④]，采之风味照座，劈之香雾噀[⑤]人。皮薄而味珍，脉不黏肤，食不留滓[⑥]。甘逾萍实[⑦]，冷亚冰壶[⑧]。可以薰神[⑨]，可以芼鲜[⑩]，可以渍蜜，毡乡[⑪]之果，宁有此邪！

---

①刘峻：梁平原人，字孝标，好学家贫，寄人庑下，自课读书，居东阳，吴人士多从之学，门人谥曰玄静先生。 ②南中：谓江南，橘类出江南。橙甘：二果名，橘属；甘通作"柑"。③箕山之东，青鸟之所，有卢橘夏熟。见《伊尹书》。 ④始霜：季秋之月。 ⑤噀（xùn）：喷。 ⑥滓：渣滓。 ⑦《家语》载楚昭王渡江，江中有物大如斗，圜而赤，直触王舟，群臣莫识，使之问孔子，孔子曰："此萍实也。" ⑧冰壶：喻心

之清。鲍照《乐府》："清如玉壶冰。" ⑨薰：和悦貌。⑩芼：菜。芼鲜：谓用菜杂肉为羹。 ⑪毡乡：毡裘之乡，指夷狄。刘峻送橘于北地，故云。

刘峻广绝交论①

客问主人曰："朱公叔《绝交论》②，为是乎？为非乎？"主人曰："客奚此之问？"客曰："夫草虫鸣则阜螽跃③，雕虎④啸而清风起。故絪缊⑤相感，雾涌云蒸；嘤鸣⑥相召，星流电激。是以王阳登则贡公喜⑦，罕生逝而国子悲⑧。且心同琴瑟，言郁郁⑨于兰茝；道叶胶漆，志婉娈于埙篪⑩。圣贤以此镂金版而镌盘盂，书玉牒而刻钟鼎⑪。若乃匠人辍成风之妙巧⑫，伯子⑬息流波之雅引。范张款款于下泉⑭，尹班陶陶于永夕⑮。骆驿纵横，烟霏雨散，巧历所不知，心计莫能测。而朱益州⑯汩彝叙，粤谟训，捶直切⑰，绝交游。比黔首以鹰鹯，媲人灵于豺虎。蒙有猜焉，请辨其惑！"

主人听然⑱而笑曰："客所谓抚弦徽⑲音，未达燥湿变响；张罗沮泽⑳，不睹鸿雁云飞。盖圣人握金镜㉑，阐风烈，龙骧蠖屈，从道污隆㉒。日月联璧㉓，赞亹亹㉔之弘致；云飞电薄㉕，显棣华之微旨㉖。若五音之变化，济九成之妙曲㉗。此朱生得玄珠于赤水㉘，谟神睿而为言㉙。

"至夫组织仁义㉚，琢磨道德㉛，欢其愉乐，恤其陵夷㉜。寄通灵台之下㉝，遗迹㉞江湖之上，风雨急而不辍其音㉟，霜雪零而不渝其色㊱，斯贤达之素交㊲，历万古而一遇。逮叔世民讹㊳，狙诈飙起，谿谷不能逾其险，鬼神无以究其变，竞毛羽之轻，趋锥刀㊴之末。于是素交尽，利交兴，天下蚩蚩㊵，鸟惊雷骇。然则利交同源，派流则异，较言㊶其略，有五术焉。

“若其宠钧董石㊷，权压梁窦㊸，雕刻百工，炉捶万物。吐漱兴云雨，呼噏下霜露。九域耸其风尘，四海叠其熏灼㊹。靡不望影星奔，藉响川鹜㊺，鸡人㊻始唱，鹤盖㊼成阴，高门旦开，流水接轸㊽。皆愿摩顶至踵，隳胆抽肠，约同要离焚妻子㊾，誓殉荆卿湛七族㊿。是曰势交，其流一也。

“富埒陶白51，赀巨程罗52，山擅铜陵53，家藏金穴54，出平原而联骑，居里闬而鸣钟55。则有穷巷之宾，绳枢之士56，冀宵烛之末光57，邀润屋之微泽58；鱼贯凫跃，飒沓鳞萃59，分雁鹜之稻粱60，沾玉斝61之余沥。衔恩遇，进款诚，援青松以示心，指白水而旌信62。是曰贿交，其流二也。

“陆大夫宴喜西都63，郭有道人伦东国64，公卿贵其籍甚65，缙绅羡其登仙66。加以颔颐蹙頞，涕唾流沫67，骋黄马之剧谈68，纵碧鸡之雄辩69，叙温郁则寒谷成暄70，论严苦则春丛零叶71，飞沈出其顾指，荣辱定其一言。于是有弱冠王孙，绮纨公子，道不挂于通人，声未遒于云阁72，攀其鳞翼，丐其余论，附驵73骥之旄端，轶归鸿于碣石74。是曰谈交，其流三也。

“阳舒阴惨75，生民大情；忧合欢离，品物恒性。故鱼以泉涸而呴沫[76]，鸟因将死而鸣哀[77]。同病相怜，缀河上之悲曲[78]；恐惧置怀，昭《谷风》之盛典[79]。斯则断金由于湫隘[80]，刎颈起于苫盖[81]。是以伍员濯溉于宰嚭[82]，张王抚翼于陈相[83]。是曰穷交，其流四也。

驰骛之俗，浇薄之伦，无不操权衡，秉纤纩。衡所以揣其轻重，纩所以属其鼻息[84]。若衡不能举，纩不能飞，虽颜冉龙翰凤雏[85]，曾史兰薰雪白[86]，舒向金玉渊海[87]，卿云黼黻河汉[88]，视若游尘，遇同土梗[89]，莫肯费其半菽[90]，罕有落其一毛[91]。若衡重锱铢，纩微影撇，虽共工之搜慝[92]，驩兜之掩义[93]，南荆之跋扈[94]，东陵之巨猾[95]，皆为匍匐逶迤，折枝舐痔[96]，金膏翠羽将[97]其意，脂韦便辟导其诚[98]。故轮盖所游，必非夷惠之室[99]；苞苴[100]所入，实行张霍之家[101]。谋而后动，毫芒寡忒。是曰量交，其流五也。

凡斯五交，义同贾鬻[102]。故桓谭譬之于阛阓[103]，林回喻之于甘醴[104]。夫寒暑递进，盛衰相袭，或前荣而后悴，或始富而终贫，或初存而末亡，或古约而今泰，循环翻覆，迅若波澜。此则殉利之情未尝异，变化之道不得一。由是观之，张陈所以凶终[105]，萧朱所以隙末[106]，断焉可知矣。而翟公方规规然勒门以箴客[107]，何所见之晚乎！因此五交，是生三衅：败德殄义，禽兽相若，一衅也。难固易携，仇讼所聚，二衅也。名陷饕餮[108]，贞介所羞，三衅也。古人知三衅之为梗，惧五交之速尤[109]。故王丹威子以槚楚[110]，朱穆昌言而示绝，有旨哉！有旨哉！

近世有乐安任昉[111]，海内髦杰，早绾银黄[112]，夙昭民誉。遒文丽藻，方驾曹王[113]；英跱[114]俊迈，联横许郭[115]。类田文[116]之爱客，同郑庄之好贤[117]。见一善则盱衡[118]扼腕，遇一才则扬眉抵掌。雌黄出其唇吻[119]，朱紫由其月旦[120]。于是冠盖辐凑，衣裳云合，辎軿击辖，坐客恒满。蹈其阃阈，若升阙里之堂[121]；入其隩隅，谓登龙门[122]之阪。至于顾盼增其倍价[123]，剪拂[124]使其长鸣，彯组云台者[125]摩肩，趋走丹墀者叠迹。莫不缔恩狎，结绸缪，想惠庄[126]之清尘，庶羊左之徽烈[127]。

“及瞑目东粤[128]，归骸洛浦[129]。穗帐犹悬[130]，门罕渍酒之彦[131]；坟未宿草[132]，野绝动轮之宾[133]。藐尔诸孤，朝不谋夕，流离大海之南，寄命嶂疠[134]之地。自昔把臂之英，金兰之友，曾无羊舌下泣之仁[135]，宁慕郈成分宅之德[136]。呜呼！世路险巇[137]，一至于此！太行孟门，岂云崭绝[138]。是以耿介之士，疾其若斯，裂裳裹足，弃之长骛。独立高山之顶，欢与麋鹿同群，皦皦然绝其雰浊[139]，诚耻之也，诚畏之也！”

---

①刘峻见任昉诸子，流离不能自振，昉生平旧交，莫有收恤者，乃广朱公叔《绝交论》而作此。　②朱公叔：名穆，后汉人，感时浇薄，著《绝交论》。　③《诗经·小雅·出东》：“喓喓草虫，趯趯阜螽。”草虫鸣则阜螽跳跃而从之，异类相应。　④雕虎：老虎。　⑤细缊：指天地之气相互作用而化育万物。　⑥嘤鸣：鸟鸣求友。《诗经·小雅·伐木》：“嘤

其鸣矣，求其友声。”　　⑦后汉王吉，字子阳，与贡禹为友，世称王阳在位，贡公弹冠，言其趣舍同。　　⑧罕生：春秋郑大夫子皮。国子：名侨，字子产。子产闻子皮卒，哭，且曰：“吾已！无为为善矣。唯夫子知我也。”　　⑨郁郁：香气浓郁。⑩胶漆：言交谊之坚，如胶如漆不相离。婉娈：犹亲爱。埙篪：皆古乐器。　　⑪二句言圣贤以良朋之道，故著简策而传之。⑫郢人垩墁其鼻端若蝇翼，使匠石斫之，匠石运斤成风，斫之尽垩而鼻不伤，宋元君召试之，匠石曰：“臣质死久矣。”见《庄子·徐无鬼》。　　⑬伯子：即伯牙。　　⑭后汉时，范式与张劭友善，式梦劭告以已死，式素服奔赴，如期会葬。见《后汉书·范式传》。下泉：黄泉。　　⑮陶陶：快乐舒畅貌。尹敏与班彪相厚，每相与谈，常晏暮不食，昼即至冥，夜彻旦。　　⑯穆卒，赠益州刺史，故称朱益州。　　⑰捶：打击。直切：指正直诚恳的友情。　　⑱听然：张口而笑的样子。　　⑲徽：琴之标识处。　　⑳沮泽：沼泽地带。　　㉑金镜：高明的哲理。㉒污隆：指世道盛衰或政治兴替。　　㉓日月联璧：比喻太平景象。　　㉔亹亹：微妙。　　㉕云飞电薄：比喻世道衰乱。㉖《论语·子罕》：“棠棣之华，偏其反而。”此为逸诗。㉗乐一终为一成。九成：即九章。　　㉘《庄子·天地》：“黄帝游于赤水之北，遗其玄珠，使象罔求而得之。”赤水：传说中的河流。玄珠：喻指天道。　　㉙谟：谋，效法。神睿：神圣。㉚道德仁义，天性也，织之以成其物，练之以成其情。　　㉛《礼记·大学》：“如切如磋，道学也，如琢如磨，自修也。”㉜陵夷：衰落。　　㉝通：通神。灵台：指心。　　㉞遗迹：遗忘形迹。　⑤《诗经，郑风》："风雨如晦，鸡鸣不已。"喻君子杂居乱世，不变改其节度。　⑥《吕氏春秋·孝行览·慎人》篇："大寒既至，霜雪既降，吾是以知松柏之茂也。"
㊲素交：雅素之交。　㊳叔世：末世。讹：伪。　㊴锥刀：言其小。《左传》昭公六年："锥刀之末，将尽争之。"　㊵蚩蚩：无知。　㊶较言：大略叙述。　㊷董：汉哀帝幸臣董贤。石：汉元帝时宦者石显。　㊸梁窦：后汉时外戚梁氏、窦氏，皆曾握有重权，势倾中外。　㊹叠：惧也。熏灼：言势盛。　㊺藉响：闻声响和。川骛：如川水奔流。　㊻鸡人：周官，凡国事，为期则告之时，象鸡之知时，故名。　㊼鹤盖：言车盖如飞鹤。　㊽言车如流水。　㊾春秋时，吴王阖庐欲杀王子庆忌，要离诈以罪亡，令吴王燔其妻子，要离走见庆忌，庆忌不疑而纳之，要离遂乘间以剑刺杀庆忌。　㊿战国时，荆轲为燕刺秦王，不成而死，其族坐之。　51陶白：指陶朱公、白圭。白圭，周人，乐观时变，天下言治生者祖之。
52程罗：指程郑、罗褒。程郑，山东大富。罗褒，成都人，赀至巨万。　53铜陵：铜山也。汉文帝赐宦者邓通严道铜山，得专铸钱，邓氏钱布天下。　54后汉光武帝郭皇后弟况为大鸿胪，数赏赐金钱，京师号况家为金穴。　55食时击钟，为富贵之仪。
56绳枢：以绳系户枢，贫者之居。　57贫女以家无烛，与人共处，冀得其光。　58《礼记·大学》："富润屋。"　59沨沓：众盛貌。鳞萃：如鱼之聚。　60贵家以稻粱饲雁鹜，而希分之。　61玉斝：玉爵。　62《左传》僖公二十四年："所不与舅氏同心者，有如白水。"晋文公对舅犯语。　63陆大夫：汉陆贾。高祖拜贾为太中大夫，陈平以钱五百万遗贾为食饮费。　⑭郭有道：后汉郭泰。泰善人伦，谓臧否人物。东国：指洛阳。　⑮籍甚：声名狼籍甚盛。　⑯郭泰游洛阳，后归乡，诸儒送之，与李膺同舟而济，众宾望之，以为神仙。⑰二语见扬雄《解嘲》注。　⑱黄马：战国公孙龙之辩辞。⑲碧鸡：亦公孙龙辩辞。　⑳温郁：与“温燠”同，温暖。燕有寒谷，邹衍吹律，温气乃至。　㉑风霜壮谓之严。苦：急也。嘘枯则冬荣，吹生则夏落，皆指善谈。　㉒遒：健。云阁：上腾之所。　㉓驵：壮马。　㉔轶：过。碣石：山名。㉕人在阳时则舒，在阴时则惨。　㉖呴：吹。泉涸：鱼相处于陆，相呴以湿，相濡以沫。　㉗《论语·泰伯》：“鸟之将死，其鸣也哀。”　㉘伍子胥有河上之歌者，同病相怜，同忧相救之语。　㉙《诗经·谷风》：“将恐将惧，置予于怀。”㉚湫隘：低下窄小之地。　㉛白盖为苫盖。　㉜伯嚭来奔于吴，子胥请以为大夫，宰嚭实因子胥濯溉而荣显，然后之害子胥者嚭。　㉝张耳、陈余为刎颈交，陈余因张耳抚翼而起，乃以袭张耳。　㉞纩：新绵，易动摇，人将死，置口鼻上以为候。㉟颜冉：指颜渊、冉伯牛，皆孔子弟子。三国魏崔琰谓邴原、张范为龙翰凤翼。庞统号凤雏。　㊱曾史：指曾参、史鱼。曾参，孔子弟子。史鱼，卫大夫。兰薰：若兰之香。雪白：如雪之白。　㊲舒向：指汉董仲舒、刘向。其人如世之金玉，其辞同于渊海。　㊳卿云：指司马长卿、扬子云，其文可黼黻天之河汉。　㊴言虽如颜冉曾史舒向卿云，亦以游尘土梗遇之。㊵半菽：食蔬菜以菽杂半之。　㊶杨朱为我，拔一毛而利天下，不为也。 ⑫共工：尧时四凶之一，为舜所流。搜慝：言隐恶。 ⑬兜：尧时四凶之一，为舜所放。 ⑭南荆：谓楚。⑮《庄子·骈拇》："盗跖死利于东陵之上。" ⑯《孟子·梁惠王》："为长者折枝。"秦王有病召医，破痈溃痤者得车一乘，舐痔者得车五乘。 ⑰将：助。 ⑱脂：脂油。韦：软皮，言柔滑。便辟：习于威仪而不直。 ⑲夷惠：指伯夷、柳下惠。 ⑳苞苴：谓包裹。纳贿于人，亦曰苞苴。 ⑩张霍：指汉张安世、霍光。 ⑩贾：买进。鬻：卖出。 ⑩桓谭：后汉人，字君山，光武时拜议郎，著《新论》。桓谭集并无以市喻交之文，《国策》谭拾子语孟尝君，则有市喻之言，疑拾误为桓，遂居谭上。阛阓（huán huì）：街市。 ⑩林回：战国时人，有"君子之交淡若水，小人之交甘如醴"之语。⑩张陈凶终，即张耳陈余事。 ⑩汉萧育与朱博友善，后育为九卿，博先至丞相，与博有隙。 ⑩翟公：汉下邽人，为廷尉，宾客填门，及废，门外可设雀罗，后复为廷尉，宾客欲往，公大署其门曰："一死一生，乃知交情。一贫一富，乃知交态。一贵一贱，交情乃见。"规规然：自失貌。 ⑩饕餮：见《陈琳为袁绍檄豫州》注。 ⑩速尤：召尤。 ⑩后汉王丹子有同门生丧亲，家在中山，白丹欲奔慰；丹怒而挞之。榎楚：二木名，即夏楚，"夏""榎"古今字，古者扑作教刑，以此为之。⑪乐安：晋国名，地在今山东。 ⑫银黄：银印与金印。⑬曹王：指曹植、王粲。 ⑭跱：或谓当作"特"。 ⑮许郭：指许劭、郭泰，二人皆好人伦，多所赏识，天下言拔士者咸称许郭。⑯田文：即孟尝君。 ⑰汉郑当时，字庄，为大司农，每朝候，上问说，未尝不言天下长者。　⑱眉之上为衡。盱衡：举眉扬目。　⑲晋王衍能言，于意有不安者，辄更易之，时号口中雌黄。　⑳后汉汝南太守宗资等任用善士，以朱紫为别。许劭与从兄靖俱有高名，好论乡党人物，月旦辄更其品题，故汝南俗有月旦评。　㉑阙里：孔子所居，在今山东曲阜。　㉒登龙门：见范宁《罪王何论》龙门注。　㉓售骏马立市，莫与之言，伯乐一顾而价增十倍，见《战国策》。

㉔剪拂：与“湔祓”同，谓去其旧日之不善。　㉕云台：汉宫中高台，后汉永平中图画二十八将于此。　㉖惠庄：指惠施、庄周。惠施死而庄周之说止，以世莫可与语也。　㉗羊左：指羊角哀、左伯桃，二人为死友，闻楚王贤，往寻之，道遇雨雪，计不俱全，伯桃乃并衣粮与角哀，自入树中死。　㉘任昉终于新安太守任上，其地在今浙江。　㉙此句谓归葬扬州。

㉚穗帐：死者灵帐。㉛后汉徐稚吊丧，常于家预炙鸡一只，一两绵渍酒曝干，以裹鸡，径到所赴冢隧外，以水渍之，使有酒气，醊酒毕，留谒而去，不见丧主。　㉜宿草：隔年之草。

㉝范式吊张劭，未至，柩不进，及范式至执引，柩乃前。

㉞嶂疠：即瘴疠，南方湿地流行的恶性疟疾等传染病。　㉟春秋晋羊舌肸见司马侯之子，抚而泣之。　㊱春秋时，郈成子自鲁聘晋，过于卫，右宰谷臣止而觞之，陈乐而不作，酣毕而送以璧，成子不辞，行三十里而闻卫乱作，谷臣死，成子乃迎其妻子，还其璧，隔宅而居之。　㊲险巇：犹颠危。　㊳孟门：山名。言太行孟门未为险，今之世路斯险耳。　㊴皦皦然：洁白貌。雰：同“氛”；雰浊：浊气。

刘潜谢始兴王赐花纨簟启[①]

丽兼桃象[②]，周洽昏明。便觉夏室已寒，冬裘可袭[③]；虽九日煎沙[④]，香粉犹弃[⑤]，三旬沸海[⑥]，团扇可捐[⑦]。

①刘潜：字孝仪，工属文，大同中官御史中丞，出为临海太守，大宝元年，卒，年六十七。始兴王：姓萧，名憺，字僧达，武帝第十一子，天监元年，封始兴郡王。　②桃：桃枝簟。象：象牙簟。　③袭：重衣。　④煎沙：言大旱，汤时大旱七年，煎沙烂石。　⑤少汗，故不须敷粉。　⑥曹植以三伏为三旬。沸海：言酷暑。　⑦捐：亦弃也。

刘令娴祭夫徐敬业文[①]

惟梁大同五年[②]，新妇谨荐少牢[③]于徐府君之灵曰：惟君德爰礼智，才兼文雅，学比山成[④]，辨同河泻[⑤]。明经擢秀，光朝振野。调逸许中[⑥]，声高洛下[⑦]，含潘度陆[⑧]，超终迈贾[⑨]。

二仪既肇[⑩]，判合[⑪]始分。简贤依德，乃隶[⑫]夫君。外治徒奉，内佐无闻。幸移蓬性，颇习兰薰。式传琴瑟[⑬]，相酬典坟。

辅仁[⑭]难验，神情易促。雹碎春仁，霜雕[⑮]夏绿。躬奉正衾[⑯]，亲观启足[⑰]。一见无期，百身何赎[⑱]？

呜呼哀哉！生死虽殊，情亲犹一。敢遵先好，手调姜橘⑲。素俎空干，奠觞徒溢。昔奉齐眉⑳，异于今日。

从军暂别，且思楼中㉑。薄游未反，尚比飞蓬㉒。如当此诀，永痛无穷。百年何几，泉穴方同㉓。

---

①刘令娴：即梁秘书监刘孝绰妹，孝绰有三妹，令娴最幼，世称刘三娘。徐敬业：名悱，郯人，为晋安内史卒，丧还建业，令娴为此文祭之，敬业父勉欲造哀文，睹令娴此作，遂搁笔。 ②大同：梁武帝年号。 ③少牢：一羊。 ④《论语·子罕》："譬如为山，未成一篑。" ⑤《世说》："吐章成文，如悬河泻水，注而不竭。" ⑥许中：今河南许昌。 ⑦洛下：今河南洛阳市。 ⑧潘：即潘岳。陆：即陆机。 ⑨终：终军。贾：贾谊。 ⑩二仪：即天地。肇：始。 ⑪判：亦作"牉"，半。得耦为合。 ⑫隶：附着。 ⑬琴瑟：言夫妇和谐。 ⑭《论语·颜渊》："君子以文会友，以友辅仁。" ⑮雕：通作"凋"，半伤。 ⑯春秋时，齐黔娄没而衾不蔽体，曾子令邪之，其妻曰："邪而有余，不若正而不足。" ⑰《论语·泰伯》："曾子有疾，召门弟子曰：'启予足！启予手！"' 盖以身体受于父母，不敢毁伤，使其弟子开其衾而视之。 ⑱赎：犹续。 ⑲木耳煮而细切之，和以姜橘，可为菹，滑美。 ⑳汉梁鸿妻孟光每馈食，举案齐眉。 ㉑曹植《七哀诗》："明月照高楼，流光正徘徊。上有愁思妇，悲叹有余哀。" ㉒飞蓬：见徐淑《答夫秦嘉书》注。 ㉓泉穴方同：言至死始同葬。

梁简文帝与萧临川书[①]

零雨送秋，轻寒迎节，江枫晓落，林叶初黄，登舟已积，殊足劳止[②]，解维金阙，定在何日[③]？八区内侍[④]，厌直御史之庐[⑤]，九棘外府[⑥]，且息官曹之务。应分竹南川[⑦]，剖符千里[⑧]。

但黑水初旋[⑨]，未申十千之饮[⑩]，桂宫既启，复乖双阙之宴[⑪]，文雅纵横，即事分阻[⑫]，清夜西园[⑬]，眇然未克[⑭]，想征舻而结叹[⑮]，望横席而沾襟。

若使弘农书疏，脱还邺下[⑯]，河南口占，倘归乡里[⑰]，必迟青泥之封[⑱]，且觏《朱明》之诗[⑲]。白云在天，苍波无极，瞻之歧路，眷慨良深，爱护波潮[⑳]，敬勖光彩。

---

①梁简文帝：武帝第三子，姓萧名纲，字世缵，幼聪睿，识悟过人，九流百氏，经目必记，著书甚多，侯景反，为所弑，在位二年。萧临川：萧子云也。梁时萧子显、子云并为临川内史，此书当是与子云者，盖梁中大通三年，简文始立为太子，而子云适迁临川内史，若子显则简文为太子时，已历侍中国子祭酒矣。临川：郡名，在今江西。　②止：语助词。　③维：所以系舟。解维金阙：言开舟离京。　④武帝后宫八区，有昭阳、飞翔、增城、合欢、兰林、披香、凤凰、鸳鸯等殿。内侍：谓供奉内庭。　⑤直：侍。庐：直宿所止之处。　⑥《周礼·秋

官·朝士》："掌建外朝之法，左九棘，孤卿大夫位焉，右九棘，公侯伯子男位焉。" ⑦南川：即指临川。 ⑧符：符节。剖符：谓剖而分半以与之。服官临川，乃封之于外。 ⑨黑水：雍州之水。《尚书·禹贡》："黑水西河惟雍州。"梁普通四年，简文为雍州刺史，中大通三年，还立为皇太子，故云。⑩曹植有"美酒斗十千"句。 ⑪言为太子后，又未筵聚。⑫言雅集每因事阻。 ⑬曹植诗："清夜游西园。" ⑭未克：犹未能。 ⑮船尾谓之舻。此指临川之行舟。 ⑯魏曹植留守邺，数与弘农杨修书，修亦答书焉。弘农地在今河南。邺：汉郡，在今河南临漳县境。 ⑰汉陈遵为河南太守，治私书谢京师故人，遵凭几口占书文，亲疏各有意。河南：汉郡，地在今河南。 ⑱迟：待也。后汉邓训为乌桓校尉，故吏知训好青泥封书，特远载至上谷贻之。 ⑲夏为朱明。六句言吏或因公来京，则青泥之信可待，夏时所作诗可见。 ⑳望其在舟中珍重。

梁简文帝相官寺碑①

真人西灭②，罗汉东游，五明盛士③，并宣北门之教，四姓小臣④，稍罢南宫之学⑤。超洙泗⑥之济济，比舍卫⑦之洋洋。是以高檐三丈，乃为祀神之舍，连阁四周，并非中官⑧之宅。雪山忍辱之草⑨，天宫陀树之花⑩，四照芬吐⑪，五衢异色⑫，能令扶解说法，果出妙衣⑬。鹿苑岂殊⑭，祇林何远⑮？

皇太子萧纬，自昔藩邸[16]，便结善缘。虽银藏盖寡，金地多阙，有惭四事[17]，久立五根[18]。泗川出鼎[19]，尚刻之罘之石[20]；岷峨作镇，犹铭剑壁之山。矧伊福界，宁无镌刻？

铭曰：洛阳白马[21]，帝释天冠[22]，开基紫陌，峻极云端。实惟爽垲[23]，栖心之地。譬若净土[24]，长为佛事。银铺曜色，玉础金光。墖[25]如仙掌，楼疑凤皇[26]。珠生月魄[27]，钟应秋霜[28]。乌依交露[29]，幡承杏梁[30]。窗舒意蕊，室度心香[31]。天琴夜下[32]，绀马朝翔[33]。生灭可度[34]，离苦获常[35]。相续有尽，归乎道场。

---

①相官寺：一作湘宫寺，在今江苏南京江宁区东青溪之北，宋明帝初为湘东王，及即位，以旧地建此寺。　②西灭：得道于西方。　③五明：指声明、工巧明、医方明、因明、内明。　④汉永平中为外戚樊氏、郭氏、阴氏、马氏诸子弟立学，号四姓小侯，以非列侯，故曰小侯。　⑤汉高祖过鲁，申公以弟子从师入见于鲁南宫。见《汉书·儒林传》。　⑥洙泗：见范宁《罪王何论》注。　⑦舍卫国，在月氏南万里。　⑧中官：朝内之官。　⑨葱岭冬夏有雪，彼土人名为雪山。山有草，名忍辱草。　⑩拘尼陀树，其花见月光即开。　⑪鹊山有木，其华四照。　⑫少室之山，其上有木。名曰帝休，其枝五衢，见《山海经》。言树枝重错五出，有象衢路。　⑬加那牟尼将诸比丘游行教化，时有王女请佛及僧，三月受请，四事供养，还复以妙衣各施一领。　⑭迦尸国波罗捺城东北许，得仙人鹿野

苑精舍。见《佛国记》。　⑮须连请太子欲买园，造精舍，祇陀太子言园地属卿，树木属我，二人共立精舍，号为太子祇陀树给孤独食园。见《贤愚经》。　⑯藩邸：见谢朓《辞随王子隆笺》朱邸注。　⑰《宝如来三昧经》："佛言菩萨以四事，可知有劳：闻无央数人，其心恐怖，是为一劳；闻不可度生死，其心恐怖，是为二劳；闻不可限诸佛智，其心恐怖，是为三劳；闻无央数功德而成一相，其心恐怖，是为四劳。"　⑱精进根，念根，定根，慧根，是为五根。　⑲泗川：即泗水，源出山东泗水县南，至江苏入淮。《史记·秦始皇纪》："始皇还过彭城，欲出周鼎泗水，使人没水求之，弗得。"　⑳之罘：秦始皇刻石于此。　㉑洛阳：见扬雄《解嘲》注。白马：寺名。后汉明帝遣使至西域求经，白马负经而来，因以名寺，在今河南洛阳市东故洛阳城西。　㉒《因本经》："须弥山顶为帝释天。"天冠：天星寺名。　㉓爽垲：轩爽高燥处。　㉔《法华论》："无烦恼众生住处，名为净土。"　㉕墖：古"塔"字。　㉖凤皇：晋宫中楼名，在洛阳。　㉗《淮南子·地形训》："蛤蟹珠龟，与月盛衰。"魄：月始生。　㉘丰山有九钟焉，是知霜鸣。霜降则钟鸣，故言知。　㉙交露：言幔。《妙法莲华经序》："珠交露幔。"　㉚杏梁：杏木之梁。　㉛二句出佛经。　㉜简文帝《大法师颂》："天琴自张。"　㉝《起世经》："转轮王绀马之宝，名婆罗诃，日初出时，乘此宝马流大地，还至本宫，乃始进食。"　㉞生灭：犹生死。　㉟天人中有十六苦，六曰爱别离苦。

陈及北朝文

徐陵玉台新咏序[1]

凌云概日[2]，由余[3]之所未窥；万户千门，张衡之所曾赋[4]。周王璧台之上[5]，汉帝金屋之中[6]，玉树以珊瑚作枝[7]，珠帘以玳瑁为押[8]。其中有丽人焉。其人也：五陵豪族[9]，充选掖庭[10]；四姓良家[11]，驰名永巷[12]。亦有颍川新市[13]，河间观津[14]，本号娇娥[15]，曾名巧笑[16]。楚王宫内，无不推其细腰[17]；魏国佳人，俱言讶其纤手[18]。阅诗敦礼，非直[19]东邻之自媒；婉约风流，无异西施[20]之被教。弟兄协律，自小学歌[21]；少长河阳[22]，由来能舞。琵琶新曲，无待石崇[23]；箜篌[24]杂引，非因曹植。传鼓瑟于杨家[25]，得吹箫于秦女[26]。

至若宠闻长乐，陈后知而不平[27]；画出天仙，阏氏览而遥妒[28]。至如东邻巧笑，来侍寝于更衣[29]；西子微颦[30]，将横陈于甲帐[31]。陪游驱娑[32]，骋纤腰于结风[33]；长乐鸳鸯[34]，奏新声于度曲。妆鸣蝉之薄鬓[35]，照堕马之垂鬟[36]。反插金钿[37]，横抽宝树。南都石黛[38]，最发双蛾[39]；北地燕脂[40]，偏开两靥[41]。

亦有岭上仙童，分丸魏帝[42]；腰中宝凤，授历轩辕[43]。

金星与婺女争华[44]，麝月与嫦娥竞爽[45]。惊鸾冶袖，时飘韩掾之香[46]；飞燕[47]长裾，宜结陈王之佩[48]。虽非图画，入甘泉而不分[49]；言异神仙，戏阳台而无别[50]。真可谓倾国倾城[51]，无对无双者也！

加以天情[52]开朗，逸思雕华，妙解文章，尤工诗赋。琉璃砚匣，终日随身；翡翠笔床[53]，无时离手。清文满箧，非惟芍药之花[54]；新制连篇，宁止葡萄之树[55]。九日登高[56]，时有缘情之作；万年公主，非无诔德之辞[57]。其佳丽也如彼，其才情也如此。

既而椒房[58]宛转，柘馆阴岑[59]，绛鹤晨严[60]，铜蠡昼静[61]。三星未夕[62]，不事怀衾[63]；五日犹赊[64]，谁能理曲。优游少托，寂寞多闲。厌长乐之疏钟，劳中宫之缓箭[65]。轻身无力，怯南阳之捣衣[66]；生长深宫，笑扶风之织锦[67]。虽复投壶玉女，为欢尽于百骁[68]；争博齐姬，心赏穷于六箸[69]。无怡神于暇景，惟属意于新诗。可得代彼萱苏[70]，微蠲愁疾。

但往世名篇，当今巧制，分诸麟阁[71]，散在鸿都[72]。不藉篇章[73]，无由披览。于是然脂暝写[74]，弄墨晨书，撰录艳歌[75]，凡为十卷。曾无参于雅颂，亦靡滥于风人[76]，泾渭之间[77]，若斯而已。

于是丽以金箱，装之宝轴。三台妙迹[78]，龙伸蠖屈之书[79]；五色花笺[80]，河北胶东之纸[81]。高楼红粉，仍定鲁鱼之文[82]；辟恶生香，聊防羽陵[83]之蠹。灵飞六甲，高擅玉函[84]；鸿烈仙方，长推丹枕[85]。至如青牛帐里[86]，余曲既终；朱鸟窗前[87]，新妆已竟。方当开兹缥帙⑧⑧，散此绦绳⑧⑨，永对阮⑨⓪于书帷，长循环于纤手。岂如邓学《春秋》⑨①，儒者之功难习；窦传黄老，金丹之术不成。固胜西蜀豪家，托情穷于《鲁殿》⑨③；东储甲观，流咏止于《洞箫》⑨④。娈彼诸姬⑨⑤，聊同弃日，猗与彤管⑨⑥，丽矣香奁⑨⑦。

---

①徐陵：陈郯人，字孝穆，博涉史籍，纵横有口辩，仕梁为御史中丞，陈受禅后，文檄诏诰，多出其手，为一代文宗，官至太子太傅，至德元年卒，年七十七，谥章，有《徐孝穆集》。《玉台新咏》，书名，梁简文帝为太子时，好作艳诗，乃令徐陵撰《玉台新咏》，所录为梁以前诗，虽皆绮丽之作，尚不失温柔敦厚之旨，未可概以淫艳斥之。　②凌云概日：言其高也。③由余：戎人，戎使观秦，秦缪公示以宫室积聚，由余曰：“此乃所以乱也。”　④张衡：后汉西鄂人，字平子，作《两京赋》，十年乃成。其《西京赋》有“万户千门”之句。　⑤周王：即周穆王。王为姬作台，曰重璧之台。　⑥汉武帝年数岁，谓长公主曰：“若得阿娇，当以金屋贮之。”阿娇，即长公主女。　⑦汉武帝起神屋于前庭，植玉树，以珊瑚为枝。⑧《汉武故事》：“以白珠为帘，玳瑁押之。”押，压也，镇帘之具；一作“柙”，又作“匣”。　⑨五陵：指长陵、安陵、阳陵、茂陵、昭陵，汉时士人多宅于此。　⑩掖庭：宫旁房舍。　⑪六朝氏族，以郡望分甲、乙、丙、丁四等为贵族，谓之四姓。　⑫永巷：宫中狱名，中有长巷，故称。　⑬颍

川：东汉郡，地在今河南。新市：后汉侯国，地在今湖北。⑭河间：汉河间国，在今河北。观津：地名，在今河北河间县。四地皆汉外戚所生处。⑮《方言》："秦谓好曰娥。"⑯《古今注》："段巧笑，魏文帝宫人，始作紫粉拂面。"⑰《后汉书·马廖传》："楚王好细腰，宫中多饿死。"⑱《诗经·魏风》："掺掺女手。"掺掺，纤手貌。⑲非直：不善其为。⑳西施：春秋时越美人。㉑《汉书·佞幸传》："李延年，中山人，女弟得幸于上，号李夫人，延年善歌，由是为协律都尉。"㉒河阳：谓河阳公主。《汉书·五行志》："成帝微行出游，过河阳主作乐，见舞者赵飞燕而悦之。"㉓石崇《王明君序》："昔公主嫁乌孙，令琵琶马上作乐以慰其道路之思，其送明君，亦必尔也，其造新曲，多哀怨之声。"石崇：晋南皮人，字季伦，官至卫尉，好奢，为赵王伦所诛。㉔箜篌：乐器名，《释名》谓为师延所作，空国之侯所存，故亦作"空侯"；或谓汉武帝使乐人侯晖为之，其声坎坎，故又作"坎侯。"㉕《汉书·杨恽传》："妇，赵女也，雅善鼓瑟。"㉖秦穆公时有箫史者，善吹箫，能致孔雀白鹤，穆公女弄玉好之，公妻焉。㉗长乐：宫名，汉高祖所作，在陕西西安长安县西北故城中，卫子夫居之。陈后，汉武帝后，闻子夫得幸，几死者数焉。㉘汉高祖困于平城，陈平图美女给阏氏，谓欲献单于，阏氏言于单于，开其一角，得突出，见桓谭《新论》。阏氏：读如烟支，犹汉言皇后。㉙汉武帝过平阳主，既饮，起更衣，子夫侍尚衣轩中，得幸。㉚西施病心，捧而颦，人见而美之。㉛司马相如《好色赋》有玉体横陈句。甲帐：以甲乙次第名之。　　㉜驳娑：汉殿名，在建章宫中。　　㉝傅毅《舞赋序》：“激楚结风，阳阿之舞。”　　㉞鸳鸯：汉武帝时殿名。　　㉟魏文帝宫人莫琼树始制为蝉鬓，望之缥缈如蝉翼。　　㊱后汉梁冀妻孙寿作堕马髻。　　㊲金钿：金花，其为饰田田然，故名。　　㊳石黛：石墨之类，广东始兴县溪中石墨，妇女取以画眉，名画眉石。　　㊴双蛾：喻双眉。　　㊵纣以红蓝花汁凝作燕脂，以燕国所生，故名。　　㊶口辅微涡为靥。　　㊷魏文帝《折杨柳行》：“西山一何高，高高殊无极。上有两仙童，不饥亦不食。与我一丸药，光耀有五色。”　　㊸《汉书·律历志》注：“凤鸟氏为历正。”轩辕：黄帝，受河图作甲子，岁纪甲寅，日纪甲子。　　㊹金星：一名长庚。婺女：星名。　　㊺麝月：或曰星名。　　㊻韩寿美姿容，贾充辟为掾，其女贾午悦焉。时西域贡奇香，著人经月不歇，武帝赐贾充，充女密盗以遗韩寿。　　㊼飞燕：即赵飞燕。　　㊽曹植《洛神赋》：“解玉佩以要之。”陈王：即曹植。　　㊾《汉书·外戚传》：“李夫人早卒，武帝图画其形于甘泉宫。”　　㊿阳台：山名，在今湖北汉川市南。宋玉《高唐赋》：“妾在巫山之阳，高丘之岨，朝朝暮暮，阳台之下。”　　(51)李延年歌曰：“北方有佳人，绝世而独立。一顾倾人城，再顾倾人国。”　　(52)情，一作“晴”。　　(53)汉末一笔之匣，文以翡翠。梁简文制笔床，以四管为一床。　　(54)傅统妻有《芍药花颂》。　　(55)前凉张洪茂有《葡萄酒赋》。　　(56)费长房令桓景九月九日登高以避祸。　　(57)万年公主：晋武帝女也。左贵嫔有《万年公主诔》。　　(58)椒房：殿名，在未央宫，汉皇后所居。　　(59)柘馆：汉上林苑馆名。岑：高貌。　⑥⓪鹤宫：太子所居。绛：赤色。　⑥①公输班见水中蠡引闭其户，终不可开，遂象之立于门户。　⑥②三星：参星。　⑥③《诗经·召南》："抱衾与裯。"　⑥④汉律：吏五日一休沐。　⑥⑤箭：漏箭，昼夜共百刻。　⑥⑥秭归县有捣衣石，但秭归汉时属南郡，此云南阳，不详。　⑥⑦扶风织锦，见江淹《别赋》织锦曲注。　⑥⑧东王公与玉女投壶，每投千二百矫。矫即骁，骁者，箭自壶跃出，复以手接之，屡投屡跃而不坠。　⑥⑨齐姬：未详。六箸：六博，古博具。　⑦⓪萱：忘忧草。苏：紫苏。　⑦①分诸：一作"分封"。麟阁：麒麟阁，在未央宫左，汉萧何建以藏书。　⑦②鸿都：门名，后汉灵帝时，置鸿都门学士。　⑦③不藉篇章，一作"不务连章"。　⑦④脂：石脂，可薰烟为墨。然脂：泛指点燃火炬、灯烛之属。　⑦⑤撰录，一作"选录"。　⑦⑥风人：即诗人。　⑦⑦泾渭：区别之意。　⑦⑧《后汉书·蔡邕传》："补侍御史，又转侍御书史，迁尚书，三日之间，周历三台。"　⑦⑨龙伸蠖屈：状书体。　⑧⓪石虎诏书，以五色纸著凤皇口中，令衔之飞下端门。　⑧①河北胶东：皆出纸处。　⑧②鲁鱼：言讹字。　⑧③羽陵：藏书之所。　⑧④汉武帝受西王母真形六甲灵飞十二事，盛以黄金几，封以白玉函。　⑧⑤淮南有枕中鸿宝苑秘书，刘向父德治淮南狱，得之。即《淮南子》。　⑧⑥魏文帝迎薛灵芸，车皆镂金为帐，驾以青色之牛。　⑧⑦《博物志》："王母降于九华殿，东方朔窃从殿南厢朱鸟牖中窥母。"　⑧⑧缥帙：青白色之书衣。　⑧⑨绦绳：织丝缕为之。　⑨⓪翫：同"玩"。　⑨①后汉邓皇后从曹大家受经传。　⑨②汉景帝母窦皇后好黄帝老子之言。　⑬蜀刘琰侍婢数十，皆教读《鲁灵光殿赋》。　⑭汉王褒为《洞萧颂》，元帝为太子，常嘉之，令后宫贵人左右皆诵读之。　⑮娈彼诸姬：《诗经·卫风》语。娈，好也。⑯猗与：叹美之辞。彤管：赤管笔，古女史执以记事纳诲者。⑰香奁：盛香器，妇女所用。后通称诗语涉及闺阁者为香奁体。

陈后主与詹事江总书[1]

管记陆瑜，奄然殂化[2]，悲伤悼惜，此情何已？吾生平爱好，卿等所悉。自以学涉儒雅，不逮古人，钦贤慕士，是情尤笃。梁室乱离，天下糜沸[3]。书史残缺，礼乐崩沦。晚生后学，匪无墙面[4]，卓尔出群，斯人而已！

吾识览虽局[5]，未曾以言议假人。至于片善小才，特用嗟赏；况复洪识奇士，此故忘言[6]之地。论其博综子史，谙究儒墨，经耳无遗，触目成诵。一褒一贬，一激一扬，语玄析理，披文摘句，未尝不闻者心伏，听者解颐[7]。会意相得，自以为布衣之赏[8]。

吾监抚之暇[9]，事隙之辰，颇用谈笑娱情，琴尊间作。雅篇艳什，迭互锋起。每清风朗月，美景良辰，对群山之参差，望巨波之滉漭[10]。或玩新花，时观落叶；既听春鸟，又聆秋雁。未尝不促膝举觞，连情发藻。且代琢磨，间以嘲谑。俱怡耳目，并留情致。自谓百年为速，朝露[11]可伤；岂谓玉折兰摧[12]，遽从短运。为悲为恨，当复何言！遗迹余文，触目增泫[13]。绝弦[14]投笔，恒有酸恨。以卿同志，聊复叙怀。涕之无从，言不写意。

---

①陈后主：宣帝子，名叔宝，小字黄奴，荒淫无度，尝起结绮、临春、望仙三阁，日与妃嫔狎客游宴其中。隋师至，匿于胭脂井，引之出，俘至长安。在位七年。江总：陈济阳人，字总持，仕梁为太子中舍人，陈授中书令，善五七言，为后主所爱幸，当时谓之狎客。后主为太子时，以管记陆瑜卒，为之流涕，与总书，论述其美，时总为詹事。　②陆瑜：陈吴郡人，字廷玉，仕陈为东宫学士，后兼东宫管记，美词藻，后主在东宫，命瑜抄撰子集，未就而卒。殂化：死也。　③糜沸：言扰乱。　④《尚书·周官》："不学墙面。"谓人而不学，犹面墙而立，无所见也。　⑤局：促也。　⑥忘言：谓得意忘言。　⑦解颐：谓开口笑。　⑧谓愿与为布衣之交。　⑨监抚：太子有监国抚军之责，后主时为太子，故云。　⑩滉瀁：大水貌。　⑪朝露：见江淹《恨赋》注。　⑫玉折兰摧：谓夭折。　⑬泫：流涕貌。　⑭《后汉书·陈元传》："夫至音不合众听，故伯牙绝弦。"

沈炯经通天台奏汉武帝表[1]

臣闻桥山虽掩[2]，鼎湖之灶可祠[3]；有鲁遂荒，大庭[4]之迹无泯。伏惟陛下，降德猗兰[5]，纂灵丰谷[6]。汉道既登，神仙可望。射之罘[7]于海浦，礼日观[8]而称功；横中流于汾河[9]，指柏梁[10]而高宴。何其甚乐，岂不然与？

既而运属上仙，道穷晏驾[11]。甲帐珠帘，一朝零落。茂陵玉碗，遂出人间[12]。凌云[13]故基，与原田而朊朊[14]；别风余趾[15]，带陵阜而芒芒[16]。羁旅缧臣[17]，能不落泪！

昔承明既厌，严助东归[18]；驷马可乘，长卿西反[19]。恭闻故实，窃有愚心。黍稷非馨[20]，敢望徼福。但雀台之吊，空怆魏君[21]；雍丘之祠，未光夏后[22]。瞻仰烟霞[23]，伏增凄恋。

---

①沈炯：陈武康人，字初明，仕梁，侯景乱，陷于贼，陈武帝受禅，官散骑常侍，后以疾卒于吴中。通天台：汉武帝元封二年作，在今陕西泾阳县西北甘泉山。荆州陷，炯为西魏所虏，以母老在东，恒思归国，尝独行经通天台，为表奏之，陈己思归之意；无何，获归。　②桥山：在今陕西黄陵县西北，亦曰子午山，上有黄帝冢。　③黄帝铸鼎于荆山下，鼎既成，黄帝骑龙上天，后世因名其处曰鼎湖。武帝时，李少君上言祠灶则致物，致物而丹沙可化为黄金，黄金成，以为饮食器，则益寿，益寿而海中蓬莱仙者乃可见，见之以封禅，则不死，黄帝是也，于是帝乃亲祠灶。　④大庭：古国名，在鲁城内，鲁于其处作库。⑤猗兰：殿名。汉景帝梦一赤彘从云中直下入崇兰阁，乃改为猗兰殿，后王夫人诞武帝于此殿。　⑥丰谷：今江苏丰县，汉高祖起于丰沛。　⑦之罘：见司马相如《子虚赋》注。　⑧日观：峰名，在山东泰安泰山上，鸡鸣时见日出。　⑨汾河：源出山西管涔山，注于黄河，武帝于此修祠事。　⑩柏梁：台

名，武帝元鼎二年筑，以香柏为梁，在未央宫北阙内。 ⑪晏驾：见江淹《恨赋》宫车晚出注。 ⑫茂陵：武帝陵，在今陕西兴平市东。玉碗：茂陵殉葬之物，赤眉之乱，掘汉诸陵，遂流落民间。 ⑬凌云：台名，楼观精巧。 ⑭原田：高平处之田。朊朊：土地肥美。 ⑮建章宫东有折风阙，一作“别风”。 ⑯芒芒：大貌。 ⑰缧臣：缧绁之臣，沈炯自谓。⑱承明：庐名，在石渠阁外。既厌，一作“见罢”。武帝赐严助书曰：“君厌承明之庐，劳侍从之事，怀故土，出为郡吏。” ⑲司马长卿初西去，过升仙桥，题柱曰：“大丈夫不乘驷马车盖，不复过此桥。” ⑳《尚书·君陈》：“黍稷非馨，明德惟馨。” ㉑雀台：曹操所造铜雀台。 ㉒雍丘：今河南杞县。 ㉓烟霞，一作“徽猷”。

北齐文宣帝禁浮华诏[①]

顷者风俗流宕[②]，浮竞日滋。家有吉凶，务求胜异。婚姻丧葬之费，车服饮食之华，动竭岁资，以营日富[③]。又奴婢带金玉？婢妾衣罗绮，始以创出为奇，后以过前为丽。上下贵贱，无复等差。今运属维新[④]，思蠲[⑤]往弊。反朴还淳，纳民轨物[⑥]。可量事具立条式，使俭而获中！

---

①北齐文宣帝：姓高，名洋，字子进，高欢第二子，初即位，颇留心治术，征伐四克，威震华夏，六七年后，以功业自矜，肆行淫暴，在位十年。禁浮华诏，文宣帝天保元年六月所

下，其时才僭位。　②宕：过也。　③日富：一日之富。④维新：谓国运方新。　⑤蠲：除也。　⑥《左传》隐公五年："君将纳民于轨物者也。"轨物：法度，讲事以度轨量谓之轨，取材以章物采谓之物。

庾信春赋[①]

宜春苑[②]中春已归，披香殿[③]里作春衣。新年鸟声千种啭，二月杨花满路飞。河阳[④]一县并是花，金谷[⑤]从来满园树。一丛香草足碍人，数尺游丝即横路。

开上林[⑥]而竞入，拥河桥[⑦]而争渡。出丽华之金屋[⑧]，下飞燕之兰宫[⑨]。钗朵多而讶重，髻鬟高而畏风。眉将柳而争绿，面共桃而竞红。影来池里，花落衫中。

苔始绿而藏鱼，麦才青而覆雉。吹萧弄玉[⑩]之台，鸣佩凌波[⑪]之水，移戚里而家富[⑫]，入新丰而酒美[⑬]。石榴聊泛[⑭]，蒲桃酦醅[⑮]，芙蓉玉碗，莲子金杯。新芽竹笋，细核杨梅，绿珠[⑯]捧琴至，文君[⑰]送酒来。

玉管初调，鸣弦暂抚。《阳春》《渌水》之曲[⑱]，对凤回鸾之舞。更炙笙簧[⑲]，还移筝柱[⑳]。月入歌扇[㉑]，花承节鼓[㉒]。协律都尉[㉓]，射雉中郎[㉔]。停车小苑，连骑长杨[㉕]。金鞍始被，柘弓新张[㉖]。拂尘看马埒[㉗]，分朋入射堂[㉘]。马是天池之龙种[㉙]，带乃荆山之玉梁[㉚]。艳锦安天鹿[㉛]，新绫织凤凰[㉜]。

三日曲水[㉝]向河津，日晚河边多解神[㉞]。树下流杯客[㉟]，沙头渡水人㊱。镂薄㊲窄衫袖，穿珠帖领巾。百丈山头日欲斜，三晡㊳未醉莫还家。池中水影悬胜镜㊴，屋里衣香不如花。

---

①庾信：新野人，字子山，文章摛藻艳丽，与徐陵齐名，时称为徐庾体。梁元帝时，以左卫将军使西魏，被留不遣，周明帝、武帝并恩礼之，累迁骠骑大将军开府仪同三司，世称庾开府。《春赋》，信仕南朝时为东宫学士之文。　②宜春苑：见司马相如《上林赋》注。　③披香殿：汉宫殿名。　④河阳：见江淹《别赋》注。潘岳为河阳令，满县皆栽桃花。　⑤金谷：见江淹《别赋》注。晋石崇有别馆在金谷。六朝小赋，每以五七言相杂成文，信始创类七言诗之体。　⑥上林：汉苑名。⑦河桥：在河南孟县南，晋杜预所造，东晋以后，常为兵争之地。　⑧后汉阴皇后，名丽华，有姿容。　⑨赵皇后居昭阳殿，有女弟，俱为婕妤，贵倾后宫，昭阳舍兰房椒壁。　⑩吹箫弄玉：见徐陵《玉台新咏序》注。　⑪曹植《洛神赋》："凌波微步。"　⑫《汉书·石奋传》："徙家长安中戚里。"于上有姻戚者皆居之，故名。　⑬新丰：县名，故城在今陕西临潼市东北。高祖太上皇思慕乡里，高祖徙丰沛屠儿酤酒煮饼商人，立为新丰。　⑭顿孙国有安石榴，取汁置杯中，数日成美酒。⑮蒲桃：即葡萄。西域有葡萄酒。酦（pō）：酒再酿。醅：酒未熟。　⑯绿珠：晋石崇爱妾，美而艳，善吹笛，孙秀求之，石崇不许，孙秀矫诏收石崇，绿珠自投楼下而死。　⑰文君：即卓文君。　⑱《阳春》：高曲名。《渌水》：古诗。　⑲炙：

薰炙烘焙。簧：笙管中之金薄铄。笙簧必以高丽铜为之，艳以绿蜡，簧暖则字正而声清越，故必焙而后可。　⑳筝长六尺，应律数，弦十有二，象四时，柱高三寸，象三才。　㉑班婕妤诗："裁为合欢扇，团栾似明月。"　㉒夏加四足于大鼓，谓之节鼓。　㉓协律都尉：见徐陵《玉台新咏序》注。　㉔晋潘岳有《射雉赋》，潘岳官太尉掾兼虎贲中郎将。　㉕长杨：汉宫名，在今陕西周至县东南，扬雄有《长杨赋》。　㉖柘树枝长而劲，故以为弓。　㉗石虎于楼下开马埒射场。　㉘射堂：所以习射。　㉙陇西神马山，有泉，乃龙马所生。　㉚荆山：在今湖北南漳县西，楚卞和得玉于此。北朝陈顺破赵青雀，魏文帝解所服金缕玉梁带赐之。　㉛天鹿：兽名。言织成绫锦，上有鸟兽之文。　㉜凤凰：凤凰锦。　㉝晋武帝问三日曲水之义，束皙曰："昔周公成洛邑，因流水以泛酒；又秦昭王以三日置酒河曲，见金人奉水心之剑，曰：'令君制有西夏，乃霸诸侯。'因此立为曲水，二汉相沿，皆为盛集。"　㉞解神：建筑竣事，谢土神。　㉟三月三日，士民并为流觞曲水之饮。㊱元日至月晦，为铺食渡水，士女悉湔裳酹酒水湄以度厄。㊲正月七日，剪彩或镂金薄为人以贴屏风，亦戴之头鬓，其俗起于晋代。　㊳晡：申时。三晡，盖申时之将尽；又申时食曰铺，"晡"或"铺"字之误。　㊴胜镜：言春水照人有如明镜。

庾信枯树赋①

殷仲文②风流儒雅，海内知名。世异时移，出为东阳太守[3]。常忽忽不乐，顾庭槐而叹曰："此树婆娑，生意尽矣！[4]"至如白鹿贞松[5]，青牛文梓[6]；根柢盘魄[7]，山崖表里。桂何事而销亡[8]，桐何为而半死[9]？昔之三河徙植[10]，九畹移根[11]，开花建始之殿[12]，落实睢阳之园[13]，声含嶰谷[14]，曲抱《云门》[15]。将雏集凤[16]，比翼巢鸳[17]，临风亭而唳鹤[18]，对月峡而吟猿。

乃有拳曲拥肿[19]，盘坳[20]反覆；熊彪顾盼，鱼龙起伏。节[21]竖山连，文横水蹙[22]，匠石[23]惊视，公输[24]眩目。雕镌始就，剞劂[25]仍加，平鳞铲甲，落角摧牙；重重碎锦，片片真花，纷披草树，散乱烟霞[26]。

若夫松子古度，平仲君迁[27]，森梢[28]百顷，槎枿千年[29]。秦则大夫受职[30]，汉则将军坐焉[31]。莫不苔埋菌压，鸟剥虫穿；或低垂于霜露，或撼顿于风烟[32]。东海有白木之庙[33]，西河有枯桑之社[34]，北陆[35]以杨叶为关，南陵以梅根作冶[36]，小山则藂桂留人[37]，扶风则长松系马[38]。岂独城临细柳[39]之上，塞落桃林之下[40]。

若乃山河阻绝，飘零离别，拔本垂泪，伤根流血[41]。火入空心，膏流断节。横洞口而欹卧，顿山腰而半折。文斜者百围冰碎，理正者千寻瓦裂。戴瘿衔瘤[42]，藏穿抱穴[43]，木魅睒睗[44]，山精妖孽[45]。

况复风云不感，羁旅无归；未能《采葛》[46]，还成食薇[47]；沉沦穷巷，芜没荆扉；既伤摇落，弥嗟变衰。《淮南子》云："木叶落，长年悲[48]。"斯之谓矣！乃为歌曰："建章三月火[49]，黄河万里槎[50]。若非金谷满园树，即是河阳一县花[51]。”桓大司马[52]闻而叹曰：“昔年种柳，依依[53]汉南；今看摇落，凄怆江潭。树犹如此，人何以堪[54]。”

---

①《枯树赋》：庾信思乡之作。庾信初至北方，文士多轻之。庾信示以此赋，于后无敢言者。　②殷仲文：晋陈郡人，累官新安太守，寻投桓玄，玄败归朝，自谓必当重位，乃由尚书迁东阳太守，意弥不平，义熙中，以谋反诛。　③东阳：郡名，地在今浙江。　④婆娑：舞貌。　⑤敦煌有白鹿塞，地多古松，白鹿栖息其下。　⑥秦文公伐雍州南山文梓木，有青牛出走丰水。　⑦盘魄：与“磅礴”同，广博也，充塞也。⑧汉武帝《悼李夫人辞》：“桂枝落而销亡。”　⑨枚乘《七发》：“龙门之桐，高百尺而无枝，其根半死半生。”　⑩三河：指河东、河南、河内。徒植，未详。　⑪九畹：见沈约《梁武帝集序》兰畹注。　⑫建始殿：在洛阳，曹操所作。⑬睢阳：县名，故城在今河南商丘南。有梁孝王东苑，中有修竹园。　⑭嶰谷：昆仑之北谷。黄帝使伶伦取竹于嶰之谷。⑮《云门》：乐名，黄帝所作。　⑯《步出夏门古辞》：“凤凰鸣啾啾，一母将九雏。”集凤：言凤凰来集。黄帝时凤集帝庭，食常竹实，栖常梧桐。　⑰宋康王埋韩凭夫妻，宿昔梓生，有鸳鸯，雌雄各一。　⑱晋陆机为成都王颖将兵，与长沙王乂战，败于河桥，颖收之，将刑，陆机叹曰：“华亭鹤唳，岂可复闻乎。”华亭：即今松江县西之平原村，陆机故宅在其侧。⑲《庄子·逍遥游》：“吾有树，人谓之樗，其大本拥肿而不中

绳墨，其小枝拳曲而不中规矩。”拳曲：屈如拳。拥肿：磊块不平。　⑳盘坳：盘曲。　㉑节：柱头斗拱，刻镂为山。　㉒文横水蹙：言甫经雕镌之状。　㉓匠石：匠人，名石。　㉔公输：见王褒《圣主得贤臣颂》注。　㉕剞劂：曲刀，用以雕刻者。　㉖言巧匠得此树，穷致其工，雕成鱼龙麒麟牙兽之状，锦花草树烟霞之文。　㉗松子、古度、平仲、君迁：皆木名，或谓松子系松梓之误，古度树不华而实，平仲实白如银，君迁之子如瓠形。　㉘森梢：垂貌。　㉙槎：斜斫。枿（niè）：斩而复生。　㉚秦始皇东封泰山，风雨骤至，避于松下，因封为五大夫。　㉛后汉冯异值诸将争功，常屏处大树下，军中号为大树将军。　㉜撼顿：摇动颠踬。　㉝东海：东至于海。郑县东伍伯村有白榆连理树，士民奉为社，是即白木庙。　㉞西河：西至于河。燕慕容皝于龙城植松为社，燕灭，大风拔之，后数年，社处有桑二根生焉。　㉟北陆：北方之地。　㊱南陵：县名，在今安徽。江南有梅根及冶塘二冶。　㊲汉淮南王安好客，八公之徒，分造诗赋，或称小山，或称大山。有“桂树丛生兮山之幽”“攀援桂枝兮聊淹留”等句。　㊳刘琨《扶风歌》：“系马长松下。”扶风：汉郡名，即右扶风。　㊴细柳：见司马相如《上林赋》注。　㊵自河南灵宝以西至潼关，皆古桃林地，周武王克殷，放牛于此；春秋时，晋使詹嘉处瑕，守桃林之塞。　㊶“若乃”以下喻己失国丧家流离异域，如木之拔本伤根。　㊷五岭之间多枫木，岁久则生瘤瘿。瘿：木上隆起。　㊸藏穿抱穴：言树老心空。　㊹睒睗（shǎn yì）：光闪烁。　㊺山精：即山魈。　㊻《采葛》：《诗》篇名，喻小臣以事使出。此庾信自伤出使而被留。 ㊼此庾信借夷齐食薇事自伤屈节魏周。 ㊽《淮南子》：书名，汉淮南王安著，书中有“桑叶落而长年悲”之句。 ㊾此当指赤眉焚西京宫室事。 ㊿汉使张骞寻河源，乘槎经月而至。 51二句见《春赋》注。 52桓大司马：桓温也，字元子，官至大司马。 53依依：柔弱貌。 54桓温北伐，见少时所植柳，皆已十围，慨然曰：“木犹如此，人何以堪。”

庾信小园赋[1]

若夫一枝之上，巢父得安巢之所[2]；一壶之中，壶公有容身之地[3]。况乎管宁藜床，虽穿而可坐[4]；嵇康锻灶，既暖而堪眠[5]。岂必连闼洞房[6]，南阳樊重之第[7]；赤墀[8]青琐，西汉王根之宅[9]。余有数亩弊庐，寂寞人外，聊以拟伏腊[10]，聊以避风霜。虽复晏婴近市，不求朝夕之利[11]；潘岳面城，且适闲居之乐[12]。况乃黄鹤戒露[13]，非有意于轮轩[14]；爰居避风[15]，本无情于钟鼓[16]。陆机则兄弟同居[17]，韩康则甥舅不别[18]。蜗角蚊睫[19]，又足相容者也。

尔乃窟室[20]徘徊，聊同凿坏[21]。桐间露落，柳下风来。琴号珠柱[22]，书名《玉杯》[23]。有棠梨而无馆，足酸枣而非台[24]。犹得敧侧八九丈[25]，纵横数十步，榆柳两三行，梨桃百余树。拨蒙密兮见窗，行敧斜兮得路。蝉有翳[26]兮不惊，雉无罗[27]兮何惧。

草树混淆，枝格相交[28]。山为篑覆[29]，地有堂坳[30]。藏狸并窟，乳鹊重巢[31]。连珠细菌[32]，长柄寒匏[33]。可以疗饥，可以栖迟。敧岖兮[34]狭室，穿漏兮茅茨。檐直倚而防帽，户平行而碍眉[35]。坐帐无鹤[36]，支床有龟[37]。鸟多闲暇，花随四时。心则历陵枯木[38]，发则睢阳乱丝[39]。非夏日而可畏[40]，异秋天而可悲[41]。

一寸二寸之鱼，三竿两竿之竹。云气荫于丛著[42]，金精养于秋菊[43]。枣酸梨酢[44]，桃榹李薁[45]。落叶半床，狂花满屋[46]。名为野人之家[47]，是谓愚公之谷[48]。试[49]偃息于茂林，乃久羡于抽簪[50]。虽有门而长闭，实无水而恒沉[51]。三春负锄相识[52]，五月披裘见寻[53]。问葛洪之药性[54]，访京房[55]之卜林。草无忘忧之意[55]，花无长乐之心[57]。鸟何事而逐酒[58]，鱼何情而听琴[59]。

加以寒暑异令，乖违德性[60]。崔骃以不乐损年[61]，吴质以长愁养病[62]。镇宅神以薶石[63]，厌山精而照镜[64]。屡动庄舄[65]之吟，几行魏颗之命[66]。薄晚闲闺，老幼相携[67]。蓬头王霸之子[68]，椎髻梁鸿之妻[69]。燋麦两瓮，寒菜一畦[70]。风骚骚而树急[71]，天惨惨而云低，聚空仓而雀噪[72]，惊懒妇而蝉嘶[73]。昔草滥于吹嘘[74]，藉《文言》之庆余[75]，门有通德[76]，家承赐书[77]。或陪玄武之观[78]，时参凤凰之虚[79]，观受厘于宣室[80]，赋《长杨》于直庐[81]。

遂乃山崩川竭[82]，冰碎瓦裂[83]。大盗潜移[84]，长离永灭[85]。摧直辔于三危[86]，碎平途于九折[87]。荆轲有寒水之悲[88]，苏武有秋风之别[89]。关山则风月凄怆[90]，陇水则肝肠断绝[91]。龟言此地之寒[92]，鹤讶今年之雪[93]。百龄兮倏忽，菁华兮已晚[94]。不雪雁门之踦[95]，先念鸿陆之远[96]。非淮海兮可变[97]，非金丹兮能转[98]。不暴骨于龙门[99]，终低头于马坂[100]。谅天造[101]兮昧昧，嗟生民兮浑浑[102]。

---

①《小园赋》，庾信伤其屈体魏周，欲为隐居而不可得，以乡关之思，发为哀怨之辞。　②巢父安巢，见孔稚圭《北山移文》注。　③壶公：仙人，常悬一壶空屋上，日入之后，跳入壶中，人莫能见，惟费长房楼上见之，知非凡人。　④管宁：字幼安，后汉末北海朱虚人，常坐一木榻，积五十年未尝箕踞，榻上当膝处皆穿。　⑤晋嵇康性好锻，宅中有一柳树，每夏月居其下以锻。锻：以金入火而椎之。　⑥闼：宫门小者。连闼：谓门闼相连属。　⑦樊重：南阳湖阳人，好货殖，其所起庐舍，皆有重堂高阁。南阳：郡名，地在今河南。　⑧墀：阶上地。青琐者，刻为连环文而以青涂之。　⑨王根，骄奢僭上，赤墀青琐。文起端言一枝一巢，犹可居处，已本羁旅之人，结庐容身而已，不必高堂大厦。　⑩伏日在夏，腊日在冬，秦汉时令节，因正朔之不同，故曰拟。　⑪齐景公欲更晏婴之宅，婴辞。有小人近市，朝夕得所求，小人之利之语。　⑫潘岳《闲居赋》："背京溯伊，面郊后市。"　⑬鹤性警，八月露降，滴草叶有声则鸣。　⑭春秋时卫懿公好鹤，鹤有乘轩者。见《左传》闵公二年。言懿公好鹤，故鹤乘轩，非黄鹤有意

于轮轩。⑮海鸟曰爰居，止于鲁东门外，臧交仲祀之，展禽知其避风而来。是岁，海多大风。⑯言臧文仲不知，故祀爰居，爰居本无意于钟鼓也。⑰陆机兄弟：陆机及弟陆云。蔡司徒在洛，见机兄弟住参佐廨中，三间瓦屋，云住东头，机住西头。⑱晋韩伯，字康伯，殷浩甥也，浩素赏爱之，随至徙所，经年还都，浩送至渚侧，因而泣下。⑲蜗：蜗牛。⑳窟室：地室。晋孙登于山为土窟居之。㉑凿坏：见扬雄《解嘲》注。㉒珠柱：琴名，琴有柱，以珠为之。㉓汉董仲舒说《春秋》事，有《玉杯》《繁露》等书。㉔棠梨：馆名，在甘泉宫中。酸枣：县名，故城在今河南延津县北，城西有韩王望气台，孙子荆故台。言园中但有梨枣，而无台馆。㉕攲侧：不正。㉖翳：蔽也。㉗罗：鸟罟。㉘格：树高长枝。言园中草树，随其所长，不加修葺。㉙篑：土笼。㉚地，一作“水”。《庄子·逍遥游》：“覆杯水于坳堂之上，则芥为之舟。”言园之极小，任其自然而成山水。㉛重，一作“同”。㉜连珠细菌：言菌之细者，连缀如贯珠。㉝匏：葫芦。陆机诣刘道真，刘无他言，惟问吴有长柄葫芦，得种来不。㉞攲呕：读如“崎岖”，义同。㉟四句言园小而处所亦极狭陋。㊱介象，字元则，吴王征至武昌，诏令立宅供帐，后告言病，须臾便死，帝埋葬之，以日中死，晡时已至建业，吏后以表闻，发棺视之，惟一符耳，王思之，与立庙，时时往祭，常有白鹤来集座上，迟回复去。㊲南方老人，以龟支床足，后老人死，龟尚生。㊳历陵：县名，汉属豫章郡，故城在今江西九江市东。晋永嘉六年七月，豫章郡有樟树久枯，是月，忽更荣茂。　　㊴睢阳：故宋国。墨翟为宋人，尝见染素丝者而叹，故云睢阳乱丝。　　㊵夏日可畏：见《左传》文七年。　　㊶宋玉《九辩》有“悲哉秋之为气也”之句。言心中只有畏悲，并无乐趣。　　㊷蓍：筮草。蓍生满茎者，其上必有云气覆之。　　㊸甘菊九月上寅日采，名曰“金精”。　　㊹枣酸：枣之变种。酢：“醋”之本字。梨酢：梨之有酸味者。　　㊺榹：似桃而小。薁：山李。　　㊻狂花：花不以时而开者。　　㊼野人家：见《宋书·隐逸传》。　　㊽愚公谷：谷名，今山东临淄西有之。　　㊾试，一作“诚”。　　㊿抽簪：谓弃官，发无簪则散。　　(51)人中隐者，譬无水而沉。言己虽显达，实志在隐遁。　　(52)魏林类年百岁，底春披裘拾遗穗，且歌且进，孔子遇之，以为可与言。　　(53)延陵季子出游，见道中有遗金，有披裘采薪者，季子顾令取之，披裘者怫然曰：“五月披裘而负薪，岂拾金者哉！”季子惊谢，问其姓名，披裘者曰：“吾子皮相之士，何足语姓名也。”　　(54)葛洪：晋句容人，字稚川，著《抱朴子》。其内篇言神仙方药等事。　　(55)京房：汉顿丘人，字君明，治《易经》甚精。　　(56)萱草：一名忘忧草。　　(57)紫华，一名长乐花。庾信即景伤怀，视园中花草皆含忧。　　(58)海鸟止于鲁郊，鲁侯御而觞之庙，鸟眩视悲忧，不饮，三日而死。　　(59)伯牙鼓琴，渊鱼出听。　　(60)自此以下八句，言己之忧郁。　　(61)崔骃：后汉安平人，字亭伯，窦宪辟为掾。窦宪擅权骄恣，崔骃数谏之。窦宪不能容，出为长岑长，崔骃以远出，不得意，不之官而归，卒于家。　　(62)魏吴质见友于曹丕，魏大疫，知友皆死，吴质与曹丕书，有“白发生鬓，所虑日深”之语。　　(63)薶：同“埋”。

十二月暮日，掘宅四角，各埋一大石，谓可镇宅。　⑭厌：禳也。万物之老者，其精能假托人形，惟不能于镜中易其真形，古之入山道士，皆以明镜悬于背后，则老魅不敢近人。　⑮庄舄：事见王粲《登楼赋》注。　⑯魏颗：事见李密《陈情表》注。　⑰此下十句，言全家入长安。　⑱后汉王霸，光武时连征不仕，妻亦美志行，初王霸与同郡令狐子伯为友，后子伯为楚相，令子奉书于王霸，车马服从，雍容如也，王霸子时方耕于野，闻宾至，投耒而归，见令狐子，沮怍不能仰视，王霸以子蓬头不知体为愧。　⑲后汉梁鸿娶同县孟氏女，始以装饰入门，七日而梁鸿不答，乃更为椎髻，著布衣，操作而前，梁鸿喜曰："此真梁鸿妻也。"椎髻，一撮之髻，其形似椎。　⑳一畦：一区。　㉑风，一作"树"。骚骚：风动貌。树，一作"风"。㉒汉苏伯玉妻《盘中诗》："空仓雀，常苦饥。"　㉓促织鸣，懒妇惊，非蝉而云蝉嘶，以其鸣声相似。一说"蝉"疑作"蛩"。　㉔草滥：谓以草莽而滥居吹竽之列，以膺禄位。㉕藉：凭藉。言仕梁承先世之德。庾信初仕梁，父子出入禁闼。㉖孔融告高密县为郑玄广开门衢，令容高车，号为通德门。㉗汉班彪与仲兄嗣共游学，家有赐书。　㉘玄武观：指玄武湖之亭观，湖在江苏南京市太平门外，梁筑园亭其上，名玄圃。㉙凤凰虚：见《韩非子·外储说》。　㉚汉文帝思贾谊，征之，至，入则上方受厘，坐宣室上。宣室，汉斋宫。　㉛长杨：见《春赋》注。直庐：直宿所止处。　㉜山崩川竭：亡之征兆。　㉝冰碎瓦裂：言破碎不全。　㉞大盗潜移：梁武帝太清二年侯景之乱。　㉟长离：凤也，指梁武子孙。一说星名。　⑧⑥三危：山名。　⑧⑦九折：坂名，在今四川邛崃山，山路艰险，登者九折乃得上。　⑧⑧燕太子丹遣荆轲入秦刺秦王，丹饯之易水上，轲友高渐离歌曰："风萧萧兮易水寒。壮士一去兮不复还。"　⑧⑨汉苏武使匈奴，匈奴欲降之，留不遣，李陵降匈奴，往顾之，临别与诗曰："欲因晨风发，送子以贱躯。"　⑨⓪古乐府有《关山月》，伤别离。　⑨①陇水：在今陕西陇县西。《陇头歌辞》："陇头流水，鸣声幽咽，遥望秦川，肝肠断绝。"　⑨②苻坚建元十二年，得大龟凡二尺六寸，坚为石池养之，十六年而死，取其骨以问吉凶，名为客龟，大卜佐高梦龟言："我将归江南，不遇，死于秦。"　⑨③晋太康二年冬，大雪，南洲人见二鹤语于桥下曰："今兹寒不减，尧崩年也。"　⑨④光华：犹年华。　⑨⑤雪：除也，洗也。汉段会宗为都护，谷永予书戒曰："愿吾子因循旧贯，毋求奇功，终更亟还，亦足以复雁门之踦。"踦，只也。会宗从沛郡下为雁门，又坐法免，为琦只不偶。　⑨⑥《周易·渐卦》："鸿渐干陆，夫征不复。"　⑨⑦雀入于水为蛤，雉入于水为蜃。　⑨⑧《抱朴子·金丹》："九转内神，鼎中金丹，有一转至九转之法。"　⑨⑨暴：今作"曝"。骨，一作"腮"。龙门山在河东界，鱼登者化为龙，不登者点额暴腮而返。　⑩⓪骐骥驾盐车上吴坂，迁延负辕而不敢进，遭伯乐，仰天而鸣，知伯乐知己。　⑩①天造：犹言天运。　⑩②浑浑：言安于不识不知。

庾信哀江南赋[1]并序

粤以戊辰之年[2]，建亥之月[3]，大盗移国[4]，金陵瓦解[5]。余乃窜身荒谷[6]，公私涂炭[7]。华阳奔命，有去无归[8]。中兴道销，穷于甲戌[9]，三日哭于都亭[10]，三年囚于别馆[11]。天道周星[12]，物极不反。傅燮之但悲身世，无处求生[13]；袁安之每念王室，自然流涕[14]。

昔桓君山之志事[15]，杜元凯之平生[16]，并有著书，咸能自序。潘岳之文采，始述家风[17]；陆机之辞赋，先陈世德[18]。信年始二毛[19]，即逢丧乱，藐是[20]流离，至于暮齿。《燕歌》远别，悲不自胜[21]；楚老相逢，泣将何及[22]！畏南山之雨[23]，忽践秦庭[24]；让东海之滨，遂餐周粟[25]。下亭漂泊[26]，高桥[27]羁旅。楚歌非取乐之方[28]，鲁酒无忘忧之用[29]。追为此赋，聊以纪言；不无危苦之辞，惟以悲哀为主。

日暮途远[30]，人间何世[31]？将军一去，大树飘零[32]；壮士不还，寒风萧瑟[33]。荆璧睨柱，受连城而见欺[34]；载书横阶，捧珠盘而不定[35]。钟仪君子，人就南冠之囚[36]；季孙行人，留守西河之馆[37]。申包胥之顿地，碎之以首[38]；蔡威公之泪尽，加之以血[39]。钓台移柳，非玉关之可望[40]；华亭鹤唳，岂河桥之可闻[41]？

孙策以天下为三分，众才一旅[42]；项籍用江东之子弟，人惟八千[43]。遂乃分裂山河，宰割天下。岂有百万义师，一朝卷甲；芟夷斩伐，如草木焉[44]？江淮无涯岸之阻，亭壁无藩篱之固[45]。头会箕敛者，合从缔交[46]；锄耰棘矜者，因利乘便[47]。将非江表王气，终于三百年乎[48]！是知并吞六合[49]，不免轵道之灾[50]；混一车书[51]，无救平阳之祸[52]。呜呼！山岳崩颓，既履危亡之运；春秋迭代，必有去故之悲。天意人事，可以凄怆伤心者矣！

况复舟楫路穷，星汉非乘槎可上[53]；风飙道阻，蓬莱无可到之期[54]。穷者欲达其言，劳者须歌其事。陆士衡闻而抚掌[55]，是所甘心；张平子见而陋之[56]，固其宜矣。

我之掌庾承周[57]，以世功而为族；经邦佐汉，用论道而当官[58]。禀嵩、华之玉石，润河洛之波澜[59]；居负洛而重世[60]，邑临河而晏安[61]。逮永嘉之艰虞，始中原之乏主[62]；民枕倚于墙壁，路交横于豺虎。值五马之南奔[63]，逢三星之东聚[64]。彼凌江而建国[65]，始播迁于吾祖[66]。分南阳而赐田[67]，裂东岳而胙土[68]。诛茅宋玉之宅[69]，穿径临江之府[70]。水木交运[71]，山川崩竭[72]，家有直道，人多全节[73]。训子见于纯深，事君彰于义烈[74]。新野有生祠之庙[75]，河南有胡书之碣[76]。

况乃少微真人，天山逸民[77]，阶庭空谷，门巷蒲轮[78]；移谈讲树[79]，就简书筠[80]。降生世德，载诞贞臣[81]，文词高于甲观[82]，模楷盛于漳滨[83]；嗟有道而无凤[84]，叹非时而有麟[85]。既奸回之奰逆，终不悦于仁人[86]。

王子滨洛之岁[87]，兰成射策之年[88]。始含香于建礼[89]，仍矫翼于崇贤[90]；游洊雷之讲肆[91]，齿明离之胄筵[92]。既倾蠡而酌海，遂测管以窥天[93]。方塘水白，钓渚[94]池圆；侍戎韬于武帐[95]，听雅曲于文弦[96]。乃解悬而通籍[97]，遂崇文而会武[98]；居笠毂而掌兵[99]，出兰池而典午[100]。论兵于江汉之君[101]，拭玉于西河之主[102]。

于时[103]朝野欢娱，池台钟鼓。里为冠盖[104]，门成邹鲁[105]。连茂苑于海陵[106]，跨横塘于江浦[107]。东门则鞭石成桥[108]，南极则铸铜为柱[109]。橘则园植万株，竹则家封千户[110]。西赆浮玉[111]，南琛没羽[112]。吴歈越吟[113]，荆艳楚舞[114]。草木之遇阳春，鱼龙之逢风雨。五十年中，江表无事[115]。王歙为和亲之侯[116]，班超为定远之使[117]。马武无预于甲兵[118]，冯唐不论于将帅[119]。

岂知山岳暗然，江湖潜沸[120]。渔阳有闾左戍卒[121]，离石有将兵都尉[122]。天子方删《诗》《书》，定《礼》《乐》[123]；设重云之讲[124]，开士林之学[125]；谈劫烬之灰飞[126]，辨常星之夜落[127]。地平鱼齿[128]，城危兽角[129]；卧刁斗于荥阳[130]，绊龙媒于平乐[131]；宰衡以干戈为儿戏[132]，缙绅以清谈为庙略[133]。乘渍水以胶船[134]，驭奔驹以朽索[135]。小人则将及水火，君子则方成猿鹤[136]。敝箄不能救盐池之咸[137]，阿胶不能止黄河之浊[138]。既而鲂鱼赪尾[139]，四郊多垒[140]。殿狎江鸥，宫鸣野雉[141]；湛卢去国[142]，艅艎失水[143]。见被发于伊川，知百年而为戎矣[144]。

彼奸逆之炽盛，久游魂而放命[145]。大则有鲸有鲵[146]，小则为枭为獍[147]。负其牛羊之力，凶其水草之性[148]；非玉烛[149]之能调，岂璇玑之可正[150]，值天下之无为，尚有欲于羁縻[151]。饮其琉璃之酒，赏其虎豹之皮[152]；见胡柯于大夏[153]，识鸟卵于条枝[154]。豺牙密厉，虺毒潜吹；轻九鼎而欲问[155]，闻三川而遂窥[156]。

始则王子召戎[157]，奸臣介胄[158]。既官政而离逷[159]，遂师言而泄漏[160]。望廷尉之逋囚[161]，反淮南之穷寇[162]；出狄泉之苍鸟[163]，起横江之困兽[164]。地则石鼓鸣山[165]，天则金精动宿[166]；北阙龙吟[167]，东陵麟斗[168]。

尔乃桀黠[169]横扇，冯陵畿甸[170]。拥狼望于黄图[171]，填卢山于赤县[172]。青袍如草，白马如练[173]。天子履端废朝[174]，单于长围高宴[175]。两观当戟[176]，千门受箭；白虹贯日，苍鹰击殿[177]；竟遭夏台之祸[178]，终视尧城之变[179]。官守无奔问之人，干戚非平戎之战[180]。陶侃空争米船[181]，顾荣虚摇羽扇[182]。

将军死绥[183]，路绝长围。烽随星落[184]，书逐鸢飞[185]。遂乃韩分赵裂，鼓卧旗折。失群班马[186]，迷轮乱辙[187]。猛士婴城[188]，谋臣卷舌。昆阳之战象走林[189]，常山之阵蛇奔穴[190]。五郡则兄弟相悲[191]，三州则父子离别[192]。护军慷慨，忠能死节，三世为将，终于此灭[193]。济阳忠壮，身参末将，兄弟三人，义声俱倡。主辱臣死，名存身丧[194]；狄人归元，三军凄怆。尚书多算，守备是长，云梯可拒，地道能防[195]；有齐将之闭壁，无燕师之卧墙[196]。大事去矣，人之云亡[197]！申子奋发[198]，勇气咆勃。实总元戎，身先士卒。胄落鱼门[199]，兵填马窟。屡犯通中，频遭刮骨。功业夭枉，身名埋没。

或以隼翼鹞披[200]，虎威狐假[201]。沾渍锋镝，脂膏原野。

兵弱虏强，城孤气寡。闻鹤唳而心惊[202]，听胡笳而泪下[203]。拒神亭而忘戟[204]，临横江而弃马[205]。崩于巨鹿之沙[206]，碎于长平之瓦[207]。

于是桂林[208]颠覆，长洲[209]麋鹿。溃溃沸腾，茫茫墋黩。天地离阻，神人惨酷。晋郑靡依[210]，鲁卫不睦[211]，竞动天关[212]，争回地轴[213]。探雀鷇而未饱[214]，待熊蹯而讵熟[215]，乃有车侧郭门[216]，筋悬庙屋[217]。鬼同曹社之谋[218]，人有秦庭之哭[219]。

尔乃假刻玺于关塞[220]，称使者之酬对[221]。逢鄂坂之讥嫌[222]，值彤门之征税[223]。乘白马而不前[224]，策青骡而转碍[225]。吹落叶之扁舟，飘长风于上游。彼锯牙而钩爪，又循江而习流[226]。排青龙之战舰[227]，斗飞燕之船楼[228]。张辽临于赤壁[229]，王濬下于巴丘[230]。乍风惊而射火[231]，或箭重而回舟[232]。未辨声于黄盖[233]，已先沉于杜侯[234]。落帆黄鹤之浦，藏船鹦鹉之洲[235]。路已分于湘汉，星犹看于斗牛[236]。

若乃阴陵失路[237]，钓台斜趣[238]。望赤壁而沾衣，舣乌江而不渡[239]。雷池栅浦[240]，鹊陵焚戍[241]。旅舍无烟，巢禽无树。谓荆衡之杞梓，庶江汉之可恃[242]。淮海维扬，三千余里[243]。过漂渚而寄食[244]，托芦中而渡水[245]。届于七泽[246]，滨于十死[247]。

嗟天保之未定[248]，见殷忧之方始[249]。本不达于危行[250]，又无情于禄仕。谬掌卫于中军[251]，滥尸丞于御史[252]。信生世等于龙门，辞亲同于河洛[253]。奉立身之遗训，受成书之顾托[254]。昔三世而无惭，今七叶而方落[255]。泣风雨于《梁山》[256]，惟枯鱼之衔索[257]。入攲斜之小径，掩蓬藋之荒扉；就汀洲之杜若[258]，待芦苇之单衣[259]。

于是西楚霸王[260]，剑及繁阳[261]，鏖兵金匮[262]，校战玉堂[263]；苍鹰赤雀，铁轴牙樯[264]。沉白马而誓众[265]，负黄龙而渡江[266]，海潮迎舰，江萍送王[267]。戎车屯于石城[268]，戈船掩于淮泗[269]；诸侯则郑伯前驱[270]，盟主则荀罃暮至[271]。剖巢熏穴，奔魑走魅[272]。埋长狄于驹门[273]，斩蚩尤于中冀[274]。然腹为灯[275]，饮头为器[276]。直虹贯垒[277]，长星属地[278]。昔之虎踞龙蟠[279]，加以黄旗紫气[280]，莫不随狐兔而窟穴，与风尘而殄瘁[281]。西瞻博望[282]，北临玄圃[283]，月榭风台，池平树古。倚弓于玉女窗扉[284]，系马于凤凰楼柱[285]；仁寿之镜徒悬[286]，茂陵之书空聚[287]。

若夫立德立言[288]，谟明寅亮[289]；声超于系表[290]，道高于河上[291]。更不遇于浮丘[292]，遂无言于师旷[293]。以爱子而托人，知西陵而谁望[294]，非无北阙之兵，犹有云台之仗[295]。

司徒之表里经纶[296]，狐偃之惟王实勤[297]。横雕戈而对霸主[298]，执金鼓而问贼臣[299]。平吴之功，壮于杜元凯[300]；王室是赖，深于温太真[301]。始则地名全节[302]，终则山称枉人[303]。南阳校书，去之已远[304]；上蔡逐猎，知之何晚！

镇北之负誉矜前，风飙凛然[305]，水神遭箭[306]，山灵见鞭[307]，是以蛰熊伤马[308]，浮蛟没船[309]，才子并命，俱非百年[310]。

中宗之夷凶靖乱，大雪冤耻[311]，去代邸而承基[312]，迁唐郊而纂祀[313]；反旧章于司隶[314]，归余风于正始[315]。沈猜则方逞其欲，藏疾则自矜于己。天下之事没焉，诸侯之心摇矣[316]。既而齐交北绝[317]，秦患西起[318]。况背关而怀楚，异端委而开吴[319]。驱绿林之散卒，拒骊山之叛徒[320]。营军梁溠[321]，搜乘巴渝[322]。问诸淫昏之鬼，求诸厌劾之符[323]。荆门遭廪延之戮[324]，夏口滥逵泉之诛[325]。蔑因亲以教爱[326]，忍和乐于弯弧[327]。既无谋于肉食，非所望于《论都》[328]。未深思于五难[329]，先自擅于三端[330]。登阳城而避险[331]，卧砥柱而求安[332]。既言多于忌刻，实志勇而形残。但坐观于时变，本无情于急难[333]。地惟黑子，城犹弹丸[334]；其怨则黩，其盟则寒[335]。岂冤禽之能塞海[336]，非愚叟之可移山[337]。

况以沴气朝浮[338]，妖精夜殒[339]。赤乌则三朝夹日[340]，苍云则七重围轸[341]。亡吴之岁既穷[342]，入郢之年斯尽[343]。周含郑怒[344]，楚结秦冤[345]。有南风之不竞[346]，值西邻之责言[347]。俄而梯冲乱舞[348]，冀马云屯[349]。俴秦车于畅毂[350]，沓汉鼓于雷门[351]。下陈仓而连弩[352]，渡临晋而横船[353]。虽复楚有七泽，人称三户[354]；箭不丽于六麋[355]，雷无惊于九虎[356]。辞洞庭兮落木，去涔阳兮极浦[357]。炽火兮焚旗[358]，贞风兮害蛊[359]。乃使玉轴扬灰，龙文折柱[360]。

下江余城[361]，长林故营[362]徒思拑马之秣[363]，未见烧牛之兵[364]。章曼支以毂走[365]，宫之奇以族行[366]；河无冰而马渡[367]，关未晓而鸡鸣[368]。忠臣解骨，君子吞声。章华望祭之所[369]，云梦伪游之地[370]；荒谷缢于莫敖，冶父囚于群帅[371]。硎谷折拉[372]，鹰鹯批攇[373]。冤霜夏零[374]，愤泉秋沸[375]。城崩杞妇之哭[376]，竹染湘妃之泪[377]。

水毒秦泾[378]，山高赵陉[379]；十里五里，长亭短亭[380]；饥随蛰燕[381]，暗逐流萤[382]；秦中水黑[383]，关上泥青[384]。于时瓦解冰泮，风飞电散，浑然千里，淄渑一乱[385]。雪暗如沙，冰横似岸[386]。逢赴洛之陆机[387]，见离家之王粲[388]，莫不闻陇水而掩泣[389]，向关山而长叹。况复君在交河，妾在青波[390]；石望夫而逾远[391]，山望子而逾多[392]。才人之忆代郡[393]，公主之去清河[394]。栩阳亭有离别之赋[395]，临江王有愁思之歌[396]。

别有飘飖武威[397]，羁旅金微[398]；班超生而望返[399]，温序死而思归[400]。李陵之双凫永去[401]，苏武之一雁空飞[402]。

若江陵之中否[403]，乃金陵之祸始[404]。虽借人之外力[405]，实萧墙之内起[406]。拨乱之主忽焉，中兴之宗不祀。伯兮叔兮，同见戮于犹子[407]。荆山鹊飞而玉碎[408]，隋岸蛇生而珠死[409]。鬼火乱于平林，殇魂游于新市[410]。梁故丰徙，楚实秦亡[411]；不有所废，其何以昌[412]，有妫之后，将育于姜[413]。输我神器，居为让王[414]。

天地之大德曰生，圣人之大宝曰位[415]；用无赖之子弟，举江东而全弃[416]。惜天下之一家，遭东南之反气[417]；以鹑首而赐秦[418]，天何为而此醉。

且夫天道回旋，生民预焉。余烈祖于西晋[419]，始流播于东川[420]；洎余身而七叶，又遭时而北迁[421]。提挈老幼，关河累年。死生契阔[422]，不可问天。况复零落将尽，灵光岿然[423]。日穷于纪，岁将复始[424]。逼迫危虑，端忧暮齿[425]。践长乐之神皋[426]，望宣平之贵里[427]。渭水贯于天门[428]，骊山回于地市[429]。幕府大将军之爱客[430]，丞相平津侯之待士。见钟鼎于金张，闻弦歌于许史[431]。岂知灞陵夜猎，犹是故时将军[432]；咸阳布衣，非独思归王子[433]。

---

①《哀江南赋》：哀梁亡也，庾信在北朝虽位望通显，常作乡关之思，故作此以致意。　②粤：发语词。戊辰之年，梁武帝太清二年（548）。　③建亥之月：指十月。　④大盗移国：谓侯景为乱。景于太清二年（548）八月反，十月兵至京城。⑤金陵：战国楚邑，今江苏南京市，梁之都城。　⑥台城既陷，庾信奔江陵。荒谷：楚地。　⑦言已去后，公室私门，皆遭其害。　⑧华阳：地名，为商州，有华阳川，即古阳华薮，山薮并在华山之阳，指南郡江陵。言梁元帝承圣三年（554），被使西魏，而江陵陷，遂留北不归。　⑨元帝平侯景，势成中兴，而西魏兵至，陷江陵，杀帝，时承圣三年，岁在甲戌。⑩都亭：都会之亭。蜀汉罗宪守永安城，知后主降，率所部临于都亭三日。　⑪别馆：别一馆舍。春秋时，晋执鲁叔孙婼，别馆诸箕。　⑫岁星十二岁为一周。　⑬傅燮：后汉灵州人，字南容，为汉阳太守，贼王国韩遂等围之，兵少粮尽，燮以为世乱不能养浩然之志，食禄又焉避难，慷慨进兵，临阵战殁。⑭袁安：后汉汝阳人，官司徒，以天子幼弱，外戚擅权，每进见及与公卿言国家事，未尝不呜咽流涕。岁星既周，极者宜反，而元帝败后竟不能复，则但有身世王室之悲矣。　⑮桓君山：后汉桓谭，字君山，著有《新论》。事，一作“士”。　⑯杜元凯：晋杜预，字元凯，伐吴，平之，功成之后，著《春秋左氏传集解》，自序有曰：“在官则观于吏治，在家则滋味典籍。”

⑰潘岳有《家风诗》。　⑱陆机有《祖德赋》《述先赋》二赋。⑲二毛：毛发有白色者，指半老之人。　⑳藐是，一作“狼狈”。　㉑王褒作《燕歌》，元帝及诸文士和之，竟为凄切，及元帝出降，验焉。庾信集中亦有此作。　㉒楚老：彭城之隐人。庾信本楚人，故引之。　㉓南山有玄豹，雾雨七日而不下食，欲以泽其毛而成文章。　㉔吴伐楚及郢，申包胥如秦乞师，立依于庭墙而哭，勺饮不入口七日，秦师乃出。　㉕让东海之滨：指魏周受禅，盖用田和迁齐康公于海上事。云让者，微辞也。此言己先事魏，后又仕周，特借用夷齐之典。　㉖后汉孔嵩辟公府，之京师，道宿下亭，盗共窃其马。　㉗高桥：一作“皋桥”，在今江苏苏州阊门外，后汉梁鸿曾依皋伯通居于此。　㉘汉高祖谓戚夫人曰：“为我楚舞，吾为若楚歌。”㉙鲁酒：鲁国之酒，楚会诸侯，鲁尝献之楚王。汉东方朔有“销忧莫若酒”之语。　㉚日暮途远：楚伍子胥语，穷无所归之意。　㉛《庄子》有《人间世》篇，言世变之多故。　㉜此冯异事，见《枯树赋》注。　㉝此荆轲事，见《小园赋》注。㉞荆璧：卞和璧，本楚物，故称。此蔺相如完璧归赵事。㉟载书：盟书。珠盘，珠饰之盘，以盛牛，盟会用之。毛遂从平原君入楚，定纵而还。　㊱钟仪：春秋楚人，为晋所囚，冠南冠，乐操南音，范文子称为君子。　㊲晋执季孙，将馆之西河，事见《左传》昭公十三年。　㊳秦既允出师，申包胥乃九顿首而坐。　㊴下蔡威公闭门而泣，三日三夜，泣尽继血，曰：“吾国且亡。”　㊵晋陶侃镇武昌，尝课诸营种柳；又尝整阵于钓台。玉关：即玉门关，在今甘肃敦煌西。　㊶河桥：

见《春赋》注。言钓台柳非戍玉关者能望，华亭鹤非败河桥者可闻。　⑫魏、蜀、吴三分天下，开吴业者孙策也，其初起时，兵一旅耳。五百人为旅。　⑬楚霸王项籍渡江而西，灭秦，与汉争天下，其渡江时，惟率江东子弟八千人。　⑭侯景破建业，西魏亡江陵，梁兵百万，绝无用处。　⑮二语言梁亡之易。　⑯《史记·张耳陈余传》："头会箕敛，以供军费"言家家人头数出谷，以箕敛之。　⑰锄耰棘矜，因利乘便，皆贾谊《过秦论》语。　⑱江表：谓江之外，即江南。自孙权都建业，至梁敬帝太平二年，共二百九十二年，云三百，举其成数。⑲六合：见贾谊《过秦论》注。　⑳轵道：在今陕西咸阳市东北，汉高祖入秦，秦王子婴降轵道旁。　㉑《礼记·中庸》："车同轨，书同文。"言天下一统。　㉒平阳：今山西临汾市。晋永嘉五年，刘聪迁怀帝于平阳，建兴四年，刘曜送愍帝于平阳，皆遇害。　㉓天河与海通，年年八月，有浮槎去来不失期，有好奇者，赍粮乘槎而去，初犹见星辰日月，后茫茫不觉昼夜，奄至一处，遥望宫中，多织妇，一丈夫牵牛饮于渚，此人归后，至蜀问严君平，彼为何地，严君平言某年月日有客星犯牵牛，计之，正此人到彼地时，盖其人所到处为星汉中焉。
㉔蓬莱、方丈、瀛洲为海中三神山，自战国齐、燕诸王及汉武帝皆使人求之，终莫能至。　㉕陆机初入洛，拟作《三都赋》，闻左思作之，抚掌大笑，及左赋出，不觉自失而辍笔。　㉖张平子：即张衡。班固作《两都赋》，平子薄而陋之，因更造焉。此段言己不得东归而作赋。自首至此为序文。　㉗庾氏得姓之先，为周掌庾大夫。庾，仓廪，在邑曰仓，在野曰庾。　㉘庾

氏在汉无显者，惟后汉隐逸庾乘子孙为鄢陵著姓。　㊾“稟嵩华”二句，叙颖川鄢陵之地，在汉晋时庾氏世居于此，代有名人。　⑥⓪言庾氏本鄢陵人，鄢陵属颖川，在洛阳东南，洛阳在北，故云负洛。重世：犹再世。　⑥①临河：言再世之后，分徙新野，又临河也。河：指淯水。　⑥②中原乏主：言怀、愍二帝皆遇害。　⑥③琅琊、汝南、西阳、南顿、彭城五王同至江东，琅琊王即帝位为元帝。　⑥④永嘉六年，荧惑岁星太白聚牛女之间，占曰：“牛女，扬州分。”后两都倾覆，而元帝中兴扬州。⑥⑤凌江建国：谓元帝都建康。　⑥⑥吾祖：谓庾滔，为庾信八世祖。元帝渡江，庾滔始迁居江陵。　⑥⑦南阳：春秋晋地，即今河南沁阳。此言庾滔封遂昌侯。　⑥⑧东岳：即泰山。《左传》隐公八年：“胙之土而命之氏。”胙：报也。　⑥⑨诛茅：诛锄草茅。宋玉宅，在湖北江陵县城北，庾滔徙江陵居此。　⑦⓪汉立共敖为临江王，都江陵。　⑦①水木交运：谓南宋以水德王，南齐以木德王。　⑦②山川崩竭：见《小园赋》注。　⑦③言自远祖庾滔至于高曾，当宋齐兴亡之际，家多直道全节之人。⑦④二句言世传忠孝。　⑦⑤新野：县名，今属河南省。　⑦⑥胡书：蝌蚪文。庾信远代居鄢陵，鄢陵在河南豫州境，后徙新野，及庾滔徙江陵，史传谓庾信新野人，称其本也，二语历叙庾氏世有生祠碑碣。　⑦⑦少微：星名，一名处士星。《周易·遁卦》：“天下有山，遁。”逸民：见《论语·微子》。　⑦⑧蒲轮：以蒲裹轮，取其安也。　⑦⑨冀州裴使君召管辂为文学从事，一见，清谈终日，时大热，移床于庭前树下，向晨乃出。⑧⓪晋代徐伯珍少孤贫，学书无纸，因以竹叶箭箬代之。　⑧①贞臣：庾信父肩吾，肩吾不受贼职，潜奔江陵，故称。 ⑧②甲观：太子宫。言庾肩吾为东宫通事舍人，累官太子率更令。⑧③漳滨：漳水之滨。漳水出湖北南漳县，合沮水经江陵县入江，肩吾家于江陵，又尝为相东王录事咨议参军，故云漳滨。⑧④有道无凤：伤梁之乱世。 ⑧⑤鲁哀公十四年，西狩获麟，孔子伤其出不以时。 ⑧⑥奸回：指侯景党宋子仙。奰（bèi）：不醉而怒。逆，一作“匿”。侯景矫诏，使肩吾出喻诸不顺者，肩吾因东遁，子仙购得之，幸得释，间道奔江陵。 ⑧⑦王子：指周灵王太子晋。晋好吹笙，作风鸣，游伊洛间，晋叔誉聘于周，与之言，不能胜，还告平公，言太子年十五而弗能与言，谓公事之。滨洛之岁，为十五岁。 ⑧⑧兰成：庾信小字。射策：指应试者对考试之策问。汉武帝立五经博士，开弟子员，设科射策，中甲科，补郎中，中乙科，为太子舍人，丙科补文学掌故。⑧⑨汉桓帝时，侍中刁存口臭，上出鸡舌香与含之，故含香为尚书郎之典。建礼：门名。汉尚书郎主作文书起草，昼夜更直于建礼门。庾信解褐，授安南府参军，寻转尚书度支郎。 ⑨⓪矫翼：谓登仕途，渐显迹。崇贤：太子门。庾信为度支郎，旋聘于东魏，还为东宫学士，自抄撰学士在东宫，还复为东宫，故云仍也。庾信年十五为东宫讲读，故前用十五岁之典作拟。 ⑨①《周易·震卦》：“洊雷震。”洊：重也，因仍也。雷相因仍，乃为威震，震为长子，指太子也。讲肄：即讲习。 ⑨②《周易·离卦》：“明两作离。”离为日，日为明，今有上下两体，故云。胄：长也。胄筵：太子之讲筵。太子入学，以年大小为次，不以天子之子为上，故用齿字。 ⑨③二句见东方朔《答客难》注。

⑭钓渚：馆名。　　⑮兵事总谓之戎。韬：剑衣。武帐：置兵，阑五兵于帐中。　　⑯雅：正也，梁诸乐多以雅名曲。琴本宫、商、角、徵、羽五弦，周文王增二弦，曰少宫、少商，故借用文弦二字。　　⑰汉刘向疏有云："宜以时解悬通籍，除过勿治，尊宠爵位，以劝有功。"　　⑱庾信又为东宫领直，青官兵马，并受节度，盖任兼文武。　　⑲兵车无盖，边人执笠依毂而立，以御寒暑，名曰笠毂。见《左传》宣公十四年。　　⑳兰池：汉官名。典午：即司马，午属马，晋姓司马，故以典午为隐谜，而司马为掌兵官，故借用典午二字，意即掌兵权。　　(101)江汉之君：指元帝为湘东王时。湘东在江陵，乃楚地，故曰江汉。庾信尝与元帝论中流水战事。　　(102)西河之主：谓东魏，西河故魏地，亦借用字。拭玉：显名之意。庾信使东魏，与其国人士接对，颇为所称。　　(103)于时：梁承平时。　　(104)言其多富贵。宜城县有太山，山下有庙，汉末多士，朱轩华盖，同会庙下，荆州刺史行部见之，叹其盛况，号曰冠盖里。　　(105)邹鲁多大儒，门成邹鲁，言其多文学。　　(106)茂苑：繁茂之林苑。海陵：今江苏泰州。此喻天监中立建兴苑于秣陵之建兴里。　　(107)横塘：在今江苏南京市西南，缘江筑堤，故称。　　(108)东门：言梁地东至于海。秦始皇作石横桥于海上，欲过海观日出处，有神人驱石下海，石去不速，神人鞭之，皆流血。　　(109)南极：南方极远处，谓越南。后汉马援征交阯，立铜柱，以为汉之极界。　　(110)蜀汉江陵千树橘，渭川千亩竹，此其人皆与千户侯等。　　(111)赆：货以将意，谓外夷之入贡。西海之西有浮玉山。　　(112)尧时，僬侥氏贡没羽，见《竹书纪年》。僬侥，在南方。二语叙梁全盛时

期，远方皆入贡。　⑪③吴歌为歈。　⑪④吴越荆楚，皆梁地，言其太平歌舞。　⑪⑤梁兴四十七年，境内无事，人民不见兵甲，此云五十年，举其成数。　⑪⑥王歙：即王昭君兄子，为和亲侯，王莽遣往匈奴。　⑪⑦班超：字仲升，扶风平陵人，使西域，通三十六国，后汉和帝永元七年，封定远侯。　⑪⑧马武：后汉湖阳人，光武时，上言欲击匈奴，光武不许，自是诸将莫敢言兵事。　⑪⑨冯唐：汉安陵人，文帝顾问之，与论将帅。四句言南北通好，不事干戈；盖天监后，梁每举兵侵魏，及魏分东西，东魏和梁，西魏亦不闻边警。⑫⓪言梁狃于太平，祸机潜伏，侯景之乱将起。　⑫①渔阳：秦郡，地在今北京市密云区。闾左：闾左之居民也。秦二世元年，发闾左戍渔阳九百人，陈胜为戍长，因以起兵，见《汉书》胜传。侯景起家为北镇戍兵，此借胜事指之。　⑫②离石：县名，今属山西省。刘渊为离石之将兵都尉。侯景受高欢命，拥兵十万，专制河南，此即指之。　⑫③天子：谓梁武帝。武帝著《毛诗问答》《尚书大义》《乐社义》等书，何佟之等撰《五礼》千余卷，帝称制断疑。　⑫④重云：殿名。武帝于重云殿讲说，僧学听众万余人。　⑫⑤士林：馆名。武帝开士林馆以延学士。　⑫⑥汉武帝凿昆明池，极深，无土，皆为灰墨，至后汉明帝时，有西域道人来中国，或以问之，道人言天地将尽则劫烧，此劫烧之余。　⑫⑦常星：即恒星，其星常见。春秋鲁庄公七年；四月八日，夜明，恒星不见，佛从左胁堕地生。　⑫⑧鱼齿：山名，在今河南宝丰县南，春秋时楚师伐郑，涉于鱼齿之下。　⑫⑨猛兽之角，能以为城。　⑬⓪刁斗：兵营所用，以铜为之，昼炊饭，夜击持行，荥阳库中曾有之，汉李广治兵有恩，不击刁斗以自卫。荥阳：今属河南。 ⑬①龙媒：马名。平乐：馆名。后汉明帝至长安，取飞廉并铜马置之西门外，为平乐馆。 ⑬②宰衡：即宰辅，汉王莽曾有此号。 ⑬③清谈：见范宁《罪王何论》注。 ⑬④渍水：疑作“积水”；一作“溃水”。胶船：周昭王事。昭王南征，济于汉，船人以胶船进，中流胶解船散，王没于水。 ⑬⑤《古文尚书·五子之歌》：“予临兆民，凛乎若朽索之驭六马。” ⑬⑥周穆王南征，一军尽化，君子为猿鹤，小人为虫沙。 ⑬⑦箪：竹器，以蔽甑底，能淡盐味，以盐多着其上。 ⑬⑧山东东阿县有井，以其水煮胶，名阿胶。 ⑬⑨《诗经·汝坟》：“鲂鱼赪尾，王室如毁。”赪：赤也。鱼劳则尾赤。 ⑭⓪《礼记·曲礼》语。垒：军壁，数见侵伐则多。 ⑭①二语言妖异迭见，为亡国之征。 ⑭②湛卢：宝剑名。此剑本为吴有，楚昭王卧而得之于床，问于风胡子，风胡子言吴王无道，杀君谋楚，故湛卢去国。
⑭③艅艎：舟名。楚败吴师，获其乘舟余皇。余皇，即艅艎。
⑭④周平王东迁，辛有适伊川，见被发而祭于野者，曰：“不及百年，此其戎乎，其礼先亡矣。”至鲁僖公二十二年，秦晋果迁陆浑之戎于伊川。伊川：伊河所经地，在今河南境。 ⑭⑤奸逆：谓侯景。景少而不羁，先事魏尔朱荣，荣败，归东魏高欢，又欲事魏宇文泰，后又归梁，故言其游魂放命，反复无常之意。
⑭⑥鲸、鲵：喻不义之人，吞食小国。 ⑭⑦枭、獍：恶兽，枭食母，獍食父，喻恶人。 ⑭⑧匈奴畜牧多马牛羊，逐水草而居。
⑭⑨玉烛：四时调和，见《尔雅》。 ⑮⓪璇玑：玉衡，以齐七政。
⑮①二语言梁许景降。马络曰羁，牛缰曰縻，谓笼络之如牛马。

⑫二语言梁之纳景。春秋时，戎有献虎豹皮于晋以求和者。⑬胡柯：一作“胡桐”，出古西域鄯善国。大夏：西域古国，在阿母河南。　⑭条枝：西域古国，今幼发拉底、底格里斯两河间地，其地有鸟卵如瓮。　⑮春秋时，楚子观兵于周疆，周使王孙满劳之，楚子问周九鼎之大小轻重。　⑯战国时：秦武王尝言欲车通三川。三川，指周之伊、洛、河三水。　⑰王子：谓萧正德。正德，临川王宏子，武帝胤嗣未立时，养以为子，正德自谓应居储贰，既不能得，愤恨，阴伺国衅，侯景反，遂与通，而朝廷不知，以为平北将军，正德遂引贼入，梁之倾覆，皆正德致之。　⑱奸臣介胄：即指以正德领兵。　⑲逿：远也。贼先以正德为天子，及台城开，乃降为侍中大司马，故云。⑳春秋时，齐寺人貂漏师于多鱼，言其泄漏军情。正德既为贼所卖，乃密书与鄱阳王契，令以兵入，贼遮得书，矫诏杀之，故引寺人貂事为喻。　㉑廷尉：秦官，主听狱。逋囚：逋逃之囚。㉒景附梁，东魏讨之，景败于涡阳，故称为穷寇。反，转盛之词。三国魏诸葛诞据淮南反，此引其事。　㉓狄泉：地名，在今河南洛阳故洛阳城中。晋永嘉中，洛阳步广里地陷，有苍白二鹅出，苍者飞去，白者不能飞，陈留人董养谓步广为周狄泉盟会地，白为国讳，苍为胡象，旋有刘渊之乱。　㉔横江：在今安徽和县东南。景败涡阳，退袭寿春而据之，梁又与东魏和，以景无能为也，景不自安，遂自寿阳举兵内向。　㉕吴兴长城夏架山有石鼓，鸣则主三吴有兵，晋安帝时曾大鸣，遂有孙恩之乱。㉖金精：即太白星，主兵象。梁太清三年，太白昼见。　㉗梁普通五年，龙斗于曲阿王陂。　㉘东陵：梁帝陵，即建陵。中

大同元年，陵口石麒麟动，有大蛇斗隧中。　⑯桀黠：谓性情凶狡。　⑰冯陵：倚势欺陵。王国地千里曰畿。去王城五百里为甸。　⑱狼望：匈奴中地名。黄图：谓畿辅。　⑲卢山：单于南庭山。中国名赤县神州。扬雄有前代岂乐倾无量之资，快心于狼望之北，填卢山之壑而不悔之语。　⑳大同中童谣云："青丝白马寿阳来。"景涡阳之败，求锦于朝，给以青布，及景围台城，皆以所给用为袍，乘白马，青丝为辔。古诗："青袍似春草。"孔子与颜渊俱上泰山，望吴昌门外，孔子见白马，指问渊，渊言见有系练之状。　㉑天子：指武帝。端：正月；履端：犹言在历之始。武帝被围，正月不视朝。　㉒单于：指景。景于台城外筑长围，在东宫置酒奏乐以为乐。　㉓两观：两台双植，又称两阙，昔者帝居，每门树此于前，以标表宫门，登之可遍观。　㉔聂政之刺韩傀，白虹贯日，要离之刺庆忌，苍鹰击于殿上。太清元年及三年，皆曾白虹贯日。　㉕夏台：夏时狱名，在今河南巩义市西南，桀囚汤于此。　㉖《竹书纪年》谓尧德衰，为舜所囚，今山东莒县，西有小城阳，俗谚以为囚尧城云。　㉗干戚：即今之盾斧。　㉘争，一作"装"。晋苏峻反，温峤借资蓄器用于陶侃，卒平之，景围台城，元帝自荆州遣王琳献米万石，未至而都城陷，王琳乃中江沉米，轻舸而还，此以陶侃喻王琳。陶侃成功而王琳无成，故曰空。　㉙晋陈敏反，顾荣临阵，以白羽扇挥之，敏众皆溃，景围台城，羊鸦仁攻之，为所败，此以荣喻鸦仁。荣却陈敏而鸦仁败于景，故曰虚。　㉚绥：却也。　㉛边备昼举燧，夜举烽，故曰随星落。侯景围台城，数月不举，粮尽，诈表解围，以缓援兵，武帝许之，及援兵稍散，侯景已得粮，遂背盟，城内举烽鼓噪。⑱侯景筑长围围城，中外隔绝，有献计放纸鸢，藏敕于中，冀得外达，然为贼所射落，计卒不果。　⑱班马：离群之马。⑱迷轮乱辙：师遁无序之状。　⑱婴城：闭城自守。　⑱昆阳：今河南叶县。　⑲诸葛亮造八阵图，累石为八，相去二丈，桓温见之曰："此常山阵蛇势也。"　⑲五郡：指湘东王绎、邵陵王纶、武陵王纪、庐陵王续、南康王绩。五人皆武帝子，为兄弟。　⑲三州：湘东为荆州，武陵为益州，邵陵时在郢州也。三人于武帝为父子。　⑲护军：指韦粲，粲字长蒨，与侯景战，死之，赠为护军将军。其祖韦睿，父韦放皆将兵，故曰三世为将。将三世者败，语见《史记·王离传》。　⑲江子一、子四、子五兄弟三人，籍济阳考城。子一字元贞，为南津校尉，城被围，与两弟开门出，皆力战死。　⑲尚书：指羊侃，侃字祖忻，为都官尚书，贼至，守御有方，寻以疾卒，台城遂陷。　⑲齐将闭壁，指乐毅以燕师入齐，诸城皆下，独田单拒守即墨。燕师卧墙，指慕容宝兵败，慕容垂愤疾，筑城而还。垂疾而筑城，陶侃疾遂死，故云无。　⑲大事去矣，为陶侃讨苏峻时，长史殷羡谓陶侃语。　⑲申子：柳仲礼小字，仲礼有胆力，贼渡江，被推为大都督，与贼战，为贼所刺，被救幸免，自此壮气外衰，不复言战，后遂降贼。　⑲鱼门：邾国城门。邾与鲁战，获僖公胄，悬诸鱼门。　⑳鹨：小鸟。鹨披隼翼，不明者以为隼，明者视之知为鹨。　⑳虎随狐而行，百兽见之，皆走，虎不知兽之畏已，以为畏狐。　⑳苻坚伐晋，战于淝水，大败，惧甚，至闻风声鹤唳，亦以为晋兵。　⑳晋刘琨为胡骑所围，中夜奏胡笳，贼闻之，皆为流涕。 ⑳④神亭：地名，在今江苏金坛市西北。 ⑳⑤此引孙策说袁术谋脱身事。 ⑳⑥巨鹿：在今河北，项羽大破秦军于此。县东北有纣所作沙丘台。 ⑳⑦长平：战国赵邑，在今山西高平县西北，秦白起大破赵兵于此。 ⑳⑧桂林：吴苑名。 ⑳⑨长洲：吴苑名，吴王阖庐游猎处。伍子胥有见麋鹿游姑苏之台之语。 ㉑⓪《左传》隐公元年："周之东迁，晋郑焉依。" ㉑①二语言合城陷后，诸王自相残害，无图贼之意。 ㉑②黑帝行德，天关为之动。 ㉑③木华《海赋》："又似地轴挺拔而争回。" ㉑④鸟子初生，须母哺而食者名彀。战国赵武灵王被围，欲出不得，探雀彀而食之，三月余饿死。 ㉑⑤春秋楚太子商臣围其父成王，王请食熊蹯而死，不听，乃缢，盖熊掌难熟，冀时久得援也。 ㉑⑥葬埋不殡于庙曰"侧"。武帝葬时，侯景使卫士于要地以大钉钉之，谓欲令其后世灭绝。 ㉑⑦战国齐湣王无道，淖齿弑之，擢其筋，悬之东庙。 ㉑⑧春秋时，曹人或梦众君子立于社宫而谋亡曹。 ㉑⑨此句言已奔江陵求援之意，逗出后文。 ㉒⓪汉宁成诈刻传出关归家。 ㉒①楚太子元入质于秦，黄歇使变服为楚使者，御以出关。 ㉒②鄂坂：指今湖北境。伍子胥自楚奔吴，尝遇厄于昭关，庾信自吴奔楚，备受查察，故引其事。 ㉒③郯瞒伐宋，耏班御皇父充石败之，宋武公以门赏耏班，使食其关门之租，因名为耏门。 ㉒④公孙龙常持白马非马之论，人不能屈，后乘白马，无符传，欲出关，关吏不听，故虚言难以夺实。 ㉒⑤李少君死后，人有见其在河东蒲坂乘青骡者，汉武帝闻而发其棺，无所有。 ㉒⑥庾信西上江陵，又遇侯景遣大兵袭击郢州。

锯牙钩爪，喻侯景。循江、习流，喻侯景袭郢之兵。 ㉗青龙：舟名，借为战舰之号。 ㉘飞燕：战船名。船楼：楼船。㉙张辽：三国魏将，字文远，官至征东将军，时江陵以王僧辩为征东将军，故以比之。 ㉚王濬：晋灭吴之将，字士治，以喻胡僧佑。景兵陷郢，进攻荆州，僧辩命众军乘城固守，元帝又命僧佑援之。巴丘：山名，在今湖南岳阳城内。 ㉛侯景攻荆州不克，乃为火舰烧栅，风不便，反自焚。 ㉜贼数败，侯景乃烧营夜遁，旋军夏首，倍道归建康。孙权乘大船观曹操军，操令弓弩乱发，箭着船，偏重，几覆，此引其事以喻侯景。 ㉝黄盖：字公覆，孙权将，赤壁之役，权以火攻计破曹操，先令盖往诈降，盖驾舟急进，乘风纵火，忽为流矢所中，堕水，为吴人所得，不知为盖，置厕床中，盖强以一声呼韩当，当曰："此黄公覆声也。"急为易衣，因以得生。江陵将陆法和破侯景将任约，约逃入水，因擒之，此以黄盖事为喻。 ㉞侯景既遁归，王僧辩率兵沿流而进，攻郢州，景将宋子仙、丁和等困蹙，僧辩命杜龛乘其不备袭击，大破之，子仙、和皆被擒，郢州平。杜侯：三国魏杜畿，字伯侯，受诏作御船，船成，试之，遇风覆没，畿溺死。此即引以喻杜龛擒宋丁事。 ㉟黄鹤：山名，在今湖北武汉市。落帆、藏船，谓避之。 ㊱庾信由郢巴至江陵，故曰路分湘汉。斗牵牛，为吴分野。 ㊲阴陵：山名，在今安徽和县，项羽至此迷失道，为汉兵追及。 ㊳钓台：在武昌。斜趣：言兵败而遁。 ㊴曹操败于赤壁。乌江：在今安徽和县东北。项羽兵败，至乌江，乌江亭长舣船待，而羽不渡。舣：整船向岸。 ㊵雷池：即大雷水，在安徽望江县南。栅浦：于江浦筑栅以为防。　㉔①鹊陵：即鹊头山，在今安徽铜陵。　㉔②杞梓：皆美材，产荆衡。　㉔③《尚书·禹贡》："淮海维扬州。"庾信自金陵溯江而上，约三千余里。　㉔④韩信微时穷困，钓于城下，一漂母哀之，饭韩信十余日。　㉔⑤伍子胥奔吴，追者在后，江中一渔父，令止芦之漪，后渡使过江。㉔⑥七泽：见司马相如《子虚赋》注。　㉔⑦十死：言屡濒于死。㉔⑧《诗经·小雅·天保》："天保定尔。"　㉔⑨殷忧：忧心。㉕⓪危行：高峻之行。　㉕①元帝即位，以庾信为右卫将军。㉕②元帝先承制除信御史中丞。在位不事事曰"尸"。数语言庾信至江陵，复为元帝所任用。　㉕③龙门：山名，司马迁生于此，故以称之。司马迁父司马谈为太史官，病且卒，司马迁使蜀适反，父子见于河洛之间。庾信父肩吾卒于江陵，故以为喻。㉕④司马谈临殁，嘱司马迁复为太史，不忘己所著论。　㉕⑤陈实及子纪孙群，事汉魏，世有重名，而德渐减。金日磾、张安世皆七代仕汉，此庾信引以为喻，言先世皆无惭盛德，及已身而衰落。　㉕⑥曾子耕泰山下，雨雪不得归，思其父母，作《梁山操》。　㉕⑦枯鱼衔索，几何不蠹，二亲之寿，忽如过隙，为子路语，言以索贯枯鱼之口而售之，不久生蠹。　㉕⑧《楚辞》："搴汀洲兮杜若。"汀：平也。杜若：香草。　㉕⑨三国吴诸葛恪当国时，童谣云："吁汝恪，何若若，芦苇单衣篾钩络，于何相求常子阁。"恪诛，以苇席裹身，篾束腰，投于石子冈。元帝猜忌，庾信忧谗待死，自拟屈原、诸葛恪，故云。　㉖⓪项羽自立为西楚霸王，以喻元帝。　㉖①繁阳：楚地。　㉖②鏖：苦战多杀。金匮：以金为匮，汉高祖与功臣剖符作誓，丹书铁券，金匮石室，藏之宗庙。　㉖玉堂：见扬雄《解嘲》注。　㉖四者皆战舰名。此下十句叙陈霸先、王僧辩等讨侯景。　㉖见丘迟《与陈伯之书》注。　㉖禹南巡渡江，黄龙负舟。　㉖楚昭王渡江，得萍实，大如斗，孔子谓惟霸者能得之。　㉖屯：聚也。石城：即石头城，在今江苏南京市西，孙权所筑。陈霸先于石头西筑栅攻侯景。　㉖戈船：船下置戈者，借喻战船。掩：蔽也。王僧辩督诸军乘潮入淮。　㉗《左传》鲁昭公四年，诸侯如楚，郑伯先待于申。　㉗鲁襄公十一年，诸侯伐郑，齐宋先至，其暮荀罃至。荀罃，晋大夫。时晋主夏盟，故曰盟主。　㉗此二句言师之进逼，侯景及贼臣之出奔。　㉗鲁文公十一年，鲁获长狄侨如，杀之，埋其首于子驹之门。子驹，鲁郭门。　㉗黄帝戮蚩尤于中冀之野。　㉗汉董卓被诛，尸于市，体肥，守尸者燃火置其脐中，光明达旦。景尸暴建康市，百姓争取屠脍，故以卓为喻。　㉗赵襄子怨智伯、荀瑶，既杀之，漆其头以为饮器。侯景首传至江陵，元帝命悬市三日，然后煮而漆之，以付武库，故以荀瑶为喻。　㉗虹为百殃之本，众乱所基，见而头尾至地，为流血之象。垒：军垒。　㉗长星属地：长星坠也，主亡主将。　㉗金陵素以龙蟠虎踞之形势著称。　㉘有言黄旗紫气，恒见东南，扬州之君，终成天下，即指建康之地。　㉘殄：尽也。瘁：病也。　㉘博望：山名，在今安徽当涂县西南，一名天门，亦曰东梁山，与和县西梁山相对。　㉘玄圃：苑名，梁简文帝尝于其中述武帝所制《五经讲疏》。　㉘王延寿《鲁灵光殿赋》："玉女窥窗而下视。"　㉘凤凰楼：晋宫阙名，在洛阳。　㉘晋仁寿殿前曾有大方铜境，高五尺余，广三尺二寸。　㉘⑦茂陵：汉武帝陵。帝崩时，令以杂书三十余卷随身敛。　㉘⑧古称三不朽：太上立德，其次立功，其次立言。　㉘⑨谟明：言谋无不明。寅亮者，敬而明之。㉙⓪三国魏荀粲有“象外之意系表之言”之语。　㉙①河上：汉人，文帝时，结草为庵于河之滨，常读《老子》，莫知其姓氏，称河上公。　㉙②浮丘：古仙人，接周王子晋上嵩山。　㉙③师旷：晋乐师，名旷也，字子野。旷往见王子晋，欲与辩言，晋谓曰：“吾后三年，将上宾于帝所，汝慎无言！”师旷归，未及三年，告晋死者至。　㉙④台城陷后，太子(即简文)，以幼子大圜属元帝，并剪爪发寄之。西陵，曹操陵，以喻简文墓。魏兵至江陵，元帝令大圜充副使请和，元帝降魏，大圜入长安，不得一瞻父之陵寝，故文云。　㉙⑤当侯景率兵外出时，南康王会理等谋在内举事，为贼臣王伟所知，会理等皆被害，景谓简文知之，遂怀逆谋。云台仗，本天子所主，而王伟等所用防守者，皆为主兵，是云台甲仗反为贼。　㉙⑥司徒：谓王僧辩，僧辩讨平侯景，元帝即位，授为镇卫将军司徒。　㉙⑦狐偃：晋大夫。晋文公返国，欲霸诸侯，偃曰：“求诸侯莫如勤王。”时周室方有难也。㉙⑧晋惠公令韩简挑战于秦，秦穆公横雕戈出见使者。霸主：谓侯景。　㉙⑨汉景帝时，胶西王印附吴王濞反汉，既被擒，韩颓当执金鼓见之，诘问其发兵状。贼臣，亦谓侯景。　㉚⓪杜元凯：指杜预。晋武帝欲灭吴，惟杜预意与帝同，后杜预率诸军平吴。㉚①温太真：即温峤，有讨王敦平苏峻之功。　㉚②全节：地名，又称全鸠里，在今河南灵宝市西北，汉戾太子死处。　㉚③杜人：山名，在今河南浚县西北，纣杀比干于此。　㉚④大夫文种既佐越王勾践灭吴，勾践赐剑令死，种叹曰：“南阳之宰，而为越王之擒。” ㉟镇北：谓邵陵王纶。纶于武帝大同中为扬州刺史，扬州在江北，故云。 ㊱秦始皇梦与海神战，占者谓海神不可见，以大鱼蛟龙为候，因令人持捕鱼具入海，候大鱼出射之，至之罘，射杀一鱼。 ㊲此见前“鞭石成桥”注。 ㊳纶将兵援台城，至钟山，有蛰熊啮其所乘马。蛰：藏伏。 ㊴纶讨侯景，济江，中流浪起，有物伤舟，几覆。 ㊵高阳氏有才子八人，武帝八子，故以为比。并命者，谓纶后为元帝所逼，见害于魏。纶既亡灭，江陵亦败，兄弟忌贼，皆不永年，故云俱非。 ㊶中宗：谓元帝，帝庙号世祖，以其启中兴之业，故曰中宗，以比晋元帝。元帝名绎，字世诚，武帝第七子，始封湘东王，侯景为乱，诸王无奈之何，惟帝卒遣王僧辩等讨平之，报万民之冤，雪武帝、简文两君之耻。 ㊷汉文帝先为代王，大臣绛灌等平吕氏，迎入，以天子法驾至代邸请即帝位。 ㊸尧先由其异母兄帝挚封为唐侯，旋受挚禅为天子。 ㊹王莽篡汉，更始为帝，将北都洛阳，以光武行司隶校尉，令前整修宫府，光武于是致僚属，作文移，从事司察，一如旧章。 ㊺王敦见卫玠，谈论弥日，甚叹美之，言“不图永嘉之中，复闻正始之音”。正始为三国魏末年号，其时士大夫竞尚清谈，世称正始之风。 ㊻言元帝性猜忌，好自矜，虽有大勋，卒使臣下离贰，忽焉摧灭。 ㊼时东魏已灭，为北齐，与梁常有使命往来，然兵争不已。 ㊽秦：谓西魏，西魏都长安，故称。承圣三年，魏遣于谨等大举伐江陵。 ㊾项羽背楚怀王先入关者王之之约，不王高帝于关中，而已又怀乡土，都于彭城，所谓背关怀楚。泰伯至吴，端委以治周礼，为吴开国之君。端委：礼衣。　⑳绿林：山名，在今湖北当阳市。王莽篡汉，王匡等起兵于此，号绿林，后因以称劫盗。骊山：在今陕西临潼区东南。英布遣戍骊山，骊山戍徒十数万，英布与相结，亡为群盗，汉兴，附汉，后以叛亡。　㉑梁：桥也。溠：水名，在今湖北随州西北。　㉒搜：阅也。乘：兵车。　㉓鲁僖公十九年，宋襄公杀鄫国之君以祭社，公子目夷言其用淫昏之鬼以求霸，霸必不成，元帝闻武陵王来，使方士画其像于版，亲钉支体以厌之，故用宋襄事为喻。　㉔荆门：山名，在今湖北宜都县西北，元帝遣将破武陵王，斩之于此。廪延：春秋郑邑，郑庄公弟叔段恃母宠，欲自此袭郑，为庄公所逐，文引此以喻元帝之不兄。　㉕夏口：即今汉口，简文帝大宝二年邵陵王纶在此承制百官，元帝令王僧辩以舟师逼之，纶后遂为西魏所害。鲁庄公三十二年，季友使人酖僖叔，僖叔归及逵泉而卒，僖叔为季友兄，故引此以喻元帝之不弟。纶为武帝第六子，元帝为武帝第七子。
㉖因亲以教爱，语见《孝经》。　㉗《孟子·告子下》："其兄关弓而射之。"二句言兄弟不能亲爱，而反弯弓以伤和乐。
㉘既，一作"慨"。鲁与齐战，曹刿请见鲁庄公，欲言战事，其乡人谓肉食者已谋之，曹刿言肉食者鄙，未能远谋，遂入见。后汉杜笃尝作《论都赋》奏光武，谓不宜都洛阳，应反关中。
㉙楚灵王暴，被弑，子干为王，晋叔向言取国有五难：有宠而无人，一也；有人而无主，二也；有主而无谋，三也；有谋而无民，四也；有民而无德，五也：子干涉五难以弑旧君，必不济，后子干果又被杀。见《左传》昭公十三年。　㉚文士笔端，勇

士锋端，辩士舌端，此三端者，君子避之，而元帝与武陵王书，有我韬于文士，愧于武夫之语，是自擅三端也。　㉛阳城：山名，在今河南登封市北。　㉜砥柱：山名。　㉝兄弟急难，为《诗经》语。　㉞贾谊有淮南比大诸侯，仅如黑子着面之语。黑子、弹丸，皆言其小。元帝在江陵，文轨所同，千里而近，人户著籍，不盈三万。　㉟骞：歇也。　㊱赤帝之女，嬉游东海，溺死，化为冤禽，名曰精卫，常取西山木石以填海。㊲北山愚公年九十，以太行王屋二山方七百里，出入迂曲，欲平之。　㊳沴气：恶气。元帝承圣三年六月，有黑气如龙，见于殿内。　㊴承圣三年十一月，有流星坠于城中。　㊵鲁哀公六年，楚有云如众赤乌，夹日以飞，三日。　㊶轸：星宿名，为楚分野。楚有苍云如霓，围轸七蟠，见《春秋文耀钩》。㊷鲁昭公三十二年，吴伐越，晋史墨谓不及四十年，越将为吴，以越得岁而吴伐之。　㊸谓吴伐楚，入楚郢都。郢地即当江陵。　㊹春秋时周郑交恶，以喻魏师之至，萧詧以元帝杀其兄誉而与会师。　㊺楚结秦冤：谓西魏憾元帝对其使者失礼，因遣于谨率大兵来伐。　㊻南风不竞：晋师旷谓楚出师无功语。见《左传》襄公十八年。　㊼晋献公筮嫁伯姬于秦，遇归妹之睽，其谣有曰："西邻责言，不可偿也。"后晋惠公与秦交战，果为秦获。　㊽梯冲：云梯及攻城之车。　㊾冀州北土产良马。　㊿俴（jiàn）：浅也。收：轸也，兵车轸较平时车之浅者。畅毂：长毂，兵车毂较平时车之长者。　351沓：重也。雷门：会稽城门。汉王尊有毋持布鼓过雷门之语，门有大鼓，越击此鼓，声闻洛阳。　352陈仓：秦县，故城在今陕西宝鸡东。

㉝临晋：关名，即今大庆关，在陕西朝邑县东。　　354楚虽三户，亡秦必楚，为楚南公语，《史记》于项氏起兵时引用之。
355晋魏锜如楚致师，楚潘党逐之，及荥泽，见六麋，射一麋以顾献。见《左传》宣公十二年。　　356王莽末，拜将军九人，皆以虎为号。　　357洞庭：湖名。在今湖南境。涔阳浦，接于楚都之郢。极：迷也。　　358晋献公之筮有曰：“火焚其旗，不利行师。”见《左传》僖公十五年。　　359秦伐晋，筮之，其卦遇《蛊》，曰：“千乘三去，三去之余，获其雄狐。”狐蛊，其君也，蛊之贞，风也，及战，遂获晋惠公。　　360江陵将破，元帝尽焚古今图书十余万卷，以宝剑击柱折之曰：“文武之道，今夜尽矣！”后出东门降魏。龙文：宝剑名。　　361王莽时，张霸、陈牧、王匡等起云杜绿林，号曰下江兵。梁时，其地属武宁郡。
362长林：晋县，故城在今湖北荆门北，亦属武宁郡。　　363拑：与“钳”、“箝”通。《公羊传》宣公十五年：“围者拑马而秣之，使肥者应客。”谓以木衔马口，不令食粟。示有所畜积。魏师至，凡二十八日，征兵四方，未至而城陷，故曰徒思。
364齐田单守即墨，取牛千头，衣以五采，束矛盾于其角，系火于其尾，穿城而出，冲突燕兵，燕兵大败。　　365晋智伯欲伐仇犹(夷狄国名)，道险不通，乃铸大钟遗之，仇犹平险以纳之，仇犹臣章曼支谏，不听，章曼支断毂而驰逃，至十九日而仇犹亡。见《韩非子》。　　366晋假道于虞以伐虢，虞臣宫之奇谏不可许，勿听，宫之奇遂率族去国，晋既灭虢，遂灭虞。　　367光武北徇蓟，王郎购之十万户，光武驰去，至滹沱河，王霸诡称冰坚可渡，遂前，河冰真合，乃渡，未毕数骑而冰解。　　368齐田文入秦，秦留之，后幸得脱，夜半至函谷关，关法，鸡鸣始出客，文客有善为鸡鸣者，群鸡闻之，皆鸣，乃出。　㊾章华：楚宫名，楚灵王所建。　⑳汉高祖疑韩信反，用陈平计，伪游云梦，时韩信为楚王，迎谒，因执之。㉑荒谷、冶父：皆楚地。楚屈瑕伐罗，大败，瑕缢荒谷，群帅囚于冶父以听刑。见《左传》桓公十三年。莫敖：楚官名，即瑕也。　㉒硎谷：一名坑儒谷，在今陕西临潼市骊山下，秦始皇坑儒生于此。折拉：折齿拉胁，魏齐使人辱范雎如此。　㉓批摽：击仆。言残人如鹰鹯。㉔邹衍尽忠于燕惠王，王信谗而系之，衍仰天而哭，时正夏季，天为降霜。见《淮南子》。　㉕后汉耿恭为匈奴围于疏勒，绝其水道，吏士渴乏，恭向井拜祷，泉水奔出。见《后汉书·耿恭传》。事在秋七月，水本应涸，故以秋沸为异。　㉖齐庄公伐鲁，齐人杞梁殖战死，其妻哭于城下，城为之崩。见《列女传》。　㉗湘妃：尧二女娥皇、女英，皆为舜妃。舜南巡崩，葬于苍梧之野，二女相与恸哭，泪沾竹，竹纹为之斑斑然。见《述异记》。　㉘晋郑伐秦，秦人毒泾上流，师人多死。见《左传》襄公十四年。　㉙陉：井陉，赵地，在今河北井陉县东北井陉山上，险要地也。韩信东下井陉击赵，未至井陉口三十里，使人潜入赵壁，拔赵帜，立汉帜，赵兵还见之，以为后路为汉所袭取，惊溃，因破赵。　㉚秦法，十里一亭，亭有长；又《孔六帖》载十里一长亭，五里一短亭。古人送别常以长短亭为程限。　㉛晋时中原丧乱，百姓避难于鲁，饥不得食，掘野鼠、蛰燕而食之。　㉜后汉灵帝崩，袁绍等勒兵诛宦官，少帝与陈留王协(即汉献帝)等出宫避乱，夜不知路，随萤光以行。

㉝《尚书·禹贡》："黑水西河惟雍州。"雍州，秦地。 ㉞关上泥青：即指青泥城，在今陕西蓝田县；又秦西有青泥关。
㉟淄渑：二水名，通流，在今山东，二水异味，合则难别。
㊱魏平江陵，献俘长安，时方冬季，天寒雪冻，死者填满沟壑。
㊲陆机为吴人，吴亡于晋，遂入洛。㊳王粲为山阳人，避董卓乱，入荆州依刘表，登江陵城楼，因怀归而作《登楼赋》。 ㊴陇山：在今陕西陇县，东西百八十里，登山东望秦川，极目泯然，山东人行役升此而顾瞻者，莫不怨思。 ㊵交河：故城名，在今新疆吐鲁番西。青波：楚地，在今河南新蔡县西南。 ㊶武昌北山有望夫石，相传有贞妇送其夫远役，于此立而望夫，因死，形化为石云。 ㊷《述异记》载中山有韩夫人愁思台望子陵。 ㊸楚汉相争时，武臣立为赵王，间出，为燕军所获，有厮养卒往说燕将而归之，武臣因以美人妻卒为报，南齐谢朓因有咏邯郸故才人嫁为厮养卒妇诗。 ㊹清河：故国，故城在今河北清河县东。晋临海公主，先封清河，洛阳之乱，为人所略卖，备受困苦，元帝立，主诣县自言，乃改封临海。见《晋书·贾后传》。 ㊺栩阳亭：不详。《汉书·艺文志》有《别栩阳赋》五篇。 ㊻《艺文志》又有《临江王及愁思节士歌诗》四篇。
㊼武威：汉郡，今甘肃武威县。 ㊽金微：山名，在漠北。
㊾班超久镇西域，年老思归，上疏有"不敢望到酒泉郡，但愿生入玉门关"之语。 ㊿温序：东汉初时人，为隗嚣将所拘，伏剑死，其子梦序告曰："久客思乡里。"即弃官归葬。
(401)李陵别苏武诗曰："双凫相背飞，相远日已长。"李陵苏武皆在匈奴，苏武后得归，李陵则以降匈奴，终不返汉。 (402)事见

江淹《恨赋》注。　⒇江陵：县名，在今湖北，元帝以为都。中否：谓被魏所克。　⑭江陵陷于元帝承圣三年，明年，王僧辩、陈霸先等以元帝子方智即位建康，年十三，为敬帝。未几，禅位于陈，故曰金陵之祸始。　⑮萧詧称藩于魏，魏封为梁王，魏兵至，詧与会师同入江陵，故曰借人外力。　⑯萧之为言肃也，墙，屏也，君臣相见，至屏而加肃敬，故曰。萧墙：谓至近之地也。萧詧于元帝为侄，以侄伐叔，故曰萧墙内起，言祸生于内。　⑰江陵既陷，元帝太子元良及子方略等皆见害。⑱昆山旁以玉璞抵乌鹊。见《盐铁论》。　⑲隋侯见大蛇伤断，以药为涂之，后蛇衔大珠为报，因名曰隋侯珠。玉、珠，皆喻帝子。碎、死，言皆遭难。　⑳平林：在今湖北随州东北。新市：见徐陵《玉台新咏序》注。后汉中兴，平林、新市皆起兵，二者皆楚地。　㉑梁故丰徙：谓元帝从建业徙都江陵。楚实秦亡：谓魏自关中灭楚地之江陵。　㉒晋里克有“不有废也，君何以兴”之语。见《左传》僖公十年。文语盖本此。言梁亡陈始兴。　㉓二语为占辞，见《左传》庄公二十二年。妫：陈之姓，出于虞舜。姜：齐之姓。春秋时，陈公子完奔齐，及战国而陈氏代齐。以喻陈霸先将受梁禅。　㉔敬帝在位三年，逊位于陈霸先，于是梁为陈。《庄子》有《让王》篇。　㉕二语为《周易·系辞》。　㉖江东：指建业一带地。二句言武帝任用不肖子弟，皆以为州郡，致尽失江东地。　㉗汉高祖问吴王濞，言汉后五十年，东南有反者，岂若耶。见《史记·吴王濞列传》。　㉘鹑首：星次之名，荆州上当天文，自张宿十七度至轸宿十一度为鹑首。魏灭江陵，立詧为梁王，仅资以江陵一州之地，襄阳南郡等鹑首之次，皆归于魏，故文云。 ⑲烈祖：谓庾滔。 ⑳言庾滔过江家江陵。荆山在东北，漳水所出，东至江陵，故曰东川。 ㉑庾信自叙北迁长安。 ㉒死生契阔：契，合也；阔，离也。与“死生”对言。 ㉓岿然：独貌。汉室中微，盗贼蜂起，西京未央建章诸殿，皆已堕坏，惟景帝子恭王在鲁所建灵光殿，岿然独存。文引此喻知交将尽，惟己独存，犹鲁灵光殿。 ㉔月令十二月，日穷于次，月穷于纪，星周于天，数将终，岁将始。 ㉕端忧：端然忧虑。暮齿：暮年也。 ㉖神皋：神明之界局。 ㉗宣平：长安城东北第一门。贵里：以其里中多贵显者所居，故称。 ㉘秦始皇筑咸阳宫，引渭水灌都，以象天汉。 ㉙骊山始皇陵，作地市。 ㉚北周明帝宇文毓、武帝宇文邕皆曾为大将军。汉武帝相公孙弘封为平津侯，宇文护曾为大冢宰，丞相平津侯，即指宇文护。 ㉛金张、许史：汉时大臣外戚之贵显者。 ㉜汉名将李广家居数岁，常射猎蓝田山中，一夜从一骑出从人田间饮，还至灞陵亭，尉醉呵止广，广骑曰：“故李将军。”尉曰：“今将军尚不得夜行，何故也！”止广宿亭下。 ㉝楚太子质于秦，黄歇说秦相范雎，请归之，言若不归，不过咸阳一布衣耳。时梁宗室客长安者甚多，言思归者不独诸王，尚有己也。

颜之推家训论文章[1]

夫文章者，原出《五经》，诏命策檄，生于《书》者也；序述论议，生于《易》者也；歌咏赋颂，生于《诗》者也；祭祀哀诔，生于《礼》者也；书奏箴铭，生于《春秋》者也。朝廷宪章，军旅誓诰，敷显仁义，发明功德，牧民建国，施用多途。至于陶冶性灵，从容讽谏，入其滋味，亦乐事也。行有余力，则可习之②。

然而自古文人，多陷轻薄：屈原露才扬己③，显暴君过；宋玉体貌容冶，见遇俳优④；东方曼倩滑稽不雅⑤；司马长卿窃赀无操⑥；王褒过章《童约》⑦；扬雄德败《美新》⑧；李陵降辱夷虏⑨；刘歆反覆莽世⑩；傅毅党附权门⑪；班固盗窃父史⑫；赵元叔抗竦过度⑬；冯敬通浮华摈压⑭；马季长佞媚获诮⑮；蔡伯喈同恶受诛⑯；吴质诋忤乡里⑰；曹植悖慢犯法⑱；杜笃乞假无厌⑲；路粹隘狭已甚⑳；陈琳实号粗疏㉑；繁钦性无检格㉒；刘桢屈强输作㉓；王粲率躁见嫌㉔；孔融祢衡诞傲致殒㉕；杨修丁廙扇动取毙㉖；阮籍无礼败俗㉗；嵇康凌物凶终㉘；傅玄忿斗免官㉙；孙楚矜夸凌上㉚；陆机犯顺履险㉛；潘岳干没取危㉜；颜延年负气摧黜㉝；谢灵运空疏乱纪㉞；王元长凶贼自贻㉟；谢玄晖侮慢见及㊱：凡此诸人，皆其翘秀者，不能悉记，大较如此。

至于帝王，亦或未免。自昔天子而有才华者，惟汉武、魏太祖、文帝、明帝、宋孝武帝㊲，皆负世议㊳，非懿德之君也。自子游、子夏、荀况、孟轲、枚乘、贾谊、苏武、张衡、左思之俦㊴，有盛名而免过患者，时复闻之；但其损败居多耳。每尝思之，原其所积，文章之体，标举兴会，发引性灵，使人矜伐，故忽于持操，果于进取。今世文士，此患弥切，一事惬当，一句清巧，神厉九霄[40]，志凌千载，自吟自赏，不觉更有傍人。加以砂砾所伤，惨于矛戟，讽刺之祸，速乎风尘[41]，深宜防虑，以保元吉[42]！

---

①颜之推：临沂人，字介，初仕梁，后仕北齐，齐亡入周，隋开皇中召为文学，深见礼重。有文集及《家训》二十篇。此篇为其《家训》之一。　②《论语·学而》："行有余力，则以学文。"　③露才扬己：班固评屈原语。　④宋玉：屈原弟子，为楚大夫，体貌艳丽，曾作《登徒子好色赋》《神女赋》《高唐赋》诸赋，辞多淫冶，楚襄王乃以俳优待之。俳优：杂戏。　⑤东方曼倩：即东方朔。《汉书》朔传赞："依隐玩世，诡时不逢，其滑稽之雄乎。"滑稽有三说：一说，滑，乱也，稽，同也，言辨捷之人，言非若是，说是若非，能乱同异；一说，读为骨稽，流酒器，言出口成章，辞不穷竭，如滑稽之吐酒；一说，犹俳谐。　⑥司马长卿窃赀无操：见扬雄《解嘲》注。　⑦王褒《童约》，选在前。　⑧王莽篡汉，扬雄为大夫，作《剧秦美新》，论秦之剧，称新之美，时论讥之。新：王莽国号。　⑨李陵事见司马迁《报任安书》注。　⑩刘歆：汉宗室，后改名秀，向子，字子骏，官至京兆尹，封红休侯，王莽少时，与歆俱为黄门郎，及篡位，引为国师。　⑪傅毅：见魏文帝《典论论文》注。毅初为车骑将军马防军司马，后为大将军窦宪司马。　⑫班固继其父彪续成《汉书》，刘勰、刘知几并讥班固盗窃父史。　⑬后汉赵壹，字元叔，西县人，恃才倨傲，不为乡里所容，作《穷鸟赋》以自遣。抗竦过度，即指壹恃才倨

傲。　⑭后汉冯衍，字敬通，杜陵人，幼有大志，尝作《显志赋》以自厉。浮华摈压：言人多短其文过于实，以致废弃。⑮后汉马融，字季长，茂陵人，著述甚富，为世通儒。马融不敢违忤势家，至为梁冀草奏李固，又作大将军《西第颂》，以此颇为正直所羞。　⑯蔡伯喈：即蔡邕，以仕董卓，为王允收付廷尉，死于狱中。　⑰诋忤乡里：谓质为乡里所毁责。　⑱曹植尝乘车行驰道中，辟司马门出，曹操大怒，公车令坐死，由是重诸侯科禁，而曹植宠日衰。　⑲杜笃：后汉杜陵人，字季雅，与美阳令游，数从请托，不谐，颇相恨，令怨，收杜笃送京师。　⑳路粹：三国陈留人，字文蔚，韦诞评其性颇忿鸷。隘狭：即言性情褊窄。　㉑粗疏：韦诞评琳语。　㉒繁钦：三国魏颍川人，字休伯。性无检格：谓不守法，韦诞评之如此。㉓输作：罚其输力作苦。魏文帝为太子时，尝请诸文学，酒酣，命夫人甄氏出拜，坐中众人咸伏，刘桢独平视，武帝闻之，收刘桢，减死输作。　㉔王粲在荆州依刘表，刘表以其貌寝而体弱通侻，不甚器重。率躁：即指通侻而言。　㉕孔融为曹操所忌而被害。祢衡，见融《荐祢衡表》注，以狂傲为黄祖所杀。㉖杨修：后汉华阴人，字德祖，有俊才，为曹操主簿，曹操有所隐，杨修辄知而揭之，曹操忌其才，杀之。丁廙：后汉沛人，字敬礼，博学洽闻，建安中为黄门侍郎，魏文帝即位，以其党曹植，诛之。　㉗阮籍嫂归宁，阮籍相见与别，或讥之，阮籍曰：“礼岂为吾设？”　㉘嵇康与向秀共锻大树下，钟会往造，嵇康不礼，钟会谮于司马昭，被杀东市。　㉙傅玄：晋泥阳人，字休奕。傅玄进皇甫陶，及入而抵傅玄，以事与皇甫陶争言喧哗，皆坐免官。　⑳孙楚：晋太原人，字子荆。楚参石苞骠骑军事，负才气，长揖曰："天子命我参卿军事。"石苞奏其讪毁朝政，此其矜夸凌上。　㉛陆机委身成都王颖，被害。㉜潘岳性轻躁，趋势利，谄事贾谧，每候其出，望尘而拜，其母曰："尔当知足，而干没不已乎。"后为孙秀所诬，被诛。干没：徼幸取利之义。　㉝颜延年：每犯机要，权贵以其《五君咏》辞旨不逊，尝欲黜为远郡。　㉞谢灵运，见钟嵘《诗品序》注。空疏乱纪：谓不合于理而乱法纪，谢灵运以谋叛诛。㉟南齐王融，字元长，为竟陵王子良谋主，齐武帝病笃，子良在殿内，太孙未入，王融欲矫诏立子良，诏章已立，帝重苏，俄崩，西昌侯鸾奉太孙登殿，收王融赐死，此其凶贼自贻也。自贻：言自取其祸。　㊱谢玄晖：即谢朓。朓常轻江祏，江祏不堪，构而害之，下狱死。　㊲汉武名彻，景帝子。魏太祖：即曹操。文帝：即曹丕。明帝：名睿，文帝子。宋孝武帝：姓刘，名骏。　㊳世议：言为世所讥议。　㊴子游、子夏：皆孔子弟子，列于文学科。　㊵九霄：犹九天，谓天空极高之处。㊶四句言文字每易致祸。　㊷元吉：大吉。